U0473920

叙事丛刊

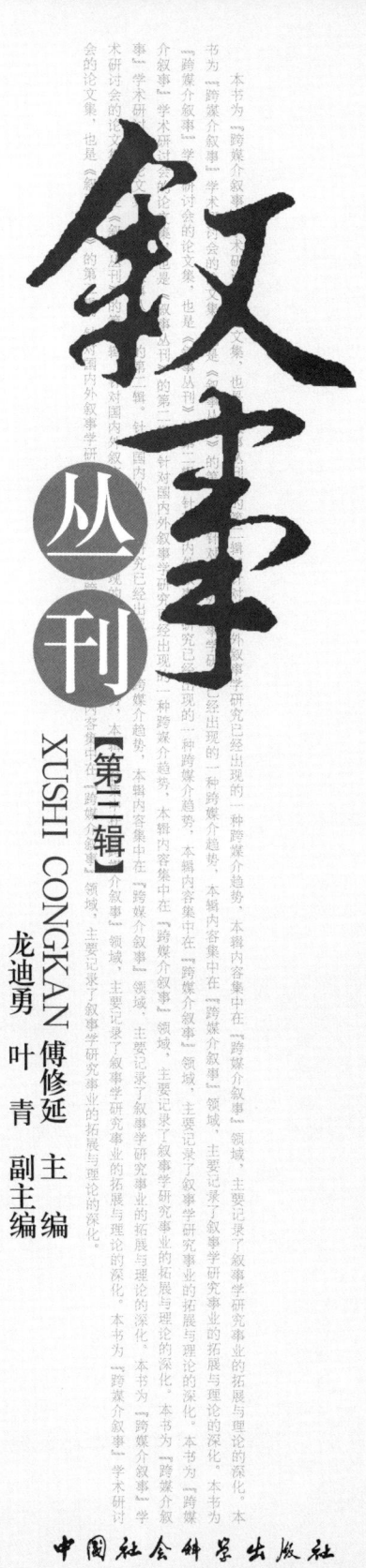

【第三辑】

XUSHI CONGKAN

龙迪勇　傅修延　主编
　　　　　叶　青　副主编

本书为"跨媒介叙事"学术研讨会的论文集，也是《叙事丛刊》的第三辑。针对国内外叙事学研究已经出现的一种跨媒介趋势，本辑内容集中在"跨媒介叙事"领域，主要记录了叙事学研究事业的拓展与理论的深化。

中国社会科学出版社

图书在版编目（CIP）数据

叙事丛刊（第三辑）/傅修延主编　龙迪勇、叶青副主编.
—北京：中国社会科学出版社，2010.11
ISBN 978-7-5004-9266-5

Ⅰ.①叙… Ⅱ.①傅… ②龙… ③叶… Ⅲ.①叙述—文学研究—国际学术会议—文集　Ⅳ.I044-53

中国版本图书馆 CIP 数据核字（2010）第 211955 号

责任编辑	杨晓芳
责任校对	崔冬梅
封面设计	久品轩
技术编辑	戴　宽

出版发行	中国社会科学出版社
社　　址	北京鼓楼西大街甲 158 号　邮　编　100720
电　　话	010—84029450（邮购）
网　　址	http://www.csspw.cn
经　　销	新华书店
印刷装订	三河君旺印装厂
版　　次	2010 年 11 月第 1 版　印　次　2010 年 11 月第 1 次印刷
开　　本	710×1000　1/16
印　　张	21.25
字　　数	380
定　　价	42.00 元

凡购买中国社会科学出版社图书，如有质量问题请与本社发行部联系调换
版权所有　侵权必究

学术顾问（以姓氏汉语拼音为序）
　　　　　　申　丹　杨　义
主　　编　傅修延
副 主 编　龙迪勇　叶　青
编　　委（以姓氏汉语拼音为序）
　　　　　　董乃斌　傅修延　胡亚敏　龙迪勇　乔国强
　　　　　　申　丹　谭君强　夏汉宁　杨　义　叶　青
　　　　　　余　悦　赵剑英　赵毅衡
编　　辑　胡颖峰　肖惠荣

目 录

空间叙事

历史叙事的空间基础 …………………………………… 龙迪勇（3）
记忆的空间性及其对虚构叙事的影响 …………………… 龙迪勇（47）
朝向空间的叙事理论 ……………… ［美］卓拉·加百利 李森 译（93）
礼经建筑空间的元叙事技巧及其影响 …………………… 张世君（119）
对写实与图像叙事关系的再思考
　　——兼论"分科而习"传统对中国画叙事特征的影响 ……… 叶青（139）
诗歌叙事中的空间标识
　　——以《唐璜》为例 …………………………………… 杨莉（153）

中国叙事传统

试论《山海经》中的"原生态叙事" ……………………… 傅修延（167）
中国思想中的道德叙事发微 ……………………………… 赖功欧（194）
真实的虚拟世界
　　——先秦文学中的移位叙述 …………………………… 张丽（205）
试析江西武功山地区民间故事的叙事特征 ……………… 刘荷香（216）

理论探讨

文学史：一种没有走出虚构的叙事文本 ………………… 乔国强（229）

叙事建构身份
　　——以《西游记》为例 ………………………………… 赵苗（245）
试论叙述者的不可靠性
　　——以《押沙龙，押沙龙！》为例 ………………… 肖惠荣（268）
影视广告叙事分析 ……………………………………… 齐婕（282）

文本解析

《最后的常春藤叶》的叙事策略 ………………………… 万芳（295）
试析《记忆碎片》中的不可靠叙述 ……………………… 徐亮（303）
试析电影《回到未来》的叙事策略 ……………………… 刘燕（311）

对　　话

感受作家的叙事体验
　　——与著名作家陈世旭谈叙事 ……………… 肖惠荣　张泽兵（321）

空间叙事

历史叙事的空间基础

□龙迪勇

长期以来,历史仅仅被看成一种时间维度上的叙事文本,似乎历史是与空间并不相涉的一种抽象性、孤立性存在。可事实上,空间不是历史的可有可无的要素,而是构成整个历史叙事的必不可少的基础:那些特定历史时代残存下来的器物、废墟及其图像之类的空间性存在物,不仅可以成为历史的证据,还给史学家的历史叙事行为提供了动机;所有的历史事件都必然发生在具体的空间里。因此,那些承载着各类历史事件、集体记忆、民族认同的空间或地点便成了历史的场所;要使历史更贴近事件的原始存在状态,史学家便应该在空间维度上进行编排和创造,赋予历史事件一种空间性的结构。

尽管"有多少历史学家就会有多少种历史定义",[1] 但不管怎么说,作为一种古老的叙事形式,历史总应该包括空间、时间、事件、人物等基本要素。而且;尽管历史是凝固时间、保存记忆、探究往昔的一种形式,但历史总是生活在某一个地方上的人物、发生在某一个空间内的事件的历史。托雷斯·维也加斯说得好:"没有地理的历史,是一幢没有地基的建筑。"[2] 事实

---

[1] [美]唐纳德·R. 凯利:《多面的历史——从希罗多德到赫尔德的历史探寻》,陈恒、宋立宏译,生活·读书·新知三联书店2003年版,第10页。

[2] 转引自巴塞罗那大学教授埃内斯特·卢奇为西班牙学者胡安·诺格的《民族主义与领土》一书所写的"序言",徐鹤林、朱伦译,中央民族大学出版社2009年版,第2页。

上,"希腊史学的兴起发展与地理研究是紧密相关的"。① 显然,不考虑空间维度的历史文本,只能是无源之水、无本之木,是不可能存在的。说起来,历史就像是在舞台上上演的一幕活剧,历史学家必须要有一个舞台,才能真正把这幕活剧演好。"希罗多德的历史舞台是三个大陆之间的血腥屠杀的连接点(东南欧洲、小亚细亚和西北非洲);波利比阿的'世界史'(universal history)主要是罗马帝国征服和扩张史……因此历史总是'地缘历史',历史学家总是尽量使所评述的人类行为和社会环境相关联,这种环境包括自然环境和社会环境,借此可确定并使它与人类的其他地区相区别。可以用传统的比喻说,历史在一个巨大的'自然剧场'(theater of nature)里上演……"② 事情还不止于此:历史叙事的"空间性"不仅仅体现在人类行为(事件)的地理空间("自然剧场")上,它还体现在历史的证据、叙事的动机以及历史的结构等多个方面。然而,让我们感到遗憾的是:长期以来,无论是历史写作者还是历史研究者,却总是把思考的重心放到了时间上,而有意无意地忽视了空间,以至于"当今历史已与时间顺序结成了联盟",③ 历史似乎仅仅被看成一种时间维度上的叙事文本。翻开各种史学理论、历史哲学类的著作,涉及空间维度的论述简直是少之又少,似乎历史是与空间并不相涉的一种抽象性、孤立性存在。更有甚者,某些思维极端的人甚至把空间看做历史和时间的敌人。米歇尔·福柯在1976年的一次访谈中就曾经谈到过人们"对空间的一贯的贬损"现象:在相当长的一个时期,"空间被看做死亡的、固定的、非辩证的、不动的。相反,时间代表了富足、丰饶、生命和辩证","对于那些把历史与旧式的进化、生存的连续性、有机发展、意识的进步或者说存在的规划混为一谈的人,对空间术语的使用似乎具有一种反历史的味道。如果我们用空间的术语来谈论历史,这就意味着我们对时间充满敌意"。④ 这当然是片面的、错误的,也是与"历史"的事实不相符的,

---

① [意]莫米利亚诺:《现代史学的古典基础》,冯洁音译,生活·读书·新知三联书店2009年版,第8页。

② [美]唐纳德·R.凯利:《多面的历史——从希罗多德到赫尔德的历史探寻》,陈恒、宋立宏译,生活·读书·新知三联书店2003年版,第12—13页。

③ 同上书,第11页。

④ 米歇尔·福柯:《权力的地理学》,载《权力的眼睛——福柯访谈录》,严锋译,上海人民出版社1997年版,第206页。

因为事实上，空间既不是历史的可有可无的要素，更不是历史的"敌人"，而是构成整个历史叙事的必不可少的基础。本文所要探讨的，即是史学研究中非常重要却又长期为人们所忽视的历史叙事的空间基础问题。

一 历史的证据与叙事的动机：
古物、废墟与图像

那些特定历史时代残存下来的器物、废墟及其图像之类的空间性存在物，对于历史叙事的重要性是不言而喻的：除了可以成为历史的证据，它们还给史学家的历史叙事行为提供了动机。

首先，器物、废墟及其图像之类的空间性存在物可以给历史叙事提供有力的证据。无疑，在历史研究中，某些古代遗存下来的实物有时会成为某些历史事实的佐证，有时则会改变某些长期以来被视为"事实"的传说。对此，英国图像学研究者哈斯克尔曾经这样写道：

> 当公元前5世纪希罗多德获悉特纳鲁神庙（Temple of Taenerum）留存有一件由阿里翁（Arion）献祭的骑着海豚的小型青铜男像时，他对科林斯人（Corinthians）和雷斯波岛人（Lesbians）讲述的一个故事的真实性就更有信心了——故事说那个著名的歌手和作曲家曾逃脱了他那艘船上的水手的蓄意谋杀，并被一条喜欢音乐的海豚从海中救起。与此相反，当他在埃及时又否定了一个（约2000多年前的）传说。这个传说是：凯奥普斯（Cheops，埃及第四王朝的国王）的儿子美西努斯（Mycerinus）玷污了自己的女儿。他之所以否定这个传说，部分就是因为他看到了"二十个裸体巨型木雕人像"，据说这些人像代表那些仆人，他们因为疏忽大意而让国王接近了这个姑娘，故而被罚斩落双手。事实上，他看到的这些手"仅仅因为年代久远而掉落在了地上。它们仍在那儿，可以看得清清楚楚，就落在雕像脚边的地上"。[①]

[①] ［英］哈斯克尔：《历史及其图像》，孔令伟译，载上海师范大学美术学院编《艺术史与艺术理论Ⅰ》，中国美术学院出版社2004年版，第260页。

当然，可以作为历史证据的东西很多，正如年鉴学派史学大师马克·布洛赫所说："历史的证据其类型之多简直不胜枚举。一个人的言论文字、所制造的产品以及接触过的东西，都可以也应当能够使我们对他有所了解。"① 但概括起来，历史的证据无非两类：一类为各种文字性作品，另一类则是各种实物。实物之所以能用来建构历史，是因为它们同样可以很好地再现过去，正如有学者所指出的："人类早期历史上的雕塑和木刻以及后来的石头建筑，比如金字塔、宫殿、寺庙或者教堂，都承载着关于过去、关于王朝序列和帝国规模的信息。可以通过建筑物的实际年代、构造物内部的空间关系，以及关于国王和神祇、妖魔和战斗的描述，来再现过去。"② 而且，很多历史学家都认为实物证据甚至比文字性证据更为可靠，马克·布洛赫就是这样认为的："我们只要将洛林或尼布尔所著的罗马史与当今一些简短的罗马史论文加以对比，就可以看出，前者的大部分史料取自李维、苏托尼阿斯和弗洛鲁斯，后者的主要依据是古代的铭文、纸草文书和古币。唯有通过这种方式，才能重新完整地揭示历史的横断面。"③ 对于实物证据的种类或范围，我国史学理论家杜维运在其名著《史学方法论》中这样写道："从文字记载的史料，扩展到非文字记载的史料，是史学的一大进步。此类史料，可概称为实物或遗迹，如山脉、河流、城塞、宫院、陵墓、道路、遗骸、里程碑、方向石、纪念品、美术玩赏品，等等，不胜枚举。埃及的金字塔，中国的万里长城，都是这方面极为驰名的史料。即小至秦尺汉石、唐宋鱼符，无一不是史学家的瑰宝。"④ 而且，这些实物史料不仅可以成为一些史实的有力证据，还可以成为某些假言陈说的"反证"，比如关于清代香妃之死，很多人都认为是被太后赐死的，可萧一山经过考察实物证据后却推翻了这一说法："香妃入宫侍高宗垂三

---

① ［法］马克·布洛赫：《历史学家的技艺》，张和声、程郁译，上海社会科学院出版社 1992 年版，第 52 页。
② ［英］杰拉德·德兰迪、恩靳·伊辛主编《历史社会学手册》，李霞、李恭忠译，中国人民大学出版社 2009 年版，第 583 页。
③ ［法］马克·布洛赫：《历史学家的技艺》，张和声、程郁译，上海社会科学院出版社 1992 年版，第 49 页。
④ 杜维运：《史学方法论》，北京大学出版社 2006 年版，第 109 页。

十年，而野乘所载谓为太后赐死，今所留回营、浴室、戎装小影、行乐之图，均可为之反证。余如坛殿之规模，两堂之史料，西陵之地宫，赵县之石桥，以至清宫珍玩、銮仪、卤簿、红夷巨炮、九品顶服、甲仗祭器、雕塑壁刻、锦绣之文、彩素之作，无一不足为吾人之资料。广搜博采，成就斯宏。"① 显然，如果不依靠那些实物证据，那么关于香妃之死的真相，恐怕就永难浮出水面了。

在中国，一种特殊的古物——碑铭在历史建构中一直都扮演着重要的角色。在某种程度上，为某人某事立碑是比文字记载更重要的生产意义、从而进入历史的行为，正所谓"树碑立传"是也。艺术史研究者巫鸿说得好：

> 从一开始，立碑就一直是中国文化中纪念和标准化的主要方式。若为个人修立，则或是纪念他对公共事务的贡献，或更经常的是以'回顾'（retrospective）视角呈现为死者所写的传记。若由政府所立，则或是颁布儒家经典的官方版本，或是记录意义非凡的历史事件。总之，碑定义了一种合法性的场域（legitimate site），在那里'共识的历史'（consensual history）被建构，并向公众呈现。当后世的历史学家研究过去的时候，碑自然便成为历史知识的一种主要源泉，上面的碑铭为重构过往时代中的晦涩事件提供了文字证据。②

当然，由于碑的特殊性——由于碑往往为官府或宗族所立，具有相当的公共性，所以一般不允许被弄回家中收藏；另外，由于碑往往很大很重，所以也不便于收藏——因此体现其历史价值的物质载体总是被转化成一种便于携带、收藏和使用的形式，即拓片。正如巫鸿先生所指出的："石碑虽然也为当时古物研究者所重视，但却没有像古铜镜、古玉器和古书画那样被收藏——实际被收藏的是刻在上面的那些直接包含历史信息的铭文（后来也包括雕刻的图像）。因此，一方沉重的石碑就必须被转化为类似于印刷品或便

---

① 萧一山：《近代史书、史料及其批评》，《学林》1942 年第 3 期。
② [美] 巫鸿：《废墟的内化：传统中国文化中对"往昔"的视觉感受和审美》，载《时空中的美术——巫鸿中国美术史文编二集》，生活·读书·新知三联书店 2009 年版，第 47 页。

携式图画的物质形式——也就是'拓片'。"① 有了拓片,学者们就不必到古物(石碑)"现场"而是只坐在书房里就可以进行相关研究了。② 于是,"石碑虽然留在原地没有移动,但是学者书房里进行的脑力生产无疑丰富了它们的意义。有意思的是,虽然碑铭拓本的每一个细节都因其历史信息的价值而被仔细研究,荒野中的石碑却作为一个整体而开始获得宏观历史的象征意义(symbolism of history)。似乎石碑那沉默但雄壮的形象赋予了'往昔'一个抽象剪影和含义——它象征了历史知识的源头,因此便也象征了历史的权威"。③ 可见,尽管石碑上的文字具有相对独立的历史意义,它们可以脱离石碑本身进行收藏和研究,但只有作为古物的石碑整体才是"历史知识的源头",才"象征了历史的权威"。

在中国,利用古物来研究历史的做法于宋代开始走向成熟,并正式形成了一门古器物学,正如张光直所指出的:"古器物学,作为传统的历史学的附加成分;形成于宋代。"④ 宋代出现了不少著录古器物的著作,"宋代的著录,既收有器形的摹绘、款识的拓片,又有器物的外部特征和大小尺寸的描绘,开创了著录宫廷和私家收藏青铜器的古器物学传统。宋代的著录,还开创了用古代典籍中的术语命名器物及其纹饰的传统"。⑤ 当然,"这些著录的主要目的,不是建设一门作为历史材料的独立范畴的基于对古代遗物研究的新学问",⑥ 对它们的使用,必须与对文献的使用结合起来,"古代的器物名

---

① [美]巫鸿:《废墟的内化:传统中国文化中对"往昔"的视觉感受和审美》,《时空中的美术——巫鸿中国美术史文编二集》,生活·读书·新知三联书店2009年版,第47页。

② 当然,不能否认有些学者会到"现场"去实地考察,但这样的情况并不多见。正如巫鸿所说:"像欧阳修和赵明诚(1081—1129)这样的金石学家确实去'现场'(in situ)走访过一些碑,但这类寻访在北宋时期并不常见,且常常局限在他们旅程附近或供职地区的周边。找寻那些前人不知道的金石摹拓才是他们真正的热情所在。"(见《废墟的内化:传统中国文化中对"往昔"的视觉感受和审美》一文,载《时空中的美术——巫鸿中国美术史文编二集》,生活·读书·新知三联书店2009年版,第48页)

③ [美]巫鸿:《废墟的内化:传统中国文化中对"往昔"的视觉感受和审美》,《时空中的美术——巫鸿中国美术史文编二集》,生活·读书·新知三联书店2009年版,第48页。

④ 张光直:《考古学与中国历史学》,《中国考古学论文集》,生活·读书·新知三联书店1999年版,第14页。

⑤ 同上。

⑥ 同上。

称蕴藏着许多重要的信息,对它们的任何研究都必须与古代的文献结合起来"。① 这种把古器物与相关文献结合起来进行研究的方法,后来逐渐发展成了中国历史研究的显著特色——任何有价值的历史研究,都必须是运用器物与文献相结合的"两重证据法"而进行的研究。张光直说得好:"这种可称为文化相对性(emic)的研究方法,大约只有中国考古学具备,因为只有中国才拥有大量可资利用的文献材料。中国古代的礼器种类繁多,名目复杂。有些名称就刻铸在铜器上,但是,更多的则是在古代文献里。比如'鼎'这个名称,就刻铸在许多鼎类的器物上。不过,作为古代最重要的礼器,它也见于许多古代文献。实际上,'鼎'字本身,即是鼎这类三足器的象形。因此,用鼎这个词指代那种特殊形式的器物,就像宋人的著作所做的那样,和古代中国人的用法是一致的。"② 这种把器物用于和文献相互参证的做法,当然构成了宋代乃至中国古器物学的主流,"不过,宋代考古学家也试图做一些别的方面的工作,而不是仅仅协助历史学家"。③ 比如说,吕大临在其《考古图·序》中谈到了金石学的三个目的:"探制作之原始"、"补经传之阙亡"、"正诸儒之谬误";④ 刘敞则在其已失传的著作《先秦古器记》的"序"里,认为对古代青铜器的研究,必须从三个方面入手:"礼家明其制度,小学正其文字,谱牒次其世谥。"⑤ 所有这些,都显示出中国古器物学其实也有着不甘于成为"历史学的附加成分"的内在要求。宋代之后,中国的古器物学有所衰落,这主要表现在:"宋代以后的古器物学著录和著作,专注于铜器铭文及其与文献的关系,而在宋代记录甚详的许多信息,比如器物的出土地、特征以及大小尺寸,等等,则很少受到重视,或根本不予描述。"⑥ 一直到清代,传统的古器物学才再一次复兴。进入 20 世纪,在西方"田野方法"的影响下,中国的古器物学进一步发展成了现代考古学。

---

  ① 张光直:《考古学与中国历史学》,《中国考古学论文集》,生活·读书·新知三联书店 1999 年版,第 19 页。
  ② 同上书,第 18 页。
  ③ 同上书,第 14 页。
  ④ 同上。
  ⑤ 同上书,第 15 页。
  ⑥ 同上。

在西方，古器物研究一般被称为"古文物研究"、"博学研究"或"考古学研究"，而研究这些器物的人则被称作"古文物学者"。当然，这种称呼并不存在统一性，只能说是差强人意，因为确切地说，"在古代并没有一个综合词汇来描述我们称之为古文物研究的领域，尽管在古希腊和罗马时代，这个概念还有几个模糊的表达词，例如'能判断的'、'喜欢研究的'、'学问渊博的'、'关于语法的''教授'、'博学'、'学者'等。最相近的是柏拉图用过的'古代研究'一词。据柏拉图的《大希庇阿斯篇》记载（285D），诡辩派哲学家希庇阿斯说，英雄和人的谱牒、城市建造的传统、城市以其命名的地方行政官的名单等都属于一种称为考古学的学科。……柏拉图证明了在公元前5世纪或公元前4世纪一些类型的历史研究是称为考古学，而非历史学的。公元前4世纪后，这个便利的词便不大用到了。"考古学"这个词在希腊化和罗马时代被用来表示一部古代历史作品或追源溯流的历史"。[①]"古文物研究"的主要特色，是利用钱币、铭文、石碑等过去时代流传下来器物对"古代"的各个方面进行静态、系统而非动态、线性的描述，诚如意大利著名古典学者莫米利亚诺所说："古文物学者喜欢互不相干和模糊不清的事情，但是隐藏在这些单个、似乎毫无联系的事实背后的却是神秘而又庄严的古代。所有的古文物学者都心照不宣，知道他们必须为古代这个画面添加一些东西，将其付诸实践，这就意味着去收集具体事实，并将它们放置一旁，以备将来可以统一审视这些制度、风俗和崇拜仪式，而钱币和铭文则被认为是这些具体事实最重要的证据。古文物学者的思绪的确在单个事实和统一审视之间犹疑不定，如果确实进行统一审视的话（并不经常发生），结果绝不会是一本普通的历史著作。古代是静止的：它要求对于古代制度、宗教、法律和金融进行系统的描述。"[②] 根据莫米利亚诺的研究，"古文物研究"的兴起其实与古希腊历史研究的"典范"迁移有关。众所周知，希罗多德是古希腊第一个伟大的历史学家，有"历史之父"之称。希罗多德兴趣多样、游历广泛，其历史研究不仅涉及多个区域、多个时代，而且涉及人类社会生活的各个方

[①] [意]莫米利亚诺：《现代史学的古典基础》，冯洁音译，生活·读书·新知三联书店2009年版，第79页。

[②] 同上书，第76—77页。

面，其历史叙述手法也多种多样、不拘一格。如果以今天的眼光去看，希罗多德的历史也许可称为"文化史"或"整体史"。希罗多德在其有生之年为了收集史料而到处游历，所以其历史还牢牢地奠基于空间（地理）基础之上。事实上，"他的世界历史著作同时也是世界地理著作；两者之间是紧密联系的"。① 在古希腊的时候，还没有后来所谓的学科意识，② "希罗多德之所以被认为主要是历史学家，是因为当时历史学者要多于地理学者，事实上他著作中很大一部分都是地理方面的内容"。③ "实际上，希罗多德具有这种思想，即所有的历史必须用地理的眼光去看待，同时所有的地理必须用历史的眼光去分析。……地理学提供了自然背景和舞台，只有与地理相联系，所有的历史事件才有意义。"④ 而且，为了完整地保存"往昔"，哪怕是在各地听来的传说和神话，希罗多德也照样收录在其《历史》一书之中，⑤ 因此其"书中包括他对所旅行过的地区的描述，他所观

---

① ［美］杰弗里·马丁：《所有可能的世界——地理学思想史》，成一农、王雪梅译，上海人民出版社2008年版，第25页。

② 正如杰弗里·马丁所指出的："在公元五世纪，没有人将自己局限在某个独立的学科领域内。那个时候，没有历史学家、地理学家或者天文学家的说法，甚至没有专业的学术团体可以加入，也没有专业的学术机构。"(《所有可能的世界——地理学思想史》，成一农、王雪梅译，上海人民出版社2008年版，第25页)

③ ［美］杰弗里·马丁：《所有可能的世界——地理学思想史》，成一农、王雪梅译，上海人民出版社2008年版，第25—26页。

④ 同上书，第26—27页。

⑤ 当然，对这些神话和传说，希罗多德保持了必要的警惕性，"他知道自己的任务是双重的：保存传统是必要的，而发现传统的真相也是必需的。他意识到诗人歌颂过从来不曾发生过的事件，他不准备让从来没有发生过的事情获得永生"（莫米利亚诺：《现代史学的古典基础》，第44页）。为此，希罗多德发展出了一种批评手法，以检验所写事件的真实性，这样一来，他一方面"记录没有被书面记录过的事件和传说"，另一方面则"将自己批评的范围扩展到检查非常古老的和比较近期的、希腊的和外国的"（同上书，第44页）。可是，"希罗多德采用的批评手法从来都不是非常严密的，用它来处理各种传说，它自然会变得越来越不严密。当希罗多德开始询问希腊和非希腊传说的作用时，他那简单的比较手法几乎不太恰当。当他必须面对外国神话时，他发现要将传说的故事变成普通人的语言也不是那么容易。另外，他也缺乏怀疑的热情，他克制自己没有去说一些话，因为那样说会冒犯神"（同上书，第44—45页）。正因为如此，所以希罗多德记载的某些事件常被人们视为不真实，而这也正是希罗多德为人所诟病的主要原因。"但是，希罗多德的遭遇从来没有在修昔底德身上发生过：有些人欣赏希罗多德的风格，却宣称他会撒谎，而那些大量采用过修昔底德的人则不会宣称他不可靠。"（同上书，第58页）

察和记录的各地居民的生活习惯"。① 可以说,希罗多德的《历史》一书开创了史学研究的一个"典范":取材多样,注重空间(地理),注重整体,注重往昔。但自从修昔底德写出《伯罗奔尼撒战争史》一书之后,这种史学研究的"典范"便发生了迁移。与希罗多德相比,修昔底德的史学有两个明显的特点:第一,由于取材没有希罗多德那样广泛的空间(地理)基础,修昔底德便把希罗多德的"文化史"和"整体史"简化成了主要叙述政治和军事的历史;第二,希罗多德志在完整地保存传统和往昔,所以其史学的着眼点便是"过去",而修昔底德则更关心"当代"的"变化",所以其史学的着眼点便是"现在"。"'过去'本身对于修昔底德来说并不重要,它只是'现在'的序曲,从'过去'到'现在'的发展是线形的。……正因为'过去'按照简单的进程发展到'现在',唯一了解它的方式是从'现在'出发去了解'过去',这是修昔底德不同于希罗多德的又一个地方,而后者认为过去本身也很重要。"② 不难看出,修昔底德史学的两个特点也正是此后西方史学的主要特点,是修昔底德而不是希罗多德塑造了西方史学的主流传统。③ 自公元前 4 世纪开始,希罗多德的地位便被修昔底德所取代,"修昔底德最重要的成就就是说服他的继承者,历史是政治历史,公元前 4 世纪的大史学家们没有谁背弃这个观念。希罗多德式的地理和非政治事件也的确出现在公元前 4 世纪的史学著作中,但总是以历史正文前言的形式出现,或出现在附录里"。④ 既然希罗多德式的历史研究被"边缘化"了,那么他所开创的那种地理(空间)式的、百科全书般的、根据"系统分类"来安排事件的探究往昔的形式便注定会被另

---

① [美]杰弗里·马丁:《所有可能的世界——地理学思想史》,成一农、王雪梅译,上海人民出版社 2008 年版,第 25 页。

② [意]莫米利亚诺:《现代史学的古典基础》,冯洁音译,生活·读书·新知三联书店 2009 年版,第 55—56 页。

③ 历史总是充满这样的悖论:希罗多德的历史由于记录神话和传说而往往被人们视为"不真实",而长期以来,"修昔底德一直是真诚历史学家的典范"(莫米利亚诺:《现代史学的古典基础》,第 57 页)。但事实上,经英国学者弗朗西斯·麦克唐纳·康福德的研究,修昔底德的史学同样充满各种"神话"和"悲剧"因素(参见康福德的《修昔底德——神话与历史之间》一书,上海三联书店 2006 年版)。而且,修昔底德把各种事件编织成"线形"历史,按照后现代历史学家的说法,它们倒是更加类似于文学性的"故事"。

④ [意]莫米利亚诺:《现代史学的古典基础》,冯洁音译,生活·读书·新知三联书店 2009 年版,第 57—58 页。

一种研究类型所继承和取代，而这种类型就是"古文物研究"或"博学研究"。莫米利亚诺说得好："如果希罗多德一直是历史学家的榜样，就不会有任何古文物学者了。他的好奇心涉及所有后来纳入古文物学者兴趣范围的学科，而修昔底德有心不让希罗多德广为流传，结果是历史成为对政治和军事事件的叙述，作者亲眼所见的事件总是受到偏爱。希罗多德之后的所有的'古典'历史学家——修昔底德、色诺芬、埃弗鲁斯、波利比阿、萨鲁斯特、李维、塔西佗——都印证了这种形式。"① 由于历史研究中产生了这种主题的集中化和取材的狭窄化，那些希罗多德历史中被舍弃的部分便必然转化成其他的形式，于是，"古文物研究"的兴起便不可避免：② "书籍和一般手册中都描述过塑像、神庙和还愿物品，希罗多德当然仔细检验过他见到的纪念碑，但是修昔底德式的历史编纂却很少用到纪念碑提供的证据，而修昔底德之后，对于考古和铭文证据的研究再也没有成为普通历史学家工作的一部分。作为一种补偿，旧式的'地理描述'（periegesis）被改变成用于满足对纪念碑的古文物研究的需要，地理学者经常成为古文物研究者。"③ 于是，历史的"叙述法"与古文物研究的"系统分类法"便成为人类探究往昔的两种相辅相成的主要方法，两者各有其适用的研究领域和表现形式：前者适合表现"变化"和"进步"，往往体现为

---

① ［意］莫米利亚诺：《现代史学的古典基础》，冯洁音译，生活·读书·新知三联书店 2009 年版，第 78 页。

② 而古文物研究的消亡则与希罗多德式历史的复兴有关。随着文化史、年鉴学派史学等注重整体性的史学的诞生，修昔底德式的历史开始走向衰落，而希罗多德式的历史得到复兴。正如莫米利亚诺所说："随着修昔底德式，或政治式历史研究方法的消失，历史不再仅仅局限于政治事件。任何事情都可以成为历史，在某种程度上，就像是希罗多德开始编写历史时那样。这样一来，作为政治历史研究对应部分的古文物研究现在已经消亡了……"（莫米利亚诺：《现代史学的古典基础》，第 103 页）当然，与古文物研究联系在一起的那种系统化描述的方法并不会消亡，按照莫米利亚诺的说法，以这种系统化的方法描述制度和信仰的任务落到了社会学的头上。"在有些具体情况下，古文物研究和社会学之间的关系是很明显的：韦伯是，而且自认为是蒙森的学生；涂尔干则师从另一位撰写了《古代城邦》的结构主义先驱古朗治。……不管古文物研究和结构主义研究之间有什么本质的联系，事实上结构主义已经取代了古文物研究的系统化方法。"（同上书，第 103 页）所以，莫米利亚诺认为："社会学的兴起的确与古文物研究的衰落相关，因为社会学是古文物研究的合法继承者。很清楚，哲学、古文物研究和完美历史之间的三角关系现在被哲学、社会学和历史之间的关系所替代。"（同上书，第 103—104 页）

③ ［意］莫米利亚诺：《现代史学的古典基础》，冯洁音译，生活·读书·新知三联书店 2009 年版，第 88 页。

时间性的线性"故事";而后者适合表现"永恒"和"类型",往往体现为空间性的复杂"结构"。"古文物学者喜欢系统分类手册和静态描述,他们尽管不能够掌握变化,却肯定能够找出关联。纯粹的历史学家知道什么是变化,但是不大善于发现什么是结构上的东西。"① 看来,两者具有天然的互补性,在探究往昔时正好可以起到相反相成的作用。

进入近代以来,西方史学中开始出现"古文物研究"与历史研究合流的趋势。1759年,西方第一个正式的历史学专业在德国哥廷根大学诞生。其首任历史学教授约翰·克里斯托夫·加特雷尔便大力提倡当时仍被视为历史辅助学科的纹章学（heraldry）、钱币学（numismatics）、地理学等,"因为他深信,要将历史转化为一门独立的研究领域,就不可缺少这些相关的图像学科"。② 事实上,古文物研究者所采用的那种重描述和系统分类的研究方法,成了近代以来很多有创造力的历史学家的学术"利器"。意大利著名的文化史大师雅各布·布克哈特的史学著作就大大得益于他的古文物爱好和艺术史修养。正如有学者所指出的:"布克哈特在撰写意大利文艺复兴研究和希腊文明史时,用到了古文物学者的描述性和系统化方法,而非真正历史学家的严格年代顺序方法。"③ 温克尔曼在撰写《古代艺术史》时,则多次用到各种古代的器物,这些器物他大都亲眼看到过:"我所引证的那些图画和雕塑,以及雕刻的宝石和古币,我都亲眼见过,经常看到,而且能够研究;但是,为了帮助读者形成清晰的概念,除这些之外,只要它们的雕版画还看得过去,我也从书籍中引用宝石和古币。"④ 为了能亲眼看到并研究各种古物,温克尔曼经常去罗马,并常在那里消磨许多时光,他甚至认为:"除去在罗马,要详尽地撰写古代艺术和未知的古代艺术品的情况是十分困难的,甚至几乎是不可能的。要达到这一目

---

① [意]莫米利亚诺:《现代史学的古典基础》,冯洁音译,生活·读书·新知三联书店2009年版,第210页。

② 曹意强:《艺术与历史——哈斯克尔的史学成就和西方艺术史的发展》,中国美术学院出版社2001年版,第88页。

③ [意]莫米利亚诺:《现代史学的古典基础》,冯洁音译,生活·读书·新知三联书店2009年版,第101页。

④ 范景中主编《美术史的形状 I ——从瓦萨里到20世纪20年代》,傅新生、李本正译,中国美术学院出版社2003年版,第120页。

的，甚至在那里住上两年都不够……"①

除了成为历史的证据，古物、废墟和图像之类的东西还很容易引发史学家的历史意识，进而成为他们进行历史叙事的空间性触发物，或者说，这些物件因其特殊的禀性而给史学家的历史叙事行为提供了动机。

一般而言，无论是文学创作还是历史写作，都需要某种打动内心的东西来提供写作的动机。当作家们进行创作的时候，肯定是有某种强烈的推动力迫使他拿起笔，这种推动力也许是白杨的飞絮、夕阳的余晖，也许是某个触动心弦的刹那、某个偶然投来的字眼或流盼，要么就是伊人离去时某一滴晶莹的泪珠、深夜独坐时某一声无奈的叹息；当然，这种推动力也可能是某次动人奇遇、某句随意的闲谈、某个想象的场景、某次阅读的启示……文学的虚构特性决定了文学叙事的动机几乎可由社会人生中的一切人、事、物所触发。② 历史则是一种纪实性的叙事形式，它承载的是往事，复活的是记忆，它面对的材料要么是记载过去事迹的文献，要么就是过去直接遗留下来的实物。历史的特性决定了历史文本只能由"过去"的材料所建构，历史叙事的动机因而也只能由"过去"的东西所触发。由时间性媒介——文字所写成的各类反映过去时代的文献，固然可以激起史学家探究往昔的兴趣，进而触发他们历史叙事的动机，但不可否认的是：由于直接诉诸视觉的空间性存在物具备形象、具体和鲜活的特点，其触发史学家叙事动机的效果往往来得比文献强烈。

---

① 范景中主编《美术史的形状 Ⅰ——从瓦萨里到 20 世纪 20 年代》，傅新生、李本正译，中国美术学院出版社 2003 年版，第 120 页。

② 英国戏剧理论家威廉·阿契尔说得好："在许多情况下，一位剧作家几乎很难说清，一个剧本的萌芽最初是以什么形式浮现在他的脑海里的。启示也许来自报上一条新闻，也许来街上看到的一桩偶然事件，来自一次动人的奇遇或者一件可笑的倒霉事，来自熟人口中一句随意的闲谈，或者来自远古历史中遗留下来的一鳞半爪的古话或传说。"（[英]威廉·阿契尔：《剧作法》，吴钧燮、聂文杞译，中国戏剧出版社 2004 年版）美国戏剧理论家乔治·贝克则说得更详尽："写一个剧本差不多可以从任何一件事出发：一个在脑子里闪过的偶然想法；一个自己深信不疑或者打算研究一下的道德理论或艺术理论；一两句想象到的或者无意中听到的对话；一个使观者产生感情的、真的或者想象的背景；一个完全孤立而其前因后果尚未判断的事件；一个在人群中由于某种原因引起了戏剧家注意的人物，或者一个被他仔细研究过的人物；两个人物或两种生活情况的显然不同或者彼此相类似；一个在报纸上书刊上看到的或从人们闲谈中有意无意听到的，或者自己观察到的纯粹偶发事件；一个讲得粗具轮廓或者极为详尽的故事。"（[美]乔治·贝克：《戏剧技巧》，余上沅译，中国戏剧出版社 1985 年版）创作戏剧的动机或出发点如此，创作小说乃至其他文学作品同样不能例外。

陈寅恪先生是驰名中外的文史大家，其代表作《柳如是别传》是要通过为柳如是这样一位奇女子作传，通过书写柳如是与钱谦益及其他人的复杂关系，来复活明清易代之际的一段历史。他之所以要这样做，其最初动机即源于早年在昆明时曾购得常熟白茆港钱谦益（字牧斋）故园中的一颗红豆。正是这颗红豆触发了史家陈寅恪先生的情感，拨动了他的心弦，并成为他撰写《柳如是别传》一书的动机，该书第一章开篇即为《咏红豆》诗并序：

> 昔岁旅居昆明，偶购得常熟白茆港钱氏故园中红豆一粒，因有笺释钱柳因缘诗之意，迄今二十年，始克属草。适发旧箧，此豆尚存，遂赋一诗咏之，并以略见笺释之旨趣及所论之范围云尔。
> 东山葱岭意悠悠。谁访甘陵第一流。
> 送客筵前花中酒，迎春湖上柳同舟。
> 纵回杨爱千金笑，终剩归庄万古愁。
> 灰劫昆明红豆在，相思廿载待今酬。①

关于这种情况的内在心理动因，麦里克·加苏邦有一个很好的解释："古文物研究者只要看到古玩就会为之着迷，倒不是喜欢它基本的造型或是材质（尽管古玩的这两方面常常是出类拔萃的），而是因为这些古代幸存下来的证据在他们脑中形象地再现了久远的历史，往昔岁月仿佛这古玩一般重现于眼前。"②阿兰·施纳普认为："麦里克·加苏邦的这段关于古文物研究者的好奇心的清晰描述似乎很有普遍性，因为它揭示了在古文物研究者的态度和方法中包含某种特定的方式，即通过对眼前物品的观察而令历史的场景复活。"③

废墟（ereipion）是过去的痕迹、往昔的印记，所以往往容易引发思

---

① 陈寅恪：《柳如是别传》，上海古籍出版社1980年版，第1页。
② 转引自法国学者阿兰·施纳普的《遗迹、纪念碑和废墟：当东方面对西方》一文，李晓愚译，载范景中、曹意强主编《美术史与观念史》（第5辑），南京师范大学出版社2007年版，第49页。
③ ［法］阿兰·施纳普：《遗迹、纪念碑和废墟：当东方面对西方》，李晓愚译，载范景中、曹意强主编《美术史与观念史》（第5辑），南京师范大学出版社2007年版，第49页。

古之幽情，并激起历史叙事的冲动。"ereipion（复数形式为 ereipia）这个词来源于一个意思为'跌倒、击倒'的动词，就像 ruo 这个动词构成的拉丁文中的 ruina 一词一样：它意味着废墟，意味着古老建筑残留的痕迹。这些 ereipia 不是诗人或多愁善感的灵魂们遐想沉思的对象，而是往昔岁月的印记，是像希罗多德和修昔底德那样充满好奇心的人可以阐释的印记。"①在那些有着悠久历史的古老城市里，到处都是墓碑、废墟和古建筑，它们滋养着人类的历史意识，把目睹者的感觉和思绪带向往昔。罗兰·莫蒂埃说得好："废墟具有纪念物和提示品的价值；它是一个记号，一个指针，它使得生命可以暂时忘却历史的不可逆转性，任随着时间的洪流漂浮。"②正是在这种时间的漂流中，历史女神已悄悄地张开了飞翔的翅膀。

英国史学家爱德华·吉本撰写《罗马帝国衰亡史》这部经典巨著的最初动机，即源于罗马废墟的震撼性刺激。据《吉本自传》记载，在1762—1765 年间，吉本在欧洲大陆进行了漫长的游历。1763 年年初，他就到达了巴黎，在这里会晤了许多社会名流，其中包括狄德罗、达朗贝尔、霍尔巴赫等著名学者。吉本此行的主要目的地其实是意大利，由于意大利在其心目中非常神圣，所以他觉得"在离开巴黎的奢靡生活、未到意大利涉足繁华之前，最好能有几个月过一下宁静简朴的日子"。③于是，他到了瑞士，原本只想在此作短暂逗留，"可是洛桑这个地方吸引力太大了，到我第二年春天离开时，在这里差不多整整过了一年"。④在正式进入意大利之前，吉本做了很多知识上的准备，尤其是地理学、图像学方面的知识——为的是增加感性和空间方面的认知。"为了通过阿尔卑斯山南游时应用，我订立并且实行了一项阅读计划：读古罗马地志，古代意大利

---

① ［法］阿兰·施纳普：《遗迹、纪念碑和废墟：当东方面对西方》，李晓愚译，载范景中、曹意强主编《美术史与观念史》（第 5 辑），南京师范大学出版社 2007 年版，第 48 页。

② 转引自法国学者阿兰·施纳普的《遗迹、纪念碑和废墟：当东方面对西方》一文，李晓愚译，载范景中、曹意强主编《美术史与观念史》（第 5 辑），南京师范大学出版社 2007 年版，第 48 页。

③ ［英］爱德华·吉本：《吉本自传》，戴子钦译，生活·读书·新知三联书店 2002 年版，第 112 页。

④ 同上。

地理以及关于勋章奖章的书籍。"① 吉本读了很多地理和交通方面的资料，"根据这些资料，我绘制了一幅道路图……又在我的日记里插入有关罗马的街区住宅和稠密人口、联盟战争、汉尼拔进军所经阿尔卑斯山通道等等许多史地事项的长条摘记"。② 最后，吉本还特意提道："我较为认真地读了斯班海姆的伟大著作《纪念章的好处和用处》，并且按照他的记述，利用国王和皇帝、家族和殖民地的勋章、徽章、纪念章，以印证古代历史。"③ 吉本在意大利的游历持续了一年多（从 1764 年 4 月至 1765 年 5 月），不过正如他自己所说："罗马是我们此次游历的主要目标。"④ 在《吉本自传》中，吉本记载了自己在时隔 25 年之后重游罗马时的激动之情："我的脾气不是很容易感染热情的，而我又从来不屑于假装出我自己没有感觉到的热情。可是我在经过了 25 年这么长的时间之后，却忘不了当年首次走近并且进入这座'永恒的城市'时我内心强烈的激动情绪，也难以用言语将它表达出来。一夜不能入眠，第二天我举起高傲的脚步，踏上古罗马广场的遗址。每一个值得纪念的地点，当年罗慕路站立过的，或者塔利演说过的，或者恺撒被刺倒下的地方，一下子全都呈现在我眼前。"⑤ 于是，要为这座伟大城市撰写一部史书的念头开始在吉本的心中滋生，"1764 年 10 月 15 日，在罗马，当我坐在朱庇特神堂遗址上默想的时候，天神庙里赤脚的修道士们正在歌唱晚祷曲，我心里开始萌发撰写这个城市衰落和败亡的念头"。⑥

　　从吉本的例子不难看出，废墟之类的东西对史学家叙事动机的触发，与其说是认知，不如说是情感——一种深邃的探究往昔的历史情感，正如有论者所指出的："废墟所唤起的情感比起它包含的意义也许更能打动人心。"⑦

---

① ［英］爱德华·吉本：《吉本自传》，戴子钦译，生活·读书·新知三联书店 2002 年版，第 116 页。
② 同上书，第 117 页。
③ 同上。
④ 同上书，第 118 页。
⑤ 同上书，第 119—120 页。
⑥ 同上书，第 121—122 页。
⑦ ［法］阿兰·施纳普：《遗迹、纪念碑和废墟：当东方面对西方》，李晓愚译，载范景中、曹意强主编《美术史与观念史》（第 5 辑），南京师范大学出版社 2007 年版，第 50 页。

除古物、废墟之类的实物之外，图像也是引发史学家叙事动机的空间性存在物。① 在文字产生之前，图像是唯一重要的远古人类留下的遗迹。没有相关图像或器物的佐证，人类对"史前史"的撰述和理解都是不可想象的。就是在文字产生之后，图像仍然成为许多敏感的、富有创见的历史学家、艺术史家思想和灵感的激发物。保罗·拉克鲁瓦认为："在一个时代所能留给后人的一切东西中，是艺术最生动地再现着这个时代……艺术赋予其自身时代以生命，并向我们揭示这个（过去的）时代。"② 约翰·罗斯金认为："伟大的民族以三种手稿撰写自己的传记：行为之书、言词之书和艺术之书。我们只有阅读了其中的两部书，才能理解它们中的任何一部；但是，在这三部书中，唯一值得信赖的便是最后一部书。"③ 雅各布·布克哈特则认为："只有通过艺术这一媒介，一个时代最秘密的信仰和观念才能传递给后人，而只有这种传递方式才最值得信赖，因为它是无意而为的。"④ 曾撰写过《艺术哲学》的丹纳甚至宣称："我立志要以绘画而非文献为史料来撰写一部意大利历史。"⑤ 所有这些看法，都说明了艺

---

① 当然，除了能够引发历史学家的叙事动机并使其历史意识得到滋长，图像本身也是一种很好的叙事媒介，可以直接起到历史叙事的作用。而且，由于空间性的图像在叙事方面有着天然的缺陷——难以像文字那样完整、流利地叙述系列事件，故图像叙事的对象往往是早已为大众所熟悉的历史事件或宗教事件（在《图像叙事与文字叙事——故事画中的图像与文本》一文中，笔者专门对此做过探讨，有兴趣者可以参考，该文载《江西社会科学》2008年第3期，人大复印资料，《文艺理论》2008年第7期、《高等学校文科学术文摘》2008年第6期转载），因此，历史画在绘画作品中不在少数：古希腊时期的故事画，就有很多形象地叙述了当时的历史事件；著名的"贝叶挂毯"，较完整地叙述了英国的诺曼征服及相关事件，由于反映那段历史的文献比较缺乏，现代人对哈斯廷斯战役中英国国王哈罗德因眼睛中箭而亡这一细节的叙述，"首先来自贝叶挂毯的画面而不是来自文字史料的描述"（[美]彼得·伯克：《图像证史》，杨豫译，北京大学出版社2008年版，第212页）；"渔民马萨尼埃洛（Masaniello）领导的1647年那不勒斯起义被记录在米开朗琪罗·塞尔夸齐（Michelangelo Cerquozzi，1602—1660）的绘画中"（同上书，第197页）；美国画家约翰·特隆姆布尔（John Trumbull，1756—1843）则"在托马斯·杰斐逊的鼓励下用一生的精力去表现争取美国独立的重大事件"（同上书，第197页）……当然，"虽然用图像来表现历史事件有悠久的传统，但正如我们所看到的，在法国革命到第一次世界大战之间，西方的画家们才开始对用画面准确地重现过去产生出特别强烈的兴趣。这种相对严格意义上的历史绘画兴起的时间与历史小说兴起的时间恰好相互吻合"（同上书，第223页）。
② 转引自曹意强《艺术与历史——哈斯克尔的史学成就和西方艺术史的发展》，中国美术学院出版社2001年版，第59页。
③ 同上。
④ 同上书，第59—60页。
⑤ 同上书，第59页。

术图像在我们探究往昔以"复现"逝去时代时的重要性,正是它们成了历史叙事的鲜活的动机。

对荷兰文化史家赫伊津哈(1872—1945)来说,视觉图像甚至是历史灵感的唯一源泉。他认为历史意识就是一种产生于图像的视像(vision),离开艺术,既无法形成一般的历史观念,也无法确定历史的事实,"人们常常只有在回想起一些著名的历史题材的绘画作品后,才能对历史事实确信不疑"。[①] 他曾问道:如果仅仅阅读教皇谕书,而不过问泥金抄本图像,谁能真正了解13世纪呢?其名作《中世纪的秋天》的主导思想和全书结构即源于他的艺术知识,具体说来,这部名作是受了尼德兰画家凡·爱克兄弟绘画的启示而撰写的。[②] 赫伊津哈之所以迷恋中世纪,是因为其图像遗物在他心目中创造了一个"处处是头戴插着羽毛钢盔的侠义骑士"形象的时代。在《中世纪的秋天》一书中,赫伊津哈这样写道:"在我们这个时代,了解中世纪晚期的法兰西—勃艮第文化的最佳途径是艺术,尤其是绘画。我们对那个时代的了解多半是靠凡·爱克兄弟、韦登、梅姆灵等画家和雕塑家斯吕特。"[③] 不仅了解中世纪晚期的法兰西—勃艮第文化如此,要了解17世纪荷兰共和国的文化同样如此,"如同中世纪晚期的图像那样,关于共和国的图像,也是由绘画艺术决定的"。[④] 可见,在他的心目中,"历史图像首先是由造型艺术决定的,不是由文学决定的"。[⑤] 事实上,对赫伊津哈来说,历史研究与艺术创作是相通的,它

[①] [荷]赫伊津哈:《历史改变形态》,周兵译,《历史与当下》(第2辑),上海三联书店2005年版,第230页。当然,赫伊津哈认为这种情况一般只适合于探究古代历史,因为长期以来,"我们已经习惯于把过去的一切看成一连串的场景,我们已经习惯于把历史解释成历史人物在历史舞台上的表演"。(赫伊津哈:《历史改变形态》,同上书,第230页)而在当代历史中,由于政治的非人性化、社会生活的机械化,历史已经失去了它原有的"魅力"并改变了形态,"这种把历史看做一群特殊的演员在各个历史时期的表演的观念,同我们对过去时代的解释密切相连,但它已不再适用于现时代。由于我们在意识中强烈地认为历史的宏大进程是其最切实的基础,而大大地被限制于这种观念之中。我们本能地拒绝使之转变为图示形态,然而,历史的非人化也是代价昂贵,因为它失去了图示的形态,历史丧失了作为一幅生动长久的图像保留于记忆的能力"(赫伊津哈:《历史改变形态》,同上书,第230页)。

[②] 曹意强:《艺术与历史——哈斯克尔的史学成就和西方艺术史的发展》,中国美术学院出版社2001年版,第63页。

[③] [荷]赫伊津哈:《中世纪的秋天》,何道宽译,广西师范大学出版社2008年版,第268页。

[④] [荷]威廉·奥特尔斯佩尔:《秩序与忠诚——约翰·赫伊津哈评传》,施辉业译,花城出版社2008年版,第159页。

[⑤] 同上书,第158页。

们都旨在塑造图像。1905 年,赫伊津哈就任格罗宁根大学历史教授时就职演说的题目是《历史思想中的美学要素》,他将历史喻为"视像",强调直接与往昔接触的感觉。后来,他还借助视觉语言,径直把文化史研究方法称之为"镶嵌艺术法"。[1] 1943 年,赫伊津哈还在刊发于当年 4 月《知识史杂志》上的《历史改变形态》一文中,把历史看做"一种充满想象力的知识形态",在他看来,"历史学家最重要的才能就是想象……通过想象的力量可以重现历史原貌,以使其他人感受到过去时代人们的音容笑貌"。[2] 为了发展历史的"镶嵌艺术法"和历史的想象力,赫伊津哈特别强调"历史感官"的作用,"在荷兰文学中,更不用说在历史编写中,几乎无法找出比赫伊津哈更强调感官作用的作家"。[3] 而且,尽管"视觉的作用被强调得最突出",[4] 赫伊津哈还是主张历史学家应该全面发展自己的各种感官,"赫伊津哈称之为'美学观察'的事情,实际上是有联觉的观察"。[5] 正如威廉·奥特尔斯佩尔所总结的:

> 历史学家必须使自己的感官变得更加敏感,必须学会看、听、闻、尝。必须阅读文学作品,看艺术作品。如果想明白古代世界是如何覆没的,就应该看拉文纳的镶嵌壁画。"从此,每当想起那些世纪时,您就会想起那种永恒的美丽,即圣维托教堂闪亮的绿色和金色饰物和加拉普拉西提阿墓地小教堂里昏暗的蓝色夜光。您关于那个时代的想象,将永远地由那种记忆生动的说明。"但看书本和图画还不够。一个历史学家也应该"深入大自然,在草田和山丘上散步,直到他能够看到太阳过去也普照世界"。[6]

是的,"一幅图案或者一份公证员的公证书,具有'精细的、几乎与人体曲

---

[1] 曹意强:《论图像证史的有效性与误区》,载曹意强、麦克尔·波德罗等《艺术史的视野——图像研究的理论、方法与意义》,中国美术学院出版社 2007 年版,第 6 页。

[2] [荷]赫伊津哈:《历史改变形态》,周兵译,《历史与当下》(第 2 辑),上海三联书店 2005 年版,第 226 页。

[3] [荷]威廉·奥特尔斯佩尔:《秩序与忠诚——约翰·赫伊津哈评传》,施辉业译,花城出版社 2008 年版,第 144 页。

[4] 同上。

[5] 同上。

[6] 同上书,第 130 页。

线一样的曲线的'一整套盔甲，或者'散发黑色栎木的力量'的古老织布机，都会使赫伊津哈的感情'漫溢'——这是他的描述——到他心灵之外的世界里去。对他来说，与历史的直接接触，是'一种感人的事情，一种即刻的醉酒'"，"亲自看一看，亲自摸一摸，这是赫伊津哈的要求"。① 正因为如此，所以赫伊津哈不仅从图像中获得了历史叙事的动机，而且，对感官性的执著追求，也使得其史学著作充满了鲜活的"图像性"。

不仅赫伊津哈如此，像布克哈特、哈斯克尔等史学大师都从图像中获得了丰富的营养，所以他们思想和著作都与图像结下了不解之缘。比如说，著名的文化史和艺术史学者布克哈特就把艺术与诗歌相提并论，认为它们和哲学一样，都是一个时代最重要的标志："艺术和诗歌从世界、时间和自然中收集所有普遍有效和人人能够看懂的画面，这些画面是人间唯一持久存在的画面，它们相当于第二次，而且是理想化的创世，它们已经摆脱了时间性，它们虽然属于尘世，但却是永恒的，而且成为一门适用于所有民族的语言。从这个意义上说，艺术和诗歌像哲学一样是它们时代最重要的标志。"② 与诗歌相比，艺术更适合表现生活中事物光明的一面，所以它们与美更为贴近，"绘画和雕塑与人类世界的接触完全有别于诗歌与人类世界的接触；画家和雕塑家面对的几乎无一例外地是事物的光明面，创造的是一个充满美丽、强壮、真诚和幸福的世界，即使在那无声无息的自然界，他们也看到了灵气并且对它加以描绘"。③ 而且，由于诗歌"宁愿创造新的真实的东西，而不愿意讲述业已存在的东西"，④ 而艺术则恰恰相反，所以艺术更有利于人类对往昔的探究，更有利于人类历史意识的滋长。

二 历史的场所:空间、事件与记忆

所有的历史事件都必然发生在具体的空间里。因此，那些承载着各类历

---

① [荷]威廉·奥特尔斯佩尔:《秩序与忠诚——约翰·赫伊津哈评传》，施辉业译，花城出版社 2008 年版，第 131 页。
② [瑞士]布克哈特:《世界历史沉思录》，金寿福译，北京大学出版社 2007 年版，第 55 页。
③ 同上书，第 213 页。
④ 同上书，第 56 页。

史事件、集体记忆、民族认同的空间或地点便成了特殊的景观,成了历史的场所。生命可以终止,事件可以完结,时间可以流逝,但只要历史发生的场所还在,只要储藏记忆的空间还在,我们就能唤起对往昔的鲜活的感觉。事实上,"景观"既是一种稳定的社会角色,又是一个巨大的记忆系统。凯文·林奇说得好:"景观也充当着一种社会角色。人人都熟悉的有名有姓的环境,成为大家共同的记忆和符号的源泉,人们因此被联合起来,并得以相互交流。为了保存群体的历史和思想,景观充当着一个巨大的记忆系统。澳大利亚阿伦塔部落中的人都能背诵一些很长的历史故事,但波蒂厄斯认为这并不是因为他们具有特殊的记忆能力,乡村里的每一个细节事实上都在暗示着一些传说,而每一景观又向人们提示了对共同文化的回忆。莫里斯·赫伯瓦克在谈及巴黎时也有同样的观点,他认为不变的物质景观和对巴黎的共同的记忆,是将人们联系在一起的并互相交流的强大力量。"[①] 而这也正是有创造力的史学家、有历史情怀的文学家喜欢到处游历的内在心理动因,"历史知情者来到古老的地中海国家旅游,特别是希腊。驱动他们的愿望是,亲眼看看西方思想史最初时期的创建地和留下的足迹,站在希罗多德和希波克拉底(Hippokrates)、苏格拉底(Sokrates)和奥古斯丁(Augustinus)可能曾经生活和发挥过作用的地方"[②]。说到底,我们对那些名胜古迹的游览,就是对历史场景的亲历与重温,由此而获得的鲜活又具体的知识是从任何学校、任何书籍中所学不到的。对此,俄国作家伊·冈察洛夫是深有体会的,他在游览伦敦时觉得学到了很多东西并"无意中接触了英国的历史":"古代人把旅游看做完成教育过程的必要条件,不是没有道理的。……摄政王大街、牛津大街、特拉法格广场,这一连串的名称,既构成了城市现代生活的风貌,又隐藏着城市的历史,使你在行进中自然而然地了解到当今生活的来龙去脉"[③],"在人群中我信步漫游,顾盼日常生活景象。我无意中接触了英国的历史:来到了宏伟的威斯敏斯特教堂所在的地方。这是同英国当代生活

---

① [美] 凯文·林奇:《城市意象》,方益萍、何晓军译,华夏出版社 2001 年版,第 95 页。
② [德] 克劳斯·E. 米勒:《第五个维度——原始文化中的社会性时空及对历史的理解》,陶卓译,载保罗·利科等《过去之谜》,山东大学出版社 2009 年版,第 218 页。
③ [俄] 伊·冈察洛夫:《巴拉达号三桅战舰》,叶予译,黑龙江人民出版社 1982 年版,第 40 页。

紧密相连的名胜古迹，是英国的活历史，不可不认真研究"。① 当然，严格说来，这些"场所"只对那些具有历史意识或历史情怀的人"敞开"，对于普通的平民百姓而言，哪怕是像帕特农神庙、罗马、柏林、圆明园这样的历史积淀深厚的地方，如果不是事件的亲历者或历史的见证人，它们也无非是一个古城、几间破屋、一片断垣残壁而已，它们最多只是一个可堪游历或赏玩之地。可是，对于那些具有历史修养的人来说，此类地方却是历史事件的"储存所"和历史情怀的触发地。②

既然历史均发生并"储存"在场所中，那么，"场所"究竟为何物呢？

---

① ［俄］伊·冈察洛夫：《巴拉达号三桅战舰》，叶予译，黑龙江人民出版社1982年版，第41页。

② 美国学者马克·弗里曼曾经这样谈到他因参加学术会议第一次来到柏林时所产生的历史体验：开始的时候，一切都很平静，"无论是学术会议还是头几天参观市容，都没有发生任何意外的事情"。在开始参观市容时，"我觉得一切都很令人着迷，不过我在内心也保持着相当的距离。当然了，我当时心中也充满了许多感情，不过都是一些普通的感情，全不太强烈。想当年该是何等可怕呀。那一切是多么难以想象啊。您简直不会相信，那些伤痕还是那么新鲜：看那些建筑物，它们都因曾遭轰炸而疤痍斑驳；看那些纪念碑；看那些荷枪实弹，在犹太教堂门口站岗的士兵（现在还是这样）；以及如此等等"。——应该说，一直到这个时候，弗里曼的反应都还是一个普通人的反应。"可是随后却发生了某种奇妙和完全出乎意料的事情。那是在我们乘大轿车穿行市区的时候。老实说，我至今仍然不知道该怎么描述那件事儿，而是只能说，仿佛刚才还是在安全距离以外的一切，却忽然一下子变得跟我近在咫尺了。那些塔吊，那些建筑物，那些花园，勃兰登堡大门，国会大厦等，总之，刚才还是令人着迷或令人恍惚的巨大纪念建筑物（它们都像城市古迹一样，是值得您参观和铭记的对象），现在却一下子变成活生生的、呼吸着的存在了。我试图向别人解释我当时的那种感觉，说我以前从来没有像在那一刹那间的深刻的历史体验。我这样说，其实并没能完全正确地表达出我当时的感觉。"——应该说，这已经是一个具有历史情怀的人的感受了（尽管弗里曼自己认为还没有准确地表达出这种感受）：那既是现在参观时"令人着迷"的柏林，但也是曾经作为两次世界大战策源地的柏林，"那些塔吊，那些建筑物，那些花园，勃兰登堡大门，国会大厦等"之类的历史性器物显然刺痛了弗里曼作为一个历史学家的神经，让他感觉到了一种"沉痛的悲哀"，"像许多感情一股脑地突然袭来似的"。当然，正如弗里曼接下来所谈到的：除了空间或场所的刺激，他个人的文化传统或文化背景（正是因为有了这种文化传统或文化背景，所以，"我上次造访柏林时，随身带来了一个世界、一种文化视野，它肯定对我那天的经历产生了影响"）。他"从书籍、电影、照片和无数类似的东西当中获得的知识"（弗里曼说得好："大概是我带来了脑子里积累的许多众所周知的知识和画面，是它们'激活了'我那天看到的一切事物的潜流。"）以及他的犹太人背景（尽管弗里曼表示自己"不是一个特别具有宗教色彩的人"，"关于我那些曾在纳粹统治下受难的家庭成员，我也没有许多直接的了解"，但他还是指出："我的犹太人背景构成了我的传统的另一个方面，正是它在我上次看到柏林的那些场景时发挥了作用。"）也是激发其历史感受的必不可少的因素（参见马克·弗里曼《传统与对自我和文化的回忆》一文，该文载哈拉尔德·韦尔策编《社会记忆：历史、回忆、传承》，季斌、王立君、白锡堃译，北京大学出版社2007年版，第3—17页）。

显然，场所不是抽象的空间，只有当某一个空间和具体的人物、事件以及时间结合在一起的时候，才能成为真正的场所，而此一场所则构成了一个"叙事空间"，正如有学者所指出的："当空间和时间元素、人的行为和事件结合在一起的时候，空间变成了场所，体验的多样性是叙事空间的最为重要的特征。"① 而且，"场所"的意义和功能还不止于此。按照挪威建筑理论家诺伯格·舒尔茨的说法，"场所是具有清晰特性的空间"，② "场所是存在所不可缺少的一部分"；③ 甚至，场所还具有"精神"或"灵魂"："'场所精神'（genius loci）是罗马的想法。根据古罗马人的信仰，每一种'独立的'本体都有自己的灵魂（genius），守护神灵（guaraian spirit）这种灵魂赋予人和场所生命，自生至死伴随人和场所，同时决定他们的特性和本质。"④ "场所"这个概念在古希腊时期是非常重要的，其拉丁文的表述为"topos"。目前，"topos"的中文对译词一般为"空间"，如古希腊讨论"topos"的重要文本——亚里士多德《物理学》的第四章，在商务印书馆出版的张竹明先生的译本中就被翻译成了"空间"。其实，这是不准确的，更好的译法应该是"场所"（或"处所"）。古希腊人心目中的"场所"当然是一种空间，但不是我们现代人所理解的那种空间，正如有学者所指出的：当我们说他们"有空间概念（Spatial concepts）时，并不意味着希腊人就有现代人的空间概念"，"总的说来，亚里士多德所代表的希腊主流空间概念是局域化非背景的，他们所谓空间首先是指每个物体所占据的那块处所，并不是指所有物体都在其中定位、都占据其一部分的背景空间；其次，他们的空间是有限不均匀的，与近代人的欧几里得空间完全不同"。⑤ 当然，"场所"（topos）一词的用法后来被大大扩展了，"'topos'的概念，是希腊哲学中的重要概念，

---

① ［英］冯炜:《透视前后的空间体验与建构》，李开然译，东南大学出版社 2009 年版，第 74 页。
② ［挪威］诺伯格·舒尔茨:《场所精神——迈向建筑现象学》，施植民译，台北，田园城市文化事业有限公司 1995 年版，第 5 页。
③ 同上书，第 6 页。
④ 同上书，第 18 页。
⑤ 吴国盛:《希腊人的空间概念》，《哲学研究》1992 年第 11 期。在这里，人们也许会产生疑问：难道欧几里得空间不正是古希腊人的天才创造吗？怎么能说古希腊人没有欧化空间呢？其实，正如吴国盛在该文中继续指出的：只要仔细研究一下，"我们就可以发现，作为欧几里得《几何原理》研究对象的是几何图形而不是几何空间，一个均匀平直无限的三维欧氏空间概念，在欧几里得心目中根本不存在"。

是形成修辞学和记忆术的基础"。① 美国史学理论家菲利普·J.埃辛顿在其《安置过去：历史空间理论的基础》一文中这样写道："名词场所（地点）在西方修辞学和逻辑学话语中有着漫长的历史。在我们用于任一研究主题或关注对象的日常术语中，'主题（topic）'均源于场所（topos）。在亚里士多德的《范畴篇》——西方第一部关于逻辑的论著中，场所是辩护或反驳陈述的合乎逻辑的策略。尽管亚里士多德从未明确地界定这一术语，但它极有可能是借自把地理位置用作记忆方法的广泛实践。"② 关于"topos"的本质特征及其各种用法，罗兰·巴尔特有很好的总结：

> 对处所的隐喻方法，比其抽象定义更为重要。首先，为什么需要场所？亚氏说，因为为了记住事物，识认出事情发生的场所就足够了（因此，场所是有关观念、条件、训练、记忆术等的联想因素）。因此，场所不是论证本身而是被排列其内的"格架"。所以，每一种形象都使一个空间观念与一个储藏所、一种局部化、一种"开采"相联系：一个区域（在此可发现论证），一条矿脉，一个圆圈，一个方形，一眼泉，一口井，一处宝藏，甚至一个鸽子窝（W. D. Ross）。迪马赛说："场所是基本单室，在那里不妨说可以找到有关一切主题的话语材料和论证。"一个经院派逻辑学家探讨场所的家具性质，把它比喻为一个指示容器内容的标签（pyxidum indices）。对西塞罗来说，取自场所的论证针对讨论的案例呈现自身，"有如字母相对于有待书写的字词"，所以场所形成了由字母表构成的十分特殊的储存室：一个形式之体，本身并无意义，而是通过选择、排列、充实化来决定其意义。③

看来，场所不只是一个纯粹的地方，作为一个特殊的空间，场所也收集事件、经历、历史甚至语言和思维，事件存在于一个场所，就等于存在于一个框架性的事物综合体之中。当然，从本义来讲，场所就是各种事件发生于其中的

---

① ［日］香山寿夫：《建筑意匠十二讲》，宁晶译，中国建筑工业出版社 2006 年版，第 136 页。
② ［美］菲利普·J.埃辛顿：《安置过去：历史空间理论的基础》，杨莉译，《江西社会科学》2008 年第 9 期。
③ ［法］罗兰·巴尔特：《符号学历险》，李幼蒸译，中国人民大学出版社 2008 年版，第 68 页。

一种特殊的地方（空间）；但从引申义讲，场所则可指代容纳某类主题的话语或思想于其中的框架性的"容器"。场所往往凝聚着某一社群或共同体的集体记忆，它们在情感上总是起着统合和聚集的作用。因此，日本建筑理论家香山寿夫认为："场所就是在不断叠加的过程中，各种各样的事情都在那里发生的地方，是一个将人类集团统合在一起的地方。场所是共同体的依靠和支柱。"[1] 这些"各种各样的事情"当然可能发生在同一时期，但更多的事件恐怕还是发生在不同的历史时期，可不管怎么说，它们都汇集到"场所"这一空间中了。因此，"场所"中的事件总是呈现出一种多重叠加、互在其中的共时性特征，比如，作为历史场所的古老城市罗马就具有这种特征，正如有学者所指出的："罗马不仅由一个庞大的露天博物馆（在发掘原址保存和展出发掘出来的古代居民点遗迹）组成，过去的事情在这个露天博物馆中得以保存和展出，而且罗马也是由一种无法解开的互在其中组成：新旧互在其中，新建和掩埋互在其中，重新使用和排除在外互在其中。"[2] 正因为如此，所以菲利普·J.埃辛顿认为："'场所'以种种方式触及实质性的问题，它们不仅是时间问题，也是空间问题，它们只能在时空坐标中才能得以发现、阐释和思考。'场所'不是自由漂浮的能指。""呈现过去的历史也呈现了人类活动的地方（场所 topoi）。历史描述的并不是一种作为陈词滥调的'穿越时间之变化'，而是一种经由空间的变迁。因此，从严格意义上说，有关过去的知识与地图相关：那是一幅与时空坐标相对应的关于历史地点的图示。"[3]

然而，自文艺复兴时期开始，在"进步"的凯歌声中，历史的空间维度或者说历史的"场所"特征逐渐淡出了人们的视野。史学家们依照时间规律和因果关系，把历史事件编织成了一种类似于小说一样的叙事文本。时至今日，历史的结构已经被简化成了一种时间性的"链条"，它们似乎与空间、场所、地方这样的概念没有多大的关系。可是在古代社会，甚至在中世纪，人们心目中的历史却不是这样的，他们认为：脱离了特定场所的历史是根本不存在的，因为在他们看来，作为历史基本构成材料的历史事件首先是空间

---

[1] [日]香山寿夫：《建筑意匠十二讲》，宁晶译，中国建筑工业出版社2006年版，第135页。
[2] [德]扬·阿思曼：《文学的记忆》，曲平梅译，载陈启能、王学典、姜芃等主编《消解历史的秩序》，山东大学出版社2006年版，第51页。
[3] [美]菲利普·J.埃辛顿：《安置过去：历史空间理论的基础》，杨莉译，《江西社会科学》2008年第9期。

性的,它们总是和一定的地方联系在一起。① 正如克劳斯·E. 米勒所说:"事件始终只能发生在某处,发生在一定的地方。没有地点的事件是不可想象的。如亚利桑那和新墨西哥的那伐鹤人所认为的那样,这样的事件也根本不会被讲述。它们缺乏'与世界的关联'。他们习惯哪怕复述最小的细节时都联系具体的地点。因为按照他们的信念,所讲述的事件不能'固定于某处'(spatially anchored),就失去了说服力,也就不能被正确地评价。"② 不仅那伐鹤人如此,其他古代社会中的人们同样如此,比如说,"澳大利亚的土著居民在他们每天的采集和狩猎行进过程中,到处都能碰到有'故事'的地方",③ "这些满是事件的地方,或深或浅地、斑驳地分布在领土上。它们发生过不同寻常的事情之后,就拥有了一种气息,弥漫在整个周边地区",④ 而"所有这些地方都拥有'生命'"。⑤ 随着时间的推移,社群或人类共同体所生存的环境就充满了越来越多的这类地方,因此,"一些地区布满当地传说的褶皱。这类自然的记忆垃圾堆等于中世纪'记忆术'(ars memorativa)中的'记忆轨迹'(loci)。因为它们就在附近,看得见而且易于到达,历史也常常与之关联。每一次人们穿过田野、森林或者其他什么地方,记忆都再一次被唤醒,赋予过往事件已黯淡了的生动性以新的形象。不但是神话事件,不久前发生于山谷里、河流旁或瀑布边某些地方的世俗事件,在人们不断的拜访和反复的讲述后,也继续留在该群落的记忆中"。⑥ 这样一来,"通过盘根错节的根系,历史被固定在土地和文化中,在'神经原'里仿佛被触觉连接到'链'和'弧'上,深深地进入人们的记忆。不过这需要脉动来产生刺激,形成联系并点燃火花。当一个人进入了童年时代的教堂,拿起一位

---

① 在原始人的心目里根本就没有抽象的、客观的、量化的空间概念,"空间"总是与他们直接感受到的具体事件联系在一起,在他们看来,"空间是与具体事物共存的状态,而不是一种知识体系,也就是说,空间是通过事件被顺带认知和表达。这种空间是一种直觉的空间,也是空间最为原初的状态"([英]冯炜:《透视前后的空间体验与建构》,李开然译,东南大学出版社2009年版,第31—32页)。在这种所谓的"直觉空间"中,"空间不是一个脱离人而存在的单独概念,而是不可分割的附属于日常生活的场景。……空间永远和具体事物或事件相关"(同上书,第33页)。

② [德]克劳斯·E. 米勒:《第五个维度——原始文化中的社会性时空及对历史的理解》,陶卓译,载保罗·利科等《过去之谜》,山东大学出版社2009年版,第187页。

③ 同上书,第186页。

④ 同上书,第187页。

⑤ 同上书,第188页。

⑥ 同上。

已故朋友的礼物,或者聆听一首被遗忘了的曲子的时候,这一切就会发生"。① 而且,随着人们抽象思维能力的提高,不仅具体的、实实在在的地方可以成为历史的场所,地名在某种程度上也可以达到同样的效果,正如有学者所指出的:"并非少见的是,地名也由具有这样历史背景的缩略形式构成,或在一定程度上以'大标题'的形式再现这些历史。"② 于是,一个抽象的、脱离了具体空间的概念——地名也就因此而获得了唤起过去、积淀记忆、储藏历史的魔力:"传说中和固定地点相连的地名——它们保证'历史'关系的结合力——在唤起记忆方面无论如何都有不容变更的意义。仅仅称呼一下这些名字,就可以'唤起'过去。阿巴契人感觉自己好像从鬼怪的手上被放到这个地方,同时进入一种白日梦状态(daydreaming)。在梦中,曾经在那儿发生过的事件十分清晰而生动地浮现在眼前。名称出现在图片上,故事'像箭一样'飞向他们。"③ 而且,"一些地名也是当地事件的曲柄。……其他和命中注定的事件相关联的地名,只要被列举,就能让事件——连同其今天还具备的告诫或惩戒的意义——完全而鲜活地进入到人类的意识里。……按照人们(也包括阿巴契人)的理解,只是一个地方的名字就能取代神话、传说或者描述了过去事件的故事:'它象征着所讲述的事情以及所包含的智慧'"。④

正是由于历史与地点间存在着千丝万缕的紧密联系,所以真正的历史学家总是对历史事件发生的场所或空间位置了如指掌,宗教思想家米尔希·埃利亚德⑤(Mircea Elidae)曾经这样写到他的一位布加勒斯特大学的教授在听了著名历史学家狄奥多·毛姆森(Theodore Mommsen)的系列讲座后所留下的深刻印象:

> 那时,在19世纪90年代早期,毛姆森虽然已经很老了,但他的头脑还很清晰,并有着准确完美的记忆力。在他的首次讲座中,毛姆森讲

---

① [德]克劳斯·E. 米勒:《第五个维度——原始文化中的社会性时空及对历史的理解》,陶卓译,载保罗·利科等《过去之谜》,山东大学出版社2009年版,第194页。
② 同上书,第187页。
③ 同上书,第208页。
④ 同上书,第188页。
⑤ 也有的译者将之译为米尔恰·伊利亚德。

述了苏格拉底时代的雅典。他走到黑板前,不用任何笔记,就把5世纪时这座城市的规划勾勒了出来;接着他又把各个庙宇和公共建筑的位置以及某些著名井泉与园林的坐落地点一一指示出来。特别令人难忘的是,他把《菲德诺斯》(*Phaedrus*)的环境背景生动地再现了出来。在引述了苏格拉底询问李西亚斯(Lysias)住在何处,菲德诺斯回答说他与伊毕克拉替斯(Epicrates)住在一起那一节后,毛姆森指出了伊毕克拉替斯的宅第的可能位置,并解释说,经文上说的"摩里求斯(Morychus)曾经住过的那所房子就在奥林匹斯山神庙宙斯庙附近"。毛姆森接着又把苏格拉底和菲德诺斯沿爱利苏斯(Ilisus)河而行时所选择的那条路线的地图勾画了出来,而且还指出了他们停歇和进行过对话的可能地点,这是一处生长着"高大梧桐"、"宁静幽僻的所在"。我的这位教授被毛姆森那惊人的博学、记忆和精熟的文献知识深深地震惊了,以至在讲座结束之后,他仍不愿意即刻离开那个圆形剧场。①

当然,这只是事情的一面,事情的另一面是:讲座结束后,一位年长的男仆走上前去轻轻地扶起毛姆森的手臂,引导他走出讲座的圆形剧场。之所以如此,是因为"这位著名的历史学家独自一人就不知道怎样回家。这位5世纪雅典问题的最伟大、充满活力的权威对他自己居住的城市威廉敏娜柏林竟是完全漠然无知的"②。看来,"对毛姆森来说,希腊人和罗马人的世界并不仅仅是历史,即由历史编辑性的回忆重新发现的一种僵死的过去;而是他的世界——他能在那里漫步、思考、品味生存与创造福泽的场所"。③ 是啊,对毛姆森来说,希腊和罗马历史发生的那些地方或场所就是他的全部世界,他对它们投注了全部的感情,正因为如此,所以他"有着与那个世俗的、非本质的、而且对他来说毫无意义又极端混乱的近代柏林世界相隔绝的感觉"。④ 美国作家尤多拉·韦尔蒂曾经这样写道:"地方是有名有姓、可以考证、实实在在、准确无误、要求极高,因而可以信赖的集中一切感受的地点。地方

---

① [美]米尔希·埃利亚德:《神秘主义、巫术与文化风尚》,宋立道、鲁奇译,光明日报出版社1990年版,第22—23页。

② 同上书,第23页。

③ 同上。

④ 同上。

同感情紧密相连,感情又同地方有着深刻的联系。历史上的地方总代表一定的感情,而对历史的感情又总是和地方联系在一起。"① 事实也确实如此,毛姆森对历史的感情与对地方的感情即为活生生的例子。

一个历史学家如果能像毛姆森那样对历史发生的场所及其空间关系了如指掌的话,那他一定可以成为优秀甚至伟大的历史学家。相反,如果一个历史学家搞不清历史与空间或场所的关系的话,那他一定会在其研究的领域迷惑丛生,并以其昏昏、使人昏昏。苏雪林在其名著《昆仑之谜》中说得好:

> 中国古代历史与地理,本皆朦胧混杂,如隐一团迷雾之中。昆仑者亦此迷雾中事物之一也。而昆仑问题,比之其他,尤不易董理。盖以其真中有幻,幻中有真,甲乙互缠,中外交混,如空谷之传声,如明镜之互射,使人眩乱迷惑,莫知适从。故学者对此每有难于措手之感。而"海外别有昆仑"(晋郭璞语);"东海方丈,亦有昆仑之称"(后魏郦道元语);"昆仑无定所"(元金履祥语);"古来言昆仑者,纷如聚讼"(近代顾实先生语),种种叹息,腾于论坛。又有所谓大昆仑、小昆仑焉;东昆仑、西昆仑焉;广义之昆仑、狭义之昆仑焉。近代外国学者之讨论南洋民族及非洲黑人者,因中国古书有'古龙'及'昆仑奴'之说,遂亦堕入昆仑迷障,昆仑岂唯中国之大迷,亦世界之大迷哉!②

当然,"昆仑"问题本身因其复杂性而成了中国两千多年学术史上的一桩悬案,因此,学者们"对此每有难以措手之感"我们是可以理解的。但对于一般历史叙事中的空间或场所问题,则无论如何是必须搞清楚的,因为不如此,便不能成为一个合格的历史学家。

三 历史的结构:圣地、迷宫与地图

从叙事学的角度来看,无论是文学叙事还是历史叙事,叙述者都必须面

---

① 转引自 H. R. 斯通贝克为《福克纳中短篇小说选》所写的"序"——《威廉·福克纳与乡土人情》,陶洁译,《福克纳中短篇小说选》,中国文联出版公司 1985 年版,第 12 页。

② 苏雪林:《苏雪林文集》(第 4 卷),安徽文艺出版社 1996 年版,第 87 页。

对并处理好一系列的事件:首先,必须从混沌的"事件之海"中选择出部分有意义的事件作为叙述的对象;其次,必须赋予选出的事件以某种"秩序",也就是说,必须使事件形式化或结构化。之所以必须如此,是因为"历史不是对过去的再现,而是对过去的组织和理解"。[①]"如果不加选择、不做重新整理而冒昧地叙述所有行动……将牺牲掉清晰明白,揭示不了实在的真正秩序——这种秩序由自然契合与内在关联构成——而只能得到当时情况的完全浅薄的秩序。"[②] 就历史叙事而言,对历史事件的选择往往体现出史学家的"史识"、思想和道德倾向;而如何编排这些事件,赋予这些事件以什么样的结构,则除了体现出史学家的"史识"、思想和道德倾向,还体现出他们的写作能力、修辞特色和叙事技巧。在历史叙事中,选择事件当然是重要的,因为"任何记录都是一种选择,虽然对事实的选择不一定意味着诠释的原则,但却经常如此。选择记录某些事件可能因为它们能解释一种变化,或者能指向某种道德准则,或者能显示某种循环往复的方式";[③] 而且,"如果人们希望有所发现,就要经过系统的选择,这以后,不仅对问题的陈述会更具体,而且也能更清晰地显示事实之间的联系和内在的变化"。[④] 然而,尽管选择事件是如此的重要,但在某种意义上,如何组织和编排事件在历史叙事中却显得更为重要,之所以如此,是因为:"同一件事能充当许多不同历史故事中的一个种类不同的要素,这取决于它在其所属的那组事件中的特定主题描述中被指定为什么角色。国王的死在三个不同的故事中,或许是开头、结局,抑或只是过渡性事件。在编年史中,这个事件只是作为事件系列中的一个要素存在,不起一种故事要素的作用。史学家通过将事件确定为充当故事要素的不同功能,将编年史中的事件编排到一种意义等级之中。"[⑤] 可见,

---

① [美]罗杰·巴格诺尔:《阅读纸草,书写历史》,宋立宏、郑阳译,上海三联书店2007年版,第5页。

② 年鉴学派大师马克·布洛赫语,转引自罗杰·巴格诺尔《阅读纸草,书写历史》,宋立宏、郑阳译,上海三联书店2007年版,第5页。

③ [意]莫米利亚诺:《现代史学的古典基础》,冯洁音译,生活·读书·新知三联书店2009年版,第38页。

④ [法]马克·布洛赫:《历史学家的技艺》,张和声、程郁译,上海社会科学院出版社1992年版,第113—114页。

⑤ [美]海登·怀特:《元史学:十九世纪欧洲的历史想象》,陈新译,译林出版社2004年版,第8页。

哪怕是同一件事,在叙事结构所处的位置不同,也会影响到它的意义表达。正是在对事件的组织和编排中,一部史学著作的思想价值、叙事技巧和风格特色得到了最为充分的体现。

一般而言,史学家使历史事件结构化的方式基本上都是在时间维度上进行的。而按照某些史学理论家的说法,此中又有所谓的"历史"与"编年史"之分。在《历史学的理论和实际》一书中,意大利哲学家、历史学家克罗齐首先区分了"历史"与"编年史":"历史"是当代史,是活的历史,"编年史"是过去史,是死的历史;"历史"主要是思想行动,"编年史"主要是意志行动;"历史"中的事件有着紧密的联系,所以"历史"有逻辑顺序,"编年史"中的事件则没有联系,所以"编年史"只有编年顺序;"历史"有活的文献和深刻的思想,它深入事件的核心,"编年史"则只有抽象的词语记录和空洞的叙述,它只停留在事件的表面。正是在这种严格区分的基础上,克罗齐才得出了"一切历史都是当代史"的著名论断。也就是说,只有以一种当代思想和问题意识去穿越史料时,"死的历史"才会复活,"编年史"才会成为真正的历史。克罗齐说得好:"编年史与历史之得以区别开来并非因为它们是两种互相补充的历史形式,也不是因为这一种从属于那一种,而是因为它们是两种不同的精神态度",[①]"但编年史与历史之间的真正差别是一种形式上的差别(就是说,是一种真正的真差别)"。[②] 如果要深究起来,这种"形式上的差别"主要表现在:"编年史"仅仅依照时间顺序编排事件,被编排的事件间并没有内在的联系;而"历史"除了按时间顺序编排事件外,这些事件间还必须具有因果性(有了"前因"才会导致"后果")和完整性(这些事件往往被编织成为一个具有开头、中间和结局的"故事")。克罗齐有关"一切历史都是当代史"的观念与英国哲学家科林伍德"一切历史都是思想史"的观念相呼应,在 20 世纪以来的史学理论中影响很大。既然一切历史都是叙述者"思想"的产物,既然一切历史都是"当代"意识的反映,那么说到底,历史事实上和文学没有本质性的区别,它们都无非是把一些历史事件编织在一起的情节化了的"故事"。而这也正是以海登·怀特为代表的一批后现代史学理论家对历

---

① [意]贝奈戴托·克罗齐:《历史学的理论和实际》,傅任敢译,商务印书馆 1982 年版,第 8 页。

② 同上书,第 9 页。

史的基本看法。海登·怀特认为:"编年史"和"历史""都表现了材料从未被加工的历史文献中被选择出来并进行排列的过程",[①] "历史领域中的要素通过按事件发生的顺序排列,被组织成了编年史;随后编年史被组织成了故事,其方式是把诸事件进一步编排到事件的'场景'或过程的各个组成部分中。通常认为,这种事件有一个可以辨别的开头、中间和结局。这种从编年史到故事的转变,受到了编年史中描述的一些事件的影响。它们分别依据了初始动机、终结动机,还有些依据了过渡动机。一个只是简单地报道了所发生的确定时间和地点的事件,通过这样一种描述被转变成了一个初始事件:'1321年6月3日,国王前往威斯敏斯特。在国王和那个最终将挑战其王权的人之间,开始了这次决定性的会晤。尽管此时,两个人看起来注定会成为好朋友……'另外,过渡动机提示读者就内含在事件中被搁置的意义保持他的期待,直到提供出一些终止动机。如'当国王朝威斯敏斯特进发时,谋臣告诉他,他的敌人正在那儿等着,要想达成有利于王权的解决方案前景渺茫'。一种终止动机表明了那种明显的终点或过程的结局或紧张的处境:'1333年4月6日,巴利伯恩之战,国王的军队击溃叛军。随后,1333年6月7日签订的《豪斯堡条约》给王国带来了和平。可是,这是一种不安定的和平,七年后,它在宗教冲突的火焰下燃烧殆尽。'当一组特定的事件按赋予动机的方式被编码了,提供给读者的就是故事;事件的编年史由此被转变成完完全全的历时过程……"[②]

这种在时间维度上将历史简化成线性"情节"的做法,当然是方便之举,但也是无奈之举。一条时间线索上的某个事件不仅在来源上可能由无数个"过去"的事件所导致,而且在走向上也可能导致无数个"未来"的事件。但事实上,没有人能够记忆、更没有人能够叙述出所有的事件,所以便只好退而求其次——根据时间律和因果律将事件串成一根线性的"链条"。这种处理方式无疑加强了事件间的连续性、完整性和逻辑性,但它好则好矣,却是对事件存在状态的简化和遮蔽。按照这种叙事逻辑发展下去,以求真为宗旨的历史最终便只能成为海登·怀特所说的那种被情节化了的"故事",于是,历

---

① [美]海登·怀特:《元史学:十九世纪欧洲的历史想象》,陈新译,译林出版社2004年版,第6页。
② 同上书,第6—7页。

史和文学也就没有了任何差别。这种结果当然不是一个严肃的历史学家所愿意看到的。那么,有没有可能赋予历史另外一种结构——一种更贴近历史事件原始存在状态的结构呢?在笔者看来,这种可能性是存在的,这就是:在空间维度上进行编排和创造,赋予历史事件一种空间性的结构。

  正如本文第二部分所论及的,所有的历史事件都发生并"储藏"在具体的空间里。既然如此,那么要给历史事件创造一种空间性的结构,我们便只要把"储藏"这些事件的空间做出合理的、有秩序的安排就行了。事实上,这也正是很多原始民族和古代社会赋予历史事件以秩序的方式。

  首先,我们必须在某一个历史场所中找出最核心的空间。也就是说,必须找到某一社群或人类共同体的"圣地"或"神圣空间";而"圣地"之类的最核心的空间,往往也就成了历史的"起点"。"神圣空间"是美国学者米尔恰·伊利亚德在讨论宗教思想时提出的一个非常重要的概念。在伊利亚德看来,对于普通人来说,空间意味着均质和广延;但对于宗教徒来说,某些空间由于它的特殊性而被赋予了"神圣"的特性。比如说,圣树、圣石就能够作为一种"显圣物",展示出不再属于一块石头、不再属于一棵树,而是属于神圣、属于完全另类的东西。伊利亚德说得好:"对于宗教徒来说,空间并不是均质(homogeneous)的。宗教徒能够体验到空间的中断,并且能够走进这种中断之中。空间的某些部分与其他部分彼此间有着内在品质上的不同。耶和华神对摩西说:'不要近前来,当把你脚上的鞋脱下来,因为你所站之地是圣地。'于是,就有了神圣的空间,因此也就有了一个激动人心的、意义深远的空间;从而也就区别出了并不为神圣的其他部分,这种非神圣的空间没有结构性和一致性,只是混沌一团。"[①] 是的,"一个神圣空间的揭示使得到一个基点成为可能,因此也使在均质性的混沌中获得方向也成了可能,使'构建'这个世界和在真正意义上生活在这个世界也成了可能"[②]。比如说,教堂作为宗教徒的神圣空间,就是他们世界的基点和人生意义的来源。对于一个宗教徒来说,教堂和它所处的街道分属于不同的空间。那通往教堂内部的门理所当然地代表着一种空间连续性的中断,把此处空间一分为二的门槛,也表示着世俗的和宗教的两种存在方式的距离。门槛就是界限,

---

① [美]米尔恰·伊利亚德:《神圣与世俗》,王建光译,华夏出版社2002年版,第1页。
② 同上书,第3页。

就是疆界，就是区分出了两个相对应的世界的分界线。其实，对于普通人来说，在世俗生活中也能体验到某种神圣空间，"例如有一些特殊的地方，它们与所有其他的地方具有完全不同的属性，像一个人的出生地、初恋的地方、年轻时造访过的第一个外国城市的某处。甚至对于那些自我坦陈不是宗教徒的人而言，所有这些地方仍然具有一种不同寻常的、无与伦比的意义。这些地方是他们个人宇宙中的'圣地'，好像正是在这些地方，他们得到的是一种关于实在的启示，而不仅仅是其日常生活中的一处普通的地方"。[①] 不仅个人如此，一个群体在其公共生活中同样有着类似的体验，正如有论者所指出的："一个社会共同体想象出来的过去，在各种有形物体和场所上的表现情况并不均匀。一些特殊的场所被认为能够唤起一个共同体的历史，并将我们与该共同体的过去连接起来；相反，它们周围的地理环境，则被视为一种历时性的寻常之物，因而无法承担记住过去的责任。最早而且最重要的基本纪念场所，就是掩埋已故祖先或者创始英雄的遗体之处。这些场所或者遗迹被视为圣地，任何将它们用于世俗目的之举，都会引起大家的义愤。"[②] 正是由于在日常生活中区分出了"圣地"与寻常之地，所以承载着共同体之集体记忆的历史才有了基点和可能性。

在很多原始民族和古代社会中，所有的历史事件都是围绕着神圣空间这样一个基点而组织起来并获得秩序的。对墨西哥普埃布拉州的高廷昌（Cuauhtinchan）人来说，高廷昌地区的一个洞穴就是他们和其他兄弟民族的"圣地"，"作为高廷昌和其他中美洲民族的发源地，这个洞穴成了民族与历史起源的象征。与这一地点相联系的是这些部族的早期生活，或者说是他们的前历史时期"。[③] 而且，"对于来自高廷昌地区的人们来说，洞穴同时也是许多其他地点联结的核心，这些地点通过洞穴而联系在一起"。[④] 对于特里布里恩群岛上的部分居民来说，一个神奇的洞穴具有同样的意义："在特

[①] [美]米尔恰·伊利亚德：《神圣与世俗》，王建光译，华夏出版社2002年版，第3页。

[②] [英]杰拉德·德兰迪、恩靳·伊辛主编《历史社会学手册》，李霞、李恭忠译，中国人民大学出版社2009年版，第584页。

[③] [德]丹尼尔·格拉那—贝恒斯：《美洲殖民时代前期的图形文字与记忆——以墨西哥普埃布拉州的高廷昌为例》，何少波译，载王霄冰、迪木拉提·奥迈尔主编《文字、仪式与文化记忆》，民族出版社2007年版，第90页。

[④] 同上书，第91页。

里布里恩群岛上，有一部分人口的祖先传说是通过神圣的洞穴来到地球上的。其中，最先让群岛的四个主要氏族的祖先脱离出来的那个洞穴，意义最大也最主要。不过，年长具有优先权。'一系列具有贵族血统或古老的亚氏族'要求将这个洞穴作为他们的起源地。相应的，其他在等级上处于下属地位的攀越地被留给'年轻群落'。然而，按照地球上人类家谱上的亲缘关系，一切都仿佛被世界神秘原始土壤上的遗传性'深层结构'联系在了一起。"[1] 此外，"在西伯利亚北部的尤拉克—萨莫耶登，大陆与新地岛之间的喀拉街区有一个名叫瓦加奇的岛具有类似的意义。它位于世界的心脏，同样也构成创世的起始点，被视作地球最古老的部分。……岛屿是该地区最重要的圣地。所有其他的圣地与之相对，和中心在落差上保持距离，等级越来越低"。[2] 显然，"洞穴"、"岛屿"也可以被"神庙"、"祠堂"之类的神圣空间所代替，总之，只要该空间对一个群体具有最重要的意义就行了。此外，"物品也具有这样的意义"，[3] "带有更高活力浓度和特殊回忆价值的物品，其意义相应的更加重要。……一般是家族祖先的骨骼、某些圣物，一个护身符，家用圣经，一块金制怀表。如果涉及贵族家庭遗产中的物品，比如某个'物神'、鞍褥、酒碗、戒指、轻武器、一件加冕穿的外套、王冠、花环、权杖和其他象征物，就会增加一种特别的象征价值"。[4] "这些纪念品越是珍贵，就越要考虑保管它们的地点。在原始社会里，它们连同其他珍贵饰物、家庭祭祀器具及家庭保护神的神像（'圣像'），被存放在茅屋专为男子保留的右半部分。这部分被赋予宗教意义。……在许多社会里，人们都习惯将群落的圣物储藏在男人的屋内。"[5] 下面，是德国学者克劳斯·E. 米勒根据原始文化中的一些具体情况而绘制的一幅历史地貌图[6]（见图 1）。

在图中，所有的人、物品和各类建筑都依照某种空间次序有序地排列，中心圆内的"圣人遗骨或遗物"（Reliquien）、"男人的屋子"（Männerhaus）

---

[1] ［德］克劳斯·E. 米勒：《第五个维度——原始文化中的社会性时空及对历史的理解》，陶卓译，载保罗·利科等《过去之谜》，山东大学出版社 2009 年版，第 192 页。

[2] 同上。

[3] 同上书，第 195 页。

[4] 同上书，第 197 页。

[5] 同上书，第 197—198 页。

[6] 同上书，第 203 页。

图 1 历史地貌①

和"文物"(Antiquitäten)最为重要,其他的越靠近中心者越重要。不难看出,这幅图展示了原始人的秩序观念,也体现了他们的历史意识——这显然是一种体现了某种空间逻辑的历史意识。当然,这只是一幅相对意义上的"历史地貌图",因为在不同的部族中,哪怕是同样的历史场所,在他们的心目中也具有不同的重要性。另外,在历史叙述者的眼里,不同的场所在其撰述的历史"文本"中也占据着不同的位置。

事实上,图 1 所代表的这张"历史地貌图"也可以看做原始社会的"次序岛屿"图,图中的中心圆内也可以放进神、英雄、创世者、先祖之类及其相关神圣之物。克劳斯·E. 米勒认为:"人们可以将原始社会看做一片具有危险不确定性的海洋中的次序岛屿。它们对世界的知觉由种族中心主义决定:每个群落都视自己为宇宙的中心。在那里,造物主——自己种族最高的神——从创造地球的一开始就投身其中,直到完成这个作品。"②"根据创世

---

① 图中德语词的中文意思分别为:Fremdwelt(陌生世界);Bürgerschaft(市民);Dorfbevölkerung(村民);Patrizier, Adel(贵族);Gründersippe(创建氏族);Rathaus(市政厅);Kirche(教堂);Zunfthaus(行会房子);Moschee(清真寺);Tempel(寺庙);Residenz(官邸);Festplatz(庆祝会会场);Gründergrab(创建者坟墓);Reliquien(圣人遗骨或遗物);Männerhaus(男人的屋子);Antiquitäten(文物)。

② [德]克劳斯·E. 米勒:《第五个维度——原始文化中的社会性时空及对历史的理解》,陶卓译,载保罗·利科等《过去之谜》,山东大学出版社 2009 年版,第 223 页。

故事,原始的'岛屿世界'有一个仿佛水晶般的内核。中心机构、权威人士和官员、财富和传说直接集聚在那儿。在这里,原点和中点相重合。它们以'创建者氏族'的家谱为轴,在最深处和祖先一起牢固地扎根于神秘时期的土壤中,被图案原样地表现出来,相互关联并在土壤表面被它们最古老家庭围绕村庄构成的保护圈在一定程度上'密封'起来。时空结构的心脏部分,被看成家谱的中轴、群落的命脉。这片区域不折不扣地构成了共同体的神圣区域,并始终在地形上距离外部世界及其不稳定的活跃性最为遥远,始终脱离世俗的可侵犯性","相反,距离中心越远,坚固力就越弱,变成模糊不清的透明",而且,"在地区边界的另一边,所有的轮廓最后无规则地灵活变化,变得不可估算,从而具有威胁性。在那里,野蛮民族在不可靠的、造物主没有完全塑造成形的基础上,艰难地生活着"。[①] "岛屿世界"是文化的绿洲,这里的一切都在规则的控制之下,所以存在着稳定、秩序、历史和文化,是适合人生存的世界,生活于其中的人们围绕此"岛屿"及其相关神话与传说而形成认同感;"岛屿世界"之外则是不毛之地,是文化沙漠,是陌生的"他者世界"(other world),那里是一片混沌、一片混乱,没有规则,没有秩序,不可驯服,难以控制,根本不适合生存,就算有人居住,那也无非是一些"没有历史的人民"。如果有谁要离开"绿洲",那就意味着把自己交给死亡,"在闪米特语中,'死亡'(halaka)这个词的本义是'离开'。如果有人为了赢得那边的世界而放弃'这边的世界',这一切就有可能发生"。[②] 当人们选择离开的时候(哪怕是短暂的离开),总是需要下很大的决心,并需要智慧、勇气和力量的支撑。在神话和童话故事中,英雄们总是要离开文明之都而前往不毛之地,他们经历各种各样的危险但总能化险为夷,甚至会"死亡"多次但总能以神奇的方式复活,但最终他们会带着宝物载誉归来,并获得国王的赏赐和公主的爱情。显然,英雄们的"离开"是为了"返回",为了某种"获得"。当然,对于某些怀有神圣使命的修道士来说,他们选择离开是有意识的行为,是为了另一个世界而在这个世界毅然"死去",他们在山上、森林、沙漠或者其他不毛之地建造僻静的住所或修道院,

---

[①] [德]克劳斯·E. 米勒:《第五个维度——原始文化中的社会性时空及对历史的理解》,陶卓译,载保罗·利科等《过去之谜》,山东大学出版社 2009 年版,第 223—224 页。

[②] 同上书,第 238 页。

要么是为了彼岸世界，为了与上帝更加接近，要么就是为了某种神圣的事业——把上帝的光辉带到荒凉之地、为不毛之地披上文明的外衣之类。一个"岛屿"的容量自然有限，随着文明的发展，随着人口的增加，为了赢得新的生存空间，必然会出现所谓的"疆域扩张"现象，于是，"子母移民点围绕成'群岛'"。① 关于这种"岛屿世界"与外在环境之间的关系，可以用以下这个图示来形象地表现（见图2）②。

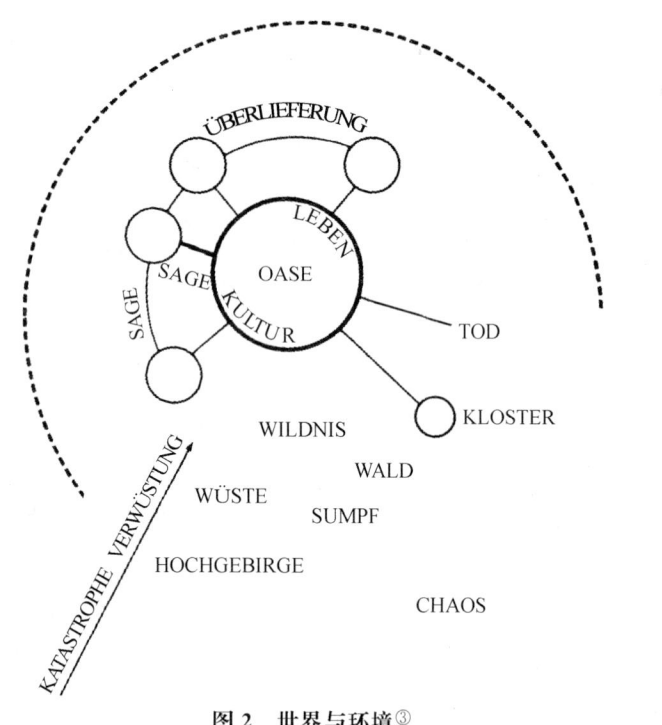

图 2　世界与环境③

在图2中，一个"大岛"和四个"小岛"组成了一个稳定和谐、秩序井

---

① ［德］克劳斯·E.米勒：《第五个维度——原始文化中的社会性时空及对历史的理解》，陶卓译，载保罗·利科等《过去之谜》，山东大学出版社2009年版，第236页。
② 同上书，第239页。
③ 图中德语词的中文意思分别为：Überlieferung（传说）；Sage（传说）；Leben（生命）；Oase（绿洲）；Kultur（文化）；Tod（死亡）；Kloster（修道院）；Wildnis（不毛之地）；Wald（森林）；Wüste（沙漠）；Sumpf（沼泽）；Hochgebirge（高山）；Katastrophe（灾难）；Verwüstung（沙漠化）；Chaos（混乱）。

然的"群岛世界",生活在这些生命绿洲中的人们有着强烈的认同感,因为他们有着共同的地域及其相关的神话传说。在这个世界之外,则是森林、沙漠、沼泽之类的混沌、混乱之地,这些地方是陌生的、未知的,让人觉得恐惧的,因而也是没有历史的蛮荒之地。

  由于历史总是涉及广阔的时空,所以它并非"孤岛",而是涉及多个场所的一片广阔的区域。大到一个国家、一个民族,小到一个村落甚至一个家族,其历史场所都往往不止一个。因此,一部真正的空间性历史文本的结构应该是包含多个被"神圣空间"组织起来的历史场所的网络状的"编织物"。如果我们要撰写这么一部空间性的历史文本,那么在对该历史文本所涉及的多个历史场所的"地貌"逐一搞清楚之后,接下来要做的就是尽量把这些历史场所以某种方式联系起来——这种联系可能是时间性的、因果性的,但绝不仅限于此,它应该包括事物间可能有的一切联系。如此一来,这样一部历史文本很可能会形成一种迷宫式的复杂结构。迷宫是一种在原始时代和古代社会非常常见的特殊的空间形式,"迷宫图有史以来一直是美妙憧憬的关键构图,早在曲折的语言表达方式出现之前,人们就从中获取了一种灵活的句法。谁能破译它,它就会揭示智慧之路"。[①] 迷宫绝不是局部现象和暂时现象。早在数千年前,人们就已在世界各地,在斯堪的纳维亚、俄罗斯、印度、中国西藏、希腊、布列塔尼、美洲和非洲发现了出奇相似的迷宫草图。这些迷宫图彼此相距数千公里,或刻于石上,或绘于壁上,或建造于花园中。然而,随着古代社会的终结和理智时代的到来,时间性、直线性、逻辑性和透明性蔚然成风、独统天下,迷宫便成了思维和智慧的敌人,成了受人诟病的晦涩的典型。这样一来,迷宫要么是消失了,要么就是躲藏起来了:它逃进花园,成了花园的装饰物;它遁入沙龙,成了人们消遣的玩意儿;或者就是躲进教堂等圣地,成了神圣的象征。但不管怎么说,"迷宫自古以来就不是一种枝节现象,而是人类思想的最古老的一种图示,故凡涉及人类原始悲剧之处总有迷宫出现。在最久远的年代——不仅仅在古希腊人或澳大利亚土著人那里——迷宫是表示复杂、展现命运悲剧亦即谁也逃脱不了的时间的最佳方式"。[②] 而

---

  ① [法]雅克·阿达利:《智慧之路——论迷宫》,邱海婴译,商务印书馆 1999 年版,第 13 页。

  ② 同上。

且，迷宫还是一种原始的、特殊的叙述语言，"人类是通过迷宫图案，这种最初的叙述语言，开始自述或进行相互间的交谈的"。① 当然，这样一部迷宫式的历史叙事作品只是一种理想中的状态，实际上从来就没有人用任何一种文字写出过。可是，在古人的意识中这样的"作品"却是存在的，比如澳大利亚人心目中的这幅神秘的路线网络图（见图3）。

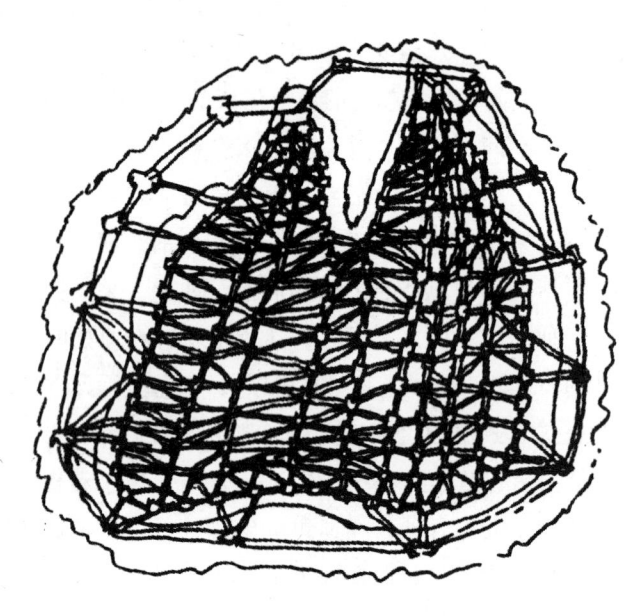

图3　澳大利亚神秘的路线网络

在图3中，"结点标识了原始时期的事件和历史，连接线则标识了相邻种群之间的关系"。② 图中纵横交织的"路线"就像是一根一根的绳索交织在一起，交织处则形成一个个的结点，正如有学者所指出的："将一个个圣地通过传说深深固定于土壤的直线，以及'故事'中所讲到的与经验相关的被传播到各处而又相互关联的点，开始变得更像绳子，并且越来越多地相互交错。"③ 小到一个具体的人，大到一个种族，其人生经历或种族历史其实

---

① [法]雅克·阿达利：《智慧之路——论迷宫》，邱海婴译，商务印书馆1999年版，第100页。
② [德]克劳斯·E. 米勒：《第五个维度——原始文化中的社会性时空及对历史的理解》，陶卓译，载保罗·利科等《过去之谜》，山东大学出版社2009年版，第213页。
③ 同上书，第224页。

就像是这幅绳结交错的网络图,当然,"绳索"和"结点"的多少要看具体情况而定。这一点,完全可以从我们的人生经历得到验证:"我们中的每一个人,当回忆所经历的岁月时,总希望回到童年、青少年、大学和开始职业生涯的地方,再次走一遍其中的一段或者另一段路,在值得回忆的地方再逗留一会儿。这样,在走遍生活之路时,我们可以让记忆中的生平和故事再次复活","这就好像走过一条铺设在地上的有结点的绳子"。① 其实,这种对以往经历地方的重游,在某种程度上正好构成了对生平和故事的"叙述"。事实上,很多原始部落的人们正是这样理解叙述行为的,比如,"在帝汶岛东部的曼姆拜族那里,叙述被理解为在空间上将人们从一个出发点带到终点(across space and over time)的'漫游'(walks)。在形式上,吟咏者让自己被一个前置句领起,'沿着祖先足迹留下的路径',以使被报道的事情看起来在一个框架中,像是紧跟在先前一个事件的后面。他提到叙述中的英雄开始旅程的地方时,就像用手指一个个触摸虚拟绳子上的绳结一样,按照顺序触及所有他拜访过和觉得值得回忆的地方,直到最后抵达终点"。② 显然,这样的叙述行为还是遵循某种时间顺序,而且,它涉及的路线或"绳索"总是有限的,因为原始部落中的"历史场所"及其场所中积淀的神圣或重大之事毕竟还不是太多。然而,在那些高度文明化的历史场所,情况就要复杂得多了,"在高度文化世界的文明中心,时间空间历史的坐标结构通过多次折射变得极为复杂,这使人们无法看透。而曾经从背后发出光线、使之便于理解获得意义的清晰的轮廓,也几乎变得模糊不清。多网式的魔力变得令人沮丧,像一张钢网般不断抽紧"。③ 是的,历史事件的"绳索"越多,其中的关系就越难理清,以之编织成的"历史文本"的结构也就越复杂。事实上,事件"绳索"太多、文本结构太复杂的历史是很难写出来的。我想:如果有谁能写出一部具有图 3 那样的迷宫式空间结构的历史作品的话,那一定非常接近历史的真实——尽管像海登·怀特这样的后现代史学理论家认为历史的真实永不可及,而写出这样作品的历史学家则一定比司马迁、班固、吉本和兰克还要伟大。

---

① [德] 克劳斯·E. 米勒:《第五个维度——原始文化中的社会性时空及对历史的理解》,陶卓译,载保罗·利科等《过去之谜》,山东大学出版社 2009 年版,第 218 页。
② 同上书,第 218—219 页。
③ 同上书,第 249 页。

既然迷宫式结构的历史叙事作品难以写出来,史学家便只好对其结构稍作简化,从而把历史写成特征明显的"地图"式的作品。① 应该说,这样的历史文本在理论上是有可能写出来的。但放眼中外史学史上,这方面的作品却是少之又少、难以寻觅。就我的见闻来看,我只发现中国北魏时期杰出的史学家杨衒之的《洛阳伽蓝记》是这样一部史学作品。② 为什么说《洛阳伽蓝记》是一部"地图"式的历史著作呢?按照菲利普·J. 埃辛顿的说法:"历史是过去的地图,其基本单位是场所。"③ 在《洛阳伽蓝记》中,历史的基本构成单位是北魏时期存在于洛阳的几十个寺庙(伽蓝)。在具体写作中,杨衒之先记一寺建造的时间,次及建造者和建造源起,然后再标示其地理位置,如卷一《永宁寺》这样写道:"永宁寺,熙平元年,灵太后胡氏所立也。在宫前阊阖门南一里御道西。其寺东有太尉府,西对永康里,南界昭玄曹,北邻御史台……"当然,作为历史的场所或"容器",这些寺庙里肯定发生过很多历史事件。对这些事件,杨衒之先以慧眼选择出其中重要者,然后再以高超的笔法叙述之。这里再以《永宁寺》为例略作说明。该篇写永宁寺气势之雄伟、装饰之精丽,是以西域胡僧之反应来侧面表现的:"时有西域沙门菩提达摩者,波斯国胡人也。起自荒裔,来游中土,见金盘炫日,光照云表;宝铎含风,响出天外。歌咏赞叹,实是神功。自云:'年一百五十岁,历涉诸国,靡不周遍。而此寺精丽,阎浮所无也。极佛境界,亦未有此。'口唱南无,合掌连日。"接着,该寺便发生了这样的事:"孝昌二年中,大风发屋拔树。刹上宝瓶随风而落,入地丈余。复命工匠,更铸新瓶。"这似乎是历史悲剧的征兆,而接下来,杨衒之便写了以下三件事:"建义元年,太原王尔朱荣总士马于此寺";"永安二年五月,北海王元颢复入洛,在此寺聚兵";"永安三

---

① 这里的"地图"显然是一种比喻式的用法,指的是以文字为媒介,但依照"地图"的空间方位来组织事件,最终使整部历史作品具有类似某种"地图"般的空间结构。

② 长期以来,有不少学者把《洛阳伽蓝记》看做一部地理学著作,但事实上,《洛阳伽蓝记》是一部匠心独运的历史著作,杨衒之的真正目的是要"假佛寺之名,志帝京之事"(清人吴若准语)。该书写作手法颇为独特,其中正文与注文参差交错、相互说明:凡记伽蓝者为正文,而涉及官署者、叙述时人事迹和民间故事者、有衒之按语者均为注文。而且,该书写作时真实与虚幻的交错、冷笔与热笔的变换、时间与空间的切割,均让人叹为观止。

③ [美]菲利普·J. 埃辛顿:《安置过去:历史空间理论的基础》,杨莉译,《江西社会科学》2008年第9期。

年，逆贼尔朱兆囚庄帝於寺"。一连三次的血腥事件，正在侵蚀着永宁寺的根基，最后该寺终于迎来了永熙三年二月的一场大火。至此，我们已经分辨不出永宁寺到底是毁于自然的大火，还是淹没于历史的战火？《永宁寺》的这种叙述模式，是杨衒之对每一个历史场所采取的基本写作方式。而《洛阳伽蓝记》的整体布局则是这样的：全书共分为城内、城东、城南、城西、城北等五卷；叙述的顺序是先内后外——先写城内，然后按东、南、西、北之方位顺时针地次第叙述；在该书序文中介绍城门时，也是循着东面四门、南面四门、西面四门、北面两门的方向，逐一安排其空间位置。这种叙述方式，"足见杨衒之在处理空间时，非常用心地建构一道井然有序，而又为大家所熟悉的骨架。有了这个严整的骨架，即使容纳再多的各种景物，也不致失却其空间的严整性"。① 不难看出，《洛阳伽蓝记》这部历史文本的"骨架"或结构，正是一张反映北魏时期洛阳城伽蓝（寺庙）之布局的"地图"。因此，阅读《洛阳伽蓝记》这部奇书，我们只要按照杨衒之给我们提供的历史"地图"，并依照一定的空间方位按"图"索骥，一幅有关北魏时期的恢宏的历史画面便会在我们的眼前徐徐展开。

四 结束语

　　叙事是具体时空中的现象，任何叙事作品都必然涉及某一段具体的时间和某一个（或多个）具体的空间。超时空的叙事现象和叙事作品都是不可能存在的。作为一种特殊叙事形式的历史叙事，当然也是具体时空中的现象，因此也必然具有相应的时间性与空间性。可长期以来，在实际的写作和具体的研究中，历史叙事空间性的一面却被史学家们有意无意地忽略掉了。于是，本该在时间和空间维度同时运行的历史就被简化成了一个不可逆转的从过去奔向未来的"发展"或"进步"的过程；于是，除了时间之门，通向历史大厦的多个门窗也就被全部关闭；于是，本该具有多面性的历史也就被简化成了一种类型——"线性"。这当然是不对的，也是不符合历史女神的本

---

　　① 王文进：《〈洛阳伽蓝记〉快读——净土上的烽烟》，海南出版社、三环出版社2005年版，第99页。

来面貌的。通过对历史叙事空间性的考察，我们认为空间不是历史的可有可无的要素，而是构成整个历史叙事的必不可少的基础；而且，通过对历史叙事空间基础的探讨，我们看出了书写其他类型历史的可能性和必要性。[①]

当然，我们对历史叙事空间性的强调并不表示要抛弃其时间性。事实上，只有时间性与空间性的创造性结合，才是写出伟大历史作品的条件，才是未来史学发展的康庄大道；也只有同时具备时间性与空间性思维而没有任何偏废，我们才能更好地欣赏历史大厦的庄严与华美。年鉴学派史学大师费尔南·布罗代尔说得好："在穿越历史的多重门槛时，所有的门在我看来都是美好的。"[②] 是的，历史女神克丽奥（Curio）绝不是单面女郎，通向历史大厦的门也绝不会只有一扇。我们只有同时从时间性与空间性的维度去观看历史，才能完整地领略历史女神的多种魅力，才能真正自由地、多角度地去欣赏历史大厦的美丽、神奇与繁复。

作者简介：龙迪勇（1972— ），男，江西省社会科学院中国叙事学研究中心常务副主任，研究员，主要从事叙事学研究。（江西南昌　330077）

[①] 其实，古代的历史是有着多种类型的，就像莫米利亚诺所说："古代并非只创造了一种历史，它创造出许多类型。"（《现代史学的古典基础》，冯洁音译，生活·读书·新知三联书店2009年版，第208页）比如古希腊，就既有希罗多德式的历史，也有修昔底德式的历史。然而，在随后的历史"选择"中，大多数历史学家选择了修昔底德式的历史，于是希罗多德式的历史被压制，历史类型也因此而变得单一化了。所以，在某种程度上，我们对多类型历史的追寻颇有点"返古"的味道。当然，这不是简单的回归，而是一种在"否定之否定"基础上的新探索。

[②] 转引自［美］罗杰·巴格诺尔《阅读纸草，书写历史》，宋立宏、郑阳译，上海三联书店2007年版，第7页。

记忆的空间性及其对虚构叙事的影响

□ 龙迪勇

记忆是作家们创作时最基本的心理活动之一,它对于叙事活动的重要性是不言而喻的。记忆不仅和时间有关,它的空间特性也非常明显,而这种空间特性给虚构叙事带来了深刻的影响,这种影响既表现在内容或主题层面,也表现在结构或形式层面:我们生活中重要的记忆总是和一些具体的空间(地方)联系在一起,这在叙事虚构作品中多有表现;而记忆的空间性与叙事作品的空间形式之间也存在紧密的关联。

无论是实实在在发生过的真实事件,还是作家们想象出来的虚构性事件,都必然发生在特定的时间和具体的空间里。因此,史学家在编撰历史或者小说家在创作小说时,都必须既考虑事件的时间层面,也考虑事件的空间层面,也就是说,无论是历史叙事还是虚构叙事,都既存在一个时间维度,也存在一个空间维度。事实上,无论是在历史叙事还是在虚构叙事中,空间都不是可有可无的要素,而是构成整个叙事活动的必不可少的基础。在《历史叙事的空间基础》一文中,笔者从历史的证据、叙事的动机、历史的场所、历史的结构等几个方面,考察了历史叙事的空间基础问题,[①] 接下来,笔者准备探讨的是虚构叙事的空间基础问题。在笔者看来,这个问题非常重

---

① 龙迪勇:《历史叙事的空间基础》,《思想战线》2009 年第 5 期,第 64—73 页。

要,无论在何种意义上,它都应该成为叙事学研究中最具基础性的"元问题"之一,可遗憾的是,在目前的相关研究中,我们几乎还找不到涉及相关论题的成果。本文即为填补这一空白的初步尝试。

由于主题的重大和线索的庞杂,我们的论述该从哪里开始呢?哲学史家、翻译家王太庆先生说得好:"人的思想要有一个基点,正如人的身体要有一个所在一样。身体可以在这里不在那里,却不能哪里都不在。思想要有所思,所思的可以是现实的事物,也可以是概括的或抽象的东西,但是后者只是前者的概括和抽象,离开了前者就无法设想后者。一个人可以浮想联翩,想到太虚幻境,可是那幻境里的金陵十二钗毕竟离不开地上的大观园。完全脱离实在的思想者只能是疯子。日常生活中的思想是这样,作为集中的、提高了思想的哲学也是这样。任何哲学都要以实在为基点,哪怕你的哲学主张四大皆空,这空却不能不从'四大'说起。"① 那么,叙事思想中的"实在"是什么呢?我们认为是"事件",因为任何叙事活动都必须以事件为基点,没有事件的叙事作品是不可能存在的。当然,我们要探讨虚构叙事的空间基础,必须重点考察叙事虚构作品中的事件以及由事件组成的故事情节的空间性,但在考察这一问题之前,我们必须首先解决事件的来源问题,这就涉及创作心理,涉及作家创作时的记忆和想象活动。

无疑,任何叙事作品的产生,都是作家们艰苦劳动的结果。尽管"新批评"以来的文学理论活动以"意图谬见"为理由斩断了作品与作家的联系,但我们还是认为:作家们的创作心理仍是探讨虚构叙事空间基础问题的合理起点,因为这涉及叙事中的"实在"——事件的来源问题。只有把"源"上的问题解决好了,后面的相关问题才能得到合理的解释。应该承认,任何作家在进行叙事虚构作品的创作时,都离不开记忆和想象这两种最基本的心理活动。根据我们的考察,记忆和想象均具有非常明显的空间特性,而这种空间特性必然会给作家们的创作活动带来深刻的影响。限于篇幅,本文仅探讨记忆的空间性及其对虚构叙事的影响,至于想象的空间性及其对虚构叙事的影响问题,则只好留待下一篇文章来解决了。

---

① 王太庆:《柏拉图关于"是"的学说》,载台湾《哲学杂志》(季刊)总第21期,1997年8月,该文也见于王太庆译《柏拉图对话集》之"附录",商务印书馆2004年版,第675—676页。

一 叙述的对象:从原生事件到意识事件

作为一种精神创造活动,确定一系列的事件是一切叙事活动的真正起点。既然如此,那么我们就有必要先来对"事件"进行剖析和界定。我们知道,事件是叙述的客体。然而,这一客体并不是纯粹客观的,生活中实际发生的原生事件、子虚乌有的虚构事件、被人们感知和意识的事件、储存在记忆中的事件、形诸文字的事件以及被读者阅读和阐释的事件并不是一回事。因此,要把握作为叙述客体的"事件"这一看似简单的要素,实在不是一件容易的事。在本文的研究中,我们认为最重要的是原生事件和意识事件,所以,下面我们将重点对此进行剖析。

事实上,叙述的对象并不是原生事件,而是意识事件。也就是说,叙述者面对的并不是作为客观发生的"事实"的事件,而是经过意识和记忆反应之后的往往并不在场的事件。[①] 但遗憾的是:无论是创作界还是学术界,目

[①] 其实,进入记忆的事件就已经不是原生事件了,而是原生事件的"印象"或"形象"。亚里士多德是最早对记忆的"自体感觉"和"他物感觉"做出区分的哲学家。在《自然诸短篇:记忆与回忆》中,他对此做过详尽而精当的分析:"记忆盖即人们回想于现时的效应,抑或由以引起回想的原件?若说是前者,我们不该能回想任何现今不在的事物;若说是后者,我们又怎能于现今不在的事物有所感觉,而凭如此实际上不可得的感觉作回想?倘说一个印象或一图画,对于我们,其为效应是相同的,何以这记忆中的感觉,不作自体感觉而为他物感觉?方其人正在运用其记忆时,他考虑和感觉到了这个效应(作用)。于是,他是怎么回想到当前不在的事物的?这里隐括了这样一个含义:观看与聆听当前所不在的事物是可能的。诚然,这既属可能,而且实际上显示了这个情况。在画幅所描绘的这肖像,既是一图画,又是一肖像,两者是同一件事物,可是,它们的现实存在(实是)却不是同一的,若说把这图像兼想为一个生物的原本,却又是一幅肖像,是可能的,那么,我们也该把我们内现的心理形象,兼顾之为其自体表现,却又是他物(他身)的一个心理形象。作为自体表现来考虑,这是一个思想客体或一个心理形象,但,作为某个他物(他身)的肖像而论,则我们所思想的乃是一个摄影,是一个记忆客体。所以,方当刺激在活动之中,若从乎其自体而观之,灵魂于此的观感,就显见其为一思想对象或一心理形象;但,如果作为他身的一个肖像而论,那么,恰似人们把画幅中的人物看成了一幅肖像那样,他虽未尝晤见哥里斯可,可就把这画中人当做了哥里斯可的肖像。于后一案例,观乎此图(肖像)而兴起的情感是与作为图画而观看此图的情感是不同的,由前者而入于灵魂之中的就只是一个思想对象,但由后者之若此而为成像,则已是属于记忆的题目了。"([古希腊]亚里士多德:《灵魂论及其他》,吴寿彭译,商务印书馆1999年版,第234—235页)应该承认,这段话晦涩难懂,但其基本思想还是清楚的:记忆的对象不是原物,而是原物的"心理形象",因此,"记忆非他,实际就只是对于一个其自体不是现实存在的形象(肖像)的反复思念"(同上书,第236页)。

前对这两个概念都还存在不少误解,人们总是想当然地认为叙述的对象是在场的原生事件。我们认为,无论是对于创作者还是对于研究者来说,在观念上把叙述的对象从原生事件转向意识事件,都是取得客观认识和创作成就的基础。

(一) 原生事件

所谓原生事件,就是在生活中实实在在、原原本本发生的事件。但事实上,原生事件只在理论上存在,因为事件一经发生,必须被感知到,才能进入人的意识,从而为人所认识、记忆和叙述。没有进入人的意识的事件是毫无意义的,而进入了人的意识并被人所记忆和叙述的事件,就已经不是原生事件了。

然而,有不少理论家是相信有原生事件,也就是有事件本体存在的。如历史实证主义相信,"历史"首先是作为一个"对象"而存在的,即历史的"本来面目"或"本来的历史",它是历史研究者所追求和欲达到的目标,也是"历史学"的对象。当然,在习惯上,人们把对"历史"的叙述和阐释也称之为"历史",但无论如何,人们还是一直相信有一个作为研究"对象"而客观存在的"历史"的。以哲学家冯友兰为例,他对"历史"一直保持着两种意义的区分,从20世纪30年代的两卷本《中国哲学史》到晚年七卷本的《中国哲学史新编》都是如此。在前者的绪论中,他明确地界定说:"历史有二义:一是指事情之自身;如说中国有四千年之历史,说者此时心中,非指任何史书,如《通鉴》等。不过谓中国在过去时代,已积有四千年之事情而已;此所谓历史,当然是指事情之自身。历史之又有一义,乃是指事情之纪述;如说《通鉴》、《史记》是历史,即依此义。总之,所谓历史者,或即是其主人翁之活动之全体;或即是历史学家对于此活动之纪述。若欲以二名表此二义,则事情之自身可名为历史,或客观的历史;事情之纪述可名为'写的历史',或主观的历史。"[①] 在后者的绪论中,他继续坚持说:"历史这个词有两个意义。就其第一个意义说,历史是人类社会在过去所发生的事情的总名;……就这个意义所说的历史,是本来的历史,是客观的历史。……历史学家研究人类社会过去发生的事情,把他所研究的成果写出来,以他的

[①] 冯友兰:《中国哲学史》(上册),中华书局1961年版,第16页。

研究为根据，把过去本来的历史描绘出来，把已经过去的东西重新提到人们的眼前，这就是写的历史。这是历史这个名词的第二个意义。"① 显然，冯友兰所说的"本来的历史"、"客观的历史"，就是作为史学研究"对象"的历史，是被研究者"对象化"了的存在。

如果真的存在像冯友兰所说的那种"本来的历史"、"客观的历史"的话，那么历史学家只要像兰克所说的那样"如实直书"就行了。但历史事实在本质上是不在场的，因此它并不像石块、房屋等具体物件那样具有明晰的式样，而是人们对以往事情的记忆、概括和叙述。雅克·德里达说得好："在场的历史是关闭的，因为'历史'从来要说的只是'存在的呈现'，作为知和控制的在场之中的在者的产生和聚集。"② 历史记忆是经过人们筛选和重构的东西，它不可能重建另一个时空体系中存在的所有人的生活和经验，因为在历史的每时每刻都充满无限的物理和心理事件。事实上，即使是面对同一个历史事件，不同的人也会根据现实的需要和各自的目的而有不同的剪辑和构想。所谓的"通史"，其实只是一些局部历史事件的并置，其中空缺之处显然比充实之处多得多。而且，就时间来说，每个人在任一时间点上都只能亲身经历"现在"，正如法国学者高概所说："只有现在是被经历的。过去与将来是视界，是从现在出发的视界。人们是根据现在来建立过去和投射将来的。一切都归于现在。历史之难写，正在于它与我们的现在有关，与我们现在看问题的方式以及投射将来的方式有关。只有一个时间，那就是现在。"③ 这种说法其实与克罗齐和柯林伍德的说法如出一辙，前者认为"一切历史都是当代史"，后者则认为"一切历史都是思想史"，他们的意思无非是说：真正客观的历史或本体的历史是不存在的，一切历史都打上了历史叙述者思想的烙印，一切历史都是当代人的重构与想象。由此可见，过去的历史事件只在理论上保持客观和原生的性质，事实上是不存在纯粹客观的、原生的历史事件的。那么，现在的事件呢？实际上，"现在"也并非稳固的在场。一方面，当我们于当下考察"现在"时，它瞬间就已经消逝，成为非在场的"过去"。诚如奥古斯丁所说："现在如果永久是现在，便没有时间，而

---

① 冯友兰：《三松堂全集》（新版）第八卷，河南人民出版社2000年版，第7—8页。
② [法]德里达：《声音与现象》，杜小真译，商务印书馆1999年版，第131页。
③ [法]高概：《话语符号学》，王东亮编译，北京大学出版社1997年版，第7页。

是永恒。现在的所以成为时间,由于走向过去;那么我们怎能说现在存在呢?现在所以在的原因是即将不在。"① 在这个意义上,与其说时间是永恒的现在,不如说是永恒的过去。另一方面,我们对"现在"的观照,总是对现在事物理解中的投射,其意向总是指向未来。在这个意义上,时间又成为永恒的未来。然而,"将来尚未存在,尚未存在即是不存在;既不存在,便绝不能看见。"② 既然"现在"的存在在理论上缺乏稳固的根基,那么"现在"发生的原生事件也就缺乏长期存在下去的理由,因为时间总是与事件捆绑在一起,我们也正是通过事件来感觉时间的。③ 事实上,事件一经发生,便会坠入时间的绵延之中而成为过去时。那些号称要介入"当下"的叙事者,不是懵懂无知,就是自欺欺人。

看来,把原生事件放逐出人们的认识领域是比较合适的,它们只在理论上存在。这种看法与康德以来的近现代哲学对传统本体论的扬弃有关。哲学家告诉我们,我们所认识到的世界是经验世界,它是我们主体与客观存在的互动的产物。康德明确地指出:人类的认识能力是有限的,纯粹客观的"物自体"是超验的形而上学存在,并不能进入人类的认识视野。如果我们仿照康德的说法,可以说纯粹客观的"事自体"也就是原生事件,是超验的形而上学存在,它们不属于人类的认识范围。也就是说,原生事件是过去了的或消逝了的时空体系中发生的事情。尽管现在的世界是过去世界的延续,但这个世界过去的时空特征却是缺席的或不在场的。而且,现在的人与过去的人处在不同的时空维度中,我们的行为无法对已经消逝了的时空体系中的存在施加影响。就作为叙事主要类别之一的历史而言,如果历史本身不是当下的存在,不是在场的存在,那么,历史存在于何处呢?"历史事实"曾经发生

---

① [古罗马]奥古斯丁:《忏悔录》,周士良译,商务印书馆 1963 年版,第 242 页。
② 同上书,第 246 页。
③ 最早谈到事物与时间之间存在某种本质联系的,是生于公元 354 年的古罗马神学家奥古斯丁,他在《忏悔录》一书中说得好:"我知道如果没有过去的事物,则没有过去的时间;没有来到的事物,也没有将来的时间,并且如果什么也不存在,则也没有现在的时间。"([古罗马]奥古斯丁:《忏悔录》,周士良译,商务印书馆 1963 年版,第 242 页)奥古斯丁的意思是说,如果没有事物存在,那么时间只是一个概念空壳,没有任何实际意义,也根本不能被我们所把握。正是事物使时间变得充实起来,从而有了可以称得上是实质或内容的东西。在《寻找失去的时间——试论叙事的本质》一文中(《江西社会科学》,2000 年第 9 期),笔者对事件与时间的关系有较全面的探讨,有兴趣者可以参考。

在某个经历了变化的空间范围内,它曾经存在于某个已经消逝了的时段上,这是我们的信念,没有这个信念我们就会滑向历史唯心主义。然而,如果认为"历史事实"就像石块、房屋等具体物件那样有棱有角地存在的话,那我们就停留在朴素实在论的水平上。事实上,如果说自然存在对人来说也需要认识的确证的话,那么历史存在对人的依赖就更大了。"历史事实"与其说是存在于外部世界,倒不如说是存在于人们的理解、记忆、叙述和阐释之中。

(二) 意识事件

这里所谓的意识事件,是指在叙事行为即将开始之际出现在叙述者意识中的事件。从接触渠道来说,意识事件可以来自叙述者在当下生活中的亲身经历,可以来自朋友或同事之间的闲聊,可以来自电视、报纸或其他媒体的新闻报道,可以来自灯下独坐时的缠绵回想或浮想联翩……从心理活动来说,意识事件可以依靠感知,从对当前事件的耳闻目睹中获得;也可以发动想象,靠虚构获取;当然,最重要还是诉诸记忆,从往事中提取。而且,严格说来,一切即将进入叙述的事件在某种意义上说都是往事,因为哪怕是你作为一个电视新闻记者正在做现场报道,被报道的事件也是在被你的眼睛和耳朵等感觉器官感知后进入到意识中之后,才能被你报道或叙述的。[①] 正因为如此,所以我们讨论意识事件时涉及的心理活动主要是记忆。

为了便于讨论,我们先来引入一个关系事件的概念。所谓关系事件是指事物在相互交往的关系中所表现出来的状态。不同的存在一般个别地表现着事实,不同存在间的交往关系则创造着新的事实。因此,关系事件并非不同事实的简单相加,而是新事件的诞生;不是事物作用过程中的物理反应,而是一定意义上的化学反应。一般而言,单个的事件只需要孤独地存在即足矣,而关系中的事件却既要以单个事件的存在为前提,又不可避免地以交往为实现方式。因此,与单个的、静止的和分割的事件不同,关系事件自身并

---

① 当然,在此过程中,原生事件转化为意识事件的时间非常短,因此保留了较多的真实性。因此,在用文字或图像之类的媒介固化对事件的记忆之前,记忆的时间应该尽可能的短,只有这样才能保留较多的事件的真实性。这种说法是有科学依据的——心理学家提出的"短期记忆"和"长期记忆"概念,即是就此而言的:一般来说,"短期记忆"与原生事件更为接近,而"长期记忆"往往会对事件的真实性进行"改写",最终甚至使得记忆中的事件与原生事件牛头不对马嘴。

非自治自足的，它总是需要某些外在的观念或符号的规范与调节。一般来说，叙事作品都不可能仅仅叙述一件单一的事件，所以出现在叙述者意识中的事件一般都是关系事件。在面对一系列的事件集合时，叙述者只有发现存在于不同事件间的"关系"，才能整理出事件的秩序，才能使叙事作品成为一个有机的整体，并赋予它们以价值和意义。比如说，项羽自刎于乌江和刘邦登上皇位这两件事，历史学家认为它们之间有一种因果关系。项羽的自刎标志着"楚汉战争"的结束，它为刘邦的最后胜利奠定了基础，因此是刘邦登基的条件。当然，除因果关系之外，事件间还存在并列关系、包孕关系等，但对叙述者来说，最重要的是因果关系。

对叙述者来说，关系事件当然是更复杂、更重要的事件。说其更复杂，是因为在对事件间"关系"的发现和整理中，已经加进了叙述者对事件的认识和理解，这就必然会加进人们的偏见、好恶、利益权衡等偏离原生事件的因素，因此，由于认识和理解的不同，哪怕是同一事件，也很可能会变为成千上万种所谓的"事实"。说其更重要，是因为人类的一切行动、决策、价值、意义，全仰仗于对事件的认识和理解；对事件的认识和理解不同，就会导致不同的判断、不同的决策和不同的行动。

显然，伴随着对事件的认识和理解，也存在一个对事件的选择和组织问题。也就是说，叙述者必须从意识中选择出一系列事件并把这些事件根据某种关系组织起来，才能最终达到叙事的目的。而对事件的选择和组织都有可能影响到叙事作品的最终面貌。关于对事件的组织，涉及具体的叙述技巧，并不是本文想解决的问题，这里仅对叙述中的"选择"行为略加探讨。

正如前面已经论及的，要想完全恢复原生事件的本来面目是不可能的，其原因之一是：在任何历史环境中，只有一部分人的经历被记录下来并传至后世。朱利安·巴恩斯在《福楼拜的鹦鹉》一书中曾经把对往事的打捞形象地比喻为用拖网网鱼，他如此形容撰写人物传记的过程："拖网里满了，传记作家把拖网拉起来，拣选、扔回大海、贮藏、切片以及出售等。然而，想一想他没有捕捉到的：总是大大超过这些已捕获到的。"[①]摄影家罗伯特·卡帕的话也许不那么形象，但更为准确，他说他在诺曼底

[①] [英]朱利安·巴恩斯：《福楼拜的鹦鹉》，汤永宽译，译林出版社2005年版，第37页。

登陆日拍的一些照片"只是整个事件的一些片断",而不是全貌。对于这种现象,美国历史学家柯文这样写道:有许许多多的人参加了义和团运动,但只有一部分人的言行被记录下来了。1900年夏被围困在北京使馆区的数百名外国人中,有不少人写过信函、日记和书籍,详述他们的亲身经历,但这些记载最多是对亲身经历的概述、描绘和有水分的重塑,而不能全面和准确地再现过去。这种见树不见林的记述就是叙述者可以利用的最重要的原始材料,这种状况决定了叙述者处境的无奈。其实,"即使过去的经历能够完全再现,也只能是这样的情况:用文字或视觉资料(如照片等),或者二者兼用,来重塑过去,而不能再现经历本身。在被围困于使馆区的外国人的记述中,我们经常可以看到对那个特殊的历史环境的生动描绘。但是,与生活在那个历史环境的人不同,我们自己不能重返按时间顺序一天一天地直接经历当时的每件事:酷热的天气、瓢泼大雨、夜间到处可闻的枪声、对受伤或死亡的担忧、'饱受酷热、蚊子和四处乱飞的苍蝇折磨的婴儿'的哭喊、死马腐烂后发出的恶臭。亲历者的记述至多是对那一事件的生动而有趣的描绘,不能为我们提供历史本身"。[1] 可见,进入叙述者的意识并最终进入叙述过程的事件,是经过"选择性记忆"处理之后的结果。

而且,就是这些被记忆的"拖网"打捞上来的往事,也已经被不同程度地歪曲、改造和重塑过了。当然,记忆是上帝送给我们的最重要的礼物之一,很多人都把记忆看做我们最可信赖的朋友,但即使是最亲密的朋友偶尔也会有意无意地欺骗我们。专门研究记忆的哈佛大学心理学教授丹尼尔·夏克特(Daniel L. Schacter,也译作丹尼尔·夏科特)曾经谈到过这样一件歪曲记忆的真实的事例:

  弗兰克·瓦鲁斯在一次痛苦的经历中真正体会到了什么是记忆的歪曲。1978年,他因被指控为一名纳粹战犯而受审,有几个证人把他认定为一名盖世太保,说他于1934—1943年间在波兰城市捷斯托瓦和基尔斯对平民实行恐怖统治。其中有一个证人回忆说,他亲眼目睹瓦鲁斯

---

[1] [美]柯文:《历史三调:作为事件、经历和神话的义和团》,杜继东译,江苏人民出版社2000年版,第47页。

杀害了两名儿童和他们的母亲。另有一个证人回忆说，瓦鲁斯有一次闯进他的家虐待他的父亲，并说他亲眼看见瓦鲁斯枪杀一名犹太人律师。这位证人还轻易地在一系列照片中认出了瓦鲁斯，并十分肯定地说："我永远也忘不了这张面孔。正是这个人杀害了一位无辜的平民，而他唯一的罪状就是他是犹太人。"基于这些证人的辨认，瓦鲁斯被宣判为战犯，并被剥夺了美国公民权。

然而，当瓦鲁斯就此上诉时，却产生了完全不同的结果。对德国战争记录的调查没有找到任何有关弗兰克·瓦鲁斯或与这个名字相似的任何人的记录。波兰的一个战犯管理委员会也没有任何关于瓦鲁斯的记录。也许更为重要的是，瓦鲁斯能提出档案资料和证人证实，战时他并不在波兰，而是被遣往巴伐利亚农场做苦力。战争时期瓦鲁斯在巴伐利亚农场的照片——照片中的瓦鲁斯与他在1978年时的相貌如此悬殊，以致瓦鲁斯案的一审法官怀疑，那可能是另外一个人的照片——与瓦鲁斯作为美国雇佣军时的一张确证无疑的照片完全吻合。因此，二审法院推翻了一审判决，但保留他被指控的可能性（他后来再未被指控）。[①]

与瓦鲁斯案相似的还有约翰·丹江朱克一案。丹江朱克是克利夫兰的一个汽车工人，他被指控为是杀人恶魔伊凡。伊凡是一名邪恶的纳粹战犯，曾在特里布林卡集中营对犹太人实行恐怖统治。丹江朱克最终被判处死刑并被放逐到以色列。他在那里服刑8年后，以色列最高法院推翻了他的原审判决。法院找到了一些理由相信，真正的战犯其实是一个叫伊凡·马尔芩科的人，他在战争结束时已经死亡……丹江朱克的辩护人瓦格纳尔认为，之所以造成对丹江朱克的误判，是因为提审程序和取证程序存在问题，这些程序使用了误导性的问题，提供给证人辨认的照片的组合方式也不恰当——这就使得证人的记忆发生了致命的误差。[②]

上述事件听起来就像是天方夜谭，但它们却实实在在地发生过，这

[①] [美]丹尼尔·夏克特：《找寻逝去的自我——大脑、心灵和往事的记忆》，高申春译，吉林人民出版社1998年版，第93—94页。

[②] 同上书，第94—95页。

就不由得使我们不对记忆的可靠性产生怀疑。① 是的,一切记忆最终都通向遗忘。然而,尽管记忆有着这样那样的不足,但失去了记忆的世界更为可怕。于是,人们想出了种种固化记忆的方法,其中最主要的固化手段是文字。② 哥伦比亚作家加西亚·马尔克斯在其经典名著《百年孤独》中曾经写到过这样一个有关记忆与遗忘的例子:在一个名叫马贡多的村子里,由于一场奇怪的瘟疫的袭击,村民们都陆续失去了记忆。村子里有一个名叫霍塞·阿卡迪奥·布恩地亚的银匠发明了制止记忆流失的办法:他用纸片写上物品的名称,然后贴在相应的物品上,"以便将来一读就能识别"。

霍塞·阿卡迪奥·布恩地亚首先在家中实行了,不久又推广到全镇。他用蘸了墨水的刷子给每一样东西写上名称:桌子、椅子、

---

① 美国心理学家丹尼尔·夏科特在其《记忆的七宗罪》一书中,就专门探讨了记忆对事实的扭曲现象。和很多人一样,夏科特曾经多次遭遇过记忆的失败,作为一个专门研究记忆的心理学家,他觉得必须弄清楚一个问题:记忆能够通过哪些不同的途径来歪曲事实?通过研究,夏科特得出了结论:"我认为记忆的故障可以分为七个初级过错或缺陷,我把它们称作'健忘'、'分心'、'空白'、'错认'、'暗示'、'偏颇'、'纠缠'。正像古代的七种致命罪恶那样,记忆的缺陷在日常生活中会经常发生,给我们每个人带来严重后果。"([美]丹尼尔·夏科特:《记忆的七宗罪》,李安龙译,中国社会科学出版社、海南出版社2003年版,第8页)夏科特在该书中对每一种记忆的"过错或缺陷"都有详细的讨论,有兴趣者不妨参看。

② 显然,图像之类的符号在某种程度上也具有这种作用。而且,在照相机、留声机、摄影机和计算机发明之后,人类对记忆的保存就是具有"高保真"的特征了。但说到底,此类机械装置保存的所谓记忆,最多只能算是一种"外部记忆",它们与保存在头脑或心灵中的真正记忆是不可同日而语的。随着机械装置的出现,人们越来越依赖于它们,于是不仅导致了记忆方式的变化,而且导致了学习方式乃至认知方式的变迁:"我们现在生活在外部记忆的时代。以前,要掌握专业知识,就得博闻强记;现在则需要有'博闻强记的潜力',即能迅速在现有的外部记忆中查找所需信息。注册信息、文献目录和索引等传统方式仍有一定武之地,尤其是在以图书为主要外部记忆的学科中,但自动搜索法已日渐成风,其最高境界就是电子数据库搜索。对很多人来说,计算机就是他们记忆的延伸,就像眼镜是视力的延伸一样。"([荷]杜威·德拉埃斯马:《记忆的隐喻——心灵的观念史》,乔修峰译,花城出版社2009年版,第39页)尤为重要的是:"外部记忆不只是由内部到外部的转换,也是从口头到笔头的转换。最明显的是政治和法律,它们起初都是口头文化,有着悠久的辩论传统,但现在几乎完全成了书面文化。"(同上书,第39—40页)显然,人类的生活与文化方式从"口头文化"到"书面文化"的变迁是一个非常重大的变化。这一变迁导致了人类的思维方式乃至文明方式的大变化,关于这一变化的一些具体情况,可参看美国学者沃尔特·翁的《口语文化与书面文化——语词的技术化》一书(该书由何道宽翻译,北京大学出版社2008年版)。

钟、门、墙、床、锅。他来到畜栏里,给牲畜、家禽和植物都标上名字:牛、山羊、猪、鸡、丝兰、海芋、几内亚豆。他们通过逐步研究遗忘症的无穷可能性,明白了总有一天他们虽然看了字能认出东西,但记不得它们的用途。因此要写得更加清楚。那块挂在牛脖子上的字牌,就是马贡多居民决心同遗忘作斗争的范例:这是牛,每天早晨应挤奶以生产牛奶。牛奶应在煮沸后加入咖啡,配置牛奶咖啡。他们就这样在一种难以把握的现实中生活着,这现实暂时被文字挽留着,可是一旦人们忘记了文字的意义,它就会逃走,谁也奈何它不得。①

诚然,文字在相当大的程度上可以起到固化记忆的作用,从而在某种程度上抗拒遗忘。也正因为如此,所以罗伯特·梅纳瑟认为记忆并非人类与生俱来的固有特征,而是在时间上相对较晚的一种"发明","否则的话就无法解释人类为什么会有那么长的史前史了。那时候,火一定被一千次地重新发现过,而车轮也被一千次地重新发明过,因为人们还生活在一个没有记忆能力的世界里。只有在所有发明中最了不起的发明,也就是记忆的发明实现以后,所有的发明成果才会被一代又一代地传承下去。这里所指的便是文字:一般意义上可用来记录记忆内容的文字和在特殊意义上用来记录语言的文字"。② 这种绝对化的说法当然是不对的。对此,扬·阿斯曼反驳道:"史前史研究所遵循的时间判定法以及历史分期的法则,可以教给我们更好的一课。因为人们之所以能为各种事物判定时间上的早晚,便是基于一切更新都没有被不断忘记和丢失的前提。"③ 事实上,构成无文字社会记忆文化的是"实物的记忆"。④ 然而,无论是文字记忆还是实物记忆都不是记忆本身,而是符号化或物质化了的记忆。这种"记忆"当然可以激发作家们的想象,并

---

① [哥伦比亚]加西亚·马尔克斯:《百年孤独》,黄锦炎、沈国正、陈泉译,浙江文艺出版社 1991 年版,第 36 页。
② [德]扬·阿斯曼:《有文字的和无文字的社会——对记忆的纪录及其发展》,王霄冰译,载黄亚平、白瑞斯、王霄冰主编《广义文字研究》,齐鲁书社 2009 年版,第 13 页。
③ 同上。
④ 同上书,第 14 页。

成为作家们创作叙事虚构作品的素材,①但它更主要的恐怕还是历史叙事的材料或文献,因为讲究"实证"的历史需要的正是固化的记忆,它不允许材料的模棱两可,更容不得想象因素的存在。

除了文字之类的符号,人类还有没有其他强化记忆尤其是"内在记忆"的方法呢?通过研究,我们认为答案是肯定的。事实上,古希腊人就已经发明了强化"内在记忆"的高明方法,正如荷兰学者杜威·德拉埃斯马所说:"今人有获取外部记忆的科技手段,古希腊人也有获取内在记忆的策略——记忆术。"②而且,这种"记忆术"是根据记忆的空间特性而建立起来的。根据心理学的研究,"记忆所由产生的特定的物理环境,对人类的记忆具有广泛的影响。这种影响几乎在日常生活的所有方面都有所表现"。③而且,物理环境对记忆的影响作用非常大,"刺激的物理存在比心理含义更能影响记忆。甚至对于漠然的旁观者而言,环境亦较心理努力本身对蛰伏刺激能提供更为有利的场合线索。由于物理线索的这种优越性,人们一般偏向于依赖物理刺激而非内部策略来组织记忆"。④正是根据记忆的这种空间性(场所性或场合性)特征,早在古希腊的时候,人类就发明出了高超的"记忆的艺术"。但遗憾的是:迄今为止,在文学理论界似乎还没有人对这种空间性的"记忆的艺术"及其对叙事活动的影响做过考察。接下来,就让我们来勾画出记忆的这种空间性特征,并在此基础上尝试探讨它对虚构叙事的影响。

---

① 对于很多具有历史情怀或者志在写出"当代编年史"的作家来说,这种符号化或物质化了的记忆的确很重要。比如,美国作家约翰·朵斯·帕索斯就认为:"我非常喜欢历史,我的所有作品都具有某种历史的内涵。……我常有这样一种感觉,认为这也许根本不算在写什么小说,但多做些史实记录至少是有用的。"(程代熙、程红编选《西方现代派作家谈创作》,中国广播电视出版社1991年版,第443页)所以,对帕索斯这样的作家来说,激发其创作灵感的就是此类文字性的材料:"我发现能促使我创作的更简单的东西是翻看日记,尤其是在旧箱子里找到一些过去的日记……"(同上书,第455页)但是,帕索斯也承认:"什么事情一经记录下来,通常就不再去思考它了。"(同上书,第444页)所以,从根本上说,这种外在的、机械的记忆反而会妨碍记忆本身。

② [荷]杜威·德拉埃斯马:《记忆的隐喻——心灵的观念史》,乔修峰译,花城出版社2009年版,第40页。

③ 杨治良等编著《记忆心理学》(第二版),华东师范大学出版社1999年版,第473—474页。

④ 同上书,第507页。

二 记忆的空间性与"记忆的艺术"

记忆对于叙事活动的重要性是不言而喻的。① 记忆当然涉及过去,涉及往事,所以它往往与时间有着千丝万缕的联系,在《寻找失去的时间——试论叙事的本质》一文中,笔者曾经探讨了时间、记忆与叙事三者间的关系:"记忆是一个心理学范畴,在某种意义上,它是架在时间与叙事之间的桥梁。如果人类不具备记忆的功能,那么时间马上会变成一种毫无意义的东西,叙事也会因印象空白而变得不再可能。"② 是的,无论是对于个人还是对于社会来说,发生在过去时空中的一切其实都储藏在记忆中,"如果没有记忆,就没有任何可以讲述的内容"。③ 事实上,记忆不仅和时间有关,它的空间特性也非常明显,而这种空间特性必然会给虚构叙事带来深刻的影响。

正如上面所提及的,早在古希腊的时候,人们就已经发现了记忆的空间特性,并依此而发展出了影响深远的"记忆的艺术(artes memoriae)"。④

---

① 巴赫金认为:"记忆的问题在哲学中占有一席中心的地位。"([苏]巴赫金:《论人文科学的哲学基础》,载《巴赫金全集》第四卷,河北教育出版社1998年版,第3页)事实上,由于叙事时叙述者必须通过记忆才能把各式各样的"往事"引入意识,所以记忆在叙事活动中更为重要,与其在哲学中的地位相比,记忆在叙事中其实更是占据着中心的地位。小说家马原说得好:"实际上记忆对我们的写作,尤其是对于虚构写作,有它特别要紧的、特别不可或缺的意义。……因为最初的写作肯定是和个人记忆、和个人有限的经历有关,差不多可以这么说,最初的写作一般总是带有很强的自传性质,而这种自传的成分很大程度上就是来源于个人记忆。"(马原:《小说密码—— 一位作家的文学课》,作家出版社2009年版,第43—44页)当然,马原谈到的其实仅仅是问题的一个方面,事实上,记忆对叙事的影响远为复杂,它不仅影响到小说这一种叙事文体,而且影响到历史、传记、回忆录等。记忆对小说的影响远比马原所说的复杂,从本文下面的论述不难看出:记忆不仅影响到叙事作品的素材或内容层面,而且影响到其形式或结构层面;尤其是当记忆逸出个人层面而成为"集体记忆",且"个人记忆"与"集体记忆"纠结在一起共同对叙事活动起作用的时候,情况会变得非常复杂。

② 龙迪勇:《寻找失去的时间——试论叙事的本质》,《江西社会科学》2000年第9期。

③ [法]朱莉亚·克里斯蒂瓦:《汉娜·阿伦特》,刘成富等译,江苏教育出版社2006年版,第71页。

④ 古希腊人是非常注重对"记忆术"的培养的,正如多米尼克·奥布赖恩所指出的:"对于古希腊人而言,记忆是灵感的前提,失去它就意味着死亡。所以,古希腊人对记忆术满怀崇敬之情。"([美]多米尼克·奥布赖恩:《记忆术——过目不忘的记忆秘诀》,闫圆媛、蔡倜辰译,海南出版社、三环出版社2006年版,第11页)后来,英国文化史研究者弗兰西斯·耶茨于1966年专门出版了《记忆的艺术》一书,该书专门考察了这种空间性记忆艺术的起源,并重点探讨了中世纪和文艺复兴时期的这种记忆理论及其在艺术中的具体应用。

据说,最早发现记忆之空间特性的人是古希腊著名抒情诗人西蒙尼戴(Simonides)。曾经以训练记忆为名而向中国传授基督教的传教士利玛窦是这样叙述西蒙尼戴的这个故事的:

> 很久以前,西方著名诗人西蒙尼戴在一所公馆里与亲友们聚会饮酒,周旋于众多宾客之间。就在他暂时离座出门片刻的工夫,一阵突如其来的飓风吹塌了大厅。其他的欢宴者都被砸死在其中。他们被砸得血肉模糊,肢体残缺,即便是其家属也难以辨认。不过,西蒙尼戴能准确地回忆起这些亲友饮酒时的位置,于是,他一个个地点出名字,尸体也就得以辨别。由此我们可以了解延续至后世的记忆法的产生。①

正是这件偶然遭遇之事,让西蒙尼戴灵感迸发,发展出了著名的"位置记忆理论"(或叫"地点记忆法"、"处所记忆法"):"将需要记忆的东西与一些特殊的位置,如房屋的房间餐桌旁的椅子等联系起来,再将其按逻辑顺序组织起来,使它们更利于记忆。"② 这种记忆法的关键是:"须对每个要记住的项目形成视觉形象,并把每个形象同某个非常熟悉的地点联系起来。当要回忆这些项目时,只需唤起某一特定地点的形象,即可回忆起与之对应的项目形象。"③ 正是从这些基本要点出发,古希腊人把这种空间性的记忆理论发展到了比较完备的地步。当然,古希腊人关于记忆术的原始研究文献现在已经基本失传,但他们有关记忆技巧的精髓却被后人保存下来了。从一些零星记载和二手文献,"可推断出古希腊人已创立并发展了很多有效而可靠的方法来运用其位置理论。例如,他们强调与记忆相关联的位置应是记忆者所熟悉的,并尽可能地运用这位置和其上所发生的人或事,以使这个位置的概念更清晰来加强记忆。同时,他们也承认感觉的

---

① [美]史景迁:《利玛窦的记忆之宫:当西方遇到东方》,陈恒、梅义征译,上海远东出版社2005年版,第5页。
② [美]多米尼克·奥布赖恩:《记忆术——过目不忘的记忆秘诀》,闫圆媛、蔡伺辰译,海南出版社、三环出版社2006年版,第12页。
③ [美]迈克尔·J.A.豪:《实用记忆心理学——认知自我心理·开发记忆智能》,文友译,陕西人民出版社1988年版,第13页。

重要性，特别是视觉"。①

与古希腊人一样，古罗马人也对记忆术情有独钟，②而且，他们在古希腊人的基础上推陈出新，从而推进了空间记忆术的发展。古罗马最有名的记忆术研究者是西塞罗和昆体良，他们根据记忆的空间特性建立起了较为完整的记忆理论。

西塞罗是罗马共和国晚期赫赫有名的政治家和演说家。他在《论公共演讲的理论》一书中认为记忆可分为两类："一类是天然的；另一类是技艺的产物。天然的记忆就是埋藏在我们心里的记忆，与思想同时产生。人为的记忆是那些通过某种系统的训练和练习得以增强的记忆。"③西塞罗明确指出，需要训练的是"人为的记忆"，④"人为的记忆包括背景（backgrounds）和形象（images）两类。所谓背景我指的是天然或人为地确定一些小型的、完整的、显著的场景，用来衬托要记忆的对象，以便用生来就有的记忆力轻易地把握它们。例如，房子、柱廊间的空地、壁龛、拱门，等等。所谓形象就是我们想要记住的对象的形状、标志或肖像。例如，要是希望回忆起一匹

---

① [美] 多米尼克·奥布赖恩：《记忆术——过目不忘的记忆秘诀》，闫圆媛、蔡侗辰译，海南出版社、三环出版社2006年版，第12页。对于视觉在心理活动中的重要性，心理学家很早就有所认识，荷兰学者杜威·德拉埃斯马说得好："从对高级心理活动的比喻中，也可看出眼睛在诸感觉中的优越地位。在古希腊罗马时代，智力就是自然光（lumen naturale），有了卓见（a luminous idea），也就是看到了光。在很多语言中，'视力（vision）'都可引申为'理解'。我们会说理性之'光'和'明'晰的思维。先知即便双目失明（蒙眼先知是文学中的一个原型），仍不失为睿智之士。'内省（introspection）'的字面意思是'向里看'，而'反省（reflective thought）'也与光的反射有着渊源。在人的感官中，只有眼睛能在心灵中占有一席之地——'心眼（mind's eye）'。"心理学家赖尔（Ryle）把这些隐喻称为"准光学仪器"，而且认为"视觉记忆理论总会用到这些准光学仪器"（[荷] 杜威·德拉埃斯马：《记忆的隐喻——心灵的观念史》，乔修峰译，花城出版社2009年版，第119页）。

② "古罗马的市民深为拥有惊人的记忆力的雄辩家的才能着迷，因为这种才能在历史政治舞台上的价值有目共睹，他们深信记忆术是雄辩术的前提——如果不能记住一篇演讲稿的行文结构，又何谈激情澎湃或令人信服的雄辩呢？"（[美] 多米尼克·奥布赖恩：《记忆术——过目不忘的记忆秘诀》，闫圆媛、蔡侗辰译，海南出版社、三环出版社2006年版，第13页）

③ [古罗马] 西塞罗：《西塞罗全集·修辞学卷》，王晓朝译，人民出版社2007年版，第68页。

④ 西塞罗非常强调对记忆的训练，他认为记忆术的要诀在于经常地、不间断地练习："在各门学问中，没有不间断的练习的技艺理论是最无用的，尤其是记忆术的理论，除非你依靠辛勤的练习来精通它，否则它便毫无价值。你肯定能得到尽可能多的背景，它们也会尽可能与规则一致；至于安置形象，你应当每天练习。"（[古罗马] 西塞罗：《论公共演讲的理论》，见《西塞罗全集·修辞学卷》，王晓朝译，人民出版社2007年版，第74页）

马、一头狮子、一只老鹰，我们必须把它的形象放在一个确定的背景中"。①显然，西塞罗所说的"背景"是一种能把"形象"放置其中的空间性的"框架性"存在物，而"形象"则是置于"背景"中的各种"元素性"的存在物——西塞罗形象地把两者比喻为"字母表"和"字母"："许多认识字母表的人能够把字母听写出来，也能把他们写下来的东西朗读出来。同理，那些学会了记忆术的人能够把他们听说的事情置于背景之中，并依据这些背景回忆这件事情。因为背景就像蜡版或莎草纸，形象就像字母，形象的安排和布置就像抄写，表达就像朗读。"② 此中，"我们需要特别小心地学习我们已经采用的背景，以便使之持久地存在于我们的记忆中，因为形象就像字母，当我们不用它们的时候，它们就会被忘却，而背景就像蜡版一样会保存下来"。③ 西塞罗认为，无论是"背景"还是"形象"，都不能随意为之，而是需要认真地选择，精心地打造。对于记忆的"背景"，西塞罗提出了两条原则：首先，选择的"背景"必须清晰可见，特征明显，不能过于模糊。

  背景必须在形式和性质上有差别，要清晰可见，以便我们区分不同的背景。如果一个人采用了许多柱廊间的空地作为背景，那么它们之间的相似性就会令他困惑，以至于不知道自己放置在背景中的东西是什么。这些背景的大小要适中，如果背景过大，就会使形象模糊，如果背景太小，就无法容纳形象的安排。背景一定不要太暗，这样的话，阴影不会使形象模糊，光泽也不会使形象炫目。我相信，背景之间的间隔应当适中，大约是三十步。因为思想的内在之眼就像外在的眼睛一样，如果你把观看的对象放得太近或太远，它的力量就会减弱。④

其次，在涉及大量事物（"形象"）的多个"背景"中，"背景"必须能形成一个体现"次序"的系列。

---

① ［古罗马］西塞罗：《西塞罗全集·修辞学卷》，王晓朝译，人民出版社 2007 年版，第 68—69 页。
② 同上书，第 69 页。
③ 同上。
④ 同上书，第 70 页。

我们若要记住大量的事物，就要配置大量的背景，以便在其中安排大量的形象。我同样也认为必须使这些背景成为一个系列，这样我们就不会由于混淆它们的次序而不能追随其中的形象——我们希望能从任何背景开始，而无论它处在这个系列中的哪个位置，是向前还是向后——也不会因此而无法把我们放入背景之中的形象表达出来。

比如，要是我们看到一大群熟人排队站在那里，那么从队伍的开头、尾巴，或是从中间开始说出他们的名字，这对我们来说没有区别。对背景来说也一样。如果背景是有序的，那么结果就会是我们在背景的提醒下，口头复述出我们在背景之中的形象，只要我们喜欢，无论从背景的哪一头开始都没有关系。这就是最好把背景排成一个系列的原因。①

至于记忆的"形象"，西塞罗也提出了两条原则。首先，形象必须与所记忆的对象具有相似性。"相似性限于两种：一种是事情的相似，另一种是语词的相似。"② 对于"形象"与"对象"间的关联，或者说对于此类记忆的运作原理，西塞罗做了形象的说明：

我们常用一个标志或者形象来囊括整件事情。比如，原告说被告下毒杀人，指控被告犯罪的动机是争夺继承权，并声称这一行为有许多从犯和证人。如果我们想要为之辩护，为便利起见我们希望记住这第一个要点，于是我们首先就在我们的第一个背景中构成一个关于整件事情的形象。如果我们认识这个指控的人，那么我们可以把他刻画成在床上生病的模样。如果我们不认识他，那么可以取某个其他人的形象作为我们的病人，但这个人不应该是最低等的，以便我们在心里可以马上回想起他的形象来。我们可以把原告想象为坐在床边，右手握杯，左手拿着毒药，第四个指头上挂着公羊的睾丸。以这种方式我

---

① ［古罗马］西塞罗：《西塞罗全集·修辞学卷》，王晓朝译，人民出版社 2007 年版，第 69 页。
② 同上书，第 71 页。

们可以记住被毒死的人以及继承权和证人。以同样的方式,我们将把指控的其他内容置于后续的背景中,按照这些背景的次序,每当我们想要记住哪个要点,只要恰当地安排各种类型的背景,并且小心地把形象置于背景之中,我们就能很容易地回忆起我们想要记住的事情。①

简单地说,这幅有关记忆的形象化图景就是:一个人躺在床上,尚未死去,右手握杯,左手戴着刻有"公羊的睾丸"的戒指……只要想起这幅画面,作为律师的你马上就明白:某人要死了,因为一只杯子,你的客户往杯里下了毒,而且有证人目睹了这一下毒过程——问题的关键就在这"睾丸"里,因为"睾丸"也即 testiculus,其另一个意思就是"证人"。之所以选择"公羊的睾丸",是因为"公羊"是黄道十二宫的第一宫,其位置之重要,正与整个案件中"证人"的重要性相当。一旦这一"图景"建立起来,就等于把握住了需要记忆的一系列事件的关键,它可以和其他事件组成一个类似"记忆建筑物"的"图景群",我们可以在此"建筑物"中来往穿梭,寻找相关的证据并组织相应的论证。除了强调"形象"与"对象"的相似性,西塞罗还认为形象必须强烈、鲜明、深刻、新颖——而这构成了选择形象的第二个原则。西塞罗说得好:"在一般情况下,有些形象非常强烈和鲜明,适宜用来唤醒沉睡的记忆;而有些形象非常微弱,以至于难以成功地唤醒记忆。"②"我们看到日常生活中的事情是平凡的、琐碎的、粗俗的,这种时候我们一般不可能记住它们,因为并非任何新奇的事都会激动心灵。但若我们看到或听到某些格外卑鄙、无耻、超常、巨大、不可信或可笑的事情,那么我们就会长时间记住它。同理,亲眼看到或亲耳听到的事情我们一般会忘记,而童年的事情经常记得最牢。个中原因正在于普通的事情容易从记忆中滑过;而深刻、新颖的事情会在心中逗留较长时间,此外不会再有其他原因了。"③正因为如此,"所以我们必须建立一种能够长存在记忆之中的形象。如果我们建立了非常深刻的相似性,如果我们建立的形象不很多、不模糊,确实能起作用,如果我们把这些形象设定得极为惊人或者奇丑无比,比如,给某些

---

① [古罗马]西塞罗:《西塞罗全集·修辞学卷》,王晓朝译,人民出版社 2007 年版,第 71 页。
② 同上书,第 72 页。
③ 同上。

形象戴上王冠或披上紫袍,使相似性显现得更加明显;如果我们用鲜血、烂泥、颜料涂抹形象,使它丑化,让它更加触目惊心;或者给我们的形象添加某些戏剧效果,以便更容易记住它们,那么我们就能牢牢地记住所要记住的东西。真实的事物容易记忆,精心虚构的事物也不难记忆。但这才是最基本的——我们需要一遍又一遍地在心里快速浏览所有最初的背景,以便唤醒形象"。①

西塞罗的记忆理论非常全面和深刻,而且具有可操作性,所以无论是在当时还是此后,都影响很大。除了西塞罗,在古罗马就记忆问题做过详尽阐述的还有著名的教育家、修辞学家昆体良。昆体良在西塞罗的基础上进一步把记忆"场所化",并具体探讨了如何在记忆的"场所"中存放所选择的形象。在《历史叙事的空间基础》一文中,笔者曾经较为全面地考察过"场所"这个概念,认为:"从本义来讲,场所就是各种事件发生于其中的一种特殊的地方(空间);但从引申义讲,场所则可指代容纳某类主题的话语或思想于其中的框架性的'容器'。"②应该说,西塞罗的记忆理论还偏重于具体的"地方",而昆体良的记忆理论则借鉴古希腊的有关理论进一步将"记忆场所"抽象化了。而且,除了选择一个现实中的空间作为记忆的"场所",我们也可以超越具体的空间自己构想出类似的"场所"。事实上,"场所"(topos)在古希腊时就已经是一个非常重要的概念,美国史学理论家菲利普·J.埃辛顿在其《安置过去:历史空间理论的基础》一文中这样写道:"名词场所(地点)在西方修辞学和逻辑学话语中有着漫长的历史。在我们用于任一研究主题或关注对象的日常术语中,'主题(topic)'均源于场所(topos)。在亚里士多德的《范畴篇》——西方第一部关于逻辑的论著中,场所是辩护或反驳陈述的合乎逻辑的策略。尽管亚里士多德从未明确地界定这一术语,但它极有可能是借自把地理位置用作记忆方法的广泛实践。"③当然,在这里我们没必要展开对"场所"的广泛讨论,我们只需要知道昆体良是如何把形象存放在

---

① [古罗马]西塞罗:《西塞罗全集·修辞学卷》,王晓朝译,人民出版社 2007 年版,第 73 页。
② 龙迪勇:《历史叙事的空间基础》,《思想战线》2009 年第 5 期。
③ [美]菲利普·J.埃辛顿:《安置过去:历史空间理论的基础》,杨莉译,《江西社会科学》2008 年第 9 期。

"场所"中从而便于记忆的。

> 可以说,最主要的观念形象是被安置在前院,其次的形象安置在起居室,其余则应按预定顺序围绕蓄水池安置,它们不仅仅被保管在卧室、客厅,甚至可以考虑塑像等物。这样安置之后,一旦需要召唤关于这些事物的记忆,人们便可以依次拜访所有这些场所,并从保管人那里将它们一一取出,于是,每看到一件物品,就能回忆起各自的细节。因此,无论人们想要记忆多少东西,所有的形象必然如同舞者手牵着手依次连接,由于它们是按前后顺序挨个连接,因此便不会出错。除了最初安排它们各就各位的劳动之外,也就不会有什么麻烦事。同样,可以如我所说的在一套房子内进行安置那样,我们也可以将形象存放在公共场所、一次长途旅行、城市的防御工事,甚至一些图片之中。或者,我们甚至可以自己构想类似的场所。①

不难看出,昆体良的"记忆场所"其实是一种结构化的空间,放入其中的形象必须分门别类、各就各位、按一定的顺序连接,因为只有这样,才能做到结构清晰、秩序井然,因而有利于记忆。

以西塞罗、昆体良为代表的西方古典记忆理论,在中世纪时继续得到了发展。不过,由于时代文化的主潮发生了变化,整个西方世界基本上都被基督教化了,所以基督教徒在使用记忆术时,所选择的场所或空间有了明显的变化:古典记忆中宫殿之类的场所被置换成了修道院或大教堂之类的宗教场所。② 比如,在图1中,修道院及其附属建筑就为修道士们的记忆提供了地

---

① [美]史景迁:《利玛窦的记忆之宫:当西方遇到东方》,陈恒、梅义征译,上海远东出版社2005年版,第9页。
② 这里还必须指出的是:用做记忆或其他理智活动的"场所",除了可以是房屋、教堂、剧场等"记忆建筑物"之外,还可以是抽屉、箱子或柜子之类的空间性储存容器——只要这些空间性容器能达到整理秩序、强化记忆的效果即可。法国小说家亨利·博斯科(Henri Bosco)在其小说《乡下的卡勒·伯努瓦先生》中就塑造了一位喜欢柜子的主人公:在所有的家具中,卡勒·伯努瓦先生最喜欢的是那个橡木做的文件柜,"每一次从这件庞大的家具面前经过的时候,他都满怀自得地看着它"。"在文件柜里,至少一切都保持不变。想看见什么就看见什么,想摸到什么就摸到什么。它的宽敞不在于它的高度,也不在于它是满的还是空的。没有一个方面不在一个周密的头脑以实用为目的的计划和计算之下。多么奇妙的一件工具!它给每样东西都留出了地方:它既是记忆又是理智。在这个精心打造的立方体里,没有一样东西是模糊不清、捉摸不定的。我敢说,一样东西不论

点或场所。①

而且，在中世纪，"记忆术成了布道术（are predicandi）的一部分，礼拜仪式、圣徒、地狱和炼狱成了要牢记于心的内容"。②如图 2 中的一系列意

我们放进去一次，一百次，还是一万次，只需瞄一眼我们就能重新把它找出来。整整 48 个抽屉！里面存放着经过分类的整个实证知识的世界。卡勒·伯努瓦先生赋予抽屉一股魔力。他有时说：'抽屉是人类精神的基础。'"（[法]加斯东·巴什拉：《空间的诗学》，张逸婧译，上海译文出版社 2009 年版，第 82—83 页）在小说中，亨利·博斯科把卡勒·伯努瓦塑造成了一个庸人，他利用抽屉来进行管理，并以之来增进知识和强化记忆。对于这种利用"有抽屉的家具"表现出来的"愚蠢的管理思想"，小说家进行了辛辣的嘲讽：某一天，当卡勒·伯努瓦先生从"尊贵的家具"中拉出抽屉时，"他发现女佣人在里面排列了芥末、盐、米、咖啡、豌豆和扁豆。会思想的家具已经变成了食品柜"（同上书，第 83 页）。然而，尽管亨利·博斯科对小说的主人公极尽讽刺之能事，但卡勒·伯努瓦先生的这种做法其实是人类非常普遍的一种内心状况的"外化"，正如加斯东·巴什拉所指出的："借助抽屉、箱子、锁和柜子这些主题，我们将重新接近内心空间梦想那深不可测的储藏室"，"柜子及其榀层，书桌及其抽屉，箱子及其双层底板都是隐秘的心理生命的真正器官。没有这些'对象'以及其他一些被同样赋予价值的对象，我们的内心生活就会缺少内心空间的原型。它们是混合的对象，是客体—主体。和我们一样，因为我们，为了我们，它们也具有内心空间。"因为柜子往往和我们的内心生活联系在一起，因此，"每一位家具诗人，哪怕他住在没有家具的屋顶阁楼，都本能地知道旧柜子的内部空间很深。柜子的内部是一个内心空间（着重号为引文原有），一个不随便向来访者敞开的空间"（同上书，第 84 页）。"只有可悲的灵魂才会在柜子里随便放任何东西。把随便什么东西用随便的方式放置在随便什么家具里，这种做法标志着居住功能的重大缺陷。柜子里有一个秩序中心保护整座家宅免于无法无天的混乱。在那里秩序占统治地位，或者不如说，在那里秩序就是霸权。秩序不单是几何学上的。秩序在那里回忆起家族的历史。"（同上书，第 84—85 页）总之，与房屋、教堂、剧场等各类"记忆建筑物"一样，柜子、箱子、抽屉之类的空间性容器里储存的不仅仅是各种实物，它们也储存着历史和记忆，在《空间的诗学》中，巴什拉充满诗意地写道："和熏衣草一起进入柜子里的是四季的历史。只需熏衣草就能在层叠的床单里放进柏格森的绵延。……如果我们回忆起来，回到宁静生活的家乡，将会有多少储存着的梦啊！当我们在记忆中重新看见摆放着折叠得方方正正的花边、亚麻布、平纹布的时候，回忆潮水般地涌了回来，米沃什说：'柜子，装满了回忆的无声骚动。'"（同上书，第 85 页）

① 该图摘自隆贝奇（J. Romberch）《论记忆的著作》（*Congestorium Artificiose Memorie*，Venice，1533）。见［荷］杜威·德拉埃斯马《记忆的隐喻——心灵的观念史》，乔修峰译，花城出版社 2009 年版，第 42 页。

② ［荷］杜威·德拉埃斯马：《记忆的隐喻——心灵的观念史》，乔修峰译，花城出版社 2009 年版，第 42 页。

象,^① 即是用来帮助修道士们记忆赞美诗、礼拜仪式等宗教内容的。为了方便分类,该图每到第五个意象上就标一只手,每到第十个意象则标一只十字架;而且,各意象又通过各自所属的地点或场所(大厅、图书室、小教堂之类)彼此相连接,从而构成一个有关记忆的意象系列。

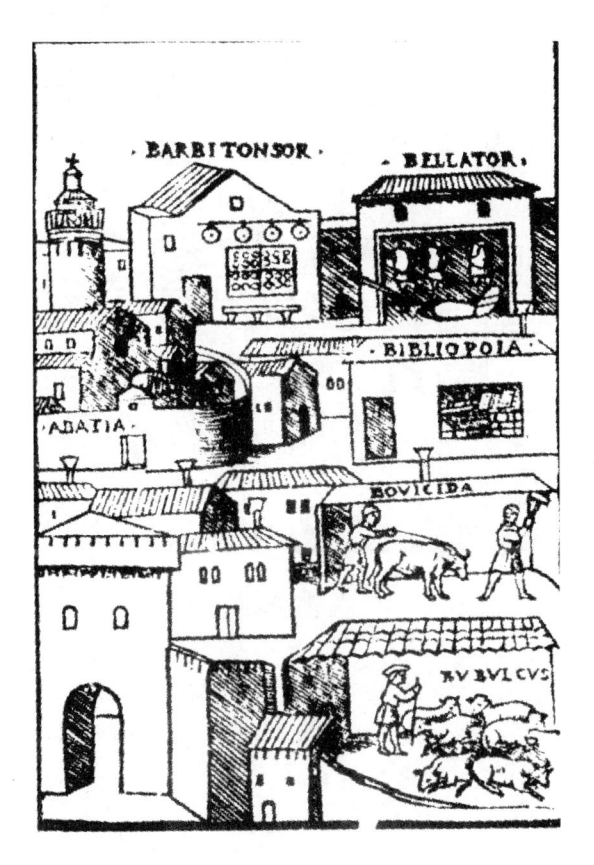

图 1

应该承认,西方古典记忆理论发展到文艺复兴时期达到了空前的繁荣。在文艺复兴时期,随着人性的复苏和人文主义的兴起,对记忆研究的热情空前高涨,"记忆的艺术"也因此而达到了一个空前的高度。在当时,正如科

---

① 该图摘自隆贝奇(J. Romberch)《论记忆的著作》(*Congestorium Artificiose Memorie*, Venice,1533)。见[荷]杜威·德拉埃斯马:《记忆的隐喻——心灵的观念史》,乔修峰译,花城出版社 2009 年版,第 42 页。

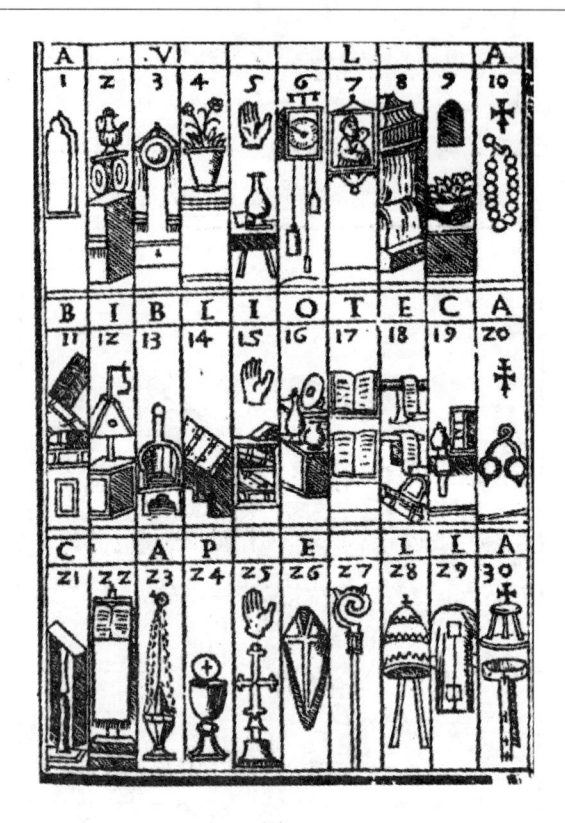

图 2

学和艺术一样，记忆也不再是宗教的专利（在中世纪，记忆术曾被某些人认为是魔鬼的手段）。由于文艺复兴首先在意大利兴起，所以这里的记忆术研究尤其有名。[①] 当时意大利著名的科学家伽利略（1480—1544）、哲学家布鲁诺（1548—1600）都创建了一系列复杂精美的"记忆剧场"。伽利略为了

[①] 正如史景迁所指出的："在整个 16 世纪，在威尼斯、那不勒斯等城市中，一些人以惊人的热情构筑了'以占星术为核心的记忆体系'。这种学说不仅盛行于国内，而且还被它们的热心倡导者传播到了法国、英国及其他国家。这种学说将宇宙的万有力纳入'记忆场所'、同心图表或臆想的城市之中，通过此种方式，这些力可以被直接了解或绘制，使从事这一行当的策士们成为具有非凡潜能的'太阳占星术家'。16 世纪 40 年代意大利的著名学者卡米洛（Camillo）发明了'场所'（theater），并赋予其范畴：在最显眼的位置，是成堆的小盒子，它们交错放置，装满了西塞罗的所有作品；逐渐向远方延伸的是大量的宇宙万物现象，它们是构想出来的，用以表达'从造物主扩展至创世各阶段的天地万物'，这样，该'场所'的主人就如同站在高山上俯瞰森林一样，最终不仅看清了一棵树，而且也看到了森林全貌。"（[美]史景迁：《利玛窦的记忆之宫：当西方遇到东方》，陈恒、梅义征译，上海远东出版社 2005 年版，第 25—26 页）

唤醒人们思想中对神的回忆——他认为神本来就存在于人的意识之中，创建了他著名的"记忆剧场"。而且，"他不认为这仅仅是一个简单的假想，他还构思、设计并将这个假想付诸实践，建造了一些木制的建筑。每座建筑都有足以容纳两个人的'中心舞台'，在观众席外还竖立着雕饰华美的圆柱和神的塑像以唤醒'思想和灵魂深处所隐藏的一切'。伽利略带着他的小木屋在意大利和法国做巡回展出，激起了很大的反响，公众的兴趣也为他带来了巨大的声望"。[1] 哲学家布鲁诺也认为，接近神的关键在于冥想和与其相关的记忆术，"他创立了各式记忆理论体系并组建了他的'记忆剧场'。这些'记忆剧场'正如天堂的缩影般展示出行星和恒星的轨迹。在'记忆剧场'中，他列举了艺术、科学、语言学的一些符号，并运用直觉和联想将这些符号与一些映象、事实相联系。当他观测星空时，那些与天空有关的印象就会被唤醒并反映出'世界的秩序'"。[2] 尤值一提的是，当时意大利传教士利玛窦把这种空间记忆体系叫做"记忆之宫"，而且在传教过程中把这种记忆的方法传到了中国。利玛窦的"记忆之宫"继承了前人的理论，但又有所发展，所以他的记忆理论更为体系化，表述也更为明晰。概括起来，利玛窦的"记忆之宫"理论有五个方面的特点值得我们重视。第一，利玛窦确定了决定"记忆之宫"规模的原则。"'记忆之宫'的规模是依据他们想要记住的内容的多少而定的。最为宏伟的'记忆之宫'，应当由数百幢形状、规模各异的建筑物组成，并且'数量越多越好'，不过他也补充说，人们并无必要马上去建造一座宏伟的记忆大厦。人们应当建造一些朴素无华的宫殿，抑或更为平淡无奇的建筑物，诸如一座寺院、一组官衙、一座公共旅馆或者一处商贾的聚会之所。如果人们希望规模更小一些的话，那么就不妨建一所简单的接待厅、一处休息室或者一个工作间。如果人们想要一处私人的空间，那么就不妨使用休息室的一个角落，抑或寺院的一个祭坛，甚至类似更衣室或烟茶室

---

[1] ［美］多米尼克·奥布赖恩：《记忆术——过目不忘的记忆秘诀》，闫圆媛、蔡佃辰译，海南出版社、三环出版社2006年版，第15页。

[2] 同上书，第15—16页。也有学者认为构成布鲁诺记忆系统的是一种"转轮"，正如杜威·德拉埃斯马所指出的："这位神秘导师的记忆系统是由转轮构成的。凡存在之物，均记于轮上。从最遥远的太阳系到最细小的物质，从黄道十二宫到矿石与矿物质，从几何学和音乐到制陶与生火等发明，从月相盈亏到钳子梳子等工具——整个宇宙，从无限小到无限大，都在布鲁诺的轮子中转动。"（［荷］杜威·德拉埃斯马：《记忆的隐喻——心灵的观念史》，乔修峰译，花城出版社2009年版，第43页）

这样的场所。"① 第二，利玛窦指出了"记忆之宫"的性质和目的。"这些宫殿、休息室和烟茶室都是留在人们头脑中的'心理结构'，而不是完全由'真实'材料建成的有形实体"，"人们在头脑中臆想这些心理结构的真正目的，无非是要为无数的概念提供存储空间，而这些无数的概念则构成人类知识的总和。……对于每一件我们希望铭记的东西，都应该赋予其一个形象，并给它分派一个场所，使它能安静地存放在那里，直到我们准备借助记忆的方法来使它们重新显现。"② 第三，利玛窦强调了"记忆之宫"里存储形象的场所的"次序"，并且认为这非常关键。"一旦场所按次序完全确定好了，你就可以穿过大门，着手开始你的布置。你不妨转向右边，并从那里进行下去。你的脑海里排列着一件件东西，所有这些形象都随时等待着你去回忆，就如同撰写书法时你得从头写到尾，也如同鱼儿成群结队按次序在水里畅游。如果你打算存放许多（形象），那就请把建筑物扩展成为成千上万个存储单元；如果你只是存放少量形象，那就不妨选择一个接待厅，只需将它按角落划分就可以了。"③ 第四，利玛窦分析了"记忆之宫"的原型或来源。"这类记忆场所主要有三种选择方法。其一，来源于现实，也就是说，参照那些人们曾经居住过，或者亲眼目睹过并能在脑海中回忆出来的场所；其二，是凭想象臆测完全虚构的产物，具有任何形状或规模；其三则是那些一半真实一半想象的场所，如同一幢人们非常熟悉的房子，在其中为了寻找通往新地方的捷径，人们设想在它的后墙上开一扇门；抑或为了抵达该房子原本并不存在的高层，设想在房子的中央建造一座楼梯。"④ 在这三种来源中，利玛窦尤为重视虚构的场所，因此他认为："中国人应该努力创造出虚构的场所，或者将虚构的场所与真实场所结合在一起，并且通过经常性的实践与回顾，把它们永久地镌刻在记忆之中，最终要能使这些虚构的场所变成'似乎真实并且永难去除的东西'。"⑤ 显然，与"真实的场所"相比，"虚构的场

---

① ［美］史景迁：《利玛窦的记忆之宫：当西方遇到东方》，陈恒、梅义征译，上海远东出版社2005年版，第3—4页。

② 同上书，第4页。

③ 同上书，第13页。

④ 同上书，第4页。

⑤ 同上。

所"更加体现出了记忆的建构性和创造性。① 第五,利玛窦不仅提出了理论原则,还提供了操作实践。正如英国文化史学者弗兰西斯·耶茨在其著名的《记忆的艺术》一书中所指出的:"任何一篇论述记忆法的文章,尽管总是能提供记忆的法则,但却很少能提供这些法则的具体应用,也就是说,它很少能提供一个安置记忆形象的体系。"② 然而,利玛窦却大体上做到了这一点,他在其论述记忆法的汉语著作中,向读者展示了一组清晰的形象:"他把每一个形象固定在各自的位置上,并依次予以描述。第一个形象是两个正在扭打的武士,第二个形象是一个来自西部的部落女子,第三个形象是一个正在收割稻谷的农民,第四个形象则是一个怀抱孩子的女仆。他遵循自己提出的关于以简单方法建立记忆体系的要求,把这些形象安置在特定房间的四个角

---

① 当然,也有些倡导记忆术的人反对用虚构的场所来作为记忆的空间,他们之所以这样做,是"为了不给记忆增加不必要的负担"([荷]杜威·德拉埃斯马:《记忆的隐喻——心灵的观念史》,乔修峰译,花城出版社 2009 年版,第 41 页)。比如,堪称古典记忆术最后一位大师的英国人弗卢德就属于此类人,正如杜威·德拉埃斯马所说:"弗卢德公开反对用虚构的'地点'作记忆地点。"(同上书,第 46 页) 弗卢德选择来作为"记忆剧场"的,是当时现实生活中真实存在的著名的"环球剧场",也就是莎士比亚所在剧团的固定演出场所,该剧场上演过不少莎士比亚的戏剧。弗卢德此一"记忆剧场"的真实性形象地体现在下列事实上:"1613 年,环球剧场遭焚,后于原址重建,据说是照原貌复原的。不过,前后两座剧场的真实样貌已无人知晓。重修的这座也于 1644 年被毁。现今的环球剧场,是根据其他剧场的图片和舞台说明等间接资料重建的。也许,弗卢德的描绘更为确切,耶茨认为这种'可能性大得惊人'。一座早被夷为平地的剧场,没有留下任何图纸或画样,没有留下任何碎瓦残片,却被一种神秘的记忆术保存了下来,让三四百年后的我们仍能徘徊其中。"(同上书,第 46 页) 关于弗卢德的"记忆剧场",可参见注释图①:

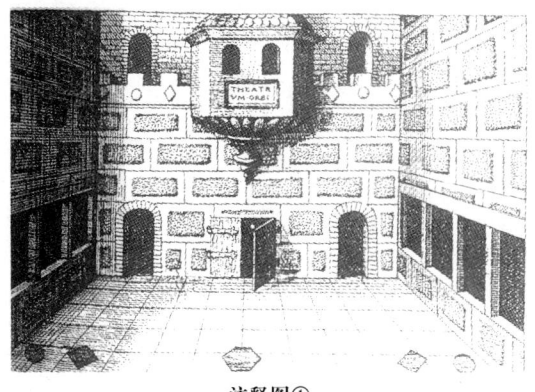

注释图①

② [美]史景迁:《利玛窦的记忆之宫:当西方遇到东方》,陈恒、梅义征译,上海远东出版社 2005 年版,第 13—14 页。

落。这间房屋是个接待厅,面积相当大,且为梁柱结构。"① 而且,如同在"接待厅"里存放四个记忆形象那样,利玛窦还在其著作中的相应位置放进了四幅宗教画:基督与彼得在加利利海、基督与两个门徒在以马忤斯、所多玛的人们在天使面前变瞎扑倒、怀抱婴儿(基督)的圣母玛丽亚。在每一幅画上,利玛窦都加上了标题,其中的三幅他还加上了自己的评论。② 应该说,利玛窦的空间记忆体系是非常完备的,但在中国传授时的实际效果并不是太好。这既有历史的原因,也有文化的原因,更有宗教的原因。③

危机往往总是潜藏在繁荣之中的。当文艺复兴时期"记忆的艺术"达到空前繁荣的时候,由于科学技术的发展,由于机械装置的大量应用,更由于时空观念的革命性变化,④ 这种空间性的记忆艺术便逐渐走向衰落了。此

---

① [美]史景迁:《利玛窦的记忆之宫:当西方遇到东方》,陈恒、梅义征译,上海远东出版社2005年版,第14页。

② 同上书,第15页。

③ 正如史景迁所指出的:"利玛窦的四幅记忆形象只不过是存储于其记忆宫殿中的财富的撩人线索,正如他的四幅宗教插图代表的只是他竭力想使中国人皈依的居于宗教核心的天主教图像资料的片断而已。"([美]史景迁:《利玛窦的记忆之宫:当西方遇到东方》,陈恒、梅义征译,上海远东出版社2005年版,第27页)当然,以这种方式,利玛窦不仅给当时的中国传授了记忆之法,客观上也传播了很多西方的先进知识。

④ 此中最重要的变化是由钟表带来的,这个看起来并不起眼的小小的机械装置直接导致了时间观的变化,进而又导致了空间观的变化。而时空观的变化又导致了此后包括工业体制、社会秩序、文化观念等一系列的重大变化。正如刘易斯·芒福德所指出的:"现代工业时代的关键机器不是蒸汽机,而是时钟。"([美]刘易斯·芒福德:《技术与文明》,陈允明等译,中国建筑工业出版社2009年版,第15页)除了是一种机械地记录时间的机器,"时钟还是一种有能源驱动的机件,其'产品'是分和秒;就其本性而言,它把时间和人们的具体活动的事件分离开来了,帮助人们建立这样一种信念:即存在一个独立的、数学上可度量其序列的世界,这是科学专门的领域。在人们日常生活的经验里,并不容易找到这种信念的基础"(同上书,第16页)。确实,在日常生活中,人们的时间感觉并不是外在的,而总是和一些具体的事件和场景联系在一起,"就人的机体而言,机械时间更显得是一个外部的事件:人类生活有其自己的特殊规律,脉搏、呼吸都与人的情绪和人的活动有关,每小时都在变化;对于长达几天的时间间隔,人们往往并不用日历加以测量,而是用其间发生的一些事件来度量。牧羊人用母羊生小羊的时间来度量;农民度量时间用的是播种和收成"(同上书,第16页)。但在时钟发明以后,一种抽象的时间观念便开始左右人们的生活,并成为其"第二天性","我们可以将一天看做一段段抽象的时间,在冬夜,不必跟着鸡鸭归窝而上床睡觉;人们发明了蜡烛、煤油灯、安全灯、煤气灯、电灯等,在一天的任何时刻,都可以活动。这样,人们不再将时间看做一系列的经历,而是看成多少小时、分钟、秒,这样就开始了增加时间和节约时间的习惯",于是,"抽象的时间成了新的显示存在的媒体。它调节有机体本身的功能:何时吃饭,不必等肚子饿,而是让钟表来告诉我们;何时睡觉,不必困了,而是由钟表来加以确定。随着钟表更广

后，记忆便逐渐时间化、线性化了；而且，由于印刷技术的发明和陆续普及，记忆可以更为方便地文本化。于是，除了极少数专业人士，空间性的"记忆的艺术"便逐渐淡出了人们的视野。[①]然而，不可否认的是：这种空

泛地应用，人们对时间的意识就变得更普遍化了：时间与有机体的时间系列分开来了"（同上书，第17页）。而且，"从遵守时间到按时服务到按时记账再到按时分配。在这个进程中，永生和来世逐渐淡出了人类活动的度量标准和兴趣中心了"（同上书，第15页）。应该承认，这种由钟表带来的时间观的变化是革命性的，它把时间、空间、记忆和事件间的纠结关系解除了，并把时间和空间从某种神圣秩序中摆脱出来，因为在此前的中世纪，"事件之间的联系是宇宙和宗教的秩序：时间的真正秩序是永恒，空间的真正秩序是天堂"（同上书，第19页）。于是，在14—17世纪之间，西方的空间观念也发生了革命性的变化，"在这之前的空间是由各个层次的价值组成的，现在空间用不同的大小来表示了。作为这种新概念的应用，人们对物体在空间中的位置进行了更仔细的研究，发现了透视的规律；在由前景、水平面和消失点所固定的框架内，物体的形状被系统地表现出来。透视将物体之间的符号关系变成了可视的关系：可以看得见了，接着就变成定量的关系。在世界的这种新图景中，大小不再具有世俗或宗教的重要性，而且大小也反映了距离的远近。物体不再是彼此分离的一些绝对的数值：它们在同一视觉的框架下，相互协调，而且一定是有尺度的。为了取得尺度，对物体本身必须进行精确的描写，它的外形和图像之间要有逐点的对应：于是人们对外部的特征和事实就有了新的兴趣。将画布分成方格，通过由此生成的抽象的棋盘格图去精确地观察世界"（同上书，第20页）。"从此，所有发生的事件都被纳入一个全新的、理想化的时空网络之中；在这个体系中，最让人满意的事件莫过于直线匀速运动，因为这样的运动能在时空坐标体系之下被精确地再现出来。……自此以后，人们为了理解一个事物，就必须将之置于确定的时间、确定的空间之中。"（同上书，第20页）在这种时空观念的主宰之下，那种建立在"位置"、"处所"基础上的将众多事物"存放"在一个统一的空间之中的所谓的"记忆的艺术"，必然就没有立足之地了，因此其衰微的命运也就不可避免。

① 其实，早在16世纪，空间性的记忆艺术就遭到了不少知名人士的攻击，正如史景迁所指出的："在16世纪30年代，科尔内留斯·阿格里帕（Cornelius Agrippa）虽然对巫术和科学炼金术颇感兴趣，但却在其《艺术与科学的虚幻性和不确定性》（The Vanitie and Uncertaintie of Artes Sciences）一书中抨击说，记忆法所编造的'荒谬形象'使得人类与生俱来的记忆力变得迟钝起来，而试图在人们头脑中过多地填塞无限量的信息，常常'会导致人们对记忆技巧疯狂般的追求，而不是力求其深刻性和确定性'。阿格里帕认为这种炫耀知识的做法是幼稚的爱出风头主义。……宗教界的思想家们，比如伊拉斯谟和梅兰希顿认为，这些记忆体系，实质上就是向早期修道士迷信活动的回归，它们没有任何实践价值。拉伯雷也在16世纪30年代以他精妙的嘲讽手法，对这类记忆法作了进一步抨击。他写道，高康大在他导师霍尔弗尼斯（Holofernes）的指导下背诵当时最为深奥的语法著作，与此同时，班布里兹（Claptrap）、斯卡利瓦格（Scallywag）以及克拉普特拉普（Claptrap）之类的学者也把自己的满腹经纶传授予他。结果，拉伯雷描述说，尽管高康大确实能把所有学过的东西'倒背如流'，'其智慧达到炉火纯青的地步'，但是，人们若想得到他本人的明智评论，'想再从他的嘴里掏出一个字来，比让一只死驴放出屁还难'。"（[美]史景迁：《利玛窦的记忆之宫：当西方遇到东方》，陈恒、梅义征译，上海远东出版社2005年版，第16—17页）

间性的记忆艺术对人类的思维活动乃至文学艺术创作活动,都曾经产生了非常重大的影响。[1] 而且,毫无疑问的是,总结并探索这种空间性的记忆艺术,对于创作者发现新的叙事领域、发展新的叙事技巧、开拓新的叙事空间,都具有非常重要的意义。

三 记忆的空间性对虚构叙事的影响

由于记忆是作家们创作时最基本的心理活动之一,所以它的状况和形式必然会对叙事虚构作品的面貌产生决定性的影响。既然记忆具有某种空间性的特征,那么创作时以这种记忆方式来选择并组织事件而写成的叙事虚构作品,也就必然会具有某种空间性的特征。为了探讨记忆的空间性对虚构叙事的影响,我们当然只能通过考察具体的叙事虚构作品来进行。通过研究我们发现,记忆的空间性对虚构叙事的影响既表现在内容或主题层面,也表现在结构或形式层面。

(一) 叙事作品中的记忆与空间

无论是对于普通人还是对于小说家来说,记忆都是至关重要的,如果

---

[1] 弗兰西斯·耶茨在其《记忆的艺术》一书中认为,古代和中世纪的艺术其实是一种"记忆的艺术",其目的是为了"记事",为了唤起对人物或事件的记忆。比如,对于佛罗伦萨新圣母玛利亚教堂中的壁画《圣托马斯的胜利》,"弗兰西斯·耶茨指出,这是一幅无法回避的画作,它被构思成一个庞大的记忆体系,其灵感来源是一些典型的记忆术图,这些记忆术图散见于多明我修会的一些论述记忆的著作中。毫无疑问,为多明我修道院作画的画家从教中兄弟那里得到指导,绘制一幅伟大的艺术作品,以追忆圣托马斯的荣耀,以及圣托马斯荣耀的来源,包括他所谓的'德行'和'学问'。整幅画都可以被解读为多明我修士关于记忆手稿中的整整一页"([法]达尼埃尔·阿拉斯:《绘画史事》,孙凯译,北京大学出版社 2007 年版,第 105—106 页)。然而,从文艺复兴时期开始,情况发生了明显的变化:"在以前的记忆术体系中,所有要素并置在一起,是静止的、不动的,它对应的是关于宇宙的一种等级森严的封闭概念;而后来的体系,其基础不再是并置的诸多地点(那里面的形象是经过严格定义的)了,相反,是再现之处的浑然统一,只有一个地点,诸多形象可以在里面移动,这就与记忆的艺术完全相反——文艺复兴时代相对于中世纪,同时也(说'也',因为尚有其他诸多过程,合力构成了文艺复兴)是这两种体系间的过渡。1435 年,阿尔贝蒂用了好几页描述绘画对运动的再现,他的绘画观念是修辞意义上的,与记忆的艺术原则截然相反。这时,绘画的意义不再用来记事,它的目的变成了通过讲故事来说服、感动观众。"(同上书,第 107—108 页)正因为如此,所以达尼埃尔·阿拉斯认为:"从记忆到修辞——这是我们解密文艺复兴的一把钥匙。"(同上书,第 112 页)

失去了记忆,我们就会失去对事物的意识,失去对往昔和世界的感觉,而失去了这些也就等于失去了生活中的一切。而正如前面所谈到的,我们生活中重要的记忆总是和一些具体的空间(地方)联系在一起。或者说,那些具有特殊重要性的地方很容易成为我们记忆的承载物。显然,这类"地方"在某种意义上已经成了带有宗教性的"神圣空间",它与人们生活中的其他空间具有不同的意义和不同的重要性。"神圣空间"是美国学者米尔恰·伊利亚德在讨论宗教思想时提出的一个非常重要的概念。在伊利亚德看来,对于普通人来说,空间意味着均质和广延;但对于宗教徒来说,某些空间由于它的特殊性而被赋予了"神圣"的特性。其实,"神圣空间"不光宗教徒能够体验到,普通人在世俗生活中也会把那些对他意义重大的空间"圣化",从而赋予其特别的价值,"例如有一些特殊的地方,它们与所有其他的地方具有完全不同的属性,像一个人的出生地、初恋的地方、年轻时造访过的第一个外国城市的某处。甚至对于那些自我坦陈不是宗教徒的人而言,所有这些地方仍然具有一种不同寻常的、无与伦比的意义。这些地方是他们个人宇宙中的'圣地',好像正是在这些地方,他们得到的是一种关于实在的启示,而不仅仅是其日常生活中的一处普通的地方"。① 在那些被"圣化"的空间中,我们经常可以发现童年时"故乡"的影子。② 在《存在·空间·建筑》一书中,挪威建筑理论家诺伯格·舒尔兹提出了"存在空间"的概念:"所谓'存在空间',就是比较稳定的知觉图式体系,亦即环境的'形象'。存在空间是从大量现象的类似性中抽象出来的,具有'作为对象的性质'。"③ 也就是说,"存在空间"是沉淀在意识深处的"比较稳定的知觉图式体系",它具有认知的功能;而且,

---

① [美]米尔恰·伊利亚德:《神圣与世俗》,王建光译,华夏出版社2002年版,第3页。

② "故乡"之所以容易被"圣化",是因为它往往承载着我们最初的记忆,它是我们童年时的现实和幻想空间,是我们的认知图式和知识体系中万事万物的"起源"。对此,英国作家V. S. 奈保尔说得好:"我们的神圣世界——小时候家族传递给我们的圣洁,我们童年时代的神圣地方,之所以神圣,是因为我们童年时代就看到它们,并且对它们充满了好奇,对我而言更是充满了双倍甚至三倍的神圣,因为,在遥远的英格兰创作许多作品的时候,我在幻想中生活在它们中间,在幻想中那些地方是万物的起源,由此构造了一种家的幻想世界。"([英]奈保尔:《抵达之谜》,邹海仑、蔡曙光、张杰译,浙江文艺出版社2006年版,第353页)

③ [挪]诺伯格·舒尔兹:《存在·空间·建筑》,尹培桐译,中国建筑工业出版社1990年版,第19页。

"存在空间"是我们非常熟悉，并投注了情感的空间。"故乡"（尤其是家）就是这样一种"存在空间"，它往往承载着我们最初的重要记忆，以后不管到了哪里，我们总是以这一"存在空间"作为参照系去体验世间的万事万物。比如，英国作家托马斯·哈代的经典小说《德伯家的苔丝》中有这样一段文字，就是对"存在空间"的绝妙揭示：

> 她就是在那块地方出生的，也就是在那块地方长大的。在她看来，布蕾谷就是全世界，谷里的居民就是世界上所有的人类。从前，在她还觉得事事神奇的孩童时期里，就已经从马勒村的大栅栏门和篱边台阶上把那一大片山谷一眼望到头了；她那时看来觉得神秘的，她现在看来也并不觉得神秘性减少多少。她从她的内室的窗户里天天看见那些村庄、楼阁和依稀模糊的白色邸第；那个威严地高踞山上的市镇沙氏屯，特别惹她注意；镇里的窗户，都在西下的太阳光里，亮得像灯一样。但是那个地方她还没到过；就是布蕾谷本地和布蕾谷附近，经过她仔细观察而熟悉的，也只有一小部分。远在谷外的地方，她到过的更少了。四外环绕着的那些山的外形，她一个一个都很熟悉，仿佛亲友的面目一样；至于山外的情形，那她的判断就完全根据村立小学里的说法了……①

显然，布蕾谷就是少女苔丝的"存在空间"，这一"存在空间"是她体验世界和认知事物的"参照系"、"模子"或"框架"。对于作为"存在空间"的"家乡"，英国小说家乔治·艾略特说得好：

> 人类的生活应该很好地植根于家乡的某些地方，在那里，它能够得到对大地的面庞、对人们从事的俗务、对大地上萦绕的声音和腔调、对在未来的知识拓展中将会给早期的家园赋予熟悉而不会弄错的差异的任何东西的温柔亲切的关爱；在这个地方，早期记忆的清晰性可能和感情浑然一体，与所有邻居甚至包括狗和驴的友好相处，四处蔓延，这不是

---

① ［英］托马斯·哈代：《德伯家的苔丝》，张谷若译，人民文学出版社1957年版，第51—52页。

通过情感的努力和反省,而是血缘的一个温柔的习惯。[1]

是的,正因为人类的生活很大程度上"植根于家乡的某些地方",所以对很多人来说,家乡就储存着全部的往事、积淀着和自己有关的所有的时间,因而家乡就是全部的世界,至于其他地方,那只是外在于自己的、"陌生的"东西;只有和"家乡"这一魂牵梦萦的空间联系起来,其他地方才能被赋予意义,因而也才有存在的价值。

法国哲学家加斯东·巴什拉(Gaston Bachelard)认为记忆"是静止的,它们越是牢固地被固定在空间里,就越是稳妥"。[2]这就是说,记忆(时间)只有被空间固化之后,才是更为稳妥和牢固的存在。当然,空间也由于浸润着时间而充满了活力,这种活力赋予人生"连续性",并赋予生活和生命以价值。巴什拉认为,"家宅"这一特殊的空间对于固化时间和记忆具体特别重要的意义,[3]他认为"家宅"不仅安顿回忆,而且容纳梦想:"由于有了家宅,我们的很多回忆都被安顿下来,而且如果家宅稍微精致一点,如果它有地窖和阁楼、角落和走廊,我们的回忆所具有的藏身之所就更好地被刻画出来。我们终生都在梦想回到那些地方。……在我们的记忆这个过去的剧场里,背景保存了人物的主要角色。人们有时以为能在时间中认出自己,然而人们认识的只是在安稳的

---

[1] [英]A.S.拜厄特:《记忆与小说的构成》,载法拉、帕特森编《记忆》,户晓辉译,华夏出版社2006年版,第44页。

[2] [美]戴维·哈维:《后现代的状况——对文化变迁之缘起的探究》,阎嘉译,商务印书馆2003年版,第273页。

[3] 在各类存在空间中,巴什拉赋予"家宅"无比重要的价值,其重要著作《空间的诗学》所展开的空间分析,就是以对家宅的分析为基础的。关于家宅的重要性,巴什拉说得好:"家宅是一种强大的融合力量,把人的思想、回忆和梦融合在一起。在这一融合中,联系的原则是梦想。过去、现在和未来给家宅不同的活力,这些活力常常相干涉,有时相互对抗,有时相互刺激。在人的一生中,家宅总是排除偶然性,增加连续性。没有家宅,人就成了流离失所的存在。家宅在自然的风暴和人生的风暴中保卫着人。它既是身体又是灵魂。它是人类最早的世界。早在那些仓促下结论的形而上学家们所传授的'被抛于世界'之前,人已经被放置于家宅的摇篮之中。在我们的梦想中,家宅总是一个巨大的摇篮。一个研究具体事物的形而上学家不会对这个事实置之不理,这是个简单的事实,更重要的是,这个事实有一种价值,一种重大的价值,我们在梦想中重新面对它。存在立就成为一种价值。生活便开始,在封闭中、受保护中开始,在家宅的温暖怀抱中开始。"([法]加斯东·巴什拉:《空间的诗学》,张逸婧译,上海译文出版社2009年版,第5页)

存在所处的空间中的一系列定格,这个存在不愿意流逝,当他出发寻找逝去的时光时,他想要在这段过去中'悬置'时间的飞逝。空间在千万个小洞里保存着压缩的时间。"① 对此,海德格尔也持同样的看法,正如戴维·哈维所指出的:"海德格尔的反响在这方面很强烈。'空间包含着被压缩了的时间。这就是空间的目的之所在。'对记忆来说最重要的空间就是家——'把人类的思想、记忆和梦想结合起来的最伟大的力量之一'。因为正是在这个空间里,我们才懂得了梦想和想象。"② 海德格尔说得好:在家这一空间中,"存在已经成了一种价值。生存顺利开始,它始于封闭的、受到保护的、家之怀抱的全部温暖之中……这就是受保护的存在物生存于其中的那个环境……在这个遥远的地带,记忆和想象仍然有联系,各自都为它们的相互深化起着作用……通过梦想,我们生存中的各种居所共同穿透并留住以前岁月的珍藏。当我们进入新家之后,当我们曾居住过的其他地方的记忆回到我们心里之时,我们穿行于静止的童年时代的大地,所有无法追忆的东西都这样静止不动"。③ 于是,"被追忆的时间始终都不是流动的,而是对体验过的场所和空间的记忆"。④ 就这样,时间性的记忆被置换成了空间性的场所。

  作家们对于空间、往事和记忆的关系尤其敏感,他们为了复活往事,总是会有意无意地踏上返回"故乡"之路。事实上,从许多作家的叙事文本中,我们的确可以找到他们童年时生活过的"空间",像马塞尔·普鲁斯特笔下的"贡布雷"、威廉·福克纳笔下的"杰弗生镇"、舍伍德·安德森笔下的"温士堡城"、奈保尔笔下的"米格尔街"、沈从文笔下的"湘西",等等。在某种意义上,我们可以说,对故乡这一特殊空间的追忆或重构,是促使上述作家进行创作的动力。俄国作家伊万·布宁在其以"回忆"为主题的自传体长篇小说《阿尔谢尼耶夫的一生》中谈到,他最初的回忆就是一种有关"家宅"的回忆:"我最初的回忆,是一种有点莫名其

---

  ① [法]加斯东·巴什拉:《空间的诗学》,张逸婧译,上海译文出版社2009年版,第6—7页。
  ② [美]戴维·哈维:《后现代的状况——对文化变迁之缘起的探究》,阎嘉译,商务印书馆2003年版,第273页。
  ③ 同上书,第273—274页。
  ④ 同上书,第274页。

妙的微不足道的东西。我记得一间大大的房子,在入秋前阳光的照耀下,从朝南的那个窗口可以看见太阳照在山坡上的干燥的亮光。"① 在回忆自己的幼年生活时,布宁总是带着忧伤的感情,而这种感情是一个叫做"故乡"的地方造成的:"或许,我的幼年时代的忧伤是某些局部的条件造成的?实际上,我是在一个非常荒凉偏僻的地方长大的。荒漠的田野,那里有一座孤零零的庄园……冬天是一望无际的雪海,夏天则到处是庄稼、野草和鲜花……还有这些田野永远的宁静,它们的神秘的沉默……但是,在宁静,在荒僻中,是否有只旱獭、云雀什么的在发愁?不,它们什么也不甘心,对什么都不稀奇,感觉不到周围世界一个人总会感觉到惊讶的那种神秘的灵气,既不知道空间的召唤,也不知道时间的奔跑。而我,在那时就已经知道这一切了。天空的深处、田野的远方向我讲到了仿佛存在于它们之外的另一个天地,唤起了我的幻想,并使我为还不知道的那个天地感到苦恼,以一种莫名的爱和温柔促使我去对待任何一个人和任何一件事。"② 是啊,正是记忆中那个最初的小小的空间(从"家宅"到"故乡"),培养了布宁丰富的想象力和伟大的同情心,尤为重要的是培养了一种超越现实世界而进入"另一个天地"的能力——这正是一个伟大的作家必须具备的一种能力。接下来,布宁这样写道:

  我们家的领地叫村子——卡缅卡村——我们家主要的田庄在顿河左岸;父亲经常离开家到那里去,并在那里住好久,不过田庄的产业不大,奴仆的数量不多。但是,人们毕竟在那里,毕竟还有一种生活在进行。有一些狗呀、马呀、羊呀、奶牛呀、干活的人呀,还有马车夫、领班、厨娘、喂养牲口的女人、保姆、母亲和父亲、几个上中学的哥哥和一个还躺在摇篮里的妹妹奥丽娅……可是为什么在我的记忆里留下的只是那些完全孤独的时刻呢?瞧,一个夏天的傍晚降临了。太阳已经落到了房子、花园的后边,空旷的院子都被阴影笼罩了,而我(世界上完完全全只有我一个人)躺在院子里渐渐冷下来的草地上,像注视谁的一双奇妙亲切的眼睛和自己父亲的怀抱那样张望着无底的蓝天。一片很高的

---

① [俄]伊万·布宁:《阿尔谢尼耶夫的一生》,靳戈译,译林出版社 2004 年版,第 5 页。
② 同上书,第 5—6 页。

白云漂浮着,翻动着,慢慢地改变着形状,消融在这凹进去的无底的蓝色中……啊,多么令人陶醉的美!要是能登上这片白云,乘着这片高得吓人的白云,在这天庭下的广阔空间飘呀飘的,飘到生活在群山巅峰间的上帝和白翼天使身边,该有多好!①

因为有了空间的定位,所以布宁所有的回忆便有了一个稳固的"基点"。也正因为如此,所以"接下来我对自己在人世间开头几年生活的回忆,就更加普通平常和准确了,虽然一切都依然还是那么贫乏、偶然、零零散散"。②当然,毕竟涉世未深,所以在童年的记忆中,"我看到的世界,仍局限于一座庄园、一幢房子和一些最亲近的人"——总之,看到的是空间或者明显地具有空间特性的人、事、物。

由于记忆的空间特性,我们可以通过"复活"具体的空间而把往事激活并唤醒。这是人们精神生活中非常普遍的经验。而小说家亚苏拉里·卡瓦贝塔的短篇小说《尤米尤拉》则给我们提供了记忆与空间关系的另一种情况。《尤米尤拉》的主人公也是一位小说家,某一天,他家里来了一个不速之客——一个号称30年前就认识他的女人。女人把和小说家共同的往事说得有鼻子有眼:他们是在海港节日期间小说家造访小城尤米尤拉时认识的,他们在一起度过了一段让她一辈子也忘不了的时光……而且,女人还动情地向他宣称——"亲爱的,你曾经向我求婚呢!"那段时间,小说家正在遭受记忆力衰退的烦恼,听女人说了这件事后,他认为这是他记忆力或者说智力进一步减退的一个明显的迹象。接下来,女人向他讲述了更多令人吃惊的往事……小说家的不安很快变成了歉疚和恐慌:他想不到几十年来对自己如此一往情深的女人自己居然一无所知!他也想不到自己的遗忘症竟然是如此的严重!女人走后,小说家余悸未消,他立即拿出地图,希望能在地图上找到那个名叫尤米尤拉的小城,更希望这个"地名"能够撞击出些许记忆的火花,以弄清楚自己为什么会去那个地方。然而,他几乎找遍了所有的地图和书籍,也没有找到这个小城的所在,他甚至没有发现"尤米尤拉"这个名字的丝毫线索。此时,小说家才意识到:他可能根本就没有去过女人所说的那

---

① [俄]伊万·布宁:《阿尔谢尼耶夫的一生》,靳戈译,译林出版社2004年版,第6页。
② 同上书,第10页。

个小城,"尤米尤拉"这个名字很可能是虚构或误置的产物。尽管那个女人的记忆是那样的清晰、肯定,叙述也是那样的生动感人,但她可能是完全搞错了。[①] 显然,在这里,空间(地点)是小说家证明女人的虚构并恢复自己的信心的关键要素。当然,与小说《尤米尤拉》相反的情况也是存在的。阿兰·罗伯—格里耶所写的电影小说《去年在马里安巴》就叙述了这样一个故事:一个貌美富有的少妇和丈夫一起来到一个疗养胜地,在这里她遇到一个陌生的男子,可该男子自称是她的老相识,他们去年在马里安巴相约今年的这个时候在此地见面,然后两人一起私奔……女人听了男子的叙述深感诧异,赶紧告诉对方她根本不认识他,而且自己去年根本就没有去过马里安巴。然而,该男子却坚持说他们的确曾经是情侣,并不断地用鲜活的事件向她证实此事。在男子不断的坚持和说服下,女子的信心开始动摇,慢慢地就开始相信他的话了,最后她终于确定了过去与该男子的"关系",并决定和他私奔……无疑,在《去年在马里安巴》中,陌生男子正是利用事件与空间的关系来干扰并重塑了少妇的记忆,从而达到了自己的目的。这与《尤米尤拉》中的情况恰好构成了鲜明的对照:《尤米尤拉》中的小说家通过空间(地点)证明了号称深爱自己 30 年的女人的叙事的虚构性,而《去年在马里安巴》中的陌生男子却利用空间(地点)让貌美富有的少妇相信了自己的虚构叙事。

在笔者看来,《尤米尤拉》中的小说家尽管正深受记忆力衰退的苦恼,但他仍能识破拜访他的不速之客所讲故事的虚构性,正是由于他对记忆与空间关系的深刻把握。事实上,当我们把目光投向那些文学史上有创造力的作家时,其创造力也正是源于他们对事件、记忆与空间及其与之密切相关的时间关系的深刻把握,马塞尔·普鲁斯特、伊万·布宁、詹姆斯·乔伊斯如此,威廉·福克纳、弗拉基米尔·纳博科夫、V. S. 奈保尔同样如此。就拿纳博科夫来说,他认为自己一生中最热衷于去做的事情就是对过去某些时间栩栩如生的回忆,而创作正是他用来重现往昔并使之完美无缺、永恒不变的一种最好的方式。在其著名的自传式回忆录《说吧,记忆》中,纳博科夫对时间的本质与记忆的曲折过

---

① 〔美〕丹尼尔·夏科特:《记忆的七宗罪》,李安龙译,中国社会科学出版社、海南出版社 2003 年版,第 4—5 页。

程进行了深邃的探索,而这种探索正是和空间紧密地联系在一起的,"纳博科夫最喜欢的观点之一就是时间其实是空间的一种形式——华兹华斯称之为'时间的一点',它是完美精神生活这一繁荣领域的一部分,我们可以随心所欲地回到那里造访"。① 在《说吧,记忆》中,纳博科夫还回忆起了父母是如何在自己面前谈论过去的,他们总是反复地纪念过去经历中的重要时刻,并以此作为预防将来遗忘这些时刻的一种措施。纳博科夫这样写到他的母亲:

> 仿佛是感觉到几年后她的世界中这个有形的部分将会消失,对于分散在我们乡村别墅的各种各样的时间的标志,她培养了一种非凡的意识。她怀着与我现在描绘她的形象及我的过去时同样的怀旧热情,珍视她自己的过去。这样,从某种意义上说,我继承了一个精美的幻影——无形财产、非不动产的美——后来证实这成了承受以后的损失的极佳训练。她特有的标记和特征对我和对她自己都同样神圣。那儿有过去专门为她母亲的特殊爱好而保留的房间——一个化学实验室;那儿,在上坡通向格雷亚兹诺村的路边,如我父亲——一个热诚的自行车爱好者——说的那样,在人们喜欢'不畏艰险骑车'的最陡的一段,并且是他求婚的地方,有那棵标志着那个地点的椴树;还有,在那所谓的'老'庭园里的那个废弃了的网球场,现在是一片青苔、鼹鼠丘和蘑菇,在1880年代和1890年代曾是欢乐的集会的场所(就连她严厉的父亲也会脱掉大衣,估量着舞动那把最重的球拍),但是到我10岁的时候,大自然已经抹去了一切,彻底得就像用一块毡擦去了一道几何题。②

然而,由于母亲心中的往事已经被建构成了空间性的记忆,所以哪怕是大自

---

① [美]萨克文·伯科维奇主编《剑桥美国文学史》第七卷,孙宏主译,中央编译出版社2005年版,第214页。
② [美]弗拉基米尔·纳博科夫:《说吧,记忆》,王家湘译,上海译文出版社2009年版,第29—30页。

然涂抹去了记忆中有形的部分,却涂抹不掉她心中对往事的鲜活印象。[①] 那些对于其他人来说可以起到唤起记忆作用的"旧物",母亲却"并不真正需要它们":"我父亲的一只手的模型、一幅现在属于东柏林的泰格尔希腊天主教的公墓里他的坟墓的水彩画,和流亡作家的作品放在同一个架子上,这些书的书皮用的是廉价纸,非常容易散开。一只用绿布蒙起来的肥皂箱上面,是她喜欢放在她的长沙发旁边的、在歪斜的框子里的发暗的小照片。她并不真正需要它们,因为一切都在她的记忆之中。就像一个巡回出团的演员,虽然他们仍然记得他们的台词,却走到哪儿都带着一片任风吹刮的荒原,一座雾蒙蒙的城堡,一个具有魅力的岛屿,她也拥有她的心灵曾储存起来的一切。"[②] 显然,"荒原"、"城堡"、"岛屿"正是母亲心中永不消失的记忆的空间性象征物。正如《说吧,记忆》的书名所示,纳博科夫没有把过去按时间顺序连接起来,而是与记忆展开对话,或者通过展示储存记忆的空间,让记忆自己说话——在我看来,只有明白了这一点,才算是真正掌握了解读纳博科夫所有小说的钥匙。

纳博科夫对记忆的思考非常深入和全面,他小说中表现出来的记忆不仅涉及"过去",而且关乎"未来"。而无论是"过去"的记忆还是"未来"的

[①] 当然,由于纳博科夫的母亲有意识地强化了空间性的记忆,所以哪怕是有形的记忆空间或场所被改变甚至摧毁,也影响不了她的记忆,因为这种被心灵建构过的空间性记忆是风雨不蚀的。但对于一般人来说,有形空间的改变会直接影响到记忆,所以,对某一个空间的改变就是改变曾经在该空间生活过的人们的记忆,而对其摧毁就是摧毁他们的过去。英国作家 V. S. 奈保尔在其名作《抵达之谜》中,就写到过这种情况:叙述者"我"对自己买下的农舍进行了改造和扩建,因此当农舍原来的主人——当年的小姑娘,现在的老太太——故地重游时,却怎么也认不出记忆中的农舍了。为此,"我窘迫极了。我对我所做的使农舍面目全非的事情感到窘迫,我对使她分辨不清自己置身何处的所有事物感到窘迫:包括入口和车道,新房子的前半部分,那是两间农舍的后部改建的,那部分老太太或许会记得;包括新房子扩建的部分,那部分毁掉了她祖父居住的房子的一大半;还包括庭院花园,它取代了原先栽种蔬菜的农舍花园,那花园老太太或许会记得"。([英]奈保尔:《抵达之谜》,邹海仑、蔡曙光、张杰译,浙江文艺出版社 2006 年版,第 321 页)"在老太太面前,我感到窘迫,因为我的所作所为,也因为我的身份。我是一个入侵者,不是来自另一个村子,或另一个郡,而是来自另一个半球。我对我毁灭或破坏了老太太的过去感到窘迫,就像我的过去在许多地方被毁灭,在我长大的岛屿,甚至在这里,在属于我第二次生命的山谷,在我庄园的农舍,一个曾经激动、欢迎、再次唤醒我的地方,但这里一点点的变化一直持续到我离去时刻的到来。"(同上书,第 322 页)

[②] [美]弗拉基米尔·纳博科夫:《说吧,记忆》,王家湘译,上海译文出版社 2009 年版,第 29—39 页。

记忆,都是和具体的空间(地方)紧密联系在一起的。纳博科夫于 1925 年所写的短篇小说《柏林导游》即是一篇专门探讨空间、时间与记忆关系的小说,这篇小说的重要性表现在:其中表现出来的记忆既在"过去"的维度上运行,又延伸到了"未来"的维度,而将两者联系在一起的是一些非常具体的物件和空间性的场景。小说的主人公是一位来自俄罗斯的流亡作家(在很大程度上就是纳博科夫自己的化身),他对构成柏林这座城市的大小要素(包括建筑、有轨电车、电车售票员手的动作、小酒馆等)进行了细致入微的观察,而这些要素正好构成了我们所说的记忆。在这篇小说中,"我"不仅罗列了自己亲眼所见到的事物,而且还叙述了"我"在感知柏林这座城市时,是如何通过回忆自己的历史和经历来过滤所看到的事物的。纳博科夫写道:作为作家,"我"的任务就是"像日常事物将在未来年代的善意之镜中呈现出来的那样,去描绘日常事物",也就是说,假设到了遥远的未来,"那时,我们平淡的日常生活中的每一件小事,都将让人觉得从一开始就是挑选出来的,而且像是节日里的事物一样"。因此,毫不奇怪的是,"我"一边回忆 18 年前在彼得堡人们如何套上马匹去拉有轨电车,一边继续描写在柏林人们如何把一节挂车接在有轨电车的主机上。当然,纳博科夫并没有止于此类的关联性描写,而是衡量了所见事物的"记忆能量"及其在将来社会记忆中所具有的意义。他写道,"到了 21 世纪的 20 年代",人们会在一家技术博物馆里看到有轨电车和售票员制服,可是人们对于售票员的表情和动作的感知,却如何在社会记忆中找到自己的位置呢?纳博科夫笔下以时间对柏林进行导游的小说家有一个酒友,他对"管道、有轨电车和许多其他高度重要的东西"统统不感兴趣。小说最精彩的是结尾处的一个空间性场景:"我"和酒友坐在一家小酒馆里,小酒馆的里间屋里坐着一个孩子,他一边用勺子喝着汤,一边观察着客人正在喝酒的堂屋。见此情景,酒友问"我"道:"这儿有什么好看的?"于是,作者趁机描写了那个孩子从里间小屋里看到的一切:台球桌、柜台、通过塞孔从啤酒桶里汲着啤酒的孩子的父亲、抽着烟的客人们,当然,还有"我"以及他"上衣的空空的右袖筒和他……布满疤痕的脸"。"这个在里屋里喝汤的孩子,在自己的童年天天都看到堂屋里的画面",等他将来成年的时候,就会把上面写到的那些东西拼到这幅画面上去。"我真弄不懂,你在这儿能看到些什么呢?"那位酒友不耐烦地咕哝道。"我"根本就没有回答他,只是在心里想:"我怎样才能让我的这位酒友明白,我现在看到的是某人未来的回忆呢?"① 由于这篇小说涉及各个层面的时间，所以有学者认为："这个短篇小说所提供的不是一部地点志（Topographie des Ortes），而是一部时间志（Topographie der Zeit）。"② 然而，由于小说中所涉及的各种时间均和具体的地点联系在一起，所以我们认为它既是一部时间志，也是一部地点志。真不知道如果去掉那些地点，小说中的时间还会是什么样子。

（二）记忆的空间性与叙事作品的空间形式

不难看出，上面所论记忆的空间性对虚构叙事的影响主要表现在内容或主题层面，其实更重要的影响应该表现在结构或形式层面。当然，由于以下几个方面的原因，这种研究是有相当难度的。首先，因为叙事作品的结构表现在文本层面，而记忆的结构则是一种涉及创作主体的心理结构；按照"新批评"、结构主义以来的文学研究模式，对结构的考察必须斩断与容易导致"意图谬误"的主体的任何联系；而我们要在记忆的空间性与叙事作品的空间形式之间建立联系，显然就与20世纪以来的批评主张相悖。诚然，20世纪晚期以来的很多文学理论都认为研究文本不能和生产文本的作家以及阅读文本的读者割裂开来，但这些理论基本上都还停留在"提口号"的阶段，并没有提供打通这几个文学环节的研究实绩。因此，要探讨记忆的空间性与叙事作品空间形式之间的关联，我们并无理论上的借鉴。

其次，空间性的"记忆的艺术"主要是一种流行于古代和中世纪的记忆理论，到了文艺复兴时期便开始衰落了，而作为虚构叙事作品主要类型的小说，按照伊恩·P.瓦特的说法，③ 要等到18世纪才算是正式诞生。由于文艺复兴以来西方的时间观主要是直线发展型的（沿过去——现在——未来的方向运动），空间规则讲究透视效果、讲究事物存在的空间明晰性，"从此，所有发生的事件都被纳入一个全新的、理想化的时空网

---

① ［德］哈拉尔德·韦尔策:《社会记忆（代序）》，载哈拉尔德·韦尔策编《社会记忆：历史、回忆、传承》，季斌等译，北京大学出版社2007年版，第1—3页。

② 同上书，第1页。

③ 瓦特的说法可见其经典著作《小说的兴起》，该书由高原、董红均译，生活·读书·新知三联书店1992年版。

络之中;在这个体系中,最让人满意的事件莫过于直线匀速运动,因为这样的运动能在时空坐标体系之下被精确地再现出来。……自此以后,人们为了理解一个事物,就必须将之置于确定的时间、确定的空间之中"。[1]在这种时空体系中,那种把发生在不同时间、不同空间中的事件统一放置在同一个"场所"("记忆之宫"或"记忆剧场")之中的做法,显然已经是不合时宜之举了。因此,新时空观影响下的小说所表现出来的主要是一种因果线性结构,这类小说与空间性的记忆术肯定是没有多大的关联。只有到了19世纪末20世纪初,随着社会生活的急剧变化和科学技术的飞速发展,时空观念又发生了革命性的变化,于是,一批具有创造力的作家对那种机械的因果线性叙事表示不满,并开始创作那种具有真正的"空间形式"的高度复杂的叙事作品。像马塞尔·普鲁斯特、詹姆斯·乔伊斯、威廉·福克纳、克劳德·西蒙等人都是这方面的先驱者和大师。由于创作此类作品的艰难性,所以到目前为止,真正具有"空间形式"的叙事作品也不是太多,因而可供我们分析的文本非常有限。而且,创作出了此类叙事文本的作家大都没有留下有关创作活动尤其是记忆活动的详细记录。所有这些,都让我们很难在记忆的空间形式与叙事文本的空间形式之间建立可靠的联系。

再次,"空间形式"其实是一种比喻性、象征性的说法,是阅读者经过"反应理解"之后在意识中呈现出来的产物。具有"空间形式"的小说当然不是单线小说而是复线小说,也就是说,此类小说一般都有好几条情节线索,而且,这几条情节线索并不是机械地组合在一起的,而是按照某种空间关系组合成一个抽象的、虚幻的就像"宫殿"、"剧场"、"圆圈"那样的"形象建筑物"。其中,某一条情节线既可以是只包括一两个事件的简单线索,也可以是包括多个事件的复杂线索,如果是多个事件的情节线,其本身也构成了一个"形象建筑物"。而此一情节线的"形象建筑物"又与其他情节线的"形象建筑物"组合成一个更大、更复杂的"形象建筑物",比如说,普鲁斯特洋洋两百余万言的经典巨著《追忆似水年华》,其各条线索复杂交织,最终构成了一个"大教堂"式的空间结构。某一情节

---

[1] [美]刘易斯·芒福德:《技术与文明》,陈允明等译,中国建筑工业出版社2009年版,第20页。

线在小说整体的大的"形象建筑物"中究竟是"正房"还是"厢房",要视其在文本中的重要性而定。显然,这里所谓的"空间形式",其实是一种经过读者反复阅读后才把握到的结构性存在,而要把握到这种"空间形式",该读者必须具备相当的阅读能力。不止一位研究者认为"现代小说是需要重读的",所以读这类小说不仅需要能力,而且需要耐心。就拿法国"新小说"来说,如果只读一遍,我们简直会不知所云。施康强曾经这样谈道:"以比较好懂的《弗兰德公路》为例,一般读者读第一遍,像碰到一团乱麻……如果他有耐心读第二遍,这一团乱麻便能理出一个头绪。如果读者还有兴趣读第三遍,他将发现,这部表面上叙述混乱的小说其实服从一个严格的、巧妙的内部结构,情节的支离破碎是有意安排的,各个情节碎片像一幅画上的各个色块,在作品的不同部分相互呼应、折射,从而产生线性叙述不可能达到的立体效果。"① 如果没有耐心,那么这部小说的"空间形式"、"立体效果"和繁复之美也就无从把握了。如此看来,"空间形式"其实是和读者的心理活动联系在一起的:不经过读者的"反映理解",所有的叙事文本都无非是一页一页的书、一行一行的字而已。这样一来,要考察记忆的空间性与叙事作品空间形式之间的关系,既涉及叙事文本与作家的心理活动,又涉及叙事文本与读者的心理反映。这显然是一个非常复杂的问题,它不是传统的形式或结构研究所能够解决的。

然而,不管怎么说,我们相信在空间性的记忆艺术与叙事作品的空间形式之间是有着内在的关联的。按照意大利美学家、历史学家克罗齐的说法,如果我们能在内心"直觉"到一个事件,并通过赋予其"形式"而把握它,那么我们其实已经"表现"了该事件,而得到"表现"的事件就已经是"艺术"了。克罗齐的逻辑是:"直觉"即"表现","表现"即"艺术"。克罗齐认为,事件只有被直觉到,才能形成"真表象",才能与机械的、被动的、自然的事实区别开来,"每一个真直觉或表象同时也是表现。没有在表现中对象化了的东西就不是直觉或表象,就还只是感受和自然的事实。心灵只有借造作、赋形、表现才能直觉。若把直觉与表现分开,就

---

① 马振骋:《艺术,领会重于理解》,见克劳德·西蒙《大酒店·前言》,译林出版社1999年版,第6页。

永没有办法把它们再联合起来"。① 这就是克罗齐著名的"直觉即表现"的观点。那么，我们如何才算是对一个事件或一组事件有直觉呢？克罗齐认为，除非我们能赋予它一个形象，并能明确地把它"说"或"画"出来——当然，这不是一种真的可诉诸他人听觉或视觉的"说"或"画"，而是一种心理语言的活动。"直觉或表象，就其为形式而言，有别于凡是被感触和忍受的东西，有别于感受的流转，有别于心理的素材；这个形式，这个掌握，就是表现。直觉是表现，而且只是表现（没有多于表现的，却也没有少于表现的）。"② 就事件而言，世界上每天都会发生成千上万件，它们绝大多数是未经直觉、未经分辨、未经心灵以某种方式获取的，因此不能获得一定的形式，只能成为在人类的心灵认识之外的"自在之事"。当然，有一小部分事件被我们直觉到了并且具备了某种形式，因而能够进入心灵，被心灵的语言所"书写"或"言说"。按照克罗齐的说法，这些事件其实就已经是"艺术品"了，至于它们是否被外在媒介（文字、图像等）表现出来，那是无所谓的事情。如果按照这种逻辑，那么那些进入"记忆之宫"、"记忆剧场"或其他空间结构中的事件，其实已经被赋予了一种形式，已经具有某种秩序，已经得到了表现，并且已经是艺术作品了。俄国作家赫尔岑在其著名的回忆录《往事与随想》的"序"中这样写道："这与其说是笔记，不如说是自白，围绕着它，和它有关的都是从往事里抓出来的片断回忆，在随想里留下来的思绪点滴。然而，把这些外屋、顶楼、厢房合并在一起，它也是统一的，至少我是这样看法。"③ 值得注意的是：在这里，赫尔岑用了"外屋"、"顶楼"、"厢房"等空间性意象，来指代往事的片断回忆和随想的思绪点滴。对此，译者巴金有一条注释这样解释说，"这就是说：把不同时期写成的篇章编在一起，就好像把东一间、西一间先后搭起来的屋子合并在一起，它们也是连贯的，统一的"。④ 巴金之所以说的是"篇章"而没有直接说"往事"或"随想"，是因为赫尔岑早就在写这些"往事"或"随想"了，并曾经在《北极星》杂

---

① ［意］克罗齐：《美学原理 美学纲要》，朱光潜等译，外国文学出版社1983年版，第14—15页。
② 同上书，第18页。
③ ［俄］赫尔岑：《往事与随想》，巴金译，上海译文出版社1979年版，第3页。
④ 同上。

志上陆续刊登过一些。① 而事实上,所谓的"往事"或"随想"和"篇章"是一而二、二而一的东西,它们都是建构记忆或文本"大厦"的"外屋"、"顶楼"或"厢房",也就是说,都是完整的"艺术作品"的有机组成部分。

尽管克罗齐有关"直觉"即"表现"、"表现"即"艺术"的观点颇有说服力,但还是遭到了后来不少理论家的批评。因为说到底,记忆空间中的事件还只是一种"内在事件",它与被文字、图像等媒介表现出来之后的"文本事件"并不是一回事。关于"内在事件",笔者曾在《叙述:词与事》一文中这样写道:"所谓内在事件,就是被内部言语书写过并具备一定内在形式的事件。内在事件是一切叙述者都应该认真对待的事件,如果能把某一内在事件通过某种媒介传达出来,那么一件完整、成熟的叙事作品也就诞生了。当然,有些人直觉到了某一事件,但他们没有把这一事件'传达'出来的冲动或意志,所以他们不是叙事艺术家,最多只能算是丰富的直觉主义

---

① 当时的情况是这样的:有朋友劝说赫尔岑出版《往事与随想》的全本,"但是他们说,在《北极星》上面发表的片断是零碎的,它们不统一,偶然地断断续续,时而提前叙说,时而移后描述"。因此,他们希望赫尔岑做些改写。不过,赫尔岑认为,尽管有些部分看上去显得有点"零碎"或"不统一",但它们其实有着某种内在的统一性,所以他内心并不想"把全书回炉重写"。他只是做了这样的解释:"《往事与随想》并不是连贯地写成的;某些篇章之间相隔好几年。因此书中处处都留下写作时期的时代色彩和各种情绪的痕迹——我不想抹掉它。"所以后面便有了"把这些外屋、顶楼、厢房合并在一起,它也是统一的"的说法。事实上,赫尔岑是以非常严肃的态度对待《往事与随想》的写作的,比如他写作该书时就根本没有从 25 岁左右时所写的"回忆录"——《一个年轻人的笔记》中"取用任何东西"。关于《一个年轻人的笔记》,赫尔岑是这样叙述的:"我在 25 岁左右,就动手写过类似回忆录的东西。"当时,在大约四个月时间里就"写满了三本笔记本"。写完后他没有再去管它,于是"过去的事便淹没在现实的世界里了",然而,"1840 年别林斯基读了它们,他喜欢它们,他把两本笔记本刊登在《祖国纪事》上(第一本和第三本);其余的一本倘使没有给当做引火材料烧掉的话,现在一定弃置在我们莫斯科住宅里的什么地方"。时隔 15 年之后,当赫尔岑"完全不记得《一个年轻人的笔记》的存在"的时候,他又偶然读到了它们。重读之后,赫尔岑发现,"它们激发起来的感情是奇怪的:我非常明显地看到在这 15 年中间我竟然这么衰老了,这使我开始大为震惊。那个时候我还是以人生和幸福为儿戏,好像幸福没有止境似的。与《一个年轻人的笔记》的调子差异太大了,因此我不能从那里取用任何东西;它们属于青年时期,它们应当保存本来面目。它们的早晨的亮光不适宜于我的黄昏的工作。它们里面有许多真实,但也有许多玩世不恭;此外它们那里还留着海涅的明显的痕迹,我在维亚特卡曾经入迷地阅读海涅的作品。在《往事与随想》里面看得见生活的痕迹,此外就不会看到任何其他的痕迹"(参见《往事与随想》第 3—6 页,巴金译,上海译文出版社 1979 年)。显然,在《往事与随想》里,赫尔岑容不得任何杂质或不协调的东西存在,它是用记忆(往事)和思想(随想)建筑起来的一座精美的"大厦","大厦"里只有"生活"而没有其他不相关的东西。

者。有些人则尽管有传达的冲动或意志，却缺乏传达的技巧。因此，作为一个优秀的叙述者，他既需要具备丰富的直觉能力，又必须有强大的把直觉传达出来的意志；当然，他还必须对传达媒介的特性有熟练的掌握，并在掌握的基础上加以运用。"[①] 也就是说，"内在事件"还只具备某种内在的形式，这种"形式"与具体叙事文本中特定的结构形式并不是一回事。这中间，还有一个被叙述者用媒介进行叙述的过程。因此，要把记忆的"空间形式"转化成叙事文本的"空间形式"，还存在一个媒介的空间表现问题。众所周知，文字是建构叙事文本的主要媒介。而文字是一种时间性的媒介，要用它来表现叙事作品的"空间形式"，必然又会涉及一系列重大的理论和实践问题。对这些问题，笔者在《时间性叙事媒介的空间表现》一文中已做过探讨，[②]这里不再赘述，仅以该文的开始作为本文的结束。

作者简介：龙迪勇（1972— ），男，江西省社会科学院中国叙事学研究中心常务副主任，研究员，主要从事叙事学研究。（江西南昌　330077）

[①]　龙迪勇：《叙述：词与事——叙事学研究之四》，《江西社会科学》2002年第4期。
[②]　龙迪勇：《时间性叙事媒介的空间表现》，《江西社会科学》2007年第4期。

朝向空间的叙事理论[①]

□ [美] 卓拉·加百利 李森 译

  叙事文本内故事的空间问题不能够被孤立对待，必须与时间联系起来才能认识，情节是构成时空体的必要因素。在此基础上，依据静态与动态关系和实际文本的运作可在文本中发现三个不同的空间建构等级：地形层、时空层、文本层。我们可以在各个层次上对叙事空间进行分析。然而为了建立空间分析的基础单位，还有必要考虑一种"水平"视点，区分不同领域单位间的差别。根据文本中空间描述的不同功能，有三种可能的空间领域：全空间、空间复合体、空间单位。我们可以由此确定具体叙事文本中空间的核心方面并分析它们之间的相互关系。

  这篇论文的目的是展示叙事文本中空间结构的一般范式。这里使用的"空间"一词特指文学再现世界中的空间方面。这看似自然而明显，但此术语被以各种方式运用于用于文学文本时，概念本身都是含糊的。那么就有必要去追溯"空间"一词的使用在文学文本中的整个范围。如果叙事空间研究整体看来还不是当下的热点，那我们至少能明确问题的一个基本方面，即叙事文本中时间与空间的关系。

---

  ① 这篇文章某种意义上来说是发表于"摘要Ⅱ"中一篇论文的修订版，该摘要来自特拉维夫大学和耶路撒冷范利尔基金会于1979年6月16—22日在伯特学院举行的关于诗学与符号学的"叙事理论与小说诗学"国际研讨会。本文基于导师本雅明·诃史夫斯基教授指导下的博士学位论文的部分章节。

一 叙事中的时间与空间不对称

在非文学领域，有确切的理由去合并空间与时间：它们是两个互补的方面，覆盖了经验主义存在的所有维度。相应的，坚持分离性理论的人的观点在本质是相同，他们认为时间与空间的维度是平行而独立的——例如：欧几米德、牛顿、康德和莱布尼茨的理论——或者有人赞成把时间和空间两个方面看做是相互作用的，它们共同构成一个方面，即一种四维综合体（时空体/chronotopos 或时空项/spacetime），比如爱因斯坦的理论。独立和依赖、时间和空间被体验为同一情形中的互补方面，它们之间的关系问题仍属于一个争议领域。

这种时间与空间的关系概念被偶然应用于叙事文本，而且从许多观点来看是可以接受的。然而从其他方面看来，这个看法是有问题的。实际运用时，叙事文本中的时空关系缺乏其在真实时空中所具有的清晰性和对称性。文学主要是一种时间艺术。尽管今天没有人能比莱辛把这阐释得更明白，但是时间因素的优势在叙事文本的构建中仍是毫无疑问的事实。

也就是说，空间的存在被弃于一边。虽不是完全的置之不理，但文本中的空间问题没有取得公认而明确的地位。空间可以以各种方式被理解，但没有一种和"时间"一样清晰与明确。不但它们在文本中的地位，而且在这些概念研究发展的视域中，时空关系对称性的缺乏都十分明显。尽管空间的主题已被多次探讨，但对这个主题的一般性研究仍非常分散，并且没有已被普遍接受的理论前提。

难度显然存在于叙事中时间与空间之间的根本性差异。谈及时间可以依据文本（text）构建与世界（world）构建的相互关系，但却不能以这种方式来谈论空间问题。无论什么术语被用于研讨时间问题，它们总是被文本时间与世界时间的基本矛盾制约。[①] 这些成对概念间存在多种可能的关系，这

[①] 例如被叙事的时间（narrated time）和叙事时间（time of narration）；展示的时间（time of presentation）和被展示的时间（presented time），可进一步参阅《形式与主题》（详见米勒，1950；拉密特，1955；托马舍夫斯基，1965；左哈·依文，1968）。

些关系可以建立一种很大的概念范畴，而这些范畴是基于相互作用的模式（无论否定的或肯定的关系［见左哈·依文，1961］）和对时间"自然"构建偏离的具体形式（比如像时间压缩、时序颠倒等）。

原则上，我们也可以区别"空间"术语在再现世界（the reconstructed world）和言语文本（the verbal text）维度上的不同应用。今天我们并不把言语文本的概念作为一种特有的瞬时结构（如莱辛的定义），同时可能会有人提到这一概念与弗兰克（Frank，1963）和赛格雷（Segre，1975）概念的联系。然而，不谈文本空间（space of text）和世界空间（space of world）区分的可能性，就无法指出任何它们之间的固有关系。

（1）文本的空间维度可以以其图形存在（graphic existence）被意识到。有些文本，特别是一些具象诗，① 其图形空间（graphic space）的应用和激发成为文本整体建构中不可缺少的部分。然而，这并没有改变语言是一个强制符号系统的事实。换句话说，能指和所指间的联系不是建立在它们之间任何真实的结构相似性上，而只是简单地建立在习惯的结果上。一首诗可以试图在被描述的物体和它的图形组织间建立结构相似性（例如，卡罗·刘易斯把诗编排为一条老鼠尾巴的形状），这种情况并不意味着在言语文本和世界之间存在任何根本性联系或稳定的相互关联，更可能相反——这种相互关系是一个意外，一种特例。这与叙事中两种时间顺序间的关系完全不同。叙事中的时间关系是一种基于语言时间结构的稳定现象，甚至当两种时序间存在矛盾时仍是如此（否定关系与关系缺席完全不同）。

（2）当把空间维度归结到文本中的所指结构，问题就更加复杂。本文所说的就是要把意义构建在一种图式（pattern）中，而不是在文本展现的时间顺序中确定意义。空间图式是基于文本中不连续单位连接的基础上任何被独立感知的图式，因此需要把文本的整体或部分空间设定为同时性的存在（比如，类比事件的空间）。②

当"空间"一词被用来描述这种图式时，有两个问题便凸显出来：a.

---

① 译注：具象诗（concrete poetry）是一种用形象字母、单字以及符号表达意向的诗体。
② 形容词"空间的（spatial）"的通常用法是受 Frank（1963）关于现代文学空间形式的理论启发而来。然而，Frank 用这个概念主要是描述文本的一种历史性文献的特点，然而今天它却用来描述一般的文本特征。例如，在 Sternberg 对类比的研究和 Frank 自己后来的一些文章中。

是否"空间"迄今在此都具有同样的意义；b. 我们是否能发现，我们所感觉到的空间结构与世界空间之间的相互关系。

关于第一个问题，笔者认为我们对空间概念的使用完全不同。该词在这里的正确使用应是我们正谈及的永恒性和共存性。[①] 当然，这都会被看做空间的重要方面；然而，如果我们把"空间"的一般意义和我们已使用的意义放在一起，这个概念就变得清晰起来，本文讨论的"空间"并不是通常意义上的。首先，空间不是一种时间缺席。事件不按年代排列却在一个同时性图式中的情形并不必然使事件空间化，除非在一种纯粹的象征意识中。其次，我们的空间感知与体积、大小、三维等概念有关，但是所有这些与空间图式都没有关系。这种图式没有具体的位置、轮廓、体积。它是一种抽象的组织结构，但是它与组成它的事物的真实存在没有关系。

至于第二个问题——是否能发现空间图式和世界空间之间的关系——这个情况更加复杂。不把相关信息建构成某种"空间"图式，就不可能重建世界空间，如此两者之间就有了一种特定联系。但这个特征并不是重构空间的唯一条件，因为世界空间每个方面的重构都需要一种"空间"视点——心理、性格、规则，甚至看似无关的情节和时间。毫无疑问，空间的重构还是依赖一种"空间"视点。[②] 无论如何，区分"空间"视点和被看到的空间物体是十分重要的。此外，尽管这两种空间成分间的关联是稳定的，但是这种关联的确并不以一种相互关系被意识到。文本的空间图式并不存在于任何与世界空间的相互联系中。

最后，无论空间图式和世界空间之间可能有什么联系，应该再次强调的是文本的空间维度中没有任何自为性的存在物。文本存在和被建构首先是在时间上。所谓的"空间图式"实际上就是一种基本结构在时间中的事物（substance）的上层结构。我们不可能"绕过"叙事中的时间因素。叙事及其所有成分，都被设定在时间中，所以在某种特定意义上我们可以讨论一种空间的时间性排列。因此，我们必须确定从空间存在到时间媒介转化的各种原则。

[①] 这是基于经典的莱布尼茨"可能共存的顺序"的空间定义，但空间不单可以被莱布尼茨看做一个相对主观系统，而牛顿也可以把空间作为纯粹的和客观的存在，一种事物的"存储箱"。

[②] 空间视点对于重构虚构空间的重要性将在视域（the field of vision）一节中更详细的讨论。

二 从空间物体(spatial objects)到时间媒介的转化

（1）根据转化来描述言语文本和世界空间关系的可能性并不是空间诗学的一种特性。有一些原则控制着把世界空间的每个成分转化到该成分在文本中的信息构建。例如，人物塑造，即把世界空间中的生理—心理存在转化为它们的文本存在，比如对话、外貌、行动等都被安排在时间的语流连续中。不必说，转化是一种从文本到世界的相互关系，它没必要反映阅读或创作的实际过程。

叙事中时间因素的转化特点是其自身从一种时间结构向另一种时间结构的转变。因为这个原因，我们也可以讨论它们之间的相互关系。这种关系类型对文本的对话成分也是可行的，但是对再现世界的大多数方面谈不上相互关系。这种转化发生在完全不同的组织层级之间，层级之间是没有结构相似性的。空间是唯一的，因为在这里从一个物体到一个符号系统的转化包括了从空间排列到时间排列的转化。叙事中关于空间问题的讨论首先需要面对这些转化原则。

（2）叙事中所出现的空间是一种非常复杂的图式，文本中空间的存在仅有一小部分是基于直接描述。它实际上是一种不同种类和层级再现的复合体。在处理如此复杂的一个问题之前，让我们先考察通常语言是如何被激活去描述一个空间中的物体。

一个空间物体的特征在于其自身同时具有的纯粹、完满与存在。尝试给予一个物体的结构以言语表述，物体必须首先损失一些它的"完整性"，因为不可能对其所有部分和方面都给出确定的表述：其中的一些可以被准确地描述，一些则不能，一些则被完全忽视。语言无法对任何物体的空间存在给出完整的表述。第二，当同时性部分（the simultaneous parts）被作为信息单位表述出来时，它们必须接受某种时间安排。我们可以从整体图式转到个别单元，反之亦然；各种单元能够被用不同的方式来安排：从上到下，从前到后，从主要到次要，等等。无论如何，空间方面被从它们的空间性和同时性的背景中切断，也就是说，它们被沿着一条时间线安排。

至此我们已经讨论了完全静态事物的描写。然而，空间中并不仅仅包含静态的事物和关系——事物总是在移动和变化。空间是时空体（spacetime (chronotopos)）的一个方面。① 语言通过把它的信息细节联系到一个行动中来描绘这种状态。运动可以是一个物体的真实路线或一种视角的变化，或者从一个物体想到另一个物体。在日常对话中，与静态的、地图式的结构相比，人们对于安排时空的方法有一种显著的偏好（例如，沿着一条运动的线路），如同林达（1974）所展示的。②

（3）当我们把空间问题从通常意义上对语言可能性的讨论转移到对叙事文本结构的讨论时，我们必须重视两个本质上的不同。首先，联系到现在通常的言语使用，空间的和世界的物体一般会构成一种不依靠语言的外界因素（事物客观存在着），然而在叙事文本中无论空间还是世界都不是一种独立存在，而是一种来源于语言自身的存在。根据本雅明·赫鲁晓夫斯基的文本理论（1974、1975），这是一种符号的内在领域。如此，这里的重要问题不仅是在语言中如何表述特定的空间？而且要问这种空间的性质是什么？文本的最终状态（decisions）不仅与言语素材有关，而且与世界也有关。

第二个必须被考虑的不同是我们上面讨论过的运动问题，在日常话语中运动被作为一种特定的信息安排工具，在叙事文本中处于核心和统治地位。实际上，全部情节都可以被看做一种运动。情节被"空间生成"，成为一种把空间单位组织起来的动力；一个极端的例子是拉格勒夫的《尼尔斯骑鹅旅行记》，书中的情节完全是为了以多种方式展现瑞典地理。很明显，情节总是处于主导地位，尤其是涉及空间的时候，但是无论情节在文本中的地位和功能是什么，它必须被简单地看做一个时间中的结构。情节包括路线、运动、方向、体积、同时性等，它是文本中空间构建方面一位活跃的合伙人。

空间转化为时间言语文本（temporal-verbal text）可以描绘为在图 1 所展示的那样（见图 1）。言语流中不同的点可以直接指向空间中的点或者指向事件流中的点，并可指向时空体中的空间。

---

① 译注：在希腊文中，chronos 的意思是时间，而 topos 的意思是地点。
② 在一项研究中，她探讨了一个特定的英语言说人群描述寓所的方式，林达发现多数人把他们的表达组织为"走"过寓所，而仅有少数人像在描述一幅航拍"地图"。

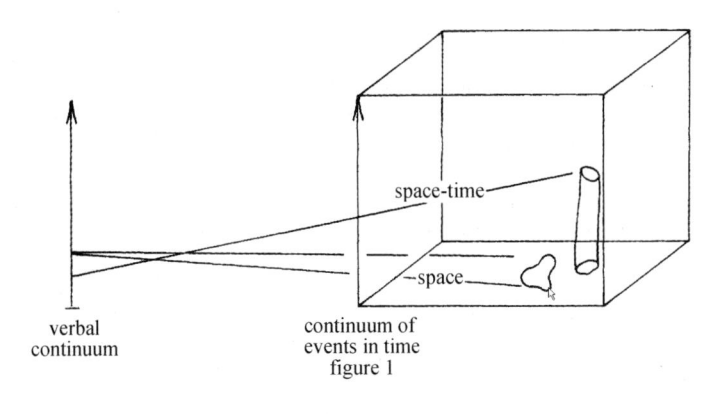

```
         ↑                          ┌─────────────┐
         │                         ╱             ╱│
         │                        ╱   space-time╱ │
         │                       ╱─────────────╱  │
         │                      │      ┌──┐    │  │
         │        _____  │      │  │    │  │
         │       ╱             ╲│      │  │    │ ╱
         │      ╱               │──space│    │╱
         └─────╱────────────────┘      └──┘    
            verbal              continuum of
           continuum            events in time
                                   figure 1
```

图 1

文本可以指向空间和时空体单元，这些单元或大或小，或整体或部分，也能以其所选择的任何顺序和方式去结构这些单元。

三 构建的三个层级

从以上的描述中，可以分辨出文本中三个不同的空间建构等级：

地形层，空间作为一种静态的实体（在图 1 中以立方体底部表示出来）。

时空层，空间结构通过事件和运动（也就是通过时空体）作用于空间（图 1 中，正方体内部底部方形上的柱体）。

文本层，空间结构通过言语文本中所表示的内容作用于空间。

这些层级都属于再现世界，也可以被看做再现的三个层级。与再现最直接相关的层级是文本层，因为再现世界仍然保持着文本的多种构建图示。在时空层中，再现世界已经不依赖于文本的言语安排，但是仍然依靠情节。最后，在再现的最高层——地形层，再现世界以其"自然"结构被感知为自为存在，这种"自然"结构已完全从任何受言语文本和情节影响的结构中脱离出来。

如上文在讨论转化时提到的（章节 2.1），必须记住在这里没有任何被暗示的时间顺序。再现的三个层次在一个再现或创造的真实行动中并不代表不同的阶段。读者并不是从文本层开始，然后过渡到其他的层次，反之亦然。

这些层级就像三张透明的幻灯片互相覆盖着。它们之间有一个明显不同：它们并不能完全接受相同的范围，也不会引起相同的注意力。然而，从观察者的视点，它们总是一个透过另一个，一起被感知。①

（一）地形结构层

如前文所述，这个层级是空间自身最高的再现等级，被看做自在并独立于世界的时间结构和文本的连续排列。文本能够通过直接描述来表现地形结构，例如，巴尔扎克那些著名的开头，但实际上文本的每个成分，无论叙事，对话，甚至论述，都可以对地形结构的再现有所帮助。

这个地图是建立在一系列矛盾上的，其中一些是一般和典型的，另一些则更具体。它构成了世界的水平结构，例如下列关系：内部与外部、远处与近处、中心与外围、城市与乡村等。它包括表示世界垂直结构和上下的相对位置的轮廓。另外，地图的图式并不涉及事物的位置，而是它们的性质——色彩的图式、物质、物体的种类等。

与现实中的地图不同，我们这里所说的地图能够在本体论原则的基础上建构空间；就是说，空间能够根据空间单位存在的不同模式被分割。这些"存在的模式"有时与地形位置的因素重叠：例如，上帝世界——上，人类世界——下。然而它们自身的互相关联也可是完全非空间性的，例如，叙事中梦幻世界和现实世界之间的关系。再者，本体论的不同层级间可以被完全

---

① 构建的三个层级间的区分方式与现有的两种区分方式有很大差别：派茨（1942：162—189）的区分方式和克里斯蒂娃（1970：191—197）的区分方式，而三个层级的区分方式在一些原则上不同于派茨和克里斯蒂娃。

首先，派茨和克里斯蒂娃的区分是双重的，而不是三重的，两种区分看起来都倾向描述空间的结果，与它们被用于描述时间时完全对称，同时在描述时间时这种双重的区分方式非常明显。

派茨区别了场所（Raum）和地域（Lokal）。地域是一个自在的空间，差不多与地形结构层平行。场所是连接到文本其他层级的空间。除此而外，场所还与时间因素相关，因为空间是被逐步揭示出来的。但是这个重要的方面却被作为一个次要方面提出；实际上场所与相互间没有实际联系的文本在很多方面和特征上相联系：它是人物所经历的空间，是象征性的，承担意义，等等。派茨的区分有些"偏向"场所。归根结底，场所可以说有些空间的"意味"，而地域只是一种中立的原料，其自身并没有任何含义。相反，本文提及的三个层级间的区别与意义毫无关联：在作为整体的文本中，每个层级的意义和功能都相等。

克里斯蒂娃的区分更接近笔者的意见。她区分了文字空间（espace textuel）和地理空间（espace geographique）。她分析的地理空间与笔者所说的地形层和时空层类似，同时，文字空间当然与文本层类似，但是，对区分的发展和对层级的描述是完全不同的。

区分开，或者它们也可以被混合在一起，共同出现在一个持续的空间中，比如在幻想故事中。

很难预先确定地形世界中所有不同图式的可能性，因为这些图式并不依赖言语文本的逻辑——正相反，就语言所及，每种结构都是可能的。作者所能实现的可能性依赖于他个人的视野、传统、文化、个人性格等。

地形空间结构只有一个方面是依靠叙事文本逻辑的：人物具体的空间存在。人物通常以其自身的独特方面被认为属于一个单独的叙事层级。然而不应忘记空间中他们也作为肉体而存在，人物在文本的其他领域所具有的很多重要功能使他们在空间上成为一个明确而独特的实体。人物外表显现的形式构成了一个独特的问题，不同于无生命物体的形式——尽管每个文本以一种不同的方式表达这种区别。如果想象一个人物被作为一个非生命体对待，那就可以创造出奇异的效果。因此在原则上，我们可以说空间中人物与物体的区别决定了一种基本的差别——在人物的外在显现和周边的物体间。[1]

（二）时空结构层

正如早先所提到的，这个层次与由时空体产生的空间组织和结构的影响有关，即叙事的行动和动作。在继续讨论之前，在这里澄清"时空体"这个术语是有必要的。爱因斯坦的这个术语被巴赫金引入了文学批评（1978），巴赫金用此概念表示合为一体的时间和空间的复合体，它包括物体、事件、心理、历史等。然而笔者并没有用这个术语表示时间和空间的总体，而是用于描述一个具体的方面；也就是说它不表示可以在时空中发现的所有事物，而仅仅被定义为一种可以由作为运动与变化的空间和时间的整合范畴。有人因此就从空间结构方面谈及时空体的效果。

再现世界的总时空体中，我们可以分辨共时与历时关系，这些关系在空

---

[1] 一些值得注意的空间研究事实上与那些被看做属于地形层的问题相关。一个明显的例子是巴什拉的（1974）空间诗学——以诗性想象进行空间地形的探讨。然而，巴什拉的文学文本概念是很有问题的，并且和我们在这里预先设定的内容有很大差别。其他的研究在很大程度上把地形结构作为一种符号结构，同时把它与意义层面联系起来［例如，威尔伯对爱伦·坡小说中房子的研究（威尔伯1967）］。这是基于空间神话概念的典型研究，看这些研究是否明确地分析了神话的和民俗的材料，或者是否它们揭示了作家文学中的神话层次。例如，肖恩（1974）关于苏联结构主义的讨论。

间结构上各有不同的效果类型。

1. 共时关系：运动与静止

在叙事的每一点，也就是在每个共时情形，一些内容可以在静止时发现，而另一些则在运动中显现。自然，从叙事中的一点到另一点这种分布会有所不同。我们可以归纳和说明，一些空间中的特定物体被赋予了移动的能力，另一些却保持静止。这不同于主体与客体，或人物与周围事物的关系；运动状态与静止状态的区别可以在"无生命"物中和人物中来确定。一些主人公具有移动能力，也有一些主人公，可以说，被固定在它们的位置上（见乌斯宾斯基，1973；罗特曼，1973）。

记住运动和静止是相对概念十分重要；静止是一种必定会有一个特定的空间背景的情形，然而运动是将自身从空间背景上切断从而转换到不同的背景的能力。至于空间背景自身的性质是由叙事决定的。例如，《奥德赛》中的独眼巨人在他的领地可以自由移动，但是在史诗结构中——基于奥德塞从一地到另一地的旅行——决定了独眼巨人的岛国仅是单一背景，这样，独眼巨人作为人物就是静态的了。

2. 历时关系：方向、轴、力量

时空体的历时结构也把自身结构施加在空间上。空间，在它的地形结构中，关于任何具体的运动或方向，完全隐性了——它是中性的，人物看上去可以在其中任意移动。相反，时空体在空间中决定了明确的方向：在一个特定的叙事空间中，人物可以从 A 移动到 B，但不可逆；而在另一叙事中，却是可逆的。在这两种情形中，运动不再是潜在的；它被完全实现化了，就是说，在空间中被具体化。如此，例如在《奥德赛》的地形空间中，特洛伊和伊萨卡岛是两个地点，那就存在从一个地点到另一个地点的可能。但是运动的实际方向是由时空结构所决定的；这样，一个地点被定为出发点，另一个作为目的地，剩下的作为路上的地点、迷途等。如此，空间中的运动轴就被确定。在时空层上我们可以确定，空间被结构为一个那些具有明确方向和明确人物的轴的网络。

轴不一定可以被文本世界中的真实行动所确定。一个实际的行动是多种力量作用的结果：意志、阻碍、理念、人物的意图等。当没有真实的运动时，这些力量也可以在空间中起作用。例如，卡夫卡《城堡》的空间结构中，画在乡村和城堡间的线就是中心轴，集中了在"世界"中起作用的所有力量，而忽略了主要人物从未能到达那里的事实。空间的时空结构不意味着一个中性场景上的偶然运动，而是根据一种权力域（a field of powers）而来的整体空间概念。①

（三）文本结构层

要重申的是，这个层次包含在言语文本中形成的影响空间的结构。必须强调，我们所讨论的结构不是作为言语媒介的文本自身，也不是它的语言原料，而是一个再现世界的组织结构。此结构尽管应用于这个"世界"，却并不来源于它。被构建的事物属于再现世界，但结构自身则通过文本的语言学性质影响事物。

我们可以把这个层次与故事（fabula）和主题（sujet）间的关系相比较。两者都属于再现世界，都可以被看做现实（事件）元素的组织层次，但主题把注意力放在文本言语顺序的意图上，而故事仍保留着它们的自然排列。再有，主题自身并不与言语层一致。在文本结构层这里，结构化了的图式被强加于再现世界，那些图式既不作为空间也不作为时空体，这对再现世界来说这并不合适，但仍被强加在再现世界上，因为它在言语文本中被表现出来。

这些结构图式主要在三个方面与言语文本有联系：（1）必要的选择，语言无法穷尽的特定物体的所有方面；（2）时间的连续，语言只能按时间线传达信息；（3）视点，由视点形成再现世界的观察结构。

1. 语言的选择性和其效果

语言不能传达空间所有信息的事实导致了一种特定的选择尺度。它可以一种具体的方式表达某些事物，另一些事物则以一种含糊或概要的方式，有些则完全被忽视。实际上选择什么当然要看具体的文本，但无论如何必须

---

① 轴的概念出现在麦耶对歌德小说的空间分析中，小说中透过一台望远镜创造了一条连接两个主要的地点的轴。然而，麦耶对这个词的运用是十分局限和晦涩的，笔者认为它能够被系统化和条理化。当布朗（1967），尽管不够详细，试图根据发生在空间中的运动的方向对空间进行分类时，他解决了这些在笔者看来是时空层的问题。把空间概念作为一种力量的领域主要是靠库尔特·勒温的理论，他试图将"领域"的物理概念和拓扑学的原理运用到心理学和社会科学中。这种方法在笔者看似乎可用于文本分析，但是暂时它的诗学潜力还没有被发展到一个更大的范围（至于一些例外，参见罗德曼 1973，奥图尔 1980）。

做某种选择。语言没有能力给出一份完整连续的空间方面的报告,而且,读者也不一定要求那样一份报告。与空间空隙的填充相比,读者更需要对叙事间隙进行填充。[①] 关于空间有许多信息的空缺,但没有必要去全部填补它们。在阅读过程中,它们不一定会吸引注意力。然而它们的存在引起了一种空间中完整、清楚、明确的元素和不清楚、不明确的元素间的惯常区分。这种区分与再现世界中空间的"真实"存在无关,但与文本中空间的言语存在有关。这样,空间中的所有地域都可以通过言语选择的类型被相互区分。例如在《奥德赛》中,在地面上发生的事被描绘得非常细致,然而奥林匹斯山上的场景却没有具体化且缺乏细节。这种区分与两种本体论地域(areas)的区分是一致的,但这种一致性并不是无意(automatic)的。在《伊利亚特》中,言语选择的性质在两个地域是相同的:这当然建立了一种上帝世界和人间世界间完全不同的关系图景。

2. 文本的线性

对语言时间连续原则的认识,和在一种时间连续中建构空间信息的必要性,使我们追问:(1)空间信息的分割原则是什么,也就是说,文本是如何从一个空间单位过渡到另一个的。(2)信息传达的顺序对空间图景和它被再现的方式有什么影响。

(1) 文本中连续性结构的原则,或空间单位的排序,可以从以上所讨论的空间结构中被借用。它可能是基于时空层——关于空间中运动的轨迹:人物的移动、物体的移动、视角的移动等。它可能是基于地形层,从一个物体到附近另一个物体,从环绕到被环绕,从较高到较低等。但也可以遵循它们自身非空间性的次序:这些术语的目录属于一个相似的范畴,功能关系或不同种类的尺度等。自然的,以上原则可以混合、交叠,以不同程度支配和连接不同领域(scopes)的单位。

(2) 顺序选择的效果。空间中存在的不同顺序同样能够促使文本流沿着某一特定的线排列,依靠连续结构,同样的顺序能够被格外地强调。例如,当文本从高处的物体向低处的物体过渡,空间的垂直向度就比其他向度被重

[①] 与情节结构相关的信息间隙概念已经被佩里(1973)和斯坦伯格(1968)扩展到一个很大的领域。但是,正如以下讨论中将要提到的,笔者倾向于把注意力放在他们说的"填补空隙是无意识的和不必要的",也就是说,笔者的讨论更多采用英伽登的(1965)更宽泛更中性的不定点概念。

视得多。文本流也能把不同的方向施加到空间上。这个过程与前面讨论过的轴的运动相似，但这里的方向并不是由空间中的力量和运动来决定，而是仅仅依靠言语的安排。如果文本选择从内部向外部移动，从高向低移动或反之等，应该注意到空间图像的不同效果。

另一个值得关注的效果涉及了各种领域（scopes）的信息被呈递的顺序。文本提供组成空间具体位置的细节信息，也提供关于被建构的更宽广的整体背景的细节信息。当整体信息在描述的早期阶段出现，而具体细节出现得较晚，图像就具有一种统一特性。另外，也可以去推迟这种整体信息的出现，其中具体的细节出现——至少暂时——没有一个明确的背景，读者得到的就是一个不统一，不连贯的空间印象。

3. 视点结构

文本中的视点强加给再现空间一种视点结构。这个结构不同于一幅画中空间的视点构造（the perspective organization），尽管它有时会起到相似的作用。原则上，一张图画（或相片）的空间视点是基于一条从观察者出发到地平线的连续直线，沿着这条线物体的尺寸在不断地变小。相反，语言的空间视点并不是基于一条连续直线，而是基于一种这里和那里的双重对照。

这里—那里关系（Here-there relationships）以两种方式出现：在叙事行动的空间位置和作为一个整体的"世界"之间；另外，"世界"内部，一个特定时刻被感知为前景中的事物和被感知为在背景中的事物之间。这两种这里—那里关系与语言中协调系统的两种类型相似（米勒、约翰逊·莱尔德，1976）：指示系统，它的中心（"主人公"）是言说行动的时空地点；内在系统，它的中心是为了某种目的在世界中选择的任何位置。作为一种原则问题这两个中心在整个文本中并肩存在。但是它们之间的关系能在文本中任何位置改变：它们可以更加靠近，或者一个可以压倒另一个从而变得更突出，这里和那里的事物可以变化，这里和那里间的关系可以被颠倒过来。

四 空间的"水平"结构

至此我们谈到了文本中空间的三个层级。这些层级间的区分在很大程度上是"垂直的"。为了使这种分析更深入，还有必要考虑一种"水平"视点；

就是说，研究空间的局部、空间的边界、空间的领域（scope）。至此我们还没有区分不同领域单位间的差别，而把叙事空间看做一个纯粹的整体。我们现在必须研究这个整体的性质。它可以被看做一种由许多部分组成的复杂实体，或者，可以被看做一个形成部分空间总体性的独立单位。这样，我们可以说，有三种可能的空间单位领域：构成文本世界的全空间（total space）、文本实际呈现的空间复合体（spatial complex），以及组成这种复合体的空间单位（spatial units）。

非常显然，根据三种结构层级的区别，空间单位的不同领域在每个层级并没有被相同地展现，它们也没有必要在层级间相一致。这些领域间的区别与其说是一种空间中的清晰边界，不如说是一种逻辑上的区分。

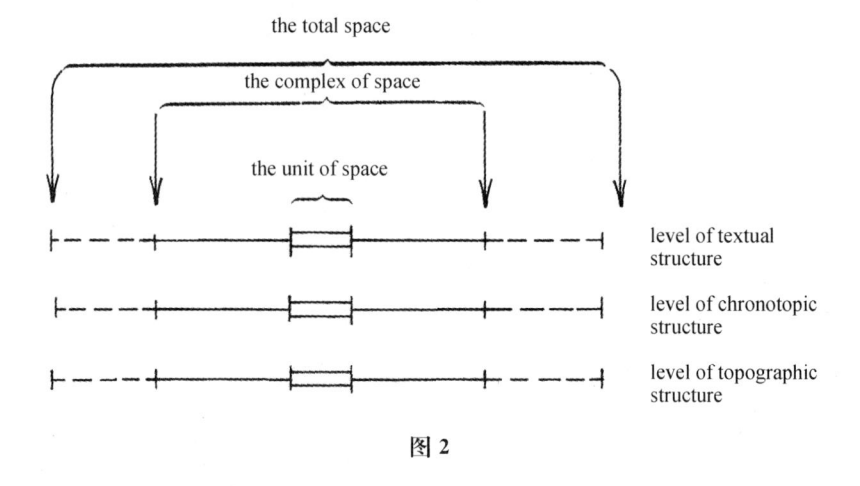

图 2

（一）空间单位：视域（The field of vision）

1. 组成空间的基本单位

作为全部空间复合体的部分，被感受到的最大单位是场景领域中的事物，可能空间就是一系列这样的场景，每个这样的单位由许多更小的单位组成。在以上谈论的空间结构的三个层级中，一个地形层上的场景就是一个地点（a place），时空层上的是一个行动域（a zone of action），文本层上的则是一个视域（a field of vision）。

（1）地点可以是房子、城市、街道、田野、山脉、森林等。一个地点是一个特定的点、面或体，空间上连续且具有非常清晰的边界，否则就会被从其他空间单位中分离出的部分所包围。

（2）行动域不会被空间的连续性或一个清晰的地形边界所确定，而是由其中发生的事件来确定。

事件自身与特定的空间边界无关，也没必要发生在一个确定的地理单位中；行动域由它与在其前后发生的其他事件的关系确定。很多同时发生的事件可以发生在同一个地点，例如，在一个房间里；或者一个单独的事件可以发生在一组不连续的空间中。例如，一次电话交谈就是发生在两个不连续和分离地点的事件（暂时忽略电话线或无线电波是空间的一个部分；它们是物理空间的一个部分，但不是电话交谈的人类事件的一部分）。①

（3）如果我们稍费片刻思考电话交谈的例子，视域概念就可以被理解，因为文本中这个事件能以不同的方式展现。文本可以把自身置于对话者之一的房间里，留下读者去重建另一个人的言辞：既然这样，我们就可以说文本的视域，或者这个片段的视域，附属于一个地点（房间）而不属于一个事件。或者相反，文本可以选择从两个对话者的视点去描绘对话，当他在自己的地点上行动时观察每个对话者；在此情况下，视域试图把自身关联到不连续的行动区域上。但是一个视域没有必要被限定在地点或行动区域上，它实际上可以涵盖任何空间单位。

在我们关于空间视点结构的讨论中，我们规定文本中的每个点都有某些被感受为"这里"的特定成分和被感受为"那里"的其他成分。我们可以把视域定义为被感受为"这里"的那部分世界。其他在它之前或在它之后的视域，和那些间接形成的或者未被现实化为视域的空间单位——所有这些都被感受为"那里"。

尽管我们把这个视域感知为在这里，但它不应该被理解为一种聚焦，即空间单位被给定清楚的位置。我们已经从地形视点看到，没有必要构建一种纯粹的、连续的或封闭的单位。然而，文本指向这个空间单位，好像它是某种连续和被确定的东西，并以一种单一的视角观察自己，脱离了真实的观察条件或存在于再现世界中的感知。

---

① 这个区分是基于众所周知的数理空间和人类生活实际的经验空间之间的区别（经验空间（erlebter Raum），生活空间（espace vecu））。见闵可夫斯基（1933，1936）、宾斯万格尔（1955）、博尔诺（1963）、巴赫拉德（1974）。在文学批评中，这个区别的重要性对于空间概念的历史是极其重要的。

文本的视域与通常的光学视域如此不同。文本可以指向作为视域的整个城市，指向一个分裂的事件（例如一次电话交谈），指向整个战场，指向一整座房屋（忽略分隔房间的墙壁），等等。在一个视域中也自然有遵循视觉的光学规则的可能性，但这仅仅是众多惯例中的一种，而且对于视域来说这并不比一幅绘画中的线性透视传统更"自然"。①

2. 视域的两个例子

让我们选两个具体的例子来说明视域——两个小故事的开篇语：沃尔夫冈·博尔谢特的《暗夜里三王来朝》(Die Drei Dunklen Konige) 和海因里希·冯·克莱斯特的《智利地震》(Das Erdbeben in Chili)：

> 他在黑色的郊外摸索而行。天空的背景下，一间间房子站成了一条虚线。没有月色，街道被这深夜的脚步所惊动。这时他发现了一块旧木板。他用脚踢着它，直到木板在一声腐烂的叹息中土崩瓦解。木头散发出腐烂和香甜的味道。穿过那片黑暗的郊外，他又往回走去。那里没有星星。

> 在智利王国的首都圣地亚哥，1647年大地震顷刻间夺去数千条生命之时，一个名叫赫洛尼莫·鲁黑拉的西班牙年轻人，正身陷囹圄准备悬梁自尽。

在第一个例子中，读者一眼"看到"一片郊外的区域，好像现实中的鸟瞰一样。这个场景包括了一个显而易见的背景（房子）和一个前景（一个正在踢木板的男人）。行动域（由他的行走确定）和视域完全重叠于地形层的地点（郊区）。第二段引文呈现出一种不同的视域。这里，有一个明显和更加具体的地点（囚室），但是它的背景与博尔谢特引文的相比，并不是一系列物体和人物一起被看到，而是一个不能像一个囚室那样被生动地展示的巨大空间。这不仅归因于空间的内部和外部关系，也归因于两种不同的感受类型的事实：一种是具体和视觉化的感受，另一种是从历史—地理的视点出发

---

① 视域的视觉和感觉结构分析的例子可以在 Alewin (1957) 和 Iskra (1967) 那里找到，尽管他们的论述是根据描写而不是根据视域。

的概念化的"视觉"。但是被压缩的句子结构迫使这两种地域——尽管以完全不同的方式被感受到——在一个视域中被看到。

这两个例子当然不能穷尽巨大范围的视域可能的结构,也不能表现那些结构的所有方面。外部分析不属于本论文的范围,本文的目的是分析"视域"概念,而不是它的具体现象。

3. 视域与描述

应该牢记视域与场景描述间的不同。两者都是由它们所指向的虚构世界而确定的言语单位。但是场景描述是一种视域的特别例证,且仅仅是它可能的成分之一。视域可以由一个场景描述、一个行动、一次对话、一个概括、一段评论等等组成。在笔者看来,视域的概念解决了描述(description)与叙述(narration)那种典型的二分法所带来的模糊性,同时它自动和空间与行动对应起来。这套概念很大程度上造成了错误地把叙事中的空间与描述部分等同起来,也把行动和文本的大多数其他成分从相关空间的现象中排除出去。视域不是由文本中包含空间直接信息的具体文字规定的;文本中的每一个部分构成了来自文本空间所涉及视点的一个视域,尽管这种空间指涉的程度会有所不同。如此,视域会在其所包含的空间信息量及这些信息的重要性上有所不同,但是,它们在基本的与空间的相关性上并没有不同。

4. 视域的确定与定界问题

如果每个文本单位组成一个视域,那么问题是:是什么使读者把一个具体的空间单位确定(identify)为一个视域的,并把它与另一个单位区分开,同时在再现世界中划分出一个具体单位?这里我们必须首先处理视域的概念问题——它是再现世界一个单位的事实,不是由"世界"的特性来决定,而是通过语言对世界的感知来决定。

在这一点上有必要去考察读者在其阅读过程中的作用。前文提到视域是读者作为"这里"所感受到的东西。严格来讲,这意味着在阅读的任何一个时刻,在读者"前"仅仅有一个很小的单位或方面,也意味着在阅读进行中,他需从一个小单位进行到下一个小单位,所以空间的整体图像就如同一条小物体的链。这是莱辛(1974,《拉奥孔》第 16 章)否定从一个物体部分的细节描绘可以在观念中重建一个物体全貌的可能性时所暗示出的。他认为在描述序列结束的时候,开始那组就已经被遗忘了。这在某种程度上是一种阅读过程的原子论,把阅读过程简化成一排点,每一个点只与和它前后毗邻的点相接。记忆的功能被简化到仅仅存在于相互毗邻的单元。在类似莱辛的概念中都没有提及视域：当他提到空间，指得仅仅是单个物体——阿伽门农的权杖，赫拉的战车——从未涉及一个完整的空间关系系统。当再现行为与言语解码被视为同一，空间就只能被感知为一系列的部分了。

空间能在概念的框架中被真正感知，这个概念的前提是再现世界不但与言语解读平行，而且与记忆的累积及多种连接动作有关。例如，赛格雷就提出一个此种类型的概念。他提出读者在一个关系系统中以记忆综合（synthesis in memory）在持续阅读的某一特定时刻发现他自己的点，储藏着所有已经阅读的内容，包括已经被遗忘的可能性，然而在文本的持续中同时追求一种开放的可能性。只有在这样一种模式框架中视域的概念才能被理解。视域是阅读的当下时刻与记忆综合的合成。然而，这种回溯性的综合并不涉及整个读过段落的合成体，而仅涉及那些以某种方式关系到读者正在阅读部分的空间框架。这是一种在阅读时与其他部分及信息一起被感受到的成分的化合物，以这种方式它们可以被感知为空间连续中的单位同时形成一个空间整体，大家都习惯于单一视角。这个记忆综合可以包含一个涵盖了很多页的场景，或者被限定在一个短暂的描述中。无论如何，这种回溯性的综合需要视域作用在一个连贯的文本单位上：全面的综合当然会包含前面的文本单元所传达的信息，涉及空间的其他部分，或者甚至涉及一个不同前后文的相同部分，但是这个信息不属于同样的视域。它的功能可以是一个无形的，作为普通空间复合体中一个重要成分的背景，但不再属于作为"这里"被感受到的东西。视域在一定程度上是空间的"这里"和时间的"现在"的交叉点。视域是一个源于言语文本的再现空间的单位：它可以在文本和再现世界中被定位和确定。

（二）空间复合体

我们在前面论述中已发现空间的文本性存在就如同一系列的视域。我们已经确定和划分出一个单独的视域，但仍可以从它去了解不同的视域是如何整合成作为一个整体的空间的复合体。这个过程发生在两个维度：文本流的维度——视域是如何通过文本改变成读者过程的；"世界"维度——在再现世界中视域自身的排列。

视域可以以不同的方式从一个转化到另一个。最明显的，会有一个间断，例如一个章节或部分的结尾。然而，这种最具代表性的方式并不是必需的。不同于自然的剧院场景，文本视域并不总是以完整封闭的单元出现。它们更富于流动性，可以在范围上如同用一台电影摄像机扩展或缩小，或者慢慢地从一个地点移动到另一个地点，这样它们就比我们前面讨论中所指出的分界更加不明显（见 4.1.4）。视域也可以经由投射（projection）来转换：一个视域可以从另一个视域所提供的信息碎片中被再现。视域 A 中的一个人物提到了另一个地点发生的事，从而构建了视域 B。

视域也可以用多种不同的方式在再现世界中结合。第一种可能出现在大脑中的是透视性视域，一个视域被感知为"前在的"另一个就作为背景。这是文本中几乎每个视域涉及其他视域的情形：在任何给定的时刻被感知到的是前景；其他视域则来自"不可见的"背景。这种前景—背景关系在投射中由其明显。尽管投射经常导致一个视域对另一个视域的完全替代，但是透视性视域也能被保存起来，创造出两个视域共存的效果。这发生在被投射的区域还没有作为一种自主的视域被建构——例如，在一个特定的视域中由不同人物穿插地提到某些特定地点的情况下（也就是说，不是由人物中的某一个进行连续叙述，这意味着一种对新视域的完全置换）。这里，不如说视域自主地成为一种在主要视域之外的背景存在。[①] 但是两个具体和完全自主的视域不能同时出现，因为根据视域的定义，视域构成了所有在某一特定时刻被观察到的空间项目。因此我们回到那个问题，什么东西结合视域去形成真实的地图。笔者认为它是一种更深层次再现中的真实材料自身；就是说，在时空层和地形层。在这些再现层，材料从它们的视域中被抽离出来并在文本的地形图式和时空图式中重组（水平结构与垂直结构，轴系统等；见 3.1，3.2）。

（三）全空间

基于一系列视域建立的空间复合体的方案，我们仍可以发现某些没有在任何视域中被建构的空间信息存在，也就是说，文本所预示的或间接提供的，但没有"表现"出来的空间要素。这个信息属于全空间——存在于超越

[①] 当被投射的视域是独立自主的但文本坚持提及主要视域，尽管这种情况很少，有时就得到一种相似效果。例如，《伊利亚特》中对阿基里斯的盾牌的描写：当然，自主的视域构成了关于盾牌的真实描写，但是文本坚持连续——通过提及材料和生产的动词——回涉到主要视域，前景中赫菲斯托斯的作坊。

实际再现空间边界的空间信息。

因为我们通常思考空间的方式,文本中全空间的概念是必要的。很难想象除了把空间想象为总体还能想象成什么。当然,我们要考虑空间的限定区域,但同时我们把它们看作一个包含其自身的更大空间的部分。

这种趋势没必要联系到欧几里得的真空概念;[①] 它也可以与词语的语义特点联系起来。如此,例如,房间的意义包括了其他一些房间的可能,一个房间,一个定居点,等等。任何空间物都可以被感知为一种表现更广泛空间的提喻。

然而,全空间不仅仅是文学文本中一个实际被塑造空间的模糊副本:它以其自身的功能和存在方式成为必不可少的成分,能在关于构建的三个层次中被表现出来。

1. 来自地形视点的全空间

从地形层的视点,"全空间"的概念是必要的,因为它使我们能够定位事件,回答"它在哪里发生",所有这些地形层上发生的内部关系就是在问,"它看上去像什么"或者"它是怎样做出来的"——但是为了再现空间,只回答这个问题的答案还不够。必须在某种更大的空间定位全部系统。

文本可以从它们关于定位问题的重要程度上区分开来,也可以从它们回答这个问题的精确程度来区分。事件的地点通常可以通过街道和门牌号码被精确定位——或者以一种十分普通的方式,通过城市和国家的名称,甚至比这更简单。全空间中这些例子中的每一个都意味着一种定位的不同方式。

除了具体定位的问题,全空间通常也与文本对世界性质的设定有关,这样它就与所涉及外部领域(external field of reference)紧密地联系起来。(见卢索夫斯基,1976)。凭借读者必须使世界再现,文本提供给读者一种外部真实的特定模型。至于文本的空间复合体,在这个模型和指涉内部领域(internal field of reference)间持续作用,尽管在全空间中指涉的外部领域成了突出因素。指涉的外部领域会有不同的类型:历史的、地理的、神话的、科幻的、幻想的等。自然,再现和定位的清晰度依赖于文本中提及的指涉领域类型。无论如何,应该强调全空间和指涉外部领域间的联系并不意味我们这里所涉及的为其有效性依靠文本外部的东西。文本自身决定了全空间

---

① 欧几里得的空间概念和艺术性文学作品的联系由英伽登提出。然而,英伽登由此推论出文学空间的有限性,在笔者看来是一个错误的推论。

的性质和外部现实的模型,尽管不一定由文本创立,但却是由文本选择、修饰和完全控制的。

2. 来自时空视点的全空间

这里必须确定情节中全空间和空间复合体间可能的联系。可以想象在全空间与情节毫无关联,只作为情节开展的一个静态背景的情况下,全空间和空间复合体间的完全分离。这样,叙事就建立了一种完全自主的时空体。这样的例子可以在艾伦坡的故事中找到。即使有人可以在某种地理—历史空间中定位爱伦·坡的故事,那也是无关紧要的;可以把他小说的全空间看做空无一物的。另一个极端是主动联系到全空间的可能性,比如一般历史事件决定行动的过程时。如此,全空间可以被图示化为一个权力域(field of powers),权力域的中心处于实际空间复合体的外部,但当然还是影响到了它。凭借抽象权力链(abstract power lines)的链接并不是必须的;也能想象延续到全空间或出自全空间的文本中的真实运动轴。空间复合体和全空间时空连接的最好例子出现在史诗中;实际上,连接如此紧密以至于几乎消弭了它们之间的差别。奥德修斯的旅行包含了植根于他同时代(希腊早期)读者良知中世界的所有领域,正如《失乐园》覆盖了文艺复兴时期整个的宇宙论系统。这样,文本完全穷尽了世界。这些空间不能再被想象为某个更大空间的部分。从时空方面,这里空间复合体几乎与全空间等同。

3. 来自文本视点的全空间

从文本层的视点,全空间的性质及其与空间复合体的联系应该凭借两种区别被描述:一个是表现(presentation)与再现(representation)间的区别,另一个是确定性与非确定性间的区别。[①] 这两种区别当然不仅适用于全空间和空间复合体间,也适用于再现世界和文本的其他区域。在空间复合体甚至在单个视域中,也存在不定点和被再现的成分,但全空间是最完整和最全面地能从这两个特性去描绘的区域。

然而,应该强调这两种区别并不重叠,而且这些特性并不适用于全空间的相同方面或部分。

再现的性质肯定是关于全空间的。所有这些都不同于空间复合体的内

---

① B. 卢索夫斯基认识到了展现与再现之间的区别。确定性与不确定性的区别应当是英伽登提出的(1965)。

容，因为它们是间接表现出来的：它们不是被表现而是被再现。实际上，这就是我们在讨论开始时所说的（见 4.3），全空间不是在视域中被建构的。视域是表现（presenting）空间的模式；全空间的材料不是在视域中被建构的，而是以各种间接的方式被离散：由人物甚至由叙事者提及地点，明喻和隐喻的材料，能够再现世界的提喻内容，等等。

但是这种信息（除了间接的）非常缺少关于空间复合体的信息。全空间的突出特性之一就是大量缺失信息的领域（domain）。所有关于它所能说的，基于文本的暗示和涉及外部领域的一般认识——所有这些都没有消弭其不确定性。当空间联合体表现为一个清晰和明确的孤立区，全空间（相对黑暗）就是一个无限的不定领域。

全空间也是一种确定世界的透视结构的必要设定。一定程度上它构成了纯粹的那里（there），因为它总是被认为超越了视域的范围。但同样，它当定位这里（here）时，叙事动作是必需的。如果叙事动作没有实际具体化为一个被叙述世界的部分，那它的空间存在和其与世界的相关物都是全空间中的一个方面。

4. 全空间的本体性含混

涉及所有建构的层级，全空间的重要特征在某种程度上来说是缺乏本体论的明确性。这当然与存在于全空间中一种通常的含混性质相关，但这不仅仅是一种信息缺席的结果，更是被掩盖的某种矛盾或缺乏基本清晰性的结果，也就是说，由这个区域一般的不确定性造成的结果：全空间是一种连接不同本体论区域的无人地带。它不但被感知为文本中再现世界的直接连续，也被感知为与一种读者真实空间的连续，指涉外部领域的空间连续、叙述行为和其他什么。所有这些与本体论视点完全不兼容的区域以某种方式被吞没在全空间中，被感知为一种连续平面上的存在。神话故事中时常出现的遥远地点最好地表现了这种状况：从现实可能性决定的读者世界到想象世界的通道，被一个不确定空间中的遥远存在表现出来。[1]

---

[1] 应该指出，三个概念与这里所提到的全空间概念以某种方式相关联。提姆（1971）区别了实际空间（actual space）与潜在空间（potential space），但是把潜在空间描述为实际空间能够达到的尺度是非常模糊的。卢索夫斯基在他对《战争与和平》的研究中，讨论到在历史上的彼得堡定位小说中安娜沙龙的位置的可能性时，提出了全空间的问题。但是在这篇论文中，指涉外部领域的概念被用作笔者所说的全空间。笔者认为这些概念是不同的，尽管它们有一种非常紧密的关系（见章节 4.3.1）。最后，罗克曼关于剧场中台下世界的讨论可以从一个非常有趣的角度对全空间问题提供一些借鉴。

五　结　论

　　这这篇论文中，笔者试图去阐明一种模式，以此来说明叙事中空间的核心方面并确定它们之间的相互关系。我们所讨论的这些方面作为再现世界的一个部分，主要与固有的空间结构和它的存在方式相关。这也可以阐明在本文结构中笔者没有涉及的问题——文本总体结构中空间的功能性。我们的讨论被限定在空间的存在方式上，并不涉及空间的功能。

　　当然，空间不是一种恰好存在于再现世界中的中立素材；它有多种涉及文本其他层面的功能。空间中的每个要素——实际上是文本中的每个要素——毫无疑问被看做一个来自所有文本层的图式交叉的结合点（juncture，卢索夫斯基的术语）：空间图式和人物塑造的图式、主题的图式、神话的图示等。

　　当面对单个文本并指出文本成分复合体中的关系系统时，空间的功能就可以清楚地展现出来。或许可以在理论探讨的框架中，描绘和分析空间可能的功能；然而这个问题涉及的领域完全不同与我们在这里所探讨的。空间在本文中是中立的——为了系统化的目的——从它独特的功能来看并不意味着空间在本质上被看做一种中立因素。正相反，所有的文本成分彼此间存在功能性关系的设想被严格地保持着。这里所缺乏的是一种关于层级划分的设定：笔者并没有预先规定哪个成分是手段，哪个成分是目的。除去任何功能性的考虑，我们倾向于认为空间从属于人物，而不是人物从属于空间，空间和文本其他方面的关系也是一样的：空间总是被看做达到特定目的的方式。这种情形的确促使很多注意力被放在用空间去解释人物、观念或一般性解读，从而忽略了它们特有的问题。

　　笔者尽力做到以空间开始并以空间结束，即使碰到障碍也不避开。不讨论空间的功能性就如同没有首先分析空间的存在模式和其他方面。而且，除了空间在具体文本中被利用的方式和通过空间传达出的意义，不应忘记空间是最重要的再现世界的核心方面，不论真实或虚构，也不管把它传达出来的媒介是什么。此模型的目的是去阐明，由言语媒介传达出的虚构世界中的空间状况所引发的一些问题。

[参考书目]

[1] Alewyn, Richard, 1957. *Eine Landschaft Eichendorffs*, Euphorion 51, pp. 42—60.

[2] Bachelard, Gaston, 1974. La poetique de l'espace (Paris: Presses universitaires de France).

[3] Baxtin, M. M., 1978. *The Forms of Time and the Chronotopos in the Novel: From the Greek Novel to Modern Fiction*, PTL 3: 3, pp. 493—528.

[4] Binswanger, Ludwig, 1955. *Das Raumproblem in der Psychopathologie*, in: Ausgewdhlte Vortrdge und Aufsdtze von Ludwig Binswanger, vol. Ⅱ (Bern: Franke Verlag), pp. 174—225.

[5] Bollnow, Otto Friedrich, 1963. Mensch und Raum (Stuttgart: Kohlhammer Verlag).

[6] Borchert, Wolfgang, 1949. Das Gesamtwerk (Hamburg: Rowohlt).

[7] Brown, Russell E., 1967. *On Classifying the Setting of the Novel: Hans Henny Jahnn's Fluss ohone Ufer*, Neophilologus LI, pp. 395—401.

[8] Even-Zohar, I., 1968. *Correlative Positive and Correlative Negative Time in Strindberg's "The Father" and "A Dream Play,"* Ha-Sifrut 1: 3—4, pp. 538—568. (In Hebrew; English summary pp. 770—771.)

[9] Frank, Joseph, 1963. Spatial Form in Modern Literature, in: The Widening Gyre (New Jersey: Rutgers UP), pp. 1—63. 1978 "Spatial Form: Some Further Reflections," Critical Inquiry 5: pp. 231—252.

[10] Hellwig, Brigitte, 1964. Raum une Zeit in homerischen Epos (Spudasmata: Studien zur Klassischen Philologie und ihre Grenzgebieten, Vol. II. Georg Olms Verlagsbuch-handlung, Hildsheim).

[11] Hrushovski, Benjamin, 1974. "A Unified Theory of the Literary Text," in: Z. Ben-Porat and B. Hrushovski, Structuralist Poetics in Israel (Tel Aviv Univ.: Institute for Poetics and Semiotics), pp. 13—23. 1976 Segmentation and Motivation in the Text Continuum of Literary Prose: The First Episode of "War and Peace" (Tel Aviv Univ.: Papers on Poetics and Semiotics).

[12] Ingarden, Roman, 1965. Das Literarische Kunstwerk (Tiibingen: Max Niemeyer Verlag).

[13] Iskra, Wolfgang, 1967. Die Darstellung des Sichtbaren in der dichterischen

Prosa um 1900 (Minster: Aschendorff).

[14] Kleist, Heinrich von, 1923. Gesammelte Werke, Vol. III (Berlin: Tillgner Verlag) . 1962 (1923) "The Earthquake in Chile," in: The Marquise of 0 and Other Stories, " trans. Martin Greenberg (New York: Signet).

[15] Kristeva, Julia, 1970. Le texte du roman: approche semiologique d'une structure discursive transformationnelle (The Hague/Paris: Mouton).

[16] Lamert, Eberhard, 1955. Bauformen des Erzdhlens (Stuttgart: J. B. Metzlersche Verlags-buchhandlung).

[17] Lessing, Gotthold Ephraim, 1974. Werke. Sechster Band. Kunsttheoretische und Kunsthistorische Schriften (Munchen: Carl Hanser Verlag).

[18] Lewin, Kurt, 1936. Principles of Topological Psychology (New York/London: McGraw-Hill) . 1938 The Conceptual Representation and the Measurement of Psychological Forces (Durham, N. C. : Duke UP) . 1957 Field Theory in Social Science (New York: Harper and Brothers).

[19] Linde, Charlotte, 1974. The Linguistic Encoding of Spatial Information (unpublished dissertation, Columbia Univ.).

[20] Lotman, Jurij M. , 1973. Die Struktur des Kiinstlerischen textes (Frankfurt am Main: Suhr-kamp Verlag).

[21] Meyer, Herman, 1957. "Raumgestaltung und Raumsymbolik in der Erzahlkunst," Studium Generale, Vol. 10, pp. 620—630.

[22] Miller, George A. and Philip N. Johnson-Laird, 1974. Language and Perception (Cambridge/ London/Melbourne: Cambridge UP).

[23] Minkowski, E. , 1933. Le temps vecu: etudes phenomenologiques et psychopathologiques (Paris: Collection de l'evolution psychiatrique) . 1936 Vers une cosmologie: fragments philosophiques (Paris: Fernard Aubier).

[24] Muller, Gunther, 1950. "Uber das Zeitgeriist des Erzahlens: am Beispiel des Jiirg Jenatsch," in: Deutsche Vierteljahrschrift fur Literaturwissenschaft und Geistesgeschichte 24: 1, pp. 1—31.

[25] O'Toole, Lawrence M. , 1980. "Dimensions of Semiotic Space in Narrative," Poetics Today 1: 4, pp. 135—149.

[26] Perry, Menakhem and Meir Sternberg, 1968. "The King Through Ironic Eyes: The Narrator's Devices in the Biblical Story of David and Batsheba and Two Excursuses on the Theory of Narrative Text," Ha-Sifrut 1: 2, pp. 263—292. (In Hebrew; English summary pp. 449—452.)

[27] Petsch, Robert, 19422. Wesen und Formen der Erzdhlkunst (Halle: Max Niemeyer Verlag).

[28] Rokem, Freddie, 1979. "The Off-Stage World" (manuscript).

[29] Segal, Dmitry, 1974. Aspects of Structuralism in Soviet Philology (Tel Aviv Univ.: Papers on Poetics and Semiotics 2).

[30] Segre, Cesare, 1975. "Space and Time of the Text," 20th Century Studies, 37—41.

[31] Sternberg, Meir, 1973. "Delicate Balance in the Story of the Rape of Dinah: Biblical Narrative and the Rhetoric of the Narrative Text," Ha-Sifrut 4:2, pp. 193—231. (In Hebrew; English summary p. XIII.)

[32] Timpe, Eugene F., 1971. "The Spatial Dimension: A Stylistic Typology," Yearbook of Comparative Criticism III: Patterns of Literary Style, ed. Joseph Strelka. (University Park, Penn./London: The Pennsylvania State UP), pp. 179—197.

[33] Tomashevsky, Boris, 1965. "Thematics," in: Russian Formalist Criticism, Lee T. Lemon and Marion J. Reis, eds. (Lincoln, Nebraska: Univesity of Nebraska Press).

[34] Uspensky, Boris, 1973. A Poetics of Composition: The Structure of the Artistic Text and Typology of a Compositional Form (Berkeley/Los Angeles/London: Univ. of California Press).

[35] Wilbur, Richard, 1967. "The House of Poe," in: Poe: A Collection of Critical Essays, R. Regan, ed. (Englewood Cliffs, NJ.: Prentice-Hall). p. 335.

作者简介：卓拉·加百利，男，以色列法海大学文学系教授，出版有关文学理论、散文创作、翻译理论、希腊文学、现代希伯来文学等方面的著作。曾出版《文字，世界，空间：建设中的空间叙事小说》、《亚里士多德的修辞》、《希腊语翻译概要》、《超越模仿：文字和文本中的亚里士多德思想》等。

译者简介：李森（1980— ），男，南京大学文学院文艺学博士研究生，研究方向为形式美学与叙事学。

礼经建筑空间的元叙事技巧及其影响

□ 张世君

中国文学与古代文化典籍有着密切的渊源关系，古代文化典籍的叙事技巧成为文艺理论和文学文本叙事的元叙事技巧，二者共享同一叙事规范。本文提出古代礼经的三部著作《周礼》、《仪礼》和《礼记》的建筑空间叙事运用了独具中国文化特色的元叙事技巧，礼经的建筑空间叙事采用间架设计结构、系统描述的总—分程序和起源叙事的返始描写。这些技巧启发了古代跨学科空间叙事理论用建筑概念"间架"作为自己学科的理论概念，影响了文学从总叙到分叙的叙事模式，形成从起源讲故事的文学传统。中国古代政治伦理文化的元叙事手法转化为文学叙事技巧并在文学叙事中得到发扬。

笔者在《礼经的建筑空间叙事》[1] 一文中，提出古代礼经的三部著作《周礼》、《仪礼》和《礼记》[2] 存在大量的空间叙事资源。礼经的空间叙事从建筑切入，规划了礼制"辨方正位"的建筑空间格局，建立了礼制国家的空间正位之治，规定了礼制身份的空间方位之礼，确立了礼制等级的空间高大之贵。礼制用建筑的空间布局建构礼仪制度，以建筑的恒常特性维护礼制

---

[1] 《礼经的建筑空间叙事》是笔者 2009 年 10 月参加"第二届叙事学国际会议暨第四届全国叙事学研讨会"宣读的会议论文，待发表。

[2] 许嘉璐主编《十三经》，广东教育出版社 1995 年版。

的固定不变，使之成为政治伦理文化的常规。

本文继续探讨礼经建筑空间叙事所采用的叙事手法。这些技巧属于政治伦理文化创造的元初叙事技巧，独具中国文化特色。它们对中国古代叙事理论和文学创作产生了深远影响，故称之为礼经建筑空间叙事的元叙事技巧。

一 礼经叙事的间架设计结构

间架是中国古代建筑概念，本义指建筑的布局和结构形式。"肥楹巨栋，间架相称。"（唐罗隐《镇海军使院记》）具体地说，间架的间，就是柱子对房屋建筑面积的划分，相邻两柱之间的距离为间；柱子上面的檩子为架。面阔称间，进深为架。明代午荣编的《鲁班经》写道："木匠按式用精纸一幅，画地盘阔窄深浅，分下间架，或三架、五架、七架、九架、十一架，则在主人之意。"[①] 整个建筑的地基布局和房屋构架就是间架。间架是一个结构概念，结构的中心要正位，布局要规整。

建筑的间架作为元叙事的结构概念和结构技巧，源于礼经。礼经著作并没有直接使用"间架"一词，建筑梁架称为"极"（《周礼·天官·冢宰》）、"山节，藻棁"（《礼记·明堂位》），但通篇充满间架设计的思想和描述。《周礼》的卷首语"惟王建国，辨方正位，体国经野。设官分职，以为民极"，是间架设计的总图和总体描述。

礼经建立国都的间架叙事表现在都城布局的规划上。首先辨别东西南北的正确方向，然后在这个平面构图中确定都城建筑的四方中央之位。以王宫为中心规划都城的范围，在都城之外划分郊野，丈量土地。贵族住"郊"，百姓居"野"。这是"辨方正位，体国经野"的建筑间架结构。

在建筑间架结构的基础上，"设官分职"确定官署的层级管理，规划百姓的行为准则。把管理百姓作为间架结构的最高建筑梁架，"以为民极"。这是治理层面的间架结构。

《周礼》卷首语的叙述从建筑"辨方正位"的间架结构走向管理"设官

[①] 肖默主编《中国建筑艺术史》，文物出版社1999年版，第907页。

分职"的间架结构，可以《周易》①两个卦上下重合的重卦类比，下卦（基础）为"辨方正位"，上卦（意识形态）为"设官分职"，重卦归一为"惟王建国"。"辨方正位"与"设官分职"不着痕迹的自然重叠，成为礼经完备的间架设计总图，整个国家治理的结构在"惟王建国"的间架设计叙事中建立起来。

《周礼》有天官、地官、春官、夏官、秋官、冬官六卷，前五卷的卷首语均写道："惟王建国，辨方正位，体国经野。设官分职，以为民极。"《周礼》因《冬官》卷遗缺，西汉景帝时河间献王刘德将春秋时期齐国的官书《考工记》补入，后世经籍又称为《周礼·冬官·考工记》，故《冬官·考工记》的开篇没有"惟王建国"的卷首语，但可以推断失传的《冬官》开篇的卷首语也应该同前五卷。"惟王建国"的建筑间架引领《周礼》六卷的间架叙事，形成随着四季转换的天地四方六合的间架结构。礼经的间架结构被纳入宇宙天地的间架设计中。

在总的间架设计基础上，礼经展开具体营造的间架叙事。按照方位等级规定的尺寸，设计建筑的间数（"王立七庙"），面积的东西宽度（"周人明堂，度九尺之筵，东西九筵"），南北进深（"南北七筵"），堂基高度（"堂崇一筵"），立架的高度（"天子之堂九尺"），梁架板檐楹柱窗牖等的装饰（"山节，藻棁，复庙，重檐，刮楹，达乡，反坫，出尊，重坫，康圭，疏屏，天子之庙饰也"），等。为此，平面的间架设计图上耸立起立体的体形建筑，间架设计的空间形态得以完成。建筑的间架设计是礼仪制度所需要依托的空间环境，它的更重要的功能是国家政权用间架设计的思想建构政治制度的结构大厦。

二 系统描述的总一分程序

中国自古是一个注重系统思维的国家。比利时著名科学家、耗散结构理论提出者普利高津对中国古代系统思想由衷称赞。1986年普利高津在北京师范大学授予他名誉教授仪式上发表演讲说："西方科学对自然的看法是决

---

① 许嘉璐主编《十三经》，广东教育出版社1995年版。

定论的、精确的和解析的；而中国的文化则是一种整体性的或现在我们常说的系统论的观点。现在是我们把传统的欧洲思想和古典的中国思想进一步结合起来的时候了。"① 整体性是系统论的核心和最根本的原则，它指世界上的各种事物都是一个由各要素组成的合乎规律的有机整体。现代系统论的创立者、美籍奥地利生物学家贝塔朗菲指出："普通系统论是对'整体'和'完整性'的科学探索。"② 中国古代的太极（亦阴亦阳）、六合（上/下/东/西/南/北）、五行（木/火/土/金/水）、天人合一等都是整体性的系统论的表述。

　　系统由要素组成，每个要素是上一级系统的要素，又是下一级要素的系统。从系统观念看礼经叙事，礼经的间架结构是一个宏大系统，它的整体联系是按等级和层次进行的，秩序井然，有条不紊，形成多层次多序列的系统描述。笔者在《文学批评方法与实践》一书中谈到系统方法的整体性原则强调综合性，描述事物遵循综合—分析—综合的综合性程序。③ 礼经的叙事遵循了系统描述的综合性程序，具体表现为从总叙到分叙的总—分描述过程。《周礼》每卷以空间建筑定位，总体介绍设立的各种官职及人数，然后分别叙述每种官职的职责。即"惟王建国"的卷首语是全卷的总叙，以下叙写所设立的官职及人数是分叙。又以总体介绍的官职为第二层次的总叙，以下描写的各个官职的具体职司为分叙。第三层次的具体官职又为总叙，以下描写具体的实施行为为分叙。礼经叙事层层分级，从总叙到分叙，用中国古人从《周易》开创的思维方式和系统论思想，表达礼制文化以君王为中心的国家权力机构的等级思想（见表1）。

表1

系统层次	第一层次	第二层次	第三层次
总叙	卷首语	官职及人数	具体职司
分叙	官职及人数	具体职司	具体行为

---

① ［比］普利高津：《科学对我们是一种希望》，《自然辩证法研究》1987年第2期。
② 中国社会科学院情报研究所编《科学学译文集》，科学出版社1980年版，第314页。
③ 张世君：《文学批评方法与实践》，西南师范大学出版社1988年版，第12页。

以《周礼·地官·司徒》大司徒的职责描述为例。为了便于看到原文描写的总—分程序，特将原文的段落按顺序用数字标记如下：

（1）大司徒之职：掌建邦之土地之图与其人民之数，以佐王安扰邦国。

（2）以天下土地之图，周知九州之地域广轮之数，辨其山林、川泽、丘陵、坟衍、原隰之名物。而辨其邦国、都鄙之数，制其畿疆而沟封之，设其社稷之壝，而树之田主，各以其野之所宜木，遂以名其社与·曰医。

（3）以土会之法，辨五地之物生：一曰山林，其动物宜毛物，其植物宜皂鳞。其民毛而方。二曰川泽，其动物宜鳞物，其植物宜膏物，其民黑而津。三曰丘陵，其动物宜羽物，其植物宜核物，其民专而长。四曰坟衍，其动物宜介物，其植物宜荚物，其民皙而瘠。五曰原隰，其动物宜蠃物，其植物宜丛物，其民丰肉而庳……

（4）以土圭之法测土深。正日景，以求地中。日南则景短，多暑；日北则景长，多寒；日东则景夕，多风；日西则景朝，多阴。日至之景，尺有五寸，谓之地中，天地之所合也，四时之所交也，风雨这所会也，阴阳之所和也。然则百物阜安，乃建王国焉，制其畿方千里而封树之。

（5）凡建邦国，以土圭土其地而制其域。诸公之地，封疆方五百里，其食者半；诸侯之地，封疆方四百里，其食者叁之一；诸伯之地，封疆方三百里，其食者叁之一；诸子之地，封疆方二百里，其食者四之一；诸男之地，封疆方百里，其食者四之一。

（6）凡造都鄙，制其地域而封沟之；以其室数制之。不易之地，家百晦；一易之地，家二百晦；再易之地，家三百晦。乃分地职，奠地守，制地贡，而颁职事焉。以为地法而待政令。

大司徒的职责是负责绘制国家地图并统计人口数字，辅助国王安定天下。因此引文第1段对所有的段落而言是总叙，以下第2—6段都是对国家地图管理的具体实施，属于分叙。

第2段对第一段而言，是分叙，说明国家地图包括的范围。对第3—6段是总叙，概述天下地图的范围。

第3段是第2段的分叙，根据土地法令解释五种不同的物产等。第3段的第一句"辨五地之物生"又是该段的总叙,该段具体的5种物产是分叙。

第4段建王国"制其畿方千里而封树之"是第2段"制其畿疆而沟封之"的分叙,又是第5、第6段的总叙。先建王国,后建邦国。

第5、第6段是第2段"辨其邦国、都鄙之数"的分叙,也是第4段的延伸。同时第4—6段又是《周礼》卷首语"体国经野"的分叙。

从以上引文,可以看到一个带有规律性的普遍描述现象,每一个自然段的开端一句都是该段落的主题句,其他句子则是对这个主题句的解释和延伸。由此形成每个自然段落描述的总—分程序,层次清晰。从中可以看到明代八股文的作文格式和今天写作论文的段落句式结构的起源。《周礼》各卷的叙述,皆按系统的总—分程序描述,不一而论。

不仅《周礼》各卷按照总—分程序进行系统描述,《仪礼》、《礼记》也如此。仅以人们熟悉的《礼记·大学》的叙述为例,根据原文顺序用数字标记如下。

(1) 大学之道,在明明德,在亲民,在止于至善。知止而后有定,定而后能静,静而后能安,安而后能虑,虑而后能得。物有本末,事有终始。知所先后,则近道矣。

(2) 古之欲明明德于天下者,先治其国。欲治其国者,先齐其家。欲齐其家者,先修其身。欲修其身者,先正其心。欲正其心者,先诚其意。欲诚其意者,先致其知。致知在格物。……

(3) 所谓诚其意者,毋自欺也。如恶恶臭,如好好色,此之谓自谦。……

(4) 所谓修身在正其心者:身有所忿懥,则不得其正……

(5) 所谓齐其家在修其身者:人之其所亲爱而辟焉,之其所贱恶而辟焉,……

(6) 所谓治国必先齐其家者,其家不可教而能教人者,无之。……

(7) 所谓平天下在治其国者:上老老而民兴孝,上长长而民兴弟……

第1段是全文的总叙,讲述大学的主旨是阐明光明的德性。第2段是第1段的分叙,阐明大学的德行包括"诚意"、"修身"、"齐家"、"治国"、

"平天下"等关键词。同时第 2 段是所有下文的总叙。

第 3—7 段,分别是第 2 段的分叙,具体阐述"诚意"、"修身"、"齐家"、"治国"、"平天下"这几个关键词的内容。在每个自然段的表述上,都以"所谓……"开头,引导对该句关键词解释的总分描述。今人写作论文,在章节段落开端常用的释义句形式从礼经表述而来。

《周礼》、《仪礼》、《礼记》所形成的"三礼"也遵循了系统描述的总—分程序。《周礼》描述国家官制,《仪礼》描述各种典礼仪节,《礼记》解释说明各种仪礼。在这之后,《礼记》中的《中庸》和《大学》篇,还被抽取出来与《论语》、《孟子》并列称为"四书",不仅显示了《礼记》的重要地位,也把礼经系统描述的总叙分叙的技巧通过"四书"传承到近现代,成为中国传统的思维方式和叙事技巧。从中可以看到,系统论思想能够在中国代代传承并发扬光大,是与政治伦理文化的中央集权管理分不开的。政治伦理文化的集权管理在方法论上通过系统论的思维方式进行规范并得以实现,著书立说有了以"三礼"为代表的文化典籍的系统描述技巧。

三 起源叙事的返始描写

礼经从总叙到分叙大都是从起源叙事开始的。本文的"返始"一词源于《礼记·祭义》的"反始"和"反古复始"。"天下之礼,致反始也……致反始,以厚其本也。""教民众反古复始","君子反古复始,不忘其所由生也"(《礼记·祭义》)。强调天下的礼在效用方面是使人们回报上天而不忘根本,使本始厚重;教导人民通过祭祀追溯始祖,不忘自身的来源。这是礼经从道德层面对祭祀大义的阐释。

返始描写即从现在的叙述转向追溯先人祖宗、天地神祇的创造,把天地神祇祖宗先人的创造作为宇宙的起源。从起源讲述各种礼仪的传统,使之成为教化之本,让当代人谨记。《礼记·祭统》谈到铭文作为追溯先祖功德的作用:"铭者自名也,自名以称扬其先祖之美,而明著之后世者也。""明示后世,教也。"

返始描写的主要内容是祭祀,通过记述祭祀丧事礼仪,描述古代的仪式礼法制度。祭祀是古代礼仪制度描写的重要内容,贯穿"三礼"始终。从叙事技巧看，返始描写是礼经起源叙事的主要特点。

《周礼》六卷，从制度层面谈到祭祀建筑和祭祀管理。每卷都有关于祭祀的返始描写。第一卷《天官·冢宰》太宰的职责是建立国家的典法，用八则治理大小城市，第一就是祭祀。"一曰祭祀，以驭其神。"祭祀五帝、天地大神和先王，都要事先告诉百官做好准备。"祀五帝，则掌百官之誓戒与其具脩。""祀大神祇亦如之，享先王亦如之。"用九法平衡掌握财物，第一也是祭祀。"一曰祭祀之式。"

《地官·司徒》小司徒负责百姓的祭祀、丧礼和为诸侯建立祭祀的社稷坛，"祭祀、饮食、丧纪之禁令"，"凡建邦国，立其社稷"。封人的职责负责修建王的社稷坛，洗刷供祭祀用的牛牲。"掌设王之社壝"，"设其社稷之壝，封其四疆"，"凡祭祀，饰其牛牲"。

《春官·宗伯》大宗伯负责制定祭祀天地神的礼制，"掌建邦之天神、人鬼、地示之礼，以佐王建保邦国"。小宗伯负责建造国都的神位和社稷祖庙，"掌建国之神位，右社稷，左宗庙。"肆师的职责是制定国家祭祀、天地祭祀、宗庙祭祀、社稷祭祀等的礼仪。"掌立国祀之礼，以佐大宗伯。立大祀，用玉帛、牲牷。立次祀，用牲币。立小祀，用牲。以岁时序其祭祀及其祈珥。"典祀"掌外祀之兆守"；守祧"掌守先王先公之庙祧"；世妇"掌女宫之宿戒，及祭祀"；内宗"掌宗庙之祭祀"；外宗"掌宗庙之祭祀"；冢人"掌公墓之地，辨其兆域而为之图"；墓大夫"掌凡邦墓之地域，为之图"；职丧"掌诸侯之丧及卿、大夫、士凡有爵者之丧，以国之丧礼莅其禁令"，等等，不一而足。

《夏官·司马》大司马的职责之一是教育人民"献禽以祭社"，举行"大祭祀"；小司马负责"小祭祀"；小子"掌祭祀羞羊肆、羊殽、肉豆，而掌珥于社稷、祈于五祀"；羊人"掌羊牲。凡祭祀，饰羔"；司士"凡祭祀，掌士之戒令"；大仆"祭祀、宾客、丧纪，正王之服位"，等等。

《秋官·司寇》大司寇"大祭祀，奉犬牲。若禋祀五帝，则戒之日，莅誓百官，戒于百族"；小司寇"小祭祀，奉犬牲。凡禋祀五帝，实镬水，纳亨亦如之"；士师"若祭胜国之社稷，则为之尸"，"祀五帝，则沃尸及王盥，泂镬水"；乡士在"大祭祀、大丧纪"时负责本乡的禁令；司烜氏"掌以夫遂取明火于日，以鉴取明水于月，以共祭祀之明粢、明烛，共明水"；衔枚氏"掌司嚣。国之大祭祀，令禁无嚣"等。

《冬官·考工记》玉人制造的玉器，天子圭"四圭尺有二寸，以祀天"，"土圭尺有五寸，以致日，以土地。祼圭尺有二寸，有瓒，以祀庙"，"圭璧五寸，以祀日月星辰"；匠人营国"左祖右社"，"夏后氏世室，堂修二七，广四修一"，"殷人重屋，堂修七寻，堂崇三尺，四阿，重屋"，周人明堂，"庙门容大扃七个，闱门容小扃叁个"等。

《周礼》返始的祭祀描写以修建宗庙建筑为主，用祭祀建筑来确认对礼的认识和固化礼的记忆。周人在祭祀先祖神祇的宗庙祭坛祭天祭祖，缅怀对神灵祖先的崇敬，不忘生命的来源，建立了中国人重视历史教化的传统，形成叙事从起源描述事物的特点。

《仪礼》十七篇，尽管在篇目上明确标示祭祀丧礼的篇章只有《丧服》和《士丧礼》，但是返始的祭祀描写贯穿各篇。

例如，《士冠礼第一》行成人礼是在祭祀祖先的宗庙进行的。首先在庙门外占卜"筮于庙门"，宾客"至于庙门，揖入"。举行仪式时，行冠礼者要以酒行祭礼，"冠者即筵坐，左执觯，右祭脯醢，以柶祭醴三"。

《士昏礼第二》行结婚礼，首先媒人到女家说亲，在宗庙行纳彩礼，"至于庙门，揖入"。来宾在宗庙祭神，"宾即筵坐，左执觯，祭脯醢，以柶祭醴三"。迎娶新娘时用肉食祭神，"祭肺二、鱼十有四、腊一肫"。新郎新娘要共同祭神，"皆坐，皆祭"，"皆振祭"。

《士相见礼第三》当臣陪国君吃饭，国君要祭神，臣要先尝饮食。"若君赐之食，则君祭，先饭，遍尝膳。"

《乡饮酒礼第四》宾主在宴席上首先要以酒肉祭神，多次坐下祭神，站起喝酒，"坐祭，立饮"，等等。

《乡射礼第五》举行乡射礼时，宾主要在射场上的厅堂祭神，"宾坐，左执爵，右祭脯醢"，"遂祭酒，兴"。射击后，射手仍要祭神，"左执爵，祭脯醢；兴，取肺，坐祭，遂祭酒"。

仅从以上五篇仪礼的举述中，可以看到无论施行何种仪式，祭神都是不可缺少的内容。这些礼仪都是在建筑内进行的，或者是纪念祖宗的宗庙，或者是主人的房屋。建筑成为祭祀的空间坐标系。

《礼记》四十九篇，专论祭祀丧礼的有十九篇。诸如《檀弓上》（办理丧事的礼节）、《檀弓下》（君臣父母丧事）、《曾子问》（解说各类丧事）、《郊特牲》（郊祭）、《玉藻》（君臣祭祀的穿戴）、《丧服小记》（家庭祭祀）、《大传》

(君臣祭祀)、《杂记上》(各种丧事)、《杂记下》(父母丧事)、《丧大记》(各级丧事)、《祭法》(等级祭祀)、《祭义》(祭祀意义)、《祭统》(祭祀传统)、《奔丧》(奔丧的礼节)、《问丧》(哭丧的心情)、《服问》(服丧的规矩)、《间传》(丧事的穿戴)、《三年问》(丧期规定) 和《丧服四义》(总结服丧的种种礼节)。

涉及祭祀丧礼的有二十六篇。诸如《曲礼上》(细小礼节涉及祭祀)、《曲礼下》(君臣礼节涉及各种祭祀礼仪)、《王制》(国家的俸禄爵位涉及社稷宗庙祭祀)、《月令》(12个月月时令涉及国家祭祀礼仪)、《文王世子》(太子教育涉及祭礼)、《礼运》(古代礼制涉及祭祀)、《礼器》(礼的德行涉及各级祭祀)、《内则》(家庭伦理涉及祭祖)、《明堂位》(天子朝会祭祀的处所)、《少仪》(君子言行涉及祭祀礼节)、《学记》(学校教育涉及祭祀先圣先师)、《乐记》(音乐教育涉及祀天祭地音乐)、《经解》(解释各种礼的意义涉及不可废丧祭之礼)、《哀公问》(解释礼仪涉及宗庙祭)、《仲尼燕居》(解释礼涉及郊祭社祭)、《孔子闲居》(解释各种德行涉及丧事)、《坊记》(以礼防备堕落涉及祭祀追孝)、《中庸》(解释伦理道德的标准涉及祭祀之礼)、《表记》(君子道德涉及古代君王的祭祀)、《缁衣》(比较君子与小人的品行涉及不能让劣德的人主管祭祀)、《冠义》(解释《仪礼·士冠礼》)、《婚义》(解释《仪礼·士昏礼》)、《乡饮酒义》(解释《仪礼·乡饮酒礼》)、《射义》(解释《仪礼·乡射礼》)、《燕义》(解释《仪礼·燕礼》)、《聘义》(解释《仪礼·聘礼》)。最后这六篇解释仪礼的篇目都涉及祭祀，前面已述。

仅仅出现祭祀词语的两篇。《深衣》指出古代规定的深衣是祭服外的最好衣服，"善衣之次也"。《大学》指出得民心才配祭祀上帝，"殷之未丧师，克配上帝"。完全没有出现祭祀丧事词语的两篇。《投壶》讲述娱乐的礼节，《儒行》描述儒者的言行举止。这四篇虽然没有讨论祭祀话题，但是它们对礼仪的描述都追溯到了古代，如"古者深衣"(《深衣》)，"於戏前王不忘"(《大学》)，"鲁令弟子辞曰'毋幠．毋敖'"(《投壶》)，"古人与稽"(《儒行》)等。为此，可以说，这四篇文章与祭祀描写一致，同样表现了返始描写的特点。

从以上对《礼记》四十九篇有关祭祀的梳理中，可以看到祭祀描写贯穿《礼记》始终，涉及中国传统文化的方方面面。祭祀在中国古代文化中有无比重要的地位和意义，起着巩固国家政权，稳定社会秩序，维持宗法家族权威的作用。

中国文化的传承主要是通过祭祀来实现的。《周礼》着重从社稷宗庙建筑描写祭祀制度,《仪礼》直接描写在宗庙建筑中的祭祀活动,《礼记》详细描写各种祭祀的规矩和意义。一个建立在建筑空间之上的,不断追溯天地神祇列祖列宗的返始描写就在古代的祭祀活动中呈现出来,由此形成了礼经在叙事层面上的起源叙事。从中可以看到,礼经的起源叙事技巧是从实用功利出发的,它把中国古人在《周易》中开创的乾坤元始叙事"大哉乾元!万物资始,乃统天"(《周易·乾》)和"至哉坤元!万物资生,乃顺承天"(《周易·坤》)用到礼制建设中,制定政治伦理管理所需要的祭祀制度,从而产生了礼经起源叙事的返始描写手法。

四 跨学科空间叙事理论的间架概念

礼经建筑空间的元叙事对古代跨学科空间叙事理论的一个重要贡献是以中国建筑间架结构的设计启发了各门艺术学科采用建筑概念"间架"作为自己学科的理论概念。间架设计的核心是稳固、求正,否则建筑会倒塌,礼制会崩溃。

礼经的间架结构设计被引入各门艺术理论。清代戏曲理论家李渔直接以房屋的间架比喻戏曲结构:"基址初平,间架未立,先筹何处建厅,何方开户,栋需何木,梁用何材。"[①]

汉字属于象形文字,它的结构形式和字的各部分组合的比例,就像搭建起来的房屋间架,耸立在文字中。为此,"间架结构"成为对汉字结构方式的称谓,每个字都有一定的间架结构,诸如独体、上下结构、上中下结构、左右结构、左中右结构、半包围结构、全包围结构、品字结构等。汉字的间架结构强调重心平稳。重心是一个物理学概念,也指事情的中心。重心平稳指字结构的中心要稳定,字要写得平正、均衡,把整个字稳定在支撑点上,这与礼制建筑突出中央的正位思想一致。

从建筑概念而来的间架也被引入书法,用以比喻字画的结构形式。"间

[①] 李渔:《闲情偶寄》,载《李渔随笔全集》,巴蜀书社1997年版,第9页。

架结构"成为书法美学术语，又称"结体"。它指字的点画之间和偏旁部首组织所占空间的大小比例的平衡对称与多样统一。如唐代书法家欧阳询的《结体三十六法》、明代李淳的《大字结体八十四法》。清代黄自元的书法文章直接标题《间架结构九十二法》，特别强调了汉字间架结构要"正"的思想。如，"土字要写正不要偏，与下截左边的竖画要对正。如：者、老、考"（五十八法），"字体虽是斜的，但字心要正。如：易、乃、母、力"（六十三法）。清代包世臣则把求正的书法间架概括为"九宫"说："字有九宫，九宫者，每字为方格，外界极肥，格内用细画界一'井'字，以均布其点画也。凡字无论疏密斜正，必有精神挽结之处，是为字之中宫。"① 井字形的九宫，是一个标准的九方位图，"中宫"即中央，以中宫之笔画统率八宫之笔画，与礼经建筑空间九方位的正位思想如出一辙。

　　间架概念也被引入绘画，用以指绘画的构图。清代郑绩《梦幻居画学简明》写道："是以画楼阁屋宇，必因通幅形势穿插斜正高低，或露或掩，审顾妥帖，与夫间架之方圆曲直而不相拗撞，乃为合式。"② 讲楼阁的间架结构在画面上的安置要合适。

　　文章修辞学引进间架概念，指文章段落结构的划分。金元文章家陈绎曾在《文说》中提出的"分间法"专门讲文章的间架结构。文章家把文章段落看做间架，长段落为大间架，小段落为小间架。明代八股文的格式，破题、承题、起讲、入手、起股、中股、后股、束股具有标准的间架结构。

　　诗话中用间架概念比喻诗文的结构布局。清代顾嗣立《寒厅诗话》写："四灵以清苦为诗，一洗黄（黄庭坚）陈（陈师道）之恶气象、狞面目，然间架太窄，学问太浅，更不如黄陈有力也。"以建筑空间的尺寸来批评诗文结构的宽窄，它强调的是诗文结构的空间性。

　　明清小说评点家同样以房屋间架来理解小说叙事的结构框架。张竹坡说："读《金瓶》，须看其大间架处。其大间架处，则分金、梅在一处，分瓶儿在一处，又必合金、瓶、梅在前院一处。"（《金瓶梅·读法》）③ 这里的"大间架"指的是叙事的整体结构。

---

① （清）包世臣：《艺舟双楫》，载《历代书法论文选》，上海书画出版社1979年版，第648页。
② 《中国古典画论选译》，辽宁美术出版社1985年版，第37页。
③ 秦修容整理《金瓶梅》（会评会校本），中华书局1998年版。

以上仅是礼经建筑空间元叙事的间架性布局对文学艺术理论的影响。笔者在《明清小说评点·叙事概念研究》一书和《中西叙事概念"间架"与"插曲"辨析》[①]一文中对间架结构做过详细论述，此不赘叙。

礼经描写建筑的间架布局，多次用了"营"、"营建"词语。诸如"匠人营国"（《周礼·冬官·考工记》），"冬则居营窟"（《礼记·礼运》），"营建宫室"（《礼记·曲礼下》）。"营"的本义指四周垒土而居。建造都城，也就是在一个围合的空间里建立朝廷宫室。中国古代把建造房屋及其相关土木工程活动统称"营建"、"营造"，"建筑"一词直到明清时代才流行起来。

从间架设计来说，"营"具有经营的含义，进行筹划营造，"经始灵台，经之营之"（《诗经·灵台》）。历代营造工程还有专门的营造尺。礼经中的匠人营国，营建宫室，首先就是在建筑设计上进行筹划经营。测量地形地势，划分建筑位置，丈量土地尺寸。"司空执度度地，居民山川沮泽，时四时，量地远近，兴事任力。""凡居民，量地以制邑，度地以居民。"（《礼记·王制》）丈量土地，是建筑基础的平面空间构图，发展为设计的经营，对建筑的位置进行经营设计。

礼制建筑的经营位置，被中国绘画理论所接受。南齐画家谢赫是中国画论的创始人，他在《古画品录》中提出了著名的绘画"六法论"，其中，"经营位置"一法直接从建筑的营造来。经营位置在绘画中指构图、布局或章法，构图是作画的第一步。唐代绘画理论家张彦远肯定"经营位置"，他在《历代名画记》第一卷"论六法"的专篇中说，"至于经营位置，则画之总要"。[②] 把安排构图看做绘画的总纲。从此，经营位置成为中国画论一个重要的理论范畴，历代画论都有论述。诸如："凡画山水，先立宾主之位，次定远近之形。然后穿凿景物，摆布高低。"（唐代李成《山水诀》）这是对经营布置的具体阐释，确定宾主位置，分布高低位置。"作画先定位置，次讲笔墨。何谓位置？阴阳向背，纵横起伏，开合锁结。"（清代王昱《东庄论画》）作画首先要明确位置，把各方面的位置变化都表现出来。"树石布置须疏密相间，虚实相生，乃得画理。"（清代蒋和《学画杂论·树石虚实》）[③]

[①] 张世君：《明清小说评点叙事概念研究》，中国社会科学出版社 2007 年版。
[②] 张彦远：《历代名画记》，江苏美术出版社 2007 年版。
[③] 王韵殊、李新会、卫东海：《历代琴棋书画论选译》，中国青年出版社 1998 年版，第 446—448 页。

安排位置有虚有实。

绘画的"经营位置"如同建筑的"营造位置",是一个空间概念,绘画在平面空间的纸本、绢本上面构图安排,同时吸纳建筑以广袤的天地空间为营建背景的格局,所绘山水画面对天地自然,在尺幅画中表现画面空间的高远之势,深远之意,平远之境,在有限的画面中达到无限的境界。由此,"以大观小"(沈括《梦溪笔谈》)的意境和小中见大的画面成为中国山水画的空间图式,表现平面的层次空间。

五 从总叙到分叙的文学叙事技巧

礼经的元叙事技巧对文学叙事的影响是非常深刻的。以明清小说为例,各部小说都表现了系统叙事从总叙到分叙的描写技巧。《水浒传》[①] 的总叙表现为楔子"张天师祈禳瘟疫,洪太尉误走妖魔"。小说写洪太尉在江西信州龙虎山的一处殿宇,看见一座石碑,上写"遇洪而开"。洪太尉贸然挖开石碑,放出三十六天罡,七十二地煞。小说写道:"此殿内镇锁着三十六员天罡星,七十二座地煞星,共是一百单八个魔君在里面。上立石碣,凿着龙章凤篆姓名,镇住在此。若还放他出世,必恼下方生灵。"这是梁山108个好汉的由来。由于梁山好汉是反对朝廷的起义者,必然受到朝廷污蔑和诅咒,视为天罡地煞般的灾祸。《水浒传》讲述梁山好汉的故事,就从这"千古幽扃一旦开,天罡地煞出泉台"的总叙开始。金圣叹评点《水浒传》的70回本,把这总叙点醒得更加明白,楔子增加了70章回的回目,并写道:"一部七十回正书,一百四十句题目,有分教:宛子城中藏虎豹,蓼儿洼内聚蛟龙。毕竟如何缘故,且听初回分解。"

从金评本的第一回"九纹龙大闹史家村"开始到第69回"宋公明弃粮擒壮士",108好汉的最后两人张清和兽医皇甫端上山,是分叙,逐一描写108个好汉投奔梁山的个人经历,也即个人传略。

第70回"忠义堂石碣受天文,梁山泊英雄惊恶梦"是前69回分叙的总结,形成在分叙之后的又一总叙,梁山好汉在忠义堂重见石碣碑文排座次。

[①] 陈曦钟、侯忠义、鲁玉川辑校《水浒传》(会评本),北京大学出版社1987年版。

金圣叹批："一部书七十回，可谓大铺排；此一回，可谓大结束。"由此，《水浒传》的叙事形成总叙—分叙—总叙的态势，与系统论描述的综合—分析—综合的程序一致，是典型的系统描述技巧。

作为战争小说，《三国演义》[①]有突出的地理叙事特点，讲述三国争夺疆域版图的地理之战。第38回"定三分隆中决策"，孔明为刘备解说三分国的天下态势，勾画出了三国鼎足的空间版图，又为刘备建立蜀汉帝国准备了一幅西川地图，成为地理之战的总叙。小说写："言罢，命童子取出画一轴，挂于中堂，指谓玄德曰：'此西川五十四州之图也。将军欲成霸业，北让曹操占天时，南让孙权占地利，将军可占人和。先取荆州为家，后即取西川建基业，以成鼎足之势，然后可图中原也。'"隆中对把三国鼎立的空间布局展示给了读者，以后的情节发展，围绕这幅地图进行，形成争夺地理版图的分叙。

第115—120回是对前80回地理之战的总结，魏国司马昭靠地图取川灭蜀汉。魏国大将邓艾得知蜀汉大将姜维避祸在沓中屯田，于路下40余营。遂派人画了地形图，送给司马昭。紧接着，邓艾的副将钟会又将所绘的一本全蜀地图送给司马昭。文本写："司马昭展开视之，图中细载一路安营下寨，屯粮积草之处，从何而进，从何而退，一一皆有法度。"（115回）司马昭当即令邓艾和钟会兵分两路伐蜀。第117回写邓艾率军走阴平小路，夺取了江油。江油守将马邈献上地图一本，才使邓艾明了进成都并无险隘，迅速改变了进军的策略。文本写道："邓艾得马邈献地理图一本，备写涪城至成都一百六十里，山川道路，关隘险峻，一一分明。"

从地理空间叙事的角度看，取西川的地图描写，是整个小说地理空间叙事的文眼和支撑地理空间框架的接合处。三国鼎足，要有西川图，刘备靠图入川；三国解体，也要有西川图，司马昭靠图取川。前后西川地图的描写，就是三国兴与亡的见证。形成地理叙事的总叙—分叙—总叙的螺旋式上升的描述过程。

《金瓶梅》[②]讲述西门庆及其妻妾的故事，第1—28回，逐一写出西门庆怎样把众妾纳入门，第29回"吴神仙冰鉴定终身"，既是对前文娶妻纳妾

[①] 陈曦钟、宋祥瑞、鲁玉川辑校《三国演义会评本》，北京大学出版社1986年版。
[②] 秦修容整理《金瓶梅》（会评会校本），中华书局1998年版。

的一个总结，又是西门庆与妻妾故事的总叙。相面先生吴神仙先后给西门庆、吴月娘、李娇儿、孟玉楼、潘金莲、李瓶儿、孙雪娥、庞春梅等人看相，逐一指出他们最终的命运。看相有好有坏，难以叫人置信。因此西门庆说："自古'算的着命，算不着好'。相随心生，相随心灭。""教他相相，除疑罢了。"但下文的叙述却是按照这个算命来演绎故事的。张竹坡在回前评写道："盖作者恐后文顺手写去，或致错乱，故一一定其规模，下文皆照此结果此数人也。此数人之结果完，而书亦完矣。直谓此书至此结亦可"。（29回）这是典型的总叙，"定其规模"，把人物的结局预先告知，然后按照这个结局一一写去。

《红楼梦》①受《金瓶梅》影响，亦有事先预示人物命运的总叙，这就是第 5 回"游幻境指迷十二钗，饮仙醪曲演红楼梦"。贾宝玉梦游太虚幻境，在"薄命司"看了金陵十二钗的命运，听演唱红楼梦十二支曲，读者就此知道了人物命运的结局。整部小说描写大观园女儿的悲剧都是按照十二钗子曲来讲述的。如果按张竹坡对《金瓶梅》的批语，既然已经知道了结局，"直谓此书至此结亦可。"但这正是中国文学叙事的特点，先以总叙让读者知道结局，再根据结局去细致描写人物的故事，形成从总叙到分叙的叙事过程。读者在知道结局的情况下阅读小说，对叙事描写产生期待视野，更加关注书中人物的命运。

第 116 回"得通灵幻境悟仙缘"贾宝玉二游太虚幻境，见到了他死去姐妹的灵魂，这是对大观园姐妹命运的总结，印证了第 5 回总叙的结局，又是分叙之后的又一轮总叙。

《西游记》②写唐僧师徒西天取经，却以徒弟孙悟空为第一主角，开篇第 1—7 回写孙悟空出世与大闹天宫的故事，第 7 回"五行山下定心猿"写孙悟空反天宫，被如来降服压在五行山下，他要等待唐朝西行取经的僧人到此才能获救。小说写道："若得英雄重展挣，他年奉佛上西方。""果然脱得如来手，且待唐朝出圣僧。"这两句诗成为孙悟空将随师父唐僧西天取经的总叙。在历经千难万险的分叙后，第 99 回"九九数完魔灭尽，三三行满道归根"，是对九九八十一难的总结，也是在分叙后的又一轮总叙。

---

① 曹雪芹、高鹗：《红楼梦》，人民文学出版社 1992 年版。
② 吴承恩：《西游记》，上海古籍出版社 1994 年版。

明清小说叙事表现了各具特色的从总叙到分叙的描写，它体现了中国人的系统论思想在古典小说叙事中的运用。文学的总叙—分叙描写来源于礼经建筑空间元叙事的总—分程序的叙事技巧。并且文学的总—分程序叙事也具有突出的空间叙事特点。《水浒传》的总叙与分叙与体形建筑的石碑联系。小说的空间叙事从石碑起，108好汉的姓名是镌刻在石碑上的，在经历了各自人在路上的旅程之后，经过梁山泊边上的石碣村入水浒，在梁山聚义。70回叙事以石碑终，梁山好汉根据忠义堂挖出的石碑名录排座次。金圣叹对小说开端结尾三次描写的"石碣"做评价："一部大书七十回，以石碣起，石碣止。"（1回）"此书始于石碣，终于石碣，然所以始之终之者，必以中间石碣为提纲，此撞筹之旨也。"（14回）"遂与误走妖魔作一部大书一起一结也。"（70回）

《三国演义》的总叙分叙与地理地图联系。小说的地理叙事从地图起，隆中对三分天下。经过大大小小的争夺城镇、版图的地理之战、地理布阵，最终靠地图取西川，三国消亡归晋。

《红楼梦》的总叙分叙与园林建筑联系。关于小说园林叙事的总叙有天地对应的太虚幻境与大观园，第5回太虚幻境的描写和第17回贾政巡视大观园以及第40回刘姥姥游览大观园的描写。太虚幻境是天上的大观园，大观园是地上的世外桃源。贾宝玉和红楼女儿的故事都发生在贾府的建筑庭院中。

《金瓶梅》的总叙分叙也与庭院建筑联系。从小说描写西门庆的一生看，它的建筑叙事的总叙是第1回"西门庆热结十兄弟"在玉皇庙结拜，最后归结到第100回"普静师幻度孝哥儿"，写吴月娘逃难来到永福寺，儿子孝哥儿出家，为西门庆洗涤罪孽。张竹坡评："一部大结穴，如群龙争入之海也。"（《金瓶梅》100回）道家玉皇庙和佛家永福寺成为空间叙事的起点和终点。从小说描写妻妾故事看，第29回吴神仙到西门家看相是总叙，西门庆的六房妻妾的故事都发生在庭院中。张竹坡在《杂录小引》里写道："既要写他六房妻小，不得不派他六房居住。……然后好看书内有名人数进进出出，穿穿走走，做这些故事也。"（《金瓶梅·杂录小引》）

《西游记》的总叙分叙写人在路上，与宇宙大世界联系。这与小说的神话性质和旅行特点有关，海、陆、空，天上、人间、地狱都写到。小说从孙悟空大闹天宫被压五行山下，到结尾师徒都修成正果。"此时旃檀佛、斗战佛、净坛使者、金身罗汉俱正果了本位，天龙马亦自归真。"

六 从起源讲故事的文学叙事传统

礼经元叙事对明清小说叙事的另一影响是明清小说都具有返始描写的起源叙事特点。小说的开端描写总是从故事的源头开始讲故事，形成和西方叙事文学从中间、高潮、结尾处开始讲故事迥然不同的叙事风格。

《水浒传》描写北宋宣和年间（1119—1121年前后）宋江等梁山好汉聚众起义的故事，小说开端的"引首"从春秋战国（前770—前256年）"评义前王并后帝，分真伪，占据中州，七雄扰扰乱春秋"讲到五代残唐（907—960年），"叹五代残唐天下干戈不息"。又从北宋的起始，宋太祖赵匡胤出生（927年二月十六日），"向甲马营中生下太祖武德皇帝来"，"四百年开基帝主"，讲到第四代皇帝宋仁宗出生（1010年四月十四日），"降生之时，昼夜啼哭不止"。"在位四十二年，改了九个年号。"这是典型的返始描写，以追溯古代历史的嬗变，朝代的更迭，衬托北宋皇帝的英明，"自古帝王，都不及这朝天子"（指宋太祖）。又把皇帝的出生与天界神仙联系，表明北宋皇帝是真命天子下凡。宋太祖"乃是上界霹雳大仙下降"，"这仁宗皇帝，乃是上界赤脚大仙"。返始描写的目的，是为了彰显帝王的伟大，是帝王在创造历史。

《三国演义》描写三国（220—280年）时期魏、蜀、吴三国争霸天下的历史故事，小说开端从战国七雄齐、楚、燕、韩、赵、魏、秦到秦始皇统一中国（前221年），"周末七国分争，并入于秦；及秦灭之后，楚汉分争，又并入于汉"。又从西汉高祖刘邦传到东汉献帝（前206—公元220年）。"汉朝自高祖斩白蛇而起义，一统天下，后来光武中兴，传至献帝，遂分为三国。"又从灵帝朝政日衰，十常侍作乱，引出桃园三结义。《三国》开端的返始描写，简单勾勒出了中国古代从春秋到三国的历史演变，以证明卷首语"天下大势，分久必合，合久必分"的历史观。

《金瓶梅》描写明代恶霸商人西门庆和他的妻妾的家庭故事。小说开端从虚构的大唐国的仙人吕纯阳开讲，"昔年大唐国时，一个修真炼性的英雄，入圣超凡的豪杰"，警示世人不要被财色所害。由此引出小说的主人公西门庆的故事。

《红楼梦》讲述清代贾府贾宝玉与大观园女儿的故事,小说开端的返始描写从女娲补天遗下一块石头的神话故事开始。"原来女娲氏炼石补天之时,于大荒山无稽崖练成高经十二丈、方经二十四丈顽石三万六千五百零一块。娲皇氏只用了三万六千五百块,只单单剩了一块未用,便弃在此山青埂峰下。"这块"无材可去补苍天,枉入红尘若许年"的石头便是小说主人公贾宝玉的来历。女娲补天的石头显示了贾宝玉出生的高贵,不是一般的市井闲人。

《西游记》讲述孙悟空跟随师父唐僧西天取经的神话故事,小说开端的返始描写从盘古开天地写起。"混沌未分天地乱,茫茫渺渺无人见。自从盘古破鸿蒙,开辟从兹清浊辨。""盖闻天地之数,有十二万九千六百岁为一元。""再去五千四百岁,交亥会之初,则当黑暗,而两间人物俱无矣,故曰混沌。""感盘古开辟,三皇治世,五帝定伦,世界之间,遂分为四大部洲。"一个唐代僧人取经的故事就这样从开天辟地讲来。

以上五部明清小说的开端,根据各部小说讲述的不同内容,从不同时间段开始叙事,一致表现了礼经返古复始的起源描写特点,形成中国小说从起源讲故事的传统。与西方文学叙事特点作比较,荷马史诗《伊利亚特》[①]和《奥德赛》[②]的故事时间跨度分别是10年,都采取倒叙的方法,从结尾处写起。《伊利亚特》集中描写了战争结束前51天的战事,重点描写只有4天,概括了10年战争的面貌和精神。史诗开端便写阿喀琉斯的愤怒:"歌唱吧,女神!歌唱裴琉斯之子阿喀琉斯的愤怒——他的愤怒招致了这场凶险的灾祸。"《奥德赛》采取倒叙和直叙相兼的手法,10年经历压缩在42天中表现。史诗开端写俄底修斯在海上漂流中被仙女拘留在荒岛上:"女神,宙斯的女儿,请你随便从哪里开讲。那时,所有其他壮勇,那些躲过了灭顶之灾的人们,都已逃离战场和海浪,尽数还乡,只有此君一人,怀着思妻的念头,回家的愿望,被卡鲁普索拘留在深旷的岩洞,雍雅的女仙,女神中的佼杰,意欲把他招作夫郎。"荷马史诗回溯倒叙的结构布局,成为西方戏剧和小说的一个传统结构,即从中间写起,从高潮写起,从结尾写起。

[①] [希腊]荷马:《伊利亚特》,花城出版社1994年版。
[②] [希腊]荷马:《奥德赛》,花城出版社1994年版。

相比较，希腊荷马史诗从结尾叙事更具有文学的审美性，中国文学从起源叙事更具有历史的功利性，这与中国文学叙事技巧直接源于古代文化典籍的政治伦理叙事技巧有关，重视历史教化。通过文学返古复始的叙事描写，让中国历史文化深入人心，代代传承。

礼经的政治伦理叙事技巧在运用过程中转化为文学叙事技巧，表现了中国文学与文化典籍密切的渊源关系，二者共享同一叙事规范。中国文化典籍和文学文本从易经、礼经的元叙事到文学艺术的元叙事，一以贯之从古代走向现代，形成了独具中国文化特色的叙事传统。

作者简介：张世君（1951— ），女，文学博士，暨南大学文学院教授，博士生导师，主要从事比较文学与世界文学、叙事学研究。

对写实与图像叙事关系的再思考

——兼论"分科而习"传统对中国画叙事特征的影响

□ 叶 青

  通行观点认为，写实是图像叙事的重要手段，两者有着密切的关系。本文认为，在中西艺术史上，写实传统有着自己独立的演进规律，图像叙事也有着更为广阔的空间，写实与叙事之间既相互关联而又时常分离。尽管图像的叙事功能向故事画提出了追求逼真的要求，但艺术家在讲述故事的过程中时常会被描绘的兴趣所吸引。中国古代绘画史上，有着丰富的图像叙事，但最生动、逼真的写实努力并不在人物故事画领域而在花鸟画中，这一现象从另一个侧面表明，图像叙事与写实程度的高低没有必然联系。

  通行的观点认为，对于绘画艺术来说，写实与叙事是一组关系密切的概念。有论者指出："模仿的技巧必定要考虑到叙述的需要，亦是达到叙述目的的一种手段。"① 贡布里希把写实的追求概括为一个"图式加矫正"的公式，进而认为"（文艺复兴时期）那种导致人们发现错觉手段的艺术，其目的并不是一心想去模仿自然，而是为了满足似真地叙述圣经事件这一特定要求"。② 但是，从对中西绘画史的考察中可知，写实追求与叙事的要求并不

---

  ① ［美］斯维特兰娜·阿尔珀斯：《描绘与叙事：一个关于写实再现的问题》，王晓丹译，《新美术》2009 年第 3 期。
  ② ［英］贡布里希：《通过艺术的视觉发现》，载《图像与眼睛》，范景中等译，浙江摄影出版社 1989 年版，第 15 页。

总是相伴前行。写实传统有着自己独立的演进历程,叙事性艺术也有自己广阔的空间,两者之间相互关联而又时常分离。

一 西方艺术史上的"概念性"图绘、写实传统与图像叙事

贡布里希在强调叙述的需要使绘画的写实技巧得以提高的同时,也指出存在着"不同形式的图画叙述",除了那种"似真地叙述圣经事件"的图画之外,还有一种采用"概念性方法"的图画形式:"在这种方法中,圣经事件由简单明了的象形文字式图画讲述着,这些图画是为了使我们了解圣经事件,而不是为了让我们将它视觉化。"[①] 贡布里希还曾列举一位美洲印第安部落首领给美国总统的一封图画信(属于一种"原始图画文字"),说明"概念性"图绘在叙事上的价值。

事实上,概念性图绘是进行较复杂叙事的有效形式。在艺术史上的许多时期,都是"概念性"图绘占据了重要地位。如,在古埃及艺术传统中,"概念性"刻绘和雕塑风格稳定地延续了数千年之久。而正是这种并不关注视觉逼真的"概念性"图绘,被认为对西方绘画传统有着直接的影响。一些学者认为,作为西方写实艺术传统直接源头的古希腊绘画艺术,是从更早的古埃及"概念性"图绘传统中成长起来的。贡布里希这样写道:"我们今天的艺术,不管是哪一所房屋或者是哪一张招贴画,跟大约五千年前尼罗河流域的艺术之间,却有一个直接的传统把它们联系起来。"[②]

从现存的绘画遗迹中可知,大约从公元前六世纪开始,西方绘画表现出对于视觉经验的借鉴,艺术家开始信赖自己眼睛看到的情景,并以之作为绘画的依据。这种情况,最终导致西方绘画对透视法的依赖。出现这种情况的原因,贡布里希认为是社会对艺术家提出了新的要求。

---

① [英]贡布里希:《通过艺术的视觉发现》,载《图像与眼睛》,范景中等译,浙江摄影出版社 1989 年版,第 15 页。

② [英]贡布里希:《艺术发展史》,范景中译,天津人民美术出版社 1992 年版,第 28 页。

只有当艺术家的目的主要不是告诉我们发生了"什么",而是"怎样"发生的,这时候概念性的方法才变得易受攻击。换句话说,自然主义的兴起要以观赏者的预期和要求的改变为先决条件。公众要求艺术家在一块想象的舞台上把圣经事件再现得栩栩如生,好让它们如同亲眼所见的事件一样。①

不过,这个写实传统也并非一成不变,其中也穿插了许多为叙事需要而放弃写实的阶段。比如,在基督教会确立其在国家中的权力之初,由于历史的原因,他们反对以美术形式进行教义宣传。直到六世纪末,格雷戈里大教皇明确提出了美术有利于传播教义的主张,他提醒那些反对一切绘画的人们注意:"许多基督教徒并不识字,为了教导他们,那些图像就跟给孩子们看的连环画册中的图画那样有用处。他说:'文章对识字的人能起什么作用,绘画对文盲就能起什么作用。'"在他的倡导下,基督教才开始以图绘进行教义的宣传。但是,教会艺术家们发现,"如果要为格雷戈里的目的服务,就必须把故事讲得尽可能地简明,凡是有可能分散对这一神圣主旨的注意力的,就应该省略"。② 于是,这一时期的教义画,大都是图解式的"概念性"图绘,写实的传统中断了。

这也许是写实与叙事背道而驰的一个特例,但我们无论在中国绘画史还是西方绘画史上,都可以找到大量叙事功能强大的非写实性作品。在这样一种视野下,写实的叙事绘画创作反倒似乎是特例了。

《拉奥孔》在总结前人关于诗与画功能差异的论述的基础上,提出绘画要表现"包孕的片刻"的著名结论,而大量优秀的艺术作品,也证明了这一结论的有效性。但当我们赞叹那些技法高超、栩栩如生的写实性作品的时候,往往忽略了一个事实,那就是:这些为我们所激赏的作品,绝大多数是对文字叙事内容的再现。也就是说,这些作品之所以能够为我们所确切理解,是因为观众对其所描绘场景的上下文有着或多或少的了解,正是这些知识,构成了这些作品存在的知识背景;反过来,如果没有这些知识背景,一

---

① [英]贡布里希:《通过艺术的视觉发现》,载《图像与眼睛》,范景中等译,浙江摄影出版社 1989 年版,第 15 页。

② [英]贡布里希:《艺术发展史》,范景中译,天津人民美术出版社 1992 年版,第 73 页。

个观众尽管仍然能够欣赏作品的精湛技巧和精彩的视觉效果,但对于画面的内容很可能无法准确理解,甚至出现偏差。

由于叙事性作品一般为宗教教义画或历史画,写实技法固然能够满足对于宗教故事或历史故事片断的叙述,并具有很好的观赏性,但这种受制于固定故事的创作模式也受到写实艺术家的反感。"写实主义"作为一种艺术主张的提出,从某种意义上说,正是对于写实性历史故事画的背弃。

"写实"首先指的是一种艺术手法,写实手法体现了人类制像的本能,努力使图像"匹配"其所表现的事物。"人类自古以来就有模拟现实形象的强烈愿望。正是在这种愿望的驱动之下,欧洲视觉艺术家们不懈地进行着艺术和科学实验,发明了各种再现自然的手段,如透视学、解剖学和摄影术。也正是这种愿望,促使他们不断设法摆脱自己为满足模仿自然的欲望而发展起来的艺术惯例的限制,以更新的眼光窥探纯真的奇妙世界。"[①] 正由于写实传统首先是从摹写自然的追求中延伸出来的传统,其与叙事之间的关系,值得再一次思考。

这一点,从写实主义与历史画之间的关系中进一步得以体现。正如曹意强在其《写实主义的概念》一文指出:西方艺术史上的"历史画"指一种由多个人物组成的叙事性绘画。"历史画取材于文献资料,描绘值得纪念的人物与重大事件,这给视觉艺术家提供了机会,使之能像人文主义者运用修辞学语法结构那样,组构画面,以叙事的手法,通过简练、得体的方式表现人物的联系与各部分的统一性。"但是,作为一种流派和理论,"写实主义"却是在对历史画的反拨中提出。"我们中不少人总将写实主义与历史画联系起来。然而,从历史的角度考察,两者经常通过对立的形式关联在一起……写实主义抨击的主要对象即历史画。"[②] "写实主义"画家与其他历史画家的根本区别在于,它坚持认为唯有当代世界才是艺术家的合适题材,写实主义只能表现当代性,一个时代的艺术家无法复现另一个时代的面貌。

叙述性描绘要求艺术家能够尽量表现或暗示一个故事进程,这个故事的进程能够被浓缩在一个画面上,由此而稳定下来。但这种要求其实与写实程度并无必然关系,写实技法固然善于表现动态,但艺术家最擅长的却是再现

---

① 曹意强:《写实主义的概念》,《新美术》2006年第5期。
② 同上。

一系列动态中的片段。而描绘则更是写实手法的特长,《最后的晚餐》固然由于叙事的容量得到人们的赞叹,但如果离开精彩的描绘,就不成其为名画。

即使是那些创作于"写实主义"流派诞生之前的艺术家,也有许多杰出的大师在写实与叙事之间产生了困惑,他们很早就放弃了对于叙事的追求,而专心于写实探索。17 世纪下半叶罗马艺术评论家 G. P. 贝洛里对著名艺术家卡拉瓦乔的绘画作品提出质疑,因为在他看来卡拉瓦乔无疑有着出色的写实能力,但其作品中却明显缺少叙述性行动,"完全没有行动";而这种"将创作重心放在模仿或者描绘上,将叙述性行为搁置一旁的做法,并不是卡拉瓦乔某些作品中所独有的特征。17 世纪一些杰出的写实主义画家——委拉斯开兹、伦勃朗以及维米尔的最伟大画作中也显示了相同的特征"。[①]

由此我们得出的结论是,写实的追求有着自身的内在动力,尽管叙事的要求给故事画家提供了追求逼真的推动力,但艺术家们的画笔在讲述故事的过程中时常被描绘的兴趣所左右。在西方艺术史上,写实传统有着自己独立的演进历程,写实手法与图像叙事之间有着十分复杂的关系,对此我们应该有更为细致的认识和分析。

二 中国传统绘画的写实追求与
人物画的概念化倾向

关于中国绘画史上是否存在着写实传统,理论界存在不同意见。但一个不争的事实是,中国绘画史上同样存在着致力于写实的不懈追求。

看过宋代花鸟画的人,大概都不会怀疑中国古代绘画中有着逼真再现客观事物的努力。这些花鸟画的创作者们,不但对所描绘对象的观察十分仔细,而且在再现花鸟等生命个体的形体特征上也十分认真,神态生动逼真,形象一丝不苟,可谓形神兼备;就连生物个体上的自然瑕疵也不放过,对枝

---

① [美] 斯维特兰娜·阿尔珀斯:《描绘与叙事:一个关于写实再现的问题》,王晓丹译,《新美术》2009 年第 3 期。

叶上的蛀斑和枯萎处都一一画出。无怪宗白华先生一再盛赞宋代花鸟作品乃"世界艺坛的空前杰创";其"写生的精妙,为世界第一"。因此,以下关于"写实"概念的论述,对于我们客观认识中国传统绘画中的写实追求具有更多的启示。

> (写实)不是指绝对的"真实"概念,它不能说明不同时期,不同文化背景中的"真实"的历史特征和变化特征。……一个形象的现实主义应当被认为是与社会决定的法则体系有关,而不是与一个一成不变的、一般的视觉经验有关。①

如果我们把那种追求绘画作品与对象事物不断匹配为目的的创作,视为写实的核心追求,那么我们就得承认,中国画有自己的写实观念、技巧,甚至形成了一个连贯不断的传统。

中国画写实传统以再现对象内在规律和本质生命为出发点,但不排斥对视觉经验的借鉴和再现,在一定的"画科"中或在某一发展时期内,这种对视觉经验的忠实,甚至成为艺术家和鉴赏者普遍的要求。

这里要重新阐述的观点是:对视觉经验的重视,对视觉相似性的追求,应该成为区别"概念性绘画"与"写实性绘画"的标准,尽管这个标准有时会界限不分明,但在典型的"概念性绘画"与写实绘画之间,其不同之处是显而易见的。

在我们的先民留下的具有叙事功能的刻绘中,我们就可以发现写实性刻绘与概念性刻绘已经是并存的。

1978年河南临汝阎村仰韶文化遗址出土彩陶缸的腹部,有一组图绘被命名为《鹳鱼石斧图》,画面内容包括:鹳、鱼和石斧,对此三者的描绘均具有写实性。特别是对白鹳的描绘:短尾长腿、圆眼、长喙粗颈,衔一鱼,鱼头向上;白鹳因衔鱼而体向后微倾,表现出鱼有一定重量。毫无疑问,这是一幅写实性的绘画。关于这幅画的内容和意义,学术界有不同的意见,但无论如何,将白鹳、鱼和斧并列一起,必然有其特殊的含义,包含着丰富的叙事内容。

---

① [英]布赖森:《本质的复制》,《美术译丛》1988年第3期。

与《鹳鱼石斧图》的写实画风不同，内蒙古阴山地区乌斯太沟附近发现的岩画战争场面显然属于概念化的描绘。绘画者将作战的胜败双方表现得界线分明：胜方形体高大并且将士众多，败方形体矮小且寡不敌众；胜方前后夹击所向披靡，败方只有招架之功无还手之力；胜方首领带着长长的羽毛头饰，败方则首身异处，落荒而逃；胜方的兵器有刀和箭，败方则只有腰刀。[①] 画面形象都是以概括人物基本特征的抽象线条绘制，但这一宏大的画面中无疑包含着丰富的故事。相对于《鹳鱼石斧图》，这种岩画侧重对事件的整体把握，具体描绘的成分不高，介于象征符号与形象描绘之间。但其传达的信息却因此更为清晰了。

随着文字的产生，刻绘叙事的大部分功能被文字所替代，抽象的符号不再在图像叙事中承担重要作用，刻绘的描绘性受到人们的重视。《历代名画记·叙画之源流》："宣物莫大于言，存形莫善于画。"（引陆机语）在中国文化史上，图绘的叙事功能长期与文字叙事并存，图文互补，实现着更为完备的叙事功能，形成了自己的图像叙事传统。

考察汉代以前的艺术史，承担叙事功能的图绘主要有两种形式。其一，作为一种配文之图绘，是文字叙事系统的重要辅助，即所谓图文并茂、左图右史。唐人张彦远在《历代名画记·叙画之源流》中说："见善足以戒恶，见恶足以思贤。留乎形容，式昭盛德之事；具其成败，以传既往之踪。记传所以叙其事，不能载其容；赞颂有以咏其美，不能备其象；图画之制，所以兼之也。"在指出文字在"叙其事"时无法"载其容"的缺陷时，张彦远肯定了绘画的"叙事"作用，所谓"昭盛德之事"、"传既往之踪"，而且兼有记传叙事、赋颂咏赞、载容备象等多重功能。《历代名画记》是张彦远对汉魏六朝以来绘画史迹及画论思想的总结，所以他对图画叙事功能的论述不能仅仅算作唐人的意见。比如，比张彦远早800年的刘向在编辑《列女传》时就在实践着图文并列的方式："臣与黄门侍郎歆以《列女传》种类相从为七篇，以著祸福荣辱之效，是非得失之分，画之于屏风四堵。"把列女故事"画之于屏风四堵"，无疑是看到了文字在"叙其事"时无法"载其容"、"备其象"的缺陷。其二，作为一种"主题性绘画"。据文献记载，至晚在商周时期，把历史上的著名人物或重要故事图画于庙堂，供人瞻仰或引以为戒，

[①] 盖山林：《内蒙阴山山脉狼山地区岩画》，《文物》1980年第6期。

就已是一个惯例。当代研究者认为,《诗经·大雅》中的《大明》、《绵》、《皇矣》、《生民》、《公刘》等篇就是西周宗庙祭典中述赞壁画的诗篇。①《淮南子·主术训》载:"文王周观得失,遍览是非,尧舜所以昌,桀纣所以亡,皆著于明堂。"高诱注:"著,犹图也。"这里说文王时已经有"尧舜所以昌,桀纣所以亡"的故事画。

在上述文献记载中,绘画的主要功能和表现重心也许不是对故事的深度叙述,而只是使那些早已熟悉这些故事的人们在目睹这些绘画时,重温自己熟悉的故事,并因图绘的形象,唤起情绪上的反应,以起到警示、借鉴等作用。这些刻绘具有一定的描绘性,但从总体来看,概念性仍是这类绘画最突出的特征。

在唐代以前,忠臣、列女及佛道人物故事是绘画的主要题材,名臣故事、伦理宣传、宗教故事和教义的传达是绘画的主要任务。初唐裴孝源《贞观公私画史》序中论绘画功能时说:

> 其于忠臣孝子,贤愚美恶,莫不图之屋壁,以训将来。或想功烈于千年,聆英威于百代,乃心存懿迹默匠,仪形其余风,化幽微感而遂至飞游腾窜,验之目前,皆可图画。

张彦远《历代名画记》论绘画功用时也说:

> 鼎钟刻则识魑魅而知神奸,旗章明则昭轨度而备国制。清庙肃而樽彝陈,广轮度而疆理辨。以忠以孝,尽在于云台;有烈有勋,皆登于麟阁。见善足以戒恶,见恶足以思贤。留乎形容,式昭盛德之事;具其成败,以传既往之踪。……观画者,见三皇五帝,莫不仰戴;见三季异主,莫不悲惋。见篡臣贼嗣,莫不切齿;见高节妙士,莫不忘食。见忠臣死难,莫不抗节;见放臣逐子,莫不叹息。见淫夫妒妇,莫不侧目;见令妃顺后,莫不嘉贵。(卷一《叙画之源流》)

---

① 李山:《诗大雅若干诗篇图赞说及由此发现的雅颂间部分对应》,《文学遗产》2000年第4期。

在这类以叙述人物故事为目的的绘画中，故事中的意义表达是画家构思和创作的重点，人物的描绘则居于次要地位。画家的目的是努力告诉观众这里发生了什么，而对"怎样发生"的描绘并不是艺术家所要花费心力的努力方向。

这种图绘方式在汉画像石上得到最典型的表现。大量出土的汉代画像砖石，多有故事图画，如"二桃杀三士"、"鸿门宴"、"荆轲刺秦王"、"聂政自屠"等。由于画像石的礼仪功能要求，几乎所有形象和情节的展开，都形成了相对稳定的表现程式，创作者一般只是在程式化表现中根据当地文化价值观以及赞助人的特殊要求，对原有"粉本"略作调整，少有标新。因此，尽管画像石在人物和车马、器物形象上，往往表现出高超的描绘技巧，许多画像石有着比较自觉而成熟的视觉透视，形象富于立体感。但，在人物动作上，却一般采取程式化、概念性的风格，其目的在于强化人物动作和事件的清晰性和易辨认性。对于以往"粉本"所没有涵盖的人物故事，画像石创作者则往往会根据故事类型巧妙地将其纳入既有的表达"公式"中，采用礼仪艺术的通行语言来进行表达。为了进一步拓展绘画叙事空间，有效地解决绘画的叙事深度和清晰度问题，引入文字叙事，在汉画像石上十分突出，有大量故事人物旁刻有题榜，有的还刻上赞文。

唐宋之际，人物画的描绘性明显增强。《簪花仕女图》、《韩熙载夜宴图》中已表现出高超的技巧。大量的宗教绘画，也体现出写实性与叙事性较好的结合。但是，中国传统故事画，人物描绘在突出形象、个性、身份等特征的同时，在人物关系、整体结构和环境描绘等方面，却呈现出概念化的倾向，如主要人物在画面中总是比次要人物画得大，周边景物也往往与人物形象的大小不合比例，不遵循透视原则。这一切，都使中国传统人物故事画呈现出复杂的审美取向。既具有局部的描绘性，又令人瞩目地具有整体的概念化倾向。随着中国画美学观念的成熟；元明以后的人物故事画表现出对于写实手法的主动放弃。

三 "分科而习"传统及其对中国人物画叙事特征的影响

与西方美术史不同的是，中国传统绘画对于绘画题材颇为敏感。从《历代名画记》开始,就执著于题材品种的划分。西方绘画中对于人物画、静物画、风景画的划分,一般仅具有题材意义,而在中国画人物、花鸟、山水三大画科的区分中,却饱含着不同的艺术追求、不同的评价标准和不同的技法规律。

中国画向来有分科学习的传统。潘天寿先生曾指出:"(人物、山水、花鸟)三科的学习基础,在技术方法上,各有它不同的特点与要求,各有它不同的组织与布置等。"① 现代美术史论家童书业先生在其《中国美术史札记》中也提出了"人物画重笔,山水画重墨,花卉画重色"②的观点。但这里需要着重强调的是,各画科之间的不同,并不仅限于技法上的区别,或者说,技法上的区别中实际也反映了艺术功能上的不同。正如明人唐志契在《绘事微言·山水写趣》中说:"画人物是传神,画花鸟是写生,画山水是留影。"

各种题材中国画的兴盛和成熟时期各有不同(从八世纪前后人物画的成熟到十一、十二世纪花鸟画的兴盛,时间跨度数百年)。当人物画肩负着"成教化、助人伦"的重要叙事任务的时候,山水、花鸟在很长一个时期里,只成为人物的陪衬、环境的装饰。艺术功能的区别,带来了不同绘画题材的创作手法的不同。在唐代以前,名臣故事、伦理宣传、宗教故事和教义的传达是绘画的主要任务。在这类以叙述故事为主要目的的绘画中,故事中的意义表达是画家构思和创作的重点,因而尽管绘画的主题围绕人物而展开,但对人物的描绘却居于次要地位。

受传统的绘画观念的影响,人物故事画一直延续着重意义表达而忽视写实的传统。谢赫的绘画"六法"中,"应物象形"虽然排在第三位,但在"骨法用笔"这类艺术语言的前提下,显然无法使图绘达到视觉上的逼真;出于传神的目的,唐代以前的艺术家经过十分认真的探索,逐渐确立了线条在人物画上的主导地位。

在唐人的观念中,已经将对象神韵的表现手段明确归于用笔。张彦远《历代名画记》:"夫象物必在于形似,形似须全其骨气,骨气形似,皆本于

---

① 潘天寿:《中国画系人物、山水、花鸟三科应该分科学习的意见》,载《潘天寿美术文集》,人民美术出版社 1983 年版,第 178 页。

② 童书业:《童书业美术论集》,上海古籍出版社 1989 年版,第 24 页。

立意而归乎用笔。"（卷一《论画六法》）艺术家继承了前人的艺术传统，线条成为人物画的形式语言，被强调到前所未有的高度，与"气韵生动"同时成为绘画"六法"中其余诸法的统帅。在强调笔法、线条的表现力量的同时，将其他艺术手段都归于次要的地位。

于是，艺术家的技艺就集中地表现在以线条"转译"对象的神采、特征方面。将传神的追求，归于用笔；而光影、色彩的重要性，在人物画中受到忽视。这一中国人物画的描绘原则在唐代已经确立，如画圣吴道子就创作有大量色彩简淡的人物画，放弃色彩上的描绘，而以线条"转译"的精确、生动和线条自身的美感呈现为追求。尽管面临外来美术的影响，但本土美术的强大传统具有坚实的基础，这种传统的稳定性正体现在人物画方面。吴道子代表了中国传统人物画的最高成就，一个突出的方面就在于他能够"集大成而为格式"（米芾语），摒除外来的影响，将传统人物画推向一个新的高度。

中国画的线条具有两种主要功能：一是对于事物形态的"转译"，即将立体的、多彩的、光影变幻的对象，以富于表现力的线条，在二维平面上再现出来；二是线条在形象勾勒功能之外，自身必须具有美感，中国画家对于线条之美，很早就有理论自觉，因此后世对笔墨的兴趣和钻研是有其美学依据的，笔墨抒情性的发达，笔墨趣味的玩味，都来源于此。但线条的美感既具有相对的独立性，又不能脱离勾勒描绘的任务而孤立存在，线条直接与神、韵相关，成为艺术家的自觉追求。吴道子的线条，在上述两个方面都达到了极其高妙的境界。

唐代宗教美术的空前繁荣，使"道释"题材从人物类中单独分列出来，继承唐人宗教壁画风格，形成了特定的格法传统，宋代以后，风俗画、故事画成为宋代人物画的主流。

五代及宋，人们对人物画的基本要求并未发生变化，仍以富于表现力的线条为造型手段。但由于绘画主题从政教类转向更为宽广的领域，艺术家在叙事方面的追求受到更多的关注。

宋代著名画家李公麟的人物故事画注重人物内在精神的刻画，特别是人物内心活动的外部呈现，在叙事上别具匠心。这是他的绘画的优势所在。例如，他以杜甫《缚鸡行》诗意作画，"不在鸡虫之得失，乃在于'注目寒江倚山阁'之时"；画《陶潜归去来兮图》，"不在于田园松菊，乃在于临清流处"；画《阳关图》，"以离别惨恨为人之常情，而设钓者于水滨，忘形块坐，哀乐不关其意"（引文均见《宣和画谱》卷七《人物三》）。以上种种，足见李公麟的艺术追求，乃在于人物内在思想感情的把握和细腻刻画，讲究人物画的立意，叙事构思上十分巧妙，出人意表又合于情理。

黄庭坚在《题摹燕郭尚父图》中高度评价了李公麟的绘画立意：

> 凡书画当观韵。往时李伯时为余作李广夺胡儿马，挟儿南驰，取胡儿弓，引满以拟追骑。观箭锋所直，发之，人马皆应弦也。伯时笑曰："使俗子为之，当作中箭追骑矣。"余因此深悟画格……

可见，李公麟所作故事画对于立意和构思的重视。宋人对于人物画的要求基本未脱唐人就已经确立的标准，宋代以后，在山水、花鸟技法不断丰富提高的时候，人物画不免显得衰落了。倒是宗教壁画中仍有不少杰出的道、释人物精品，如元代永乐宫壁画、青龙寺壁画，明代的法海禅寺壁画等，但毕竟时代艺术的重心已经转移，罕有高手介入，技法上也多为承袭唐人风格，无法与前人的辉煌相提并论。

明清时期，许多文人画家力图在人物画上有所创造，为衰落的人物画带来了一些亮色。最具有代表性的画家如明末陈洪绶、清代任颐等。陈洪绶与任颐的成功之处在于能将雄强的气势与严谨的法度相结合。陈洪绶人物画的用线、设色装饰性强，因而能将奔放的情绪纳入装饰性的处理中。任颐早年从唐宋绘画、民间艺术以及元明以来文人画传统中广泛汲取营养，而他所处时代，又使他得以接触到西方艺术，因而，他的绘画具有很强的造型能力，这使他的变形也具有扎实的法度基础。

雄肆奔放的时代艺术潮流，给陈洪绶、任伯年的人物画带来生机，他们将这种生命力灌注于个性化的线条，因此，他们的线条刚劲而清晰、明确，能准确地传达人物神韵。他们的艺术成就，推动了近代中国人物画的创作，使人物画传统在一个新的层次上得到振兴和回归。但是，从写实追求角度而言，陈洪绶、任伯年人物画对于视觉经验的关心却越来越少了。他们的选择事实上代表了中国传统人物画的总体走势。与此相对照，中国画对于视觉经验的重视却在花鸟画领域得以提升，并形成了独特的写实传统。

中国画传统向来不排斥在再现事物真实生命的前提下对视觉的相似性的再现，借鉴视觉经验是中国写实绘画的特点之一。这种对视觉经验的借鉴是在"应物象形"这样一种原则下进行的，充分表现了中国绘画对于视觉经验的尊重。

中国传统绘画对于达到视觉相似的手法没有进行过系统科学的探究，因此，在中国绘画史上缺少如同西方幻觉主义作品一样以严格的透视和光影手段产生的艺术效果，没有"阴阳远近，不差锱黍，所画人物、屋树，皆有日影。……令人几欲走进"（邹一桂语）的绘画作品。但由于花鸟之为物，"无常形"，对透视等没有严格要求，因此画家虽然没有遵循严格的光影透视规律，但在细致描绘花鸟的结构规律和形体、毛羽、枝叶、花色特征的努力下，同样可以给人以视觉上的逼真感。这种特点在宋代花鸟绘画领域表现得十分突出。

依据自然来制像是人类的本能。中国画家将这种写实的兴趣和热情集中地倾注到花鸟画领域。几乎所有的花鸟画名家都经历了向自然学习的过程，艺术家的目的是表现动植物的自然本态。在这种自然状态中，蕴涵着生命的规律和本质，蕴藏着事物的"理"，艺术家的使命是把握它、表现它。因此在花鸟画中，审物的要求十分严格。宋人提出的"物各有神明"（董逌）之说，正是对花鸟画家师法万物、把握生机的艺术追求的理论支持。

其实，花鸟题材绘画虽然在绘画史上长期处于次要地位，但对于栩栩如生的追求却早已成为一种潜在的努力。

笔者曾在多年前进行过关于中国绘画史上存在的"误识"现象的研究，一个发现是，在绘画史上那些令人"误识"为生的故事，几乎全部集中在花鸟画领域。尽管这些故事的可信度很低，但"误识"故事的存在至少表明，在对花鸟、鱼虫等较小体积生物的再现上，观者对画家有着不同于其他绘画科目的要求，在这些题材上，人们对逼真的兴趣显然远高于其他题材，实际上体现出社会公众对这一题材绘画的普遍期待。

因此，宋人在花鸟画上取得的栩栩如生的效果，并非一种意外。宋人意在求理，注重审物，其于花鸟个体的生理形态必然深谙于胸，这种了解不仅包括内在的生命本质规律，自然也包括对于毛羽、花色的了解。因此，即便艺术家并不直接以视觉之真实为目的，而以对物体的理解、领悟为旨归，但在分析其形体特征，观察其形态的细微变化，理解、感悟其生命的同时，也必然对对象的视觉表象十分熟悉。实际上，在山水画领域，鉴赏者也提出了景物如画，或者画如景物的期待和要求。这一方面限于篇幅不做展开。

于是我们惊讶地发现,唯独在人物画领域,没有这种对于视觉真实的期待和艺术需求。[①] 这种现象的深层原因乃是:清晰而巧妙的叙事,是人们对人物故事画的首要要求。中国艺术观念中,并不认为写实有助于讲述故事,艺术家在人物画上的卓越表现取决于能否给观众以准确的暗示,所谓"画当观韵",而不一定是逼真。

四 结 论

写实的目的是为了真实地再现某一场景,而叙事的目的则是讲述一个故事。叙事的成功与否,往往并不取决于其写实技法是否高超,而在于其所进行的构思是否巧妙,其所表达的内涵能否为人们所接受,包孕是否丰富。也就是说,完整的叙事不是写实绘画的根本目的,而只是其获得喝彩的原因之一。写实技法的高超与否,与画面的叙事功能强弱没有必然关联,许多叙事功能强大、叙述准确无歧义的图绘,往往是概念性绘画。在中国古代绘画史上,有着丰富的图像叙事,但最生动、逼真的写实努力并不在人物故事画领域而在花鸟画中,这一现象从另一个侧面表明,图像叙事与写实程度的高低之间没有必然联系。

作者简介:叶青(1965—),男,江西省社会科学院中国叙事学研究中心副主任,研究员,主要从事中国艺术史、叙事学研究。

本文系2009年度国家社科基金艺术学项目"中国画写实问题研究"(项目编号:09BF055)的阶段性成果。

[①] 其实,中国传统人物画也能够在写实上有很高的成就,比如中国画在"写真"(肖像画)方面,可以达到很高的写实水平。宋代以后,人物写真受到重视,成为人物画中一个相对独立的分支。

诗歌叙事中的空间标识

——以《唐璜》为例

□ 杨 莉

  空间标识在诗歌叙事中广泛存在。无论是诗歌文本中直接出现的空间标识——故事场所或动态空间，还是以此为基本要素所搭建起来的情节结构和情感结构，空间标识均以或显或隐的方式在诗歌叙事中扮演着各自的重要角色：或提供事件场所，或渲染叙事背景，或构建叙事线索，或增强叙事节奏。本文以英国浪漫主义诗人拜伦的长篇叙事诗《唐璜》为例，对诗歌叙事中的空间标识进行了探讨，认为拜伦在《唐璜》中除了充分发挥传统的时间要素作为叙事的功能，还别具匠心地利用了空间标识，从而大大丰富了《唐璜》的表现形式，并增强了该诗的表现力。

  尽管时间和空间同为叙事的基本要素，但在传统的叙事学研究中，空间往往遭到了忽视，因而被看做"可有可无的附属物"。[①] 可事实上，空间不是叙事中可有可无的要素，而是构成叙事活动的必要基础。从文学史上的实际情况来看，很多有创造力的作家之所以创作出了伟大的作品，就是因为他们对空间有着深刻的把握和合理的运用："他们不仅仅把空间看做故事发生的地点和叙事必不可少的场景，而且利用空间来表现时间，利

---

  ① Herman, David. "Spatial Cognition in Natural-Language Narratives". *Papers from the 1999 AAAI Fall Symposium on Narrative Intelligence*. California：AAAI Press, 1999, p.21.

用空间来安排小说的结构,甚至利用空间来推动整个叙事进程。"① 除了这种把空间作为叙事的技巧加以运用,叙事与空间之间还存在着更为本质的关系。早在20世纪80年代,格雷马斯(Greimas)及其同事库尔泰(Courtés)就揭示了叙事的时空本质,并讨论了叙事中的空间定位问题。②在谈到空间与叙事的关系时,龙迪勇认为:"人类的叙事活动与人类所处的空间及其对空间的意识有着密切的联系,在某种意义上我们可以说,人们之所以要'叙事',是因为想把某些发生在特定空间中的事件在'记忆'中保存下来,以抗拒遗忘并赋予存在以意义,这就必须通过'叙述'活动赋予事件以一定的秩序和形式。"③ 这段话揭示了叙事动机的空间诱因,及其空间意识与叙事活动的本质性关联。近年来,叙事与空间问题引起了人们越来越多的关注,有学者甚至认为叙事学研究正在经历"空间转向"④。然而,以往这方面的研究大多限于小说作品,对诗歌叙事作品中的空间问题还鲜有涉猎者。此外,关于叙事中的"空间标识"问题,也往往为一般的叙事学研究者所忽视。基于此,本章拟以拜伦的叙事诗《唐璜》为例,来探讨空间标识与诗歌叙事的关系。

在叙事活动中,空间标识往往是不可或缺的,它们是建构叙事文本的基本要素,戴维·赫尔曼说得好:"空间标识不是故事可有可无的或者非本质的特点,而是有助于建构叙事域的核心特质……叙事在人、物、地点之间建立了关联,从而造就了空间与事件的多姿多彩的融合。"⑤ 赫尔曼在此所说的叙事是指一般意义上的叙事(主要是小说叙事),而在语言高度凝练、信息高度浓缩的诗歌作品中,空间标识的重要性尤为明显:文本最表层意义上的空间,其按图索骥的功能无疑可以帮助读者更好地把握诗歌的内容;文本深层结构上的空间,则有助于我们更好地领略诗歌的精神。下面,就让我们借助《唐璜》这一诗歌文本,去领略空间标识给诗歌

---

① 龙迪勇:《论现代小说的空间叙事》,《江西社会科学》2003年第10期。
② Herman, David. "Spatial Cognition in Natural-Language Narratives". *Papers from the 1999 AAAI Fall Symposium on Narrative Intelligence*. California: AAAI Press, 1999, p. 22.
③ 龙迪勇:《叙事学研究的空间转向》,《江西社会科学》2006年第10期。
④ 同上。
⑤ Herman, David. "Spatial Cognition in Natural-Language Narratives". *Papers from the 1999 AAAI Fall Symposium on Narrative Intelligence*. California: AAAI Press, 1999, p. 23.

叙事带来的特殊魅力。

一　空间标识与故事场所

　　人类的活动总是离不开一定的场所，事件的发生也必然涉及特定的空间。那么，"场所"究竟是什么东西呢？日本学者香山寿夫认为："场所就是在不断叠加的过程中，各种各样的事情都在那里发生的地方。"[①] 挪威建筑理论家诺伯格·舒尔茨则把场所提到存在的高度："场所是存在所不可缺少的一部分。"[②] 美国史学理论家菲利普·J. 埃辛顿则认为："'场所'以种种方式触及实质性的问题，它们不仅是时间问题，也是空间问题，它们只能在时空坐标中才能得以发现、阐释和思考。'场所'不是自由漂浮的能指。"[③] 看来，从本义来讲，场所就是各种事件发生于其中的一种特殊的地方（空间）；但从引申义讲，场所则可指代容纳某类主题的话语或思想于其中的框架性的"容器"。当然，本文并不想过多涉及场所的象征意义，此处只想从叙事学的角度关注作为空间标识的故事发生场所。

　　事实上，空间标识在故事中确实"扮演了一种至关重要的，而非微弱的或是派生的作用"。[④] 在《唐璜》中，拜伦展示给读者的便是诗歌主人公唐璜人生历程中的一个个"驿站"及其间发生的各种故事。这一个个驿站——也即发生多种事件的地理空间（场所）的切换，把唐璜传奇般的一生展现在读者面前。这些"储藏"着各类事件的场所，就像是一颗颗珍珠，构成了叙事的要素，而把这一个个场所串联起来，就构成了叙事的线索或情节的结构。诗歌的叙述者由唐璜的出生地塞维尔开始，围绕其周游列国展开叙述。故事涉及的主要场所（地理空间及其所承载的事件）有：塞维尔（唐璜的出

[①]　[日] 香山寿夫：《建筑意匠十二讲》，宁晶译，中国建筑工业出版社 2006 年版，第 135 页。
[②]　[挪] 诺伯格·舒尔茨：《场所精神——迈向建筑现象学》，施植民译，台北，田园城市文化事业有限公司 1995 年版，第 5 页。
[③]　Ethington, Philip J. "Placing the Past: 'Groundwork' for a Spatial Theory of History". *Rethinking History*, vol. 11, No. 4 (*December* 2007), p. 485.
[④]　Herman, David. "Spatial Cognition in Natural-Language Narratives". *Papers from the 1999 AAAI Fall Symposium on Narrative Intelligence*. California: AAAI Press, 1999, pp. 21—22.

生地及其与朱丽叶发生私情的地方）—海上（唐璜的主要历险地）—希腊岛（海难后唐璜获救之地及其与海黛坠入爱河的"伊甸园"）—君士坦丁堡（唐璜被卖为奴及其与王妃发生情感纠葛的地方）—伊斯迈城（唐璜在此参加伊斯迈战役）—彼得堡（唐璜为女皇宠幸并由此被派往英国）—英国（唐璜在此经历种种奇遇）……无疑，这些场所就像是旅途中的路标，是起着事件"标识"作用的符号。《唐璜》中的一切事件都是围绕着这些场所而联系和组织起来的。

按照拜伦的设想，他打算让唐璜在完成欧洲的漫游、体验和经历各种各样的战斗与冒险之后，最后来到法国，让他参加法国革命并最终死于巴黎。根据诗歌开篇的交代，唐璜未及天年就死了。具体时间，怎么死的，随着拜伦的英年早逝，这一切都是谜了。尽管最终的诗歌文本少了拜伦预设的结局，但因全诗充分地利用了空间标识来组织事件并构成情节，其结构显得非常严密、清晰且呈现出了开放性的特点，所以《唐璜》的完整性并没有受到影响，它作为传世名著的地位也没有受到丝毫的撼动。

在《唐璜》中，我们很少看到直接的时间标识，即使存在时间标识，多数也仅仅涉及一年中时间的变换、一天中时间的变换、等等，但究竟为何年何月何日并不是很确切的。例如，"那是夏季的一天，在六月六日——/我愿意在日期上力求说得准，/不但说某世纪，某年，甚至某月，/因为日期像是驿站，命运之神/在那儿换马，教历史换调子，/然后再沿着帝国兴亡之途驰奔；/它所终于留下的，不过是编年历，/还有神学答应死后兑现的债据。"[①]由这样的诗句，我们不难看出拜伦强烈的空间意识：时间稍纵即逝、一去不复返，可拜伦却把时间空间化了——"日期像是驿站"，见证了时间的流逝和历史的兴衰。在一般的叙事作品中，作者总是要通过时间的线索来组织情节，而拜伦的《唐璜》却通过蕴涵着时间的空间的切换来见证事件的发生、发展并揭示事件间的因果关联，从而形成诗歌的叙事线索和情节结构。

唐璜一生中关键或重大事件的发生都离不开一定的场所。在这些场所中，时间概念已变得淡漠。对于读者而言，这一点是毋庸置疑的，因为整部诗歌阅读完毕，读者脑海中最清晰的莫过于几个重大的事件以及事件发生的空间，感触最深的也莫过于描写细腻、叙述生动的特定的场景。因此，如果

---

① ［英］拜伦：《唐璜》，查良铮译，人民文学出版社1995年版，第58页。

说一个个大的地理空间所起到的作用是勾勒出故事的框架和脉络，那么，包含在每个大空间中的众多小空间，便为事件的细节演绎、叙事的逻辑展开以及故事的可信性提供了必不可少的要素。以塞维尔为例，叙述者对唐璜的家庭状况颇费笔墨，如唐璜的身世、家教等，这些既为唐璜性格的形成作了铺垫，也为朱丽亚和唐璜私情的产生创造了条件。唐璜出生贵族门第，父亲早逝的他在寡母的督导下，骑马、击剑、射击，样样精通；人文、艺术、科学，无一不晓。唐璜长期以来被母亲禁锢在情感的真空里，可在16岁那年，他和母亲的朋友朱丽亚双双坠入情网，于是情感的闸门被打开，感情的潮水一泻千里、一发而不可收。然而，纸终究包不住火，在朱丽亚的家，唐璜和朱丽亚的私情被其丈夫揭穿。唐璜被逼离家，远走他乡。唐璜在塞维尔的故事由自家始，在朱丽亚家终。"家"这一场所始终是诗人关注的焦点，但在唐璜的身上，前一个家不是避风港，而是堕落的开始；而后一个家纯粹就是风暴眼，是丑闻的发源地。德博拉·卢茨（Deborah Lutz）曾对唐璜一类的拜伦式英雄做过这样的分析："拜伦式英雄，尤其是异教徒和恰尔德，不带留恋地离家流浪，他在上流社会的家庭生活中已没有位置……他深沉的思虑使其不断地迁移，延缓了其安顿下来，并且带着智力的终结和完全成形的思想，平安抵达故乡的可能性。"[1] 在卢茨看来，这样的漂泊是带着寻找理想家园的梦想上路的，但这一理想是永远也无法实现的，这一旅行必然是悲剧性的，主人公离开自己的家、自己的恋人，最后走向其生命的终点。

二　空间标识与动态空间

关于空间在叙事中的作用，荷兰学者米克·巴尔这样写道："空间在故事中以两种方式起作用。一方面它只是一个结构，一个行动的地点。在这样一个容器之内，一个详略不等的描述将产生那一空间的具象与抽象程度不同的画面。空间也可以完全留在背景中。不过，在许多情况下，空间常被'主

---

[1] Lutz, Deborah. "Love as Homesickness: Longing for a Transcendental Home in Byron and the Dangerous Lover Narrative". *Midwest Quarterly*, vol. 46, Issue 1 (Autumn 2004), p. 12.

题化':自身就成为描述的对象。这样,空间就成为一个'行动着的地点'(acting place),而非'行为的地点'(the place of action)"①。如果说,前者——"行动的地点"是事件发生的场所或"容器";那么,后者——"主题化"的空间则不仅是场所或"容器",它还是促使事件发生的重要方式。关于这两种空间的差别,米克·巴尔认为前者偏向于静态地起作用从而构成"静态空间",而后者偏向于动态地起作用从而构成"动态空间":"静态空间是一个主题化或非主题化的固定的结构,事件在其中发生。一个起动态作用的空间是一个容许人物行动的要素。人物行走,因而需要一条道路;人物旅行,因而需要一个大的空间——乡村、海洋、天空。童话中的主人公得穿过黑暗的森林以证明其胆量,因而就有了森林。那一空间并不是作为一个固定的结构呈现出来,而是一次迁移,可以大规模地变动。"② 在《唐璜》中,除了作为事件发生场所的"静态空间",还存在大量的"动态空间",也即"主题化"空间。对于这种"动态空间",诗人不惜笔墨地予以翔实的描述,因为在某种程度上,这种"动态空间"有着比作为事件发生场所的"静态空间"更重要的"标识"作用。打开《唐璜》,给人印象最深的动态空间是"希腊海岛"和"土耳其后宫":前者是一个美丽的世外桃源,而后者则是东方神秘的异域空间的代表,它们都强烈地吸引或震撼着唐璜,从而导致了叙事文本中一系列围绕着这两个动态空间而产生的行动。显然,此类动态空间或"主题化"空间的叙事标识作用是非常重要而明显的。

(一) 希腊海岛:理想的家园

深受卢梭自然思想浸润的拜伦所向往的,是一种田园牧歌式的生活,是一个人与自然能够和谐相处的空间,那是"没有染上文明色彩,居民的个性没有为礼俗所束缚的地区"③。《唐璜》中的希腊海岛便是这样一个梦中的家园、理想的生存空间,它强烈地吸引着唐璜,从而导致了一系列事件的发生。那么,希腊海岛究竟是一个什么样的梦中乐园呢?在《唐璜》中,诗人

---

① [荷]米克·巴尔:《叙述学:叙事理论导论》,谭君强译,中国社会科学出版社 2003 年版,第 160—161 页。

② 同上书,第 174 页。

③ [丹]勃兰兑斯:《十九世纪文学主流第四分册——英国的自然主义》,徐式谷、江枫、张自谋译,人民文学出版社 1984 年版,第 334 页。

这样写道：

> 那是个浪花拍击的荒凉海岛，
> 在宽阔的沙滩上有悬崖高耸，
> 沙丘和岩石像是重兵守着它，
> 只有些小港，水面是那么平静，
> 饱经风涛的人倒会被它吸引；
> 但傲然的巨浪不断咆哮沸腾，
> 只有在漫长的夏日它才停歇，
> 那时一湾海水像湖泊在闪耀。①

平静的海岸，没有沙子的滚动，也没有海浪的翻卷；只有海鸥的喊叫，海豚的跳跃和细波的冲刷。"大自然鸦雀无声，幽暗而静止，/好像整个世界已融化在其间。"② 海岛的一切都那么静谧，让人抛开那个喧嚣的尘世，沉醉其间。在这里，相偎相依的唐璜和海黛与大自然水乳交融，"形成了一组雕塑，/带有古希腊风味，相爱而半裸"。③ 这就是拜伦理想的家园：远离尘嚣，与心爱的人相依相伴，与大自然融为一体。这是自然的空间，生存其间的人是自然的：他不用戴上假面，可以以最本真的面目示人。这样的空间孕育的爱情也是甜蜜无忧的，不需要承诺，更不必算计。

然而，世外桃源终归是诗人可望而不可即的梦想，理想的家园依然抵不过人为力量的摧残。布兰洛一归来便棒打鸳鸯，于是唐璜和海黛一个被卖为奴，一个香消玉殒。海岛尽管"看来像是一个自由世界，并无'文明社会'的种种约束和成见，实际却不然，它的统治者依然是一个暴君"。④

> 如今那海岛全然零落而荒凉，
> 房屋坍塌了，居住的人都已亡故；
> 只有她和她父亲的坟墓还在，

---

① ［英］拜伦：《唐璜》，查良铮译，人民文学出版社1995年版，第186页。
② 同上书，第188页。
③ 同上书，第193页。
④ 孙席珍：《外国文学论集》，福建人民出版社1984年版，第146页。

> 但也没有一块碑石把他们记述;
> 谁知哪儿埋下了如此美的少女,
> 她的往事再也没有人能够说出;
> 呵,在那儿听不见挽歌,除了海啸
> 在为那已死的希腊美人哀悼。①

同样的空间,前后的反差却是泾渭分明。在唐璜和海黛的爱情故事上,拜伦显示出他的唯美倾向,他宁愿爱情和生命都在绚烂间戛然而止,也不愿它们在平淡和衰败中走向灭亡。对此,凯瑟琳·阿狄森不无感慨地评价说:"即使是在喜剧模式中,拜伦式的悲观主义依然是至高无上的。"② 拜伦的自然观在希腊海岛这样一处饱含自然风光、孕育自然情感的空间里得到了充分的展示。而尤为重要的是:在这里,空间不是附带提及的一个地理符号,它既是诗人观念、思想和情感的寓所,更是诗人着力描写的起叙事标识作用的动态空间。

(二)土耳其后宫:异域空间

除了对希腊海岛之类自然空间的偏好,唐璜也深深地为土耳其后宫之类的异域空间所吸引。在《唐璜》的土耳其篇中,诗人对于东方神秘的异域风情做了大肆的渲染。

> 他领他们穿过大厅,一直来到
> 一列华丽的宫室,却鸦雀无声,
> 只有一间屋内听见大理石喷泉
> 透过夜的幽暗发出碎落的水声,
> 还有另一处,可能是一个女人
> 好奇地推开门窗而有了响动;
> 她睁大了黑眼睛,把头伸出来,

---

① [英]拜伦:《唐璜》,查良铮译,人民文学出版社 1995 年版,第 290—291 页。
② Addison, Catherine. "'Elysian and Effeminate': Byron's The Island as a Revisionary Text". *Studies in English Literature* (Rice), vol. 35, Issue 4 (Autumn 1995), p. 701.

想看看是什么妖精跑来作怪。①

　　拜伦诗歌中这些有关异域风情的描写有别于其同时代骚塞、柯勒律治等诗人的东方题材创作,其中一个最重要的方面就是:拜伦的东方故事不是单纯地借鉴他人或是鸦片刺激下的产物。在谈及东方故事诗的创作时,拜伦说过这样的话:"我的脑子里充满了东方的名字与场景,我仅选择接近平铺直叙的尺度来讲述一个故事或描绘一个地方,它们曾使我感动过。"② "它是我的故事与我的东方(我在此有无人匹敌的优势,我从那里亲眼看见的东西,我的同时代人只能从其他人的作品中抄过来),我能做到绘形绘色。在按他们的生活方式,与他们一道的生活之中,我的脑子里便被塞满了他们的场景与方式。我相信如果我不按他们的方式呕吐的话,我将被送进圣卢克(精神病)医院。"③ 从拜伦此番的表述中,不难窥见其东方故事诗在西方世界风靡一时的奥秘:走近东方,感受东方,体验东方。显然,为东方的行为方式所感动、所同化了的拜伦没有理由写不出让读者感动的"东方",《唐璜》中有关土耳其后宫的描写即为明证。

　　拜伦出色的有关东方场景和情节的描写并非某个单一因素所致,它是诗人对他人的借鉴、自身的游历和奇思等多方因素综合作用的产物。拜伦对东方的憧憬和向往由来已久。从他能够读书的时候起,他就养成了爱读历史和游记的浓厚兴趣。在十岁以前,他便读了六部有关土耳其的长篇作品,此外,还读了若干别的记述旅行和冒险经历的书以及阿拉伯故事集。④

　　拜伦不仅喜欢阅读游记,也喜欢自己去游历,他始终相信:"亲眼看看人类,而不是通过阅读去了解他们,这是大有好处的。"⑤ 拜伦认为要避免"岛民的狭隘偏见"的最好方法就是到国外去学习,而了解其他国家最好的方式就是亲自体验、亲身观察。尽管拜伦在其东方表述中的事实精确度得到

---

①　[英]拜伦:《唐璜》,查良铮译,人民文学出版社 1995 年版,第 335—336 页。
②　[英]拜伦:《飘忽的灵魂:拜伦书信选》,易晓明译,经济日报出版社 2001 年版,第 126 页。
③　同上书,第 127 页。
④　[丹]勃兰兑斯:《十九世纪文学主流第四分册——英国的自然主义》,徐式谷、江枫、张自谋译,人民文学出版社 1984 年版,第 316 页。
⑤　[英]拜伦:《飘忽的灵魂:拜伦书信选》,易晓明译,经济日报出版社 2001 年版,第 76 页。

了批评家的普遍认同，但也有人认为其中不乏偏见和种族主义的成分。当然，也不排除《唐璜》中的"东方"反映了拜伦自己以及其他东方学者的幻想，而并非所有写到的人、事、物都源于他自己的所见所闻。而事实上，此类奇思妙想在《唐璜》的叙事建构中也是功不可没的，它们的"空间标识"作用由于"幻想"的神奇力量而得到强化。

尽管声称描写是自己的专长，可拜伦还是不止一次地流露出诗歌较之绘画艺术在描绘上的劣势："但愿我是画家，能把诗人的/琐琐碎碎的描述都一笔点到！"[1] 是的，如何在诗歌创作中实现绘画艺术对于色彩差异和空间形态的把握，这是一个拜伦一直深觉困惑并不断在创作中加以探索的问题。应该说，诗人的探索是成功的，比如在对像希腊海岛和土耳其后宫这样起明显的空间标识作用的动态空间的描写中，拜伦就创造了与绘画艺术同样的效果。

三 空间标识与诗歌结构

除了事件发生的场所和动态空间在叙事中具有空间标识作用，空间化了的诗歌结构在很大程度上也具有这种作用。

诗歌中的情节线索是诗歌结构空间化的最表层的体现。王佐良对此做了比较详尽的阐释，尽管他没有用到"空间化"之类的概念。

> 唐璜所作的两次越过欧洲的旅行，一次由西往东，主要是海行；另一次是由东往西，则是坐着马车疾驰……而与之平行的则是诗篇本身也由第一、第二章的滑稽歌剧式的轻松逐渐转到对人生意义和欧洲现实的更认真的探索……这越过欧洲的两次旅行不仅使读者看到不同旅途上的不同风景与人物，而且把全部情节串成两条长线，而以战火纷飞的伊斯迈城为二者的遇合点，正是在伊斯迈城头，唐璜碰上了他命运的转折点——前此他是纯洁青年，后此他变成女皇宠臣。[2]

---

[1] [英]拜伦：《唐璜》，查良铮译，人民文学出版社1995年版，第434页。
[2] 王佐良：《英国浪漫主义诗歌史》，人民文学出版社1991年版，第126页。

通过王佐良的分析，我们可以看到，唐璜的两次旅行构成了诗歌的两条情节主线。这样的情节结构的表象之下，还隐藏着诗歌风格的转换：由滑稽到严肃，由浪漫到现实。伊斯迈城作为唐璜命运的转折点，这仅是一个大的转折点，我们还可以根据两次旅行中唐璜命运的大大小小的跌宕起伏，以唐璜人生轨迹中的变化为横坐标，以其命运的变化为纵坐标，勾勒出唐璜命运的曲线图。正是一个个富于戏剧性的情节和场景的变化，使《唐璜》一诗的形式空间化了，而这种空间化了的形式在诗歌中起到了"空间标识"的作用，从而增添了诗歌叙事的感染力。

  在《唐璜》显见的情节结构之下，西方学者辛西娅·韦谢尔也做了深入的探索，发现了其中隐藏着的情感结构。《唐璜》有三个主要的部分或分支，这样的情节结构的划分在西方的拜伦作品研究中已达成广泛的共识：《唐璜》由朱丽叶开始的头五章在海黛部分中达到了高潮，以唐璜被卖为奴隶而告结束，这构成了全诗的第一部分；第二个五章由伊斯兰后宫篇始，导向伊斯迈战争，在凯瑟琳女皇篇达到高潮，这构成了全诗的第二部分；最后七章则为英国篇，把年轻的唐璜带到了英国，描述了他与英国社会的交往，以黑僧人的鬼魂篇作为结束，这构成了全诗的第三部分。在诗歌的结构上，拜伦看似要坚守传统，实则"拒绝把一个传统的、表面的结构强加给该诗"。[①] 在传统结构分析的基础上，韦谢尔做了进一步的探索，她认为诗歌在两个层面，即情感和哲学层面上展开。韦谢尔对于诗歌广泛的情感层面展开了大量的分析，得出如下结论：在该诗三个部分的任一部分中都有清晰的情感结构的证明。较之情节，情感结构是一种不太显见的结构形式。继而是作者对于该诗深层意义的探寻，结果，作者梳理了三个部分的逻辑关系，证明该诗"远非漫无目的、没有结构，而是黑格尔辩证法所阐明的逻辑或智力发展的典范"。[②] 韦谢尔的分析证明，随着《唐璜》情节的展开，由拜伦所使用的词语在读者心中所引发的情感，以一种一致而非随意的方式在起起落落。一个包含许多愉快词语的诗节在读者心中会引发愉悦的情感，而一个包含许多不

[①] Whissel, Cynthia. " 'Tis More than What is Called Mobility': Structure and a Development towards Understanding in Byron's *Don Juan*". *Romanticism On the Net* 13, February 1999. http://users.ox.ac.uk/~scat0385/donjuan.html.

[②] Ibid.

愉快词语的诗节会促成相应的不快情感的支配。基于这一认识，韦谢尔用一种被称作情感词典的工具结合计算机程序来考查《唐璜》中的每个表示愉悦程度的词。结果显示：《唐璜》中 25000 多个词语在愉悦程度上与词典中的词相配，这些表示愉悦程度的词与愉悦的数字价值相关联。韦谢尔对《唐璜》各章中匹配词语的愉悦程度计算出平均分，零代表该诗平均的愉悦度，进而韦谢尔用图表显示出各章所含愉悦程度的波动，找出其中的规律。韦谢尔发现，该诗三个部分中的第三章（唐璜与海黛的海岛恋情）、第八章（伊斯迈战争）和第十三章（介绍阿曼德维勋爵夫人）分别构成了正 V 或倒 V 的低潮或峰值，由此可以看出各部分情感有规律的起落。[1]

韦谢尔的研究证明：《唐璜》并非诗人漫无目的、随兴所至的产物，而是一部构思和布局均非常巧妙的浪漫主义杰作，其中，呈"正 V 或倒 V"状的空间化的情感结构更是匠心独运、富有创意的。无疑，《唐璜》中"正 V 或倒 V"状的情感结构具有强烈的节奏感，也有着明显的"空间标识"作用，我们完全可以顺着这些标识去把握主人公的心理状态和情感变化。

综上所述，空间标识在《唐璜》中广泛存在，无论是诗歌文本中直接出现的空间标识——故事场所或动态空间，还是以此为基本要素所搭建起来的情节结构和情感结构，空间标识均以或显或隐的方式在诗歌叙事中扮演着各自的重要角色：或提供事件场所，或渲染叙事背景，或构建叙事线索，或增强叙事节奏。在充分发挥传统的时间要素作为叙事素材提供者之功能的同时，拜伦极大限度地利用了空间标识，从而大大丰富了《唐璜》的表现形式，增强了诗歌的表现力。

个人简介：杨莉（1973— ），女，江西财经大学外语学院副教授，文学博士，主要研究方向为英美文学、比较文学。（江西南昌 330013）
本文系 2010 年度教育部人文社会科学青年基金项目"拜伦叙事诗研究"的阶段性成果。

---

[1] Whissel, Cynthia. "'Tis More than What is Called Mobility': Structure and a Development towards Understanding in Byron's *Don Juan*". *Romanticism On the Net* 13, February 1999. http://users.ox.ac.uk/~scat0385/donjuan.html.

中国叙事传统

试论《山海经》中的"原生态叙事"

□ 傅修延

《山海经》中的"原生态叙事"为现代生态叙事的滥觞，华夏先民具有丰富的自然知识和开阔的生态心胸，他们把山川大地看成资源的载体，懂得万物相互依存和众生各有其形，并且萌发了资源有限的宝贵思想。在生态文明时代来临之际重温"原生态叙事"，有助于我们钩沉业已失落的生态记忆。

《山海经》的基本格局是"依地而述"，不是"依时而述"或"依人而述"的叙事作品，所以过去的史书一般将其列入史部的地理类。然而到了小说繁荣之后的清代初期，纪昀在编修《四库全书》时将其移入子部的小说家类，因为"书中叙述山水，多参以神怪"以及"侈谈神怪，百无一真"。实际上，《山海经》的非真实性并不是它作为"小说之祖"的主要原因，如果仅仅是这样，《山海经》时代还有许多文献属于这一范畴。小说的本质在于叙事，"小说之祖"与后世小说的相通之处只能是叙事，虽然《山海经》中的叙事还处于原生与原发状态。

叙事即讲述故事，笔者在以前的研究中提出过"前叙事"概念，将其界定为人类学会讲述故事之前的预演。"原生态叙事"与"前叙事"一样，也属于萌芽状态的叙事，但本文使用该概念还有一层意思，这就是"原生态叙事"可视为今天生态叙事的滥觞。时下方兴未艾的生态叙事以批判人类中心主义为己任，提醒人们以文明的方式对待生态，其对立面是过去那种以人为世界中心的狂妄叙事。时至今日，许多人已经意识到将人类视为"宇宙的精华"是多么有害，人类再伟大也只是一个物种，而地球上任何物种都是整个有机整体（世界）的一部分，其扩张都必须是有限制的，否则便会影响到整个生态系统的平衡——失衡的结果将是包括所有个体在内的整体毁灭。

带着这样的观念来读《山海经》，可以看出它是人类中心主义建立之前的产物，因为书中的叙述者并没有把自己与自然界分开，以往的研究者用来形容《山海经》的一些词语，如"朴野"、"荒芜"之类，恰好说明古人并未自诩为"万物的灵长"。《山海经》中虽有少量秦汉时掺入的内容，但在传世文献中，也许没有哪本书比它更多地保留了远古的思维。本文认为，生态叙事并非始于现代环保运动，早在开天辟地之初，筚路蓝缕的华夏先民就把山川大地看成了资源的载体，就在讲述万物相互依存、众生各有其形的故事，并且已经萌发了资源有限的宝贵思想。

一　有/无——空间承载资源

《山海经》以空间命名，并按"山"、"海"、"荒"这样的地理格局展开叙述，却不能说是空间叙事，因为它所关注的与其说是空间，不如说是空间中分布的可供人类利用的资源。《山海经》中的叙述模式大致可以归纳为"某处有某山，某山有（多）某物，某物有何形状与功用"，"某物"在叙述中充当逻辑主语，它们基本上都是满足人类需求的各类资源，具体来说是鸟兽虫鱼、花草树木与金玉铜铁等。"某物"的出现一般以"有……焉"、"有……"或"多……"为引导，据统计，书中一共出现"有……焉"202处，"有……"155处，"多……"1007处（详见表1）。

这些表述主要出现在《山经》之中。《山经》中"有……焉"主要指奇禽异兽，其次则为草木虫鱼，后面往往还有"食之不饥"、"食之使人无子"、"可以为毒"、"见则其国大穰"之类的利害阐述，以具体说明这些动植物的功能与用途。对比之下，"有……"和"多……"后面很少见到这类说明，据此可以判断，"有……焉"句式是叙述的重心所在，叙述者用以引出特别需要介绍的对象。从对各类资源的介绍中，可以看出古人对资源的利用已经大大超越了人的基本生存需要，书中提到最多的不是动植物的充饥果腹功能，而是更高层次更为复杂的多种用途，如人的肉体和精神力量的提升

("食之善走"、"佩之无畏"),以及对集体命运与未来发展的兆示("见则天下大旱"、"见则天下安宁"),等等。

表 1 《山海经》资源句式统计

句式 篇目	有……焉	有	多	多水	无
南山经	23	4	67	8	21
西山经	48	7	191	0	14
北山经	39	32	143	1	37
东山经	23	3	79	4	23
中山经	65	9	526	1	24
海外南经	0	2	0	0	0
海外西经	1	2	0	0	0
海外北经	3	4	0	0	0
海外东经	0	5	0	0	0
海内南经	0	2	0	0	0
海内西经	0	8	0	0	0
海内北经	0	7	0	0	0
海内东经	0	1	0	0	0
大荒东经	0	12	0	0	0
大荒南经	0	17	0	0	0
大荒西经	0	16	1	0	0
大荒北经	0	9	0	1	0
海内经	0	15	0	0	0
总计	202	155	1007	15	119

需要指出,《山海经》在介绍各处的山系(不限于《山经》)时,最多提到的就是"某水出焉","出水之山"与"受水"之地在《山经》之末还单独做了统计。水为生命之源,是地球上最重要的物质,古人早就懂得这个道理,所以"某水出焉"在句子中被置于非常突出的地位,远远高于山中其他资源。从这一点看,《山经》实际上是"山川之经",江水的流注与山脉的方位处于同等重要的地位。《山海经》由"山"、"海"、"荒"三大部分组成,

但"山"占的篇幅最多，超过了"海"、"荒"两者之和。根据《山经》中的叙述逻辑，"有……焉"主要是为了引出"某物有何功用"，大海与大荒（相当于今人心目中的天涯海角）的范围内按理说也应有许多资源，但"有……焉"这种表述方式在"海""荒"中总共只露面寥寥数次，相比之下在《山经》中却出现了198余次。这种情况说明什么呢？笔者认为这意味着古人在取用资源时较少将目光投向海荒之处；从这里可以发现，我们的祖先从一开始就有明显的"重山轻海"倾向，这种思维定式一直延续到晚近，决定了古代中国属于"黄色文明"而非"蓝色文明"。《山经》结束语中特别强调供给国家之用的资源"皆在此内"（详后），可以说是这种思维的直接体现。也许是由于对大海与大荒相对缺乏了解，《海经》与大荒诸经中匪夷所思之物更多，那些奇形怪状乃至混合了人神鸟兽特征的生灵，为后世文学提供了肥沃的想象土壤。这些生灵也并非完全对人类无用，但其功能往往非常特殊，例如《大荒东经》提到入海七千里的流波山上有兽名夔，黄帝"以其皮为鼓，橛以雷兽之骨，声闻五百里，以威天下"，便是利用了夔兽之皮和雷兽之骨的特异功能。

与"有……"和"多……"呈对应关系的，是《山海经》中的"无……"句式。如果说"有……焉"、"有……"、"多……"等旨在说明某处有何资源，那么"无……"则表示某处缺何资源。"无"的对象可以有很多，但《山经》中能找到的只有"无水"、"无草木"和"无鸟兽"这三种表述，显然这是因为古人认为水资源与草木鸟兽是至关紧要之物。事实上，这三者构成了初民生存的必备条件，缺乏水草鸟兽之处乃是人迹罕至的不毛之地。《山海经》已经注意到有些地方是人类活动的禁区。"无……"句式在《山经》中频繁出现，计有119余处，到了《海经》和大荒诸经之中却又突然销声匿迹，这是古人取用资源时"重山轻海"的又一证明——他们压根儿没把大海与大荒当做可以安身立命之地。"无"者，"缺"也，我们的民族思维中一直存在着一种对"缺"的忌讳，例如"五行"（金木水火土）在旧时被认为是生成万物的不可或缺因素，如有缺失则须用其他方法做出弥补。此外，《山海经》中还有与"可以……"呈对应关系的"不可以……"、"不可……"，其作用是劝阻某种可能的行动，目的仍是为了资源的合理使用。

《山海经》的叙事策略，或者说我们祖先对自然的关注，表现在只把目光聚焦于那些对人有意义的物体，其他用途不明之物统统付之阙如。这当然是一种明智的选择,《山海经》全书仅 3 万余字,这样的篇幅不可能用于面面俱到的介绍,更何况四方八面之物多如恒河沙数,弱水三千只能取一瓢饮。列维—施特劳斯在《野性的思维》中这样引述研究者的报告:

> 在植物和动物中,印第安人用名字来称呼的只是那些有用的或有害的东西,其余种种都含混地包括在鸟类、杂草类等之中。
> 我还记得马克萨斯群岛的朋友们……对我们1921年探险队中的那位植物学家对他所采集的没有名称的("没有用的")"野草"发生的(在他们看来完全是愚蠢的)兴趣笑弄不已,不懂他们为什么想知道它们的名称。[①]

这是一种现代人无法理解的实用主义态度,穴居野食的初民眼中,只可能映入那些于人有利害关系之物。与《山海经》的功能相似,《左传》宣公三年中提到的夏鼎也旨在教人认识自然:"昔夏之方有德也,远方图物,贡金九牧,铸鼎象物,百物而为之备,使民知神奸。故民入川泽山林,不逢不若,螭魅魍魉,莫能逢之。"对这段话历来有多种解释,笔者觉得"使民知神奸"道出了它的主旨:夏鼎上的面积有限,不可能真正做到"百物而为之备","使民知神奸"就是在老百姓进入"川泽山林"之前,先教他们认识那些有用和有害之物。

对《山海经》的研究一般多注意其空间属性,对其生态内涵的关注则有待加强。本文认为,从"有……"、"无……"这类句式入手,容易把握住《山海经》这部奇书的基本性质——这是一部站在实用立场上编绘的生态图。许多学者都持《山海经》有图说,意思是《山海经》为某部已佚画本("山海图"之类)的文字说明,旧时坊间印行的《山海经》上,奇禽异兽成了插图作者表现的主要内容。似此可以这样来对《山海经》做出概括:该书以山川海荒为经,以东南西北为纬,绘出了一幅以动物(鸟兽虫鱼等)、植物(花草树木等)、矿物(金玉铜铁等)和怪物(形状怪异乃至混淆了人与其他生物界限的生灵)为主要表现对象的空间图景。换句话说,《山海经》实际上是"山海之物经",古人认识水平虽然低下,《山海经》却能够凿破混沌,

---

① [法]列维-施特劳斯:《野性的思维》,李幼蒸译,商务印书馆1987年版,第4页。

从人类自身的需要出发，将世间万物组织成一个相对有序的资源系统，茫茫宇宙因之显示出清晰的内在秩序，这不能不说是该书的一大贡献。

二 小我/大我——万物相互依存

《山海经》虽按人的需求巡视四方天地，但人在书中并不是世界的主宰，也未归入什么特殊的类别。就表述方式而言，"有人焉"与"有兽焉"、"有鸟焉"、"有木焉"、"有草焉"等完全一样，并无尊卑高下之分。诚然，人的生存发展不能不以其他物体的消耗为代价，但《山海经》在指出某物可为人的食物（或药物、祭物、卜物）的同时，也说到了某物"是食人"，这就是说人也是大自然食物链中的一环，还没有伟大到可以免于列入掠食者的菜单。除了人和动植物之类外，《山海经》还有多处写到神，《山经》中各路山神的出现尤多。从形貌上看，山神绝大多数都是人面兽身，与山中出产的怪兽没有本质区别，叙述者在提到它们时语气并不特别恭敬。《山经》中还有数处使用了"有神焉"这种表述，如《西山经》以此句式导出帝江（名前有"帝"者均来历不凡），但这位帝江颠覆了后人心目中庄严的神明形象，因为它"状如黄囊，赤如丹火，六足四翼，混沌无面目，是识歌舞"，分明是一位提供娱乐服务的搞笑角色。神似乎也是可以用巧计诓骗的，《大荒东经》载"旱而为应龙之状，乃得大雨"，可见神的判断并不那么高明，读者似可透过这段话隐隐看见叙述者的逗乐心态。

既然对神的叙述都是如此，那么有理由说《山海经》的确做到了众生平等。所谓"众生"，在这里不仅指现代人概念中的有生命之物，也包括日月星辰这样的自然物，它们当时还未上升为接受人类顶礼膜拜的神，而是由人类生育、抚养和节制的人格化对象。

> 东南海之外，甘水之间，有羲和氏之国。有女子名曰羲和，方浴日于甘渊。羲和者帝俊之妻，生十日。（《大荒南经》）
>
> 有女子方浴月。帝俊妻常羲，生月十有二，此始浴之。（《大荒西经》）
>
> 大荒之中，有山名曰月山，天枢也。吴姬天门，日月所入。……颛

项生老童，老童生重及黎，帝令重献上天，令黎邛下地。下地是生噎，处于西极，以行日月星辰之行次。(《大荒西经》)

按照《大荒西经》和《大荒南经》的这些叙述，帝俊之妻在生下太阳和月亮后，也和生下别的婴儿一样对其进行洗浴；天地之分乃人力之所为，帝颛顼的后代掌管着日月星辰的运行秩序。在此语境下读《海外北经》中的"夸父逐日"故事，可知夸父是把太阳当做平等的玩伴来戏耍追逐，神话学家袁珂将文中"入日"二字释为"(夸父)走进太阳火热的光轮里"，[①] 如此说来夸父还是这场游戏的胜者，只不过他为胜利付出了太大代价。付出同样代价的是《北山经》中的"炎帝之少女"——女娲，因为她在东海中游泳"溺而不返"，笔者认为东海在这里也应理解为一个人格化了的故事角色，否则无法圆满解释女娲化为精卫后"衔木石以埋东海"的行为，明摆着女娲是把东海当做有意识的生命物体来对待。

不过，笔者又不同意把"精卫填海"看成一个悲壮的复仇故事。《山海经》故事主要反映的是上古时期的思维，那时的人对生与死的界限缺乏认识，认为死亡带来的只是肉体的消亡，灵魂连同性格还可以转移到另外的躯壳中去。似此，变成精卫的女娃对东海的愤怒不会像后来人想象的那样激烈，它将木石衔来丢入东海之中，是不是以此来代替自己以往的"游于东海"呢？《海外西经》中形(刑)天断头后"操干戚以舞"，似乎也在说明习惯与个性不会随同生命一道消逝，我们不必从斗争哲学出发对其做出过度解释。与此相印证，《山海经》叙述了不少这类"形变而性不变"的故事：《中山经》说天帝之女死后变为姑媱山上的草，"服之媚于人"；《南山经》说亶爰山中有种"自为牝牡"的兽，"食者不妒"；《西山经》说汉水边有种"黑华而不实"的草，"食之使人无子"；《大荒东经》说夔牛出入水时"其声如雷"，以其皮为鼓能"声闻五百里"。可以这样说，《山海经》中一些动植物的功能用途，都是依据这种"形变而性不变"的逻辑推演出来的。列维—布留尔在《原始思维》中反复阐述的"互渗律"，与这种逻辑可谓异曲而同工，书中提到英属哥伦比亚的人相信"给不孕的妇女喝黄蜂窝或者苍蝇熬的汤汁

---

① 袁珂校译《山海经》，上海古籍出版社1985年版，第208页。

能使她们生孩子,因为这些昆虫能以巨大数量繁殖"。①

"互渗律"的基础是初民信奉的万物有灵观,爱德华·泰勒在《原始文化》一书中深入探讨了万物有灵观的起源,他的论述有助于我们更好地理解《山海经》中那些"形变而性不变"的现象:

> 正如关于人的灵魂的概念应当是关于灵魂的第一个概念,然后才由于类推而扩展为动物、植物等的灵魂一样,关于灵魂迁移的最初的概念也包含在下面的直接而合乎逻辑的推论之中:人的灵魂是在新的人体内复活,而这是由于家族中下代与上代的相似而被判明的;后来这种思想就被扩大为灵魂在动物等的形体内复活。在蒙昧人中就有一些完全符合这一观点的明显而确定的概念。动物的那些半人性质的特征、动作和性格,成了蒙昧人——同样也成了儿童们注意观察的对象。动物是众所周知的人的特性的真正体现;那些被用来作为形容词的名称,例如,狮子、熊、狐狸、枭、鹦鹉、毒蛇、蛆虫,在一个词中就集合了整个人的生活特征。根据这一点,在研究蒙昧人中关于灵魂迁移的学说的细节的时候,我们看到:动物在性格上跟那些灵魂仿佛转移到它们身上去的人的本性显然相似。②

从万物有灵观到万物依存论只有一步之遥。以上对《山海经》的举述,实际上涉及人与自然之间千丝万缕的联系:人是日月天地的创造者和管理者,又能变形为其他动物与植物,而它们又会反过来作用于人或服务于人。在古人的想象世界中,生命不断循环,万物依存而共生,众生之间没有不可逾越的生命界限。凯伦·阿姆斯特朗用"本体论的鸿沟"来形容这种界限:"神话所关注的不是现代意义上的神学,而是人类经验。人们认为神灵、人类、动物和自然是不可分割地联系在一起的,服从于同一种法则,由同一种神圣物质所构成。最初之时,在诸神世界与男人女人的世界之间并没有本体论的鸿沟。"③阿姆斯特朗所指的当然是西方神话,不过希腊罗马神话中虽有大量

---

① [法]列维-布留尔:《原始思维》,丁由译,商务印书馆1985年版,第266页。
② [英]爱德华·泰勒:《原始文化》,连树声译,广西师范大学出版社2005年版,第422页。
③ [英]凯伦·阿姆斯特朗:《叙事的神圣发生:为神话正名》,叶舒宪译,《江西社会科学》2008年第8期。

变形故事（奥维德的《变形记》集其大成），却不大注意反映众生之间的依存关系，而《山海经》中的世界才是真正逾越了"本体论的鸿沟"——通过"生育"、"变化"和"使用"等桥梁，人与天地万物紧密地连接在一起。

万物依存论体现的是一种雏形的整体观，与当今生态学者大力倡导的整体主义在本质上一致。整体主义思维用"小我"指代人类，用"大我"指代有机整体，这种"小我/大我"的表达方式完全不同于人类中心主义的"我/你"思维。后者虽然也知道"我"（人类）在"你"（自然）中，但其实践往往导致"你死我活"，甚至下意识地认为只有"你死"才能"我活"。而整体主义思维则认为"小我"与"大我"息息相关，"大我"是放大了的自我，处于"大我"中的"小我"不能罔顾"大我"的健康，一味追求自己的发展和扩张。"没有一个个体能够获救，除非全体都得救。"[①]《山海经》通篇渗透着"小我"处于"大我"之中的朴素思维，并用看似荒谬的故事反映了万物之间的依存和共生关系，因此说它是"原生态叙事"并不为过。

三　正常/怪异——众生各有其形

《山海经》被认为是一部奇书，它给一般读者留下的主要印象是怪异，鲁迅《阿长与〈山海经〉》一文描述的阅读感受可为代表。怪异的印象来自书中怪异的形象，来自那些牛头马面和人不像人、神不像神的生灵，《山海经》为什么要不厌其烦地展示那些令人不大愉快甚至是毛骨悚然之物？读者在掩卷之余可能提出这样的问题。然而在回答之前我们又不妨反躬自问：为什么我们会提出这样的问题？这样的问题是不是暴露出我们总喜欢"以人为本"——以人类自身为标准去衡量其他事物？由此又可引出下一个问题：难道世界上的衡量标准只有一个，不符合这个标准就是不正常？经过这样的反问之后，我们或许会更心平气和一些，对《山海经》中各种形象的态度也会更加公允一些。

[①] Devall, Sessions, *Deep Ecology: Living as if Nature Mattered*. Salt Lake City: Peregrine Smith Books, 1985, p. 67.

人类经过几千年的发展进入全球化时代,终于悟出不能以一把尺子去丈量地球上不同的对象,不能以一种文化为标杆去制定置之四海而皆准的普世价值。以人类对自身的审美为例,本来这是一个"各花入各眼"的不确定问题,然而由于西方文化与媒体所处的强势地位,符合欧美审美观的某些人种特征(譬如说金发碧眼)成了"美"的同义语。这一"标准"通过广告、影视和选美比赛等在全球范围内广泛传播,使得不具备此类特征的人种遭受许多无形排斥,有识之士已经对此提出批评。在对其他生物的观察上,我们也倾向于根据已知、已有的现象和规律去做出判断,这种判断往往会受到"定见"的影响。渊博睿智如恩格斯,也曾根据"哺乳动物不下蛋"这一"定见"对鸭嘴兽做出错误判断,得知事实后他向这种怪异的动物表示了道歉。[1] 鸭嘴兽长着一张鸭子般的嘴巴,这类混合了禽兽特征的动物在《山海经》中比比皆是,似此书中那些怪物也不能说完全没有生物学上的依据。《沉重的肉身》的作者在"引子"中讲述了自己起初未能公平地给"美猫"与"丑猫"喂食,后来在邻家女孩劝导下幡然猛醒的故事,[2] 这本身就是一种伦理叙事,说明对美丑的"定见"如何影响人的行为。至此我们可以回答前面提出的第一个问题,《山海经》的目的之一是表明众生各有其形,大千世界内没有一个统一的标准,大自然并没有规定什么正常什么不正常。古人对世界的了解未必有现代人深刻,但他们的生态心胸远比现代人开阔,至少那时候还未形成以人为中心的种种"定见"。现代人若要做到与自然和谐共处,恐怕先得把这些"定见"丢开,恢复人类过去那种能够包容万千殊像的博大胸襟。

有了这样的认识,我们才能怀着一种同情乃至喜爱的心情去对待《山海经》中的初民思维,听出其中独属于人类童年时代的天真询问:人和动物的肢体可否增减数量?可否多长几个脑袋几条尾巴?四肢和躯体的长度形状是否可以变化?五官可否增减数量或者挪动位置?没有四肢甚至没有脑袋会是怎样的结果?动物之间乃至人和动物之间可否混用肢体、器官和毛羽?《山海经》中有大量叙述寄托了这种思维。

---

[1] 恩格斯在1895年3月12日致康·施米特的信中说:"1843年我在曼彻斯特看见过鸭嘴兽的蛋,并且傲慢无知地嘲笑过哺乳动物会下蛋这种愚蠢之见,而现在这却被证实了!因此……事后不得不请求鸭嘴兽原谅。"见《马克思恩格斯选集》(第4卷),人民出版社1995年版,第747页。

[2] 刘小枫:《沉重的肉身》,上海人民出版社1999年版,第8—10页。

有鸟焉，其状如鸡而三首六目、六足三翼。(《南山经》)

有兽焉，其状如赤豹，五尾一角，其音如击石。(《西山经》)

三身国在夏后启北，一首而三身。(《海外西经》)

长臂国在其东，捕鱼水中，两手各操一鱼。(《海外南经》)

长股之国在雄常北，被发。一曰长脚。(《海外西经》)

大人国在其北，为人大，坐而削船。(《海外东经》)

有小人，名曰菌人。(《大荒南经》)

一臂国在其北，一臂、一目、一鼻孔。(《海外西经》)

有人一目，当面中生。(《大荒北经》)

枭阳国在北朐之西。其为人人面长唇，黑身有毛，反踵。(《海内南经》)

形（刑）天与帝至此争神，帝断其首，葬之常羊之山。乃以乳为目，以脐为口，操干戚以舞。(《海外西经》)

相柳者，九首人面，蛇身而青。(《海外北经》)

有羽民之国，其民皆生毛羽。有卵民之国，其民皆生卵。(《大荒南经》)

以上所举只涉及视觉上的怪异，《山海经》中有的怪物还有体外之躯或曰"物"外之"神"，其形态更加不可思议。《海外北经》写道："钟山之神，名曰烛阴，视为昼，瞑为夜，吹为冬，呼为夏，不饮，不食，不息，息为风，身长千里。在无启之东。其为物，人面，蛇身，赤色，居钟山下。"这也就是说，"在无启之东"的烛阴是一种身长千里之"神"，其眨眼与呼吸决定着昼夜与冬夏的更替，但是作为外观上的可见之"物"，它又是钟山下一种赤色的人面蛇身动物。无独有偶，《海外东经》中的水伯天吴也兼具神兽二形："朝阳之谷，神曰天吴，是为水伯。……其为兽也，八首人面，八足八尾，皆青黄。"按照这一逻辑，《山海经》中那些由人或神变化而来的动植物（或者是那些从名字看与人或神有联系的），可能都有类似的"物"外之"神"，只不过有关内容在记录时被省略了。

对照一下世界上同类性质的民间叙事，我们对这种"物""神"分离的生存形态会有更深入的理解。J.G.弗雷泽在《金枝》中记录了许多发生在

非洲的故事,其中一则为:

> 北卡拉巴的埃克特附近有一个圣湖,湖中的鱼都被小心护养,因为人们以为自己的灵魂寄附在那些鱼的体内;如果杀死一条鱼,就立即有一个人死亡。不多年以前,卡拉巴河内有一条巨大的老鳄鱼,民间都说有一位酋长本人住在杜克市内,他的体外灵魂就寄居在那条老鳄鱼的体内。爱好狩猎的副领事们时常去猎取这条鳄鱼,一次一位官员设法击中了它,于是那酋长马上就腿上有伤卧床不起。他宣称被狗咬了,可是那精谙巫术的占卜者却摇头,不肯相信这理由不足的托辞。①

泰勒在《原始文化》中则举述了欧洲的例子:

> 鞑靼人关于灵魂化身的信仰表现在一个关于巨人恶魔的怪诞然而十分合理的故事里,不能杀死这个巨人恶魔,因为它的灵魂不在它的体内,而是在一条十二头蛇的身体里,它把蛇装在袋子里带在马上。故事的主人公知道了这个秘密之后,杀死了蛇,而巨人也同时死去了。这个故事是很有趣的,它鲜明地表现了一整类众所周知的欧洲平民故事的特有的意义。……由此看来,灵物在世界上自由地飘荡,寻找外界的物神,以便借助它来起作用,定居在它们里面,并且对于自己的崇拜者成为可见的。②

不妨进一步推测,在持万物有灵观的初民眼里,人和动物的形态是难以确定的,由于相信"物"外有"神",他们的眼神变得迷茫,观察和叙述也就难以准确。怪异本身就是一种力量,把看到的东西说得神奇一些,有助于增加叙事的魅力,符合听故事者的心理期待。人类的想象大抵是相同的,世界上许多民族都有自己的"山海经",《原始文化》第十章中对此有大量举述。其中如"头如狗头一样"的安达曼群岛土著、"嘴和眼睛长在胸膛上"的布伦米人、"耳朵当斗篷"的西非矮人、"没有鼻子"的突厥人、"只有一只胳膊、

---

① [英]J.G.弗雷泽:《金枝》,徐育新等译,新世界出版社2006年版,第639页。
② [英]爱德华·泰勒:《原始文化》,连树声译,广西师范大学出版社2005年版,第527页。

一条腿和一只眼"的锡克教徒和"双脚与众相反"的对跖人等,它们与《山海经》中的叙述真是"何其相似乃尔"!特别值得《山海经》研究者注意的是,泰勒深入分析了一些怪异形象的产生原因,发现有的是源于语言的夸张含混,或是传播中的以讹传讹。例如,因鼻子过于扁平而被说成"没有鼻子";因没有国王而被称为"无头的民族";因耳饰过重而被说成"耳朵当斗篷",接着又夸大为睡觉时以一耳为垫一耳为盖;因未开化而被说成是"半边人",进而讹变为"只有一只胳膊、一条腿和一只眼"。[①] 据此想来,《山海经》中许多海外怪物的"原型",可能也是在人们的口耳相传与夸张想象中被"妖魔化"的。我们对这种情况并不陌生,相互敌对的古代民族常会将彼此视为妖魔鬼怪,利益冲突的现代国家之间往往也有这种情形发生。

怪物既有成因,其怪异也就不那么可怕。事实上,《山海经》中的怪物虽然称得上千奇百怪,其构成规律却又相当简单:无非是肢体器官的增减、形状位置的改变以及物种界限的混淆而已。古人的想象非常大胆,但再大胆的想象也不能无中生有,构筑"虚构的世界"的元件还得来自日常生活。所以,书中的怪物大多是由人和常见动物的"零部件"混合组装而成,如人面、牛身、马尾、鹿蹄、羊角、虎齿、蛇躯、鼠毛和鸟翼之类。同样的道理,怪物的颜色不可能超越古人习惯的青、赤、黑、白、黄等五种颜色,它们发出的鸣叫除了"其鸣自呼"之外,[②] 大多也像是人耳常听到的声音——婴啼、狗吠、人笑、鼓鸣和击石等。一言以蔽之,怪物就整体而言是令人诧异的,其局部和细部又是人所熟悉的。钱钟书所谓"故事情节之大前提虽不经无稽,而其小前提与结论却必须顺条有理",[③] 说的就是这种道理,在"顺条有理"的"小前提"基础上,演绎出种种"不经无稽"的"大前提",应当是人类一切想象活动的共同规律。当若干个熟悉的局部"组合"成一个陌生的整体时,本来不怪的东西变成了神奇的生灵。

时至今天,对于叫不出名字的陌生动物,人们仍倾向于用已知动物的肢

---

① [英]爱德华·泰勒:《原始文化》,连树声译,广西师范大学出版社2005年版,第501—540页。

② 《山海经》中的"其鸣自呼"之类表述实为介绍动物之名。爱德华·泰勒在《原始文化》中说:"世界各种语言中,表示动物的词和表示乐器的词,听起来常常是动物叫声和乐器音调的简单模仿。"广西师范大学出版社2005年版,第164页。

③ 钱钟书:《管锥编》(第二卷),中华书局1979年版,第592—595页。

体进行"组合式"描述。例如,《新民晚报》2008 年 10 月 10 日 A7 版刊出一则社会新闻,标题为《乌龟背,甲鱼腹,穿山甲尾——奇:这只'三不像'姓啥名谁》,说的是读者"姜先生"在浙江建德出差时,从偏僻山村的农民手中买到一只"怪物":"这个家伙背部有乌龟一样的几何图案,腹部和甲鱼相仿,尾巴又粗又大像穿山甲。"将这些内容按《山海经》叙事模式改写,岂不就是"有兽焉,鳖腹龟背而文,其尾大如鲮鲤"?这则新闻从标题到内容都在告诉我们,《山海经》的认知方式仍未退出历史舞台,人类对大千世界的惊诧还在继续,我们的想象能力就是由这类惊诧锻炼出来的。神话中"虚构的世界"属于"可能的世界"之一,人类为什么要以叙事为手段去探索形形色色的"可能的世界",原因在于真实的世界毕竟是一种有限的存在,已经实现的可能与未实现的可能相比,犹如一粟之于沧海。举例来说,生活中的牛只能长着牛角牛蹄,而故事中的"牛"却可以长出鹿角、羊角、犀角和猪蹄、马蹄、羊蹄;大自然中某种花不会都有各种颜色,而"虚构的世界"中的某种花都可以有任意一种颜色。更何况,实现了一种可能,便意味着失去了实现其他可能的可能(当了神仙便不能再做享受世俗生活乐趣的凡人,所以旧时戏文中神仙也会"思凡"),为此需要通过讲述故事来做出弥补,在"虚构的世界"里实现那些未能在真实世界中实现的可能。

  《山海经》是古人探索"可能的世界"的最初尝试,真实世界提供的"零部件"在这里被重新搭配,组合成许多"可能的动物"与"可能的植物"。不要小看了这种貌似简单的组合方法,古代神话中的龙、凤和麒麟,西方神话中的飞马、不死鸟和独角兽,都是运用这种方法创造出来的。龙是中华民族的象征,按照闻一多在《伏羲考》中的描述,它是以大蛇为主体,同时"接受了兽类的四脚,马的头,鬣的尾,鹿的角,狗的爪,鱼的鳞和须……于是便成为我们现在所知道的龙了"。[①] 如果不是司空见惯的话,龙也许是我们认识的"可能的动物"中最骇人的一种,与其相比,《山海经》中的怪物皆可谓小巫见大巫。西方人对我们的龙甚为恐惧,世界第一部科幻小说《弗兰肯斯坦》[②] 中的怪物就是由人兽器官拼成。诚然,闻一多(还有

[①] 闻一多:《伏羲考》,见《神话与诗》,华东师范大学出版社 1997 年版,第 27 页。
[②] 玛丽·雪莱(19 世纪英国浪漫主义诗人雪莱之妻)著,中国人民大学出版社、天津人民出版社、外语教学与研究出版社等都曾出版过此书的中译本。

李泽厚）在解释龙凤形象的成因时，主要运用的是图腾合并与融化的概念，但其实质仍为本文所说的"零部件"组合，这种思维方法在《山海经》中留下了极为明显的痕迹。

怪异的对立面是正常，《山海经》虽以被"妖魔化"的生灵为主角，但偶尔也会写到被"神圣化"的动物，其中最突出的是在"山"、"海"、"荒"中都露过面的凤鸟：

> 有五采鸟三名：一曰皇鸟，二曰鸾鸟，三曰凤鸟。（《大荒西经》）
>
> 有鸟焉，其状如鸡。五采而文，名曰凤皇，首文曰德，翼文曰义，背文曰礼，膺文曰仁，腹文曰信。是鸟也，饮食自然，自歌自舞，见则天下安宁。（《南山经》）
>
> 有载民之国。帝舜生无淫，降载处，是谓巫载民。巫载民盼姓，食谷，不绩不经，服也；不稼不穑，食也。爰有歌舞之鸟，鸾鸟自歌，凤鸟自舞。爰有百兽，相群爰处。百谷所聚。（《大荒南经》）
>
> 此诸夭之野，鸾鸟自歌，凤鸟自舞；凤皇卵，民食之；甘露，民饮之；所欲自从也。百兽相与群居。在四蛇北。其人两手操卵食之，两鸟居前导之。（《海外西经》）
>
> 有沃之国，沃民是处。沃之野，凤鸟之卵是食，甘露是饮。凡其所欲，其味尽存。爰有甘华、甘柤、白柳、视肉、三骓、璇瑰、瑶碧、白木、琅玕、白丹、青丹，多银铁。鸾凤自歌，凤鸟自舞，爰有百兽，相群是处，是谓沃之野。（《大荒西经》）

从引文可见，凤鸟是一种能歌善舞的吉祥鸟，它的出现标志着天下安宁，其栖息之地堪称地上乐园，那里的人民拥有无比充足的自然资源，渴时可饮甘露，饥来则食凤卵和百谷，无须耕织而能衣食无忧，还有歌舞不休的凤鸟与自己做伴。

这当然是一种天真的幻想，但这几段文字足以引起当代生态主义者的共鸣，因为其中透露出初民对生态和谐的憧憬与追求，描绘了最古老的生态乐园。试看，凤鸟在这个理想国中扮演着主导者的角色，"自歌自舞"、"饮食自然"显示出它的自得其乐和自由自在，而"两手操卵食之"的人类则以一种寄食者的面目出现，他们享受着物产丰饶带来的巨大好处（"不绩不经，服也，不稼不穑，食也"），但还没有因此变得过分贪婪，因为他们的一切需要和爱好都能在这里得到满足（"所欲自从"，"凡其所欲，其味尽存"）。由于众生之间相处友好，乐园里的动植物资源高度集聚（"百兽相与群居"、"百谷所聚"），呈现出一派欣欣向荣的喜人态势。在生态文明旗帜指引下，国家目前正在大力提倡"环境友好型"与"资源节约型"的科学发展模式，而"环境友好"与"资源节约"正是凤鸟乐园的精髓。《山海经》行文惜墨如金，然而在有关凤鸟乐园的叙述中，笔墨的挥洒较前自如，叙述者的价值取向昭然若揭。"环境友好"意味着情感的投入，《山海经》固然通篇都在写环境，但唯有在写到凤鸟乐园时，叙述者对自然美的欣赏态度才有毫不隐晦的流露。凤鸟叙事是《山海经》的一大亮点，值得认真研究和思考。

需要指出，《山海经》中的凤鸟虽然也称"凤凰"，与后世被神化的凤凰还是有很大区别。凤鸟的外形并无神奇之处，《南山经》形容它"其状如鸡"，书中所有描述都未提到它身上带有其他动物的"零部件"，也未说起它的脑袋、翅膀和脚爪有什么异常。凤鸟的"五采而文"也算不得什么稀罕，许多鸟儿身上都有多彩的羽毛和靓丽的纹理，至于这些纹理似何符号有何意义，那是后来人带有主观色彩的揣测（"首文曰德，翼文曰义"之类的内容显系汉儒整理《山海经》原文时掺入），应与初民的观察无涉。实际上，按照《西山经》中的外形描述——"有鸟焉，其状如翟而五采文，名曰鸾鸟"，凤鸟很有可能是当时一种体姿优美、鸣声悦耳的大型雉鸡（"翟"为长尾野鸡），这种雉鸡栖息之处泉甘林茂，正是人类宜居的沃野，因此古人认为它的出现预示着吉祥。直到今天，南方野地里仍可见到野鸡拖着长长的尾巴从远处飞过，人们在乡间活动时常与其不期而遇，据此想来上古时代这种美丽的动物一定很多，古人大量采食野鸡卵是完全可能的。

而神化之后的凤凰则完全不同，它像龙一样也是由各种动物的"零部件"组合而成，许慎《说文解字》如此描写这种"可能的动物"："凤，神鸟也。天老曰：凤之像也，麐前鹿后，蛇颈鱼尾，龙文龟背，燕颔鸡喙，五色备举，出于东方君子之国，翱翔四海之外，过昆仑，饮砥柱，濯羽弱水，暮宿风穴，见则天下大安宁。"经过这样的变形和赋予"翱翔四海"的神通，凤这只"凡鸟"终于成了可与行云布雨之龙并列的神奇动物，这个由凡而圣的过程具有太多象征意义，同样值得细细咀嚼和玩味。

四 需求/拥有——欲望永难满足

凤鸟叙事代表了古人对美好社会的憧憬。需求导致行动,有时一个微小愿望释放出的动力,通过逐级传递而不断放大,竟能成为驱动伟大故事的引擎。《山海经》中实际叙述的行动不多,勉强能称为"故事"的不过寥寥数则,故袁珂称之为有"神"而无"神话"。然而《山海经》有大量内容涉及人的意愿与需求,从欲望为行动之母这个角度说,《山海经》仍然属于叙事文本,只不过其中许多事件处于尚待"孵化"的阶段。

神话之所以是神话,主要原因在于它保存了大量人类童年时代的幻想,这些幻想沉淀在民族记忆的底层,遇到合适机会就会生长出新的故事。儿童的行动能力远逊于成人,但他们对未来抱有更多的憧憬,先民天真无邪的愿望为神话注入了无穷的魅力,使《山海经》之类的作品成为罗兰·巴特所说的"可写的文本"。神话的不朽表现为它总是被后人重述(即重写),重述构成了世界各民族叙事的一个重要生长点——越是伟大的神话,被重述的几率就越高,而吸引后人重述的正是人类童年时大量萌发的希望。马克思说"希腊神话不只是希腊艺术的武库,而且是它的土壤",[①] 这句话可以帮助我们理解《山海经》在中国叙事史上的意义。

本文第一部分的标题"空间承载资源"已透露出消息,《山海经》中的大自然主要是作为资源的载体而存在,并不是一个纯粹客观的对象,书中无论是说某处有某物还是说某处无某物,都是以人的需求为判断标准。可以这样说,《山海经》的山川海荒处处反映了人的需求,大自然用一种邀请式的姿态展示着自己,那些描述空间的文字后面潜藏着人类的声音:山川为我流金出银,草木助我健体强心,鸟兽供我食肉寝皮。书中虽未直接写出人类对资源的利用,但觊觎者的意图已是呼之欲出。这种情况令人想起"文化研究"学派对欧洲传统女性裸体画的批判,按照这一学派的说法,那些油画中虽然没有男性人物(偶尔出现也是穿着衣服的)的出现,但男人的目光构成

---

① 马克思:《〈政治经济学批判〉导言》,见《马克思恩格斯选集》(第 2 卷),人民出版社 1972 年版,第 113 页。

了绘画的潜在主宰:"在一般的欧洲裸体油画中,主要的角色从来没有被画出来过。他是在油画前面的一个观察者,并且被假定为一个男人。所有的东西都对他说话,所有的东西都必须好像是他在场的结果。正是为了他,那些画中的人物才扮演了裸体的角色。"[1]《山海经》的大部分篇幅中,人类也在扮演这种"缺席的在场"角色,许多"镜头"看上去似乎是空荡荡的,其实浸染着观察者热切的目光。

"看"与"被看"的关系并不完全是单向的,"被看"的呈现固然是一览无余,但落到"被看"上面的目光也会产生某种反弹效果,使人依稀瞥见"看"的语境,以及观察者(同时也是叙述者)的面目轮廓。《山海经》的实际作者已不可考,但读者仍能通过叙述感受到"观察/叙述者"的存在,从书中大量提到山海中的出产来看,"观察/叙述者"后面是一批目的明确的行动者,他们在林下水边逡巡主要不是为了寻觅食物,而是为了涉及更高层次需求的药物、饰物、兆物乃至种种强心、健体和美容之物,换句话说是为了拥有一切可以提高生活质量的东西。请看这样一张代表了各种需求的清单(同类从略):

医药——有木焉,其状如杨,赤华,其实如枣而无核,其味酸甘,食之不疟。(《东山经》)

装饰——又北二百里,曰景山,有美玉。(《北山经》)

兆示——有兽焉,其状如犬而豹文,其角如牛,其名曰狡,其音如吠犬,见则其国大穰。(《西山经》)

强心——有鸟焉,其状如鸠,其音若呵,名曰灌灌,佩之不惑。(《南山经》)

健体——有木焉,其状如棠,而员叶赤实,实大如木瓜,名曰櫰木,食之多力。(《西山经》)

美容——有草焉,其状如葵,而方茎黄华赤实,其本如藁本,名曰荀草,服之美人色。(《中山经》)

避孕——有草焉,其叶如蕙,其本如桔梗,黑华而不实,名曰蓇蓉,食之使人无子。(《西山经》)

---

[1] [英]阿雷恩·鲍尔德温等:《文化研究导论》,陶东风等译,高等教育出版社2004年版,第83页。

庇佑——有兽焉，其状如马而白首，其文如虎而赤尾，其音如谣，其名曰鹿蜀，佩之宜子孙。(《南山经》)

其他——有草焉，其状如薯，赤叶而本生，名曰夙条，可以为簳。(《中山经》)

不管怎么说，这张需求清单表明《山海经》时代的社会形态已由渔猎经济走向了农耕经济，人们之所以无须在山林中进行掠夺性的觅食，是因为他们已经学会在平原上种植粮食和饲养禽畜。《山经》在介绍各山系之余，总不忘提到对山系之神的祠礼，而祠礼的主体"毛"（猪鸡犬羊）和"稰"（精米）等只能来自山下。用山下的农副产品去孝敬山神，带有一种明显的"以物易物"意味——不能说那时的人就已经有了生态平衡意识，但从书中此类叙述来看，他们对自然资源的取用既是有度的，也是有偿的。《西山经》数次提及某物"可以毒鼠"，令人揣度当时山下已有仓鼠之患，这或许是大量窖藏谷物招致的结果，考古发掘已经证明："公元前6000多年，中国北方已有了能储藏十几万斤粮食的窖穴。"① 从"服者不怒"、"食之不眯"、"佩之不惑"、"席其皮不蛊"、"养之可以已忧"等表述来看，当时对动物资源的利用包括了服食、佩带、席卧、饲养等多种方式，并非只有从口腔进入体内一途。其中饲养方式较为文明，因为它不需要剥夺动物的生命，后世领养宠物的习惯可能始于"养物已忧"。对资源的利用还有更为间接的手段，《山经》中频频提到某种动物的出现寓何吉凶，这种以物为兆的预测方式（物占）更不会对生态本身带来任何损害。

人的欲望是其自身处境的折射，根据饥饿者容易梦见美食的道理，我们可以从作者列举的种种需求中，进一步窥见那个时代的生活质量。书中出现的"已疟"、"已疥"、"已聋"、"已肿"、"已疽"、"已瘅"、"已瘿"、"已垫"、"已痔"、"已风"、"已疠"等显示，那时的人们正为罹患疟疾、疥疮、耳聋、痈肿、疽疣、黄疸、颈瘤、湿气、痔疮、风痹和麻风等疾病而烦恼。其中的"已痔"、"已瘿"和"已肿"等表明，痔疮和肿瘤之类并非像今天人们想象的那样是现代生活的产物，古人早就在遭受这类疾病的折磨。有意思的是，《中山经》说三足龟"食之无大疾，可以已肿"，今天民间也还有人用龟鳖之类来

---

① 严文明：《农业起源与中华文明》，《光明日报》2009年1月8日。

治疗肿瘤。以上诸病仅涉及内外科和皮肤五官科，《山海经》中还有"已忧"、"已狂"、"已寓"、"无痴疾"、"不愚"、"不魇"、"不眯"等记述，它们对应的是精神、心理乃至智能方面的症状，如抑郁、癫痫、昏忘、痴呆、糊涂、梦魇和神思恍惚之类，这些在一般人印象中更与工业社会结下了不解之缘。"已忧"、"无忧"等词语的反复出现告诉我们，古人承受的精神压力并不亚于今人，为此他们才要去山里寻找忘忧草与开心果，或者靠捕养鸟兽来解除郁闷。

在治病的药物之外，《山海经》亦提到许多动植物有助于开发人的潜能。通过对它们的"服"、"食"、"佩"、"席"、"养"，人的体质可望发生积极变化，获得"不劳"、"善走"、"多力"、"无卧"、"不睡"、"不寒"、"不饥"、"不溺"、"不夭"等能力；有的动植物甚至能增强人的心理素质，达到"不畏"、"不怒"、"不惑"、"不妒"、"不忘"等境界。这些自然都无法验证，但其中寄寓的大胆幻想弥足珍贵，初生牛犊不怕虎，那时的人不但希望战胜疲劳、困倦、寒冷、饥饿乃至死亡，甚至还想拥有很高的情商与智商。如果真能实现这些愿望，人类将变成无比强大而又无须补给的永生人！《山海经》还记述了一些与人体美相关的需求："服之媚于人"、"服之美人色"的花草，能够使容颜变得明媚艳丽；"可以已痤"、"可以已腊（皮皱）"、"可以已㾨（皲裂）"的鸟兽油脂，能够祛除痤疮并润泽枯涩的皮肤（今人仍然使用羊油之类润肤）；"服之不字"、"食之使人无子"的植物果实，具有节制生育的奇妙功能。令人忍俊不禁的是，书中甚至还提到食用某些鱼类能够使人"无骄（狐臭）"或"不糗（放屁）"，这说明当时有些人已经非常注意保持自身形象的完美，连细枝末节处也不放过。将这些与前面提到的"养物已忧"等联系起来，可以看出古人在调养身心上动过大量脑筋，他们对生存质量的要求比我们原先想象的要高出许多。

需求有大小缓急之分，与关乎生命存续的安全与温饱相比，身心方面的琐细需求又显得无足轻重了。《山海经》中的飞禽走兽多有兆示功能，从物占可以看出人们对未来的最大愿景。经统计，《山海经》中正面兆示有"安宁"2次、"大穰"3次，负面兆示则有"大旱"13次、"大水"9次、"兵"10次、"疫"4次、"大风"2次、"火"2次（详见表2）[①]。

[①] 表2参考了李镜池《周易探源》中的"山经物占统计表"，数据与分类有所修订。载李镜池《周易探源》，中华书局1978年版，第397页。

表2　《山海经》物占统计

物\兆	安宁	大穰	大旱	大水	兵	疫	大风	火	恐	土功	䨲	风雨	螽蝗	国败	放士	狡客	总计
鸟	2	—	4	2	2	2	—	1	1	1	—	—	—	1	—	17
兽	—	2	1	5	6	2	—	1	2	1	—	—	1	—	—	1	24
虫	—	—	5	1	—	—	—	—	—	—	—	—	—	—	—	—	6
鱼	—	1	3	1	—	—	—	—	—	—	—	—	—	—	—	—	6
神	—	—	—	—	1	—	—	—	—	—	—	2	—	1	—	—	4
总计	2	3	13	9	10	4	2	2	3	2	1	2	1	2	1	1	57

这说明那时人们最憧憬的是平安与丰收，最畏惧的是破坏"安宁"与"大穰"的洪涝、干旱、战争与瘟疫（佛家大三灾水火风、小三灾兵饥疫之说与此相符）。物占之术不能完全视为迷信，古人比我们更懂得万物相互依存的道理，气象学家所说的物候实际上就是某种意义上的物占。即使在今天，人们仍通过观察生物的变化来判断生态：蓝藻暴发意味水体污染，桃花水母出现标志水质优越，白鹤来栖说明湿地保护良好。当然，将物占的适用范围盲目扩大到人类社会，将异常的生物现象与人间祸福挂起钩来，那就是占卜术士的无稽之谈了（虽然自然变化有时确实会影响到人类社会）。先秦典籍中涉及物占的灾祥记述甚多，反映出那个时候人们普遍相信"天启"，努力猜测上天垂象的种种内在含义。[①] 孔子对未知世界从不轻易议论，但"凤鸟不至"令其感叹"吾已矣乎"（《论语·子罕》），而"西狩获麟"又使其涕泪沾袍（《春秋公羊传》）——祥鸟隐形与瑞兽罹难，对圣人来说都是"吾道穷矣"的征兆。

综上所述，《山海经》既介绍天下各类资源，又通过点明其用途来反映人的需求，那么接下来的问题自然是，天下的资源是否取之不尽用之不竭？大自然的出产是否可以满足所有人的欲望？《山经》结束之时，叙述者用一段"禹曰"回答了这个问题。

[①] 李镜池：《古代的物占》，载《周易探源》，中华书局1978年版，第379—397页。

> 禹曰：天下名山，经五千三百七十山，六万四千五十六里，居地也。言其《五臧》，盖其余小山甚众，不足记云。天地之东西二万八千里，南北二万六千里，出水之山者八千里，受水者八千里，出铜之山四百六十七，出铁之山三千六百九十。此天地之所分壤树谷也，戈矛之所发也，刀铩之所起也，能者有余，拙者不足。封于太山，禅于梁父，七十二家，得失之数，皆在此内，是谓国用。

治理过九州大地的大禹在这里仅仅是一个叙述者符号，这位"介入叙述者"（intrusive narrator）传达的是带有结论性质的观点：世界不仅是有限的，而且是有明确尺寸的（东西与南北分别为二万八千里和二万六千里。《海外东经》则曰"帝命竖亥步，自东极至于西极，五亿十选九千八百步"）。其中较有价值的"出水之山"只有八千里，"受水"之地也只有八千里（包括"出铜之山四百六十七，出铁之山三千六百九十"），这些就是"天地之所分壤树谷"、供给国家之用的主要来源。那些"封于太山"、"禅于梁父"的"七十二家"国君，所得所失都在这个范围之内。既然一切物产都集中于此，那么大家在这里你争我夺就是不可避免的了，"此……戈矛之所发也，刀铩之所起也"点出了这种争夺的血腥，"能者有余，拙者不足"更直接说出有限的资源不可能满足所有人的需要。时光流转到公元1640年，《山海经》的预言成为现实，《天工开物》的作者宋应星看到明代人口增长给资源环境带来的巨大压力，奋笔写下"争教杀运不重来"的诗句，其中"杀运"二字与"戈茅"、"刀铩"的提法正好形成呼应。①

不言而喻，与《山经》中那些"朴野"的经文相比，"禹曰"透露出来的认识似乎是有些过于清醒和超前了，因此毕沅在《〈山海经〉新校正》中认为这段文字"当是周秦人释语"，郝懿行在《〈山海经〉笺疏》中也说是"周人相传旧语"。然而，就算是出自"周人"或"周秦人"笔下，"禹曰"中的远见卓识也称得上石破天惊。人类只有一个地球，古往今来的战争多因

---

① 宋应星《怜愚诗》："一人两子算盘推，积到千年百万胎，幼子无孙犹不瞑，争教杀运不重来。"英国经济学家马尔萨斯的《人口论》出版于1798年，宋应星比他早158年看到人口按几何级数增加的可怕。"杀运重来"在这里指的是人口增多必然导致有限的资源被血腥争夺，从而引发危及人类自身生存的战争。多子多福思想至今仍在中国城乡弥漫，300多年前的宋应星却对持这种想法的人（包括自己的儿子）不以为然，明确地表达了人类应当节制生育的远见卓识。

争夺资源而发,这些今人耳熟能详的观点,竟然早已在《山海经》中露出端倪!《山经》的曲终奏雅,使古老的先秦文献散发出生态主义的清新气息,仅凭这段"禹曰",就不能把《山海经》看成单纯的地理之书,这也证明了本文选取的研究角度是符合对象特点的。过去的研究对这段文字未予充分注意,一个可能原因是它所处的位置不够显著(夹在《山经》与《海经》之间),其实将"禹曰"附于《山经》之末不无道理,前已提到古人资源观中有"重山轻海"倾向,他们把海荒之处看成"化外",因而认为只有山脉纵横的内陆("中国")才是物产的可靠出处。此外古本《山经》可能有较长时间的单独传播史,学界认为它到后来才与《海经》等汇合,而此时"禹曰"已经成了《山经》中不可分割的部分。

重读"禹曰"还能使我们领悟中华疆域形成的奥秘。"分壤树谷"一词强调了物产的农业属性,华夏民族以农立国,一个地方该不该开发,能不能成为"中国"的一部分,关键在于它适不适合农业生产,能不能种植出养活众多人口的粮食。《山海经》中渗透着这种以农为本的思维,古人之所以不把海荒看做资源的承载之地,归根结底是因为那些地方当时不适合发展农业。从表面上看,这种思维使我们的国家失去了由"黄色文明"向"蓝色文明"发展的机会,但历史学家对此有更为深刻的辨析。葛剑雄说:"儒家一向认为,尧舜地方不过数千里,并不是一味求大,主张一个国家要有适度的疆域,不要不顾自己的国力和实际需要,盲目扩张,过度开发。例如海上一些岛屿,我们的祖先早已发现了,却一直没有开发。现在有的让别国占了,大家感到遗憾。但可以设想,当初要是统治者让老百姓放弃自己的田园故乡,到人烟荒芜的海岛上去,对统治者、对老百姓都没有好处。我们不要脱离历史,正因为中国历代都遵循这样的原则,所以中国的疆域并非世界最大,却是基本稳定、逐步扩展的,没有像有些文明古国那样大起大落,它们往往大规模扩张,却很快分裂、消失了,而中国一直存在了下来。"①

"禹曰"开启的话题历久而弥新,两千多年后两位英法哲人不约而同地就这个话题展开了更为深入的讨论。英国的亚当·斯密在其《国富论》(1776年)中,比较了"野蛮人"的供给不足与文明人的物质丰裕。

---

① 葛剑雄:《儒家思想与中国疆域的形成》(下),《文史知识》2008年第12期。

> 在未开化的渔猎民族间,一切能够劳作的人都或多或少地从事有用劳动,尽可能以各种生活必需品和便利品,供给他自己和家内族内因老幼病弱而不能渔猎的人。不过,他们是那么贫乏,以致往往仅因为贫乏的缘故,迫不得已,或至少觉得迫不得已,要杀害老幼以及长期患病的亲人;或遗弃这些人,任其饿死或被野兽吞食。反之,在文明繁荣的民族间,虽有许多人全然不从事劳动,而且他们所消费的劳动生产物,往往比大多数劳动者所消费的要多过十倍乃至百倍。但由于社会全部劳动生产物非常之多,往往一切人都有充裕的供给,就连最下等最贫穷的劳动者,只要勤勉节俭,也比野蛮人享受更多的生活必需品和便利品。①

亚当·斯密认为这种巨大的反差是因"劳动分工"而产生的,文明社会改进了人类的生产方式,使得"社会全部劳动生产物非常之多",可以让"一切人都有充裕的供给"。然而在《国富论》出版22年前,法国的卢梭却发出了另一个声音,他在《论人与人之间不平等的起因和基础》(1754年)中表达了对"野蛮人"生活的羡慕之情。

> 把如此这般成长起来的人得自上天的种种超自然的禀赋,以及他通过长期的进步而获得的后天的才能,都通通剥夺掉,换句话说就是,完全按照他从大自然的手中出来时的样子观察他,我发现,他既不如某些动物强,也不如某些动物敏捷。不过,从总体上看,他身体的构造是比其他动物优越得多的:我看见他在一棵橡树下心满意足,悠然自得;哪里有水就在哪里喝,在向他提供食物的树下吃饱了就睡;他的需要全都满足了。②

> 我们之所以求知,是因为我们希望得到享受。不难想象:一个既无欲望又无恐惧感的人是不会花心思去进行推理的。欲望的根源来自我们的需要,而它们的发展则取决于我们的知识的进步,因为人之所以希冀

---

① [英]亚当·斯密:《国民财富的性质和原因的研究》(上卷),郭大力、王亚南译,商务印书馆2008年版,第1—2页。
② [法]卢梭:《论人与人之间不平等的起因和基础》,李平沤译,商务印书馆2007年版,第50页。

或害怕某些事物，是由于人对它们已经有了某些概念或者是出于纯粹的自然冲动。野蛮人因为没有任何知识，只具有来源于自然冲动的欲望，所以他的欲望不会超过他的身体的需要。①

亚当·斯密和卢梭正好处于两个极端：一个主张尽力发展以满足人的各种需求，一个主张节制欲望以获得内心安宁。《国富论》诞生于18世纪后期的英国，它宣传生产劳动可以带来财富的大幅度增长，目的是为工业革命后的资本主义鸣锣开道；②卢梭的学说则是对此的当头棒喝：人类需求有限而欲壑难填，幸福并不单单取决于物质的丰富，相反倒是文明社会造成了人类之间的不平等。现在越来越多的人认识到资源环境对经济发展的约束，地球已经不能提供足够的产品去满足人们近乎无限的消费欲望，于是卢梭的学说再一次引起了当代人的共鸣。诚如"英伦才子"阿兰·德波顿所言："现代社会前所未有地提高了我们的收入，至少使我们看起来更为富有。实际上，现代社会给人们真实的感受却是使我们愈来愈感觉到贫穷。现代社会激发了人们无限的期望，在我们想要得到的和能够得到的东西之间、在我们实际的地位和我们理想的地位之间造成了永远无法填补的鸿沟。我们可能比原始社会里的野人更觉得一无所有。"③在对世界的认识上，《山海经》时代的人比我们更为实际，他们没有现代人那么多欲望与需求，因而也就少了许多幻灭之苦。

五 结束语

以上所论，实际上是要解决这样一个问题：《山海经》是一部什么样的

---

① [法]卢梭：《论人与人之间不平等的起因和基础》，李平沤译，商务印书馆2007年版，第59页。

② 不过亚当·斯密另著有《道德情操论》一书，他在书中试图证明资本主义生产虽然是从利己出发，却有利人的一面。"虽然他们雇佣千百人来为自己劳动的唯一目的是满足自己无聊而又贪得无厌的欲望，他们还是同穷人一起分享他们所做一切改良的成果，一只看不见的手引导他们对生活必需品作出几乎同土地在平均分配给全体居民的情况下所能作出的一样的分配。"载亚当·斯密《道德情操论》，蒋自强等译，商务印书馆1997年版，第230页。

③ [英]阿兰·德波顿：《身份的焦虑》，陈广兴、南治国译，上海译文出版社2007年版，第57—58页。

书？或者说，为什么古人要写这样一本书？至此我们已经明白，与其说它描述了山川海荒的方位，不如说它着眼的是天底下的资源；与其说它介绍了各种资源的功能，不如说它更关心人的需求；与其说它是一部自然之书，不如说它是一部人与自然关系之书——"原生态叙事"中流露的资源有限观念，值得后人世世代代铭记。

懂得了《山海经》是一部什么样的书，我们也懂得了那个时代的人（《孟子·万章下》："读其书，不知其人，可乎？"），懂得了原始思维并不像列维—施特劳斯所说的那样是一种"低级"思维。那时的人把自己当成自然界的一部分，明白万物依存而共生，也知道众生各有其形，宇宙间没有什么值得大惊小怪的生灵。我们从书中读到了他们对自然的观察、理解与所见所闻，读出了他们的欲望、需求与所受的折磨，还读出了他们务实的宇宙观与开阔的生态心胸。令现代人望尘莫及的是，他们认识大自然中有用的一切，叫得出花草树木与鸟兽虫鱼的名字，具有合理利用资源、与自然和谐相处的天赋才能。

当然更为重要的是，我们通过这些反观了我们自己（古希腊特尔斐神庙铭文"认识你自己"）。由于种种原因，我们总习惯于看到人类取得的历史进步，现在应当是看到我们失去了什么的时候了。西方生态学家认为"我们还没有成熟到懂得我们只是巨大而不可思议的宇宙的一个小小的部分"，[1] 其实我们并不是"还没有成熟"，而是从曾经的"成熟"退化了，退化到愚蠢地将"小我"与"大我"隔离开来。孔子说学《诗》有益"多识于草木鸟兽之名"，这句话最初曾使我感到惊愕，为什么要如此强调《诗经》的认识自然功能？将《论语》中的有关论述与《山海经》联系起来，一切就显得非常合理了：认识自然是当时最重要的知识需求，还有比大自然更为重要的文本吗？遗憾的是，现代人已经不再为自己的"五谷不分"而歉疚，更不会发出"吾不如老圃"的感叹了。就人之所以为人的基本方面来说，我们实在是有愧于自己的先辈。每一项现代发明都使我们失去一样珍贵东西：时钟使我们不会观察日月运行，汽车使我们的腿部肌肉萎缩，电脑使我们忘记了许多字的写法，绝大多数人已经完全丧失了在大自然中独立生存的本领，甚至连我

---

[1] Paul Brooks, *The House of life: Rachel Carson at Work*, Boston: Houghton Mifflin, 1972, p.319.

们"养之已忧"的狗儿也不会在生病后去野地里寻药了。现代人一辈子固然要学习许多本领，但是在摘去"文盲"、"车盲"和"电脑盲"之类帽子的同时，我们却又不知不觉变成了"花草盲"、"树木盲"和"鸟兽盲"等。即便在现代人居住的城市之中，我们也成了与外界疏离的陌生人，疏离感被认为是现代人最大的精神痛苦——由于对"水泥森林"中不断涌现的陌生事物缺乏了解和把握，我们经常会感受盲人和聋人那样的困窘。

这不是我们所要的生活。在生态文明时代来临之际重温"原生态叙事"，有助于我们钩沉许多业已失落的生态记忆，21世纪《山海经》研究的意义当在于此。

作者简介：傅修延（1951— ），男，文学博士，江西师范大学教授、博士生导师，江西省社会科学院中国叙事学中心主任，研究方向为叙事学。

中国思想中的道德叙事发微

□ 赖功欧

中国思想史中的儒、释、道三教都有自己独特的道德叙事方式，可分别称为导启式、直启式、喻启式。从这三种道德叙事方式中，我们可以窥见中国何以是个极注重伦理道德的文明古国。

叙事并非小说、故事的专有功能，中国传统思想中的儒、释、道三教都在其思想传播中赋予了各自独特的道德叙事方式。如果说，"道德"二字是中国文化、中国思想中最具价值取向的根本特征；那么，很难想象这一特征只是在道德说教的形式中发生并延续——完全的抽象如不在一定程度上依赖形象的生动叙事，是难以为继的。认真考溯儒、释、道三教的道德叙事方式，我们能发现其中的奥妙。笔者将其命名为"导启式"、"直启式"、"喻启式"等三种基本的道德叙事方式；事实上，这三种方式，都偏轻偏重地为儒、释、道三家在不同的时空条件下采用。我们只需在三家的经典文献如儒家的《论语》、《孟子》；道家的《老子》、《庄子》；禅宗的公案、灯录及《禅林宝训》中，就可完成我们希企发掘的中国思想史中最为基本的道德叙事方式。

道德诉求决定道德叙事方式，而道德叙事又成就道德功能。如此看来，道德诉求—道德叙事—道德功能，有着必然的内在逻辑线索。然而，最为重要的是，这一线索，毕竟孕育了"化民成俗"的事业，这种力量是不可轻忽的。中国何以成为世界上最富传统权威的道德伦理大国？在历经一番对儒、释、道三家的道德叙事方式的浅探后，我们自然会理解，中国之所以成为最具历史延续性的文明古国，原来与这一传统中的道德价值取向、道德叙事功能，有着如此不可分割的内在关联。换言之，正是强大的道德叙事功能，支撑了中国思想传统中最为坚实的道德价值取向。因而，对中国思想史中儒、释、道三家的道德叙事方式作一浅探，是十分必要的。

一 导启式道德叙事

儒、释、道三家都不同程度地采取过"导启式"道德叙事方式。先看儒家，孔子为何作《春秋》？先秦之前，中国就已经有了史官记事的专职功能；所谓晋之乘、楚之梼杌、鲁之春秋，则指先秦时各国的专职史官，这些史官对各类重大事情的记载是有一定程式的。《春秋》有三传——《左传》、《公羊传》、《穀梁传》，三传均承担着道德叙事的基本功能。《左传》以为将《春秋》所载之事叙述说明清楚后，所具的道德褒贬之义自然呈现；而《公羊》则坚信《春秋》道德叙事中所涵括的"微言大义"。这恐怕也是孟子极其重视《春秋》的理由所在。我们先看《左传·鲁昭公二十年》中的一段。

> 郑子产有疾，谓子大叔曰："我死，子必为政。唯有德者能以宽服民，其次莫如猛。夫火烈，民望而畏之，故鲜死焉；水懦弱，民狎而玩之，则多死焉。故宽难。"疾数月而卒。大叔为政，不忍猛而宽，郑国多盗，取人于萑苻之泽。大叔悔之，曰："吾早从夫子，不及此。"兴徒兵以攻萑苻之盗，尽杀之，盗少止。
>
> 仲尼曰："善哉！政宽则民慢，慢则纠之以猛；猛则民残，残则施之以宽。宽以济猛，猛以济宽，政是以和。诗曰：'民亦劳止，汔可小康，惠此中国，以绥四方。'施之以宽也。'毋从诡随，以谨无良，式遏寇虐，惨不畏明。'纠之以猛也。'柔远能迩，以定我王。'平之以和也。又曰：'不竞不絿，不刚不柔，布政优优，百禄是遒。'和之至也。"及子产卒，仲尼闻之，出涕曰："古之遗爱也。"[1]

---

[1] 郑天挺主编《左传选》，中华书局1963年版，第255—256页。

这段典型的道德叙事，无论是从《左传》还是从《公羊》的观点看，我们都可以说，不仅其记事以道德叙事为中心，而且其记言更有"微言大义"在其中，此亦即孔子为政以"宽猛相济"的中庸之德，其根本取向则在一大"和"之境界。就本文所论而言，这段引言传达出的更重要的一层意思，则在"导启式"道德叙事。何以见得？在"宽"与"猛"之间，如何才能不偏不倚，并非一眼能洞穿；记之以事，导之以理，且引《诗》申述，层层递进，最后才能揭示出宽猛相济的中庸之德。而无论是从前段的事中，还是从后段的理中，都能见出孔子的以德治国——并非后儒所谓纯粹理想主义道德，而是治国以正加之不偏不倚的中庸之德——的方法；既为民，又为国，是真正的"和之至也"的大和境界。孔子称其为"古之遗爱"。应该说，儒家的这种叙事方式，是以道德为核心的兼有历史叙事与政治叙事的叙事方式，其导引功能是显而易见的。因其义深，故而导之；因其事巧，故而引之。

《孟子》开篇即为一导启式道德叙事，这一叙事由孟子谒见梁惠王时的对话而引出，整个一段长长的对话其核心词语为"王何必曰利"，请看：

> 孟子见梁惠王。王曰："叟，不远千里而来，亦将有以利吾国乎？"
> 孟子对曰："王何必曰利？亦有仁义而已矣。王曰：'何以利吾国？'大夫曰：'何以利吾家？'士庶人曰：'何以利吾身？'上下交征利而国危矣。……王亦曰仁义而已矣，何必曰利？"[①]

其实这段话所隐含的意义是非常深刻的。如果我们把孟子看成一个完全不言利的老夫子，那就错了，孟子亦言民无恒产即无恒心。然而要知道孟子此时此刻是在谒见梁惠王，是要大王在根本上接受他的仁义治国的道德主张，而这一主张的背景则在王道胜于霸道，王道之于民是大利，霸道之于民是小利。而作为在上位者的梁惠王，当知大利在德之后；无德即无大利，而这一大利，是于国于民的共同大利。对此，大王怎能不知呢？大王您在最上层都如此大谈特谈一个"利"字，那最底层岂不是这个"利"泛滥成灾了吗？为

[①] 杨伯峻：《孟子译注》（上），中华书局1960年版，第1页。

了层层导引,孟子采取了逻辑推理逐层展开方式——如果大王动辄言利于我国,那么大夫们就会动辄言利于我家,士和庶人们更是要动辄言其自身了;如此一来,上下交相求利,其实求来的只是表面之利,久之,国家就会处于十分危险的境地了。若从长计议,以德治国,国之大利,民之大利,自然在其中。这是孟子真正的深意所在。这种十分高妙的导引式道德叙事所达到的殊胜之境,其实是要通过对孟子其人、其时代、其文献的整体理解才能达到的。

现在我们来看看关乎老子道学中的道德叙事。老子是个唯道论者,过去学术史上所争的老子唯物论、唯心论之类,实未到位:老子是中国第一个唯道论者。《老子》五千言,通篇说理,何来叙事;表面看来,确实如此。然而意味深长的是,《老子》这篇文献中暗藏着极其独特的叙事结构。英国著名汉学家葛瑞汉有个发现,他坚信《老子》是为弱小人物与弱小国家而作的,因而"《老子》最具个性的特征乃是在一系列正反对立的链条中偏爱反者"。① 老子当然也有对社会和谐境界的向往,不过我们在根本上要知道他多是从小人物的独特视角来揭示问题的。《道德经》第十七章说得挺有趣:"太上,不知有之;其次,亲而誉之;其次,畏之;其次,侮之。信不足焉,有不信焉。悠兮其贵言。功成事遂,百姓皆谓:'我自然。'"这段话的意思是:最好的至上世代,百姓感觉不到统治者的存在;次等的,百姓会亲近而赞誉他;再次等的,百姓自然会畏惧他;更次等的,百姓自然会辱骂他——诚信不足呀!才会不信任他。所以,对好的统治者来说,他悠然自得,口号不多,但说话算数。国家治理好了,事业成就了,老百姓都说:"我们本然如此,并没有人要求我该做什么不该做什么呀!"

这种逐渐"其次"的导引方式,足以证明老子道德叙事的内在逻辑链。老子是个理想主义者,他曾设计过一个"小邦寡民"的和谐社会蓝图:"甘其食,美其服,乐其俗,安其居。邻邦相望,鸡犬之声相闻,民至老死,不相往来。"② 这种纯然的百姓视角,其实早已暗藏着对上古社会是如何的无为而治,而随着社会历史前行却越发等而次之的一种独特叙事结构,并由此

---

① 葛瑞汉:《论道者:中国古代哲学论辩》,中国社会科学出版社2003年版,第259页。
② 陈鼓应:《老子译注及评介》,中华书局1984年版,第130页。

而导致其对"小邦寡民"的和谐社会蓝图的描摹。有趣的是，这种描摹照样可叙事，而且是时空统一蓝图中的悠然叙事，在这样一个叙事结构中，时间照样在流动——"民至老死，不相往来"；空间更是美妙——"乐其俗，安其居。邻邦相望，鸡犬之声相闻"。如果我们看不到这里深藏的叙事结构，就很难理解葛瑞汉的判断，他以为老子"在思想深处，用假名来伪装的弥漫于全书的逃避与退隐，是一种主导性的情绪使然，即恐惧。在《老子》书中，我们呼吸到与庄子的大无畏思想迥然有别的气息。他关心的问题是，弱小国家或小人物如何在天下险峻的力量对抗形势下求得生存。正是在探寻一种万物的模式中，开启了逃避危险的途径"。① 注意，葛瑞汉用了"开启"二字，这证实了本文所讲的"导启式"道德叙事，而葛瑞汉所特别强调的"逃避与退隐"、在险峻的情境中求得生存的"恐惧"性主导情绪，更证实了老子暗藏的通过叙事结构而导出的道德蓝图。这是典型的老子的文体风格，是需要揭示内层信息的一种叙事藏于说理之中的风格。

　　再看禅佛的道德叙事。自有人类文明以来，宗教与道德就是一体而不可分离的。然而它何以是不可分离的呢？这在中国古人那里可能根本不是一个问题。而今人将其作为问题，主要是由于他从小就缺失这方面的基本情操的培养与熏陶。合理的宗教信仰，本身就包含着道德约束力，从而内在地体现出一种扬善弃恶的道德要求。所以考察禅佛的道德叙事，就要将宗教信仰或经验与道德起源的关系作为一个前提性的问题来看，这种关系之所以必须作为一个大前提，实因人类的道德起源一开始就具有某种宗教经验的因素，也可以说二者是互涵互摄的；人们对于道德的无条件责任，最早就是以某种神圣的宗教体验为前提的，而这种前提性的宗教体验，则又是后来发展出人类更为深入的无限道德责任感之基础。可见二者的互融互摄造成了二者的互为前提。固然，所有宗教经验都来自灵魂最深处的领悟能力，但就宗教领悟者本身而言，其所认可的体验中的神圣对象之真实性，总是通向并达到领悟的基本保证。《百喻经》是印度古代佛教寓言故事集，其中充满了道德智慧；而中国禅宗的灯录、公案之类，就开始有了佛教中国化的道德叙事特色，《禅林宝训》是其中的一部代表作。即便是禅宗的偈语也有着道德叙事的某些特点，只是需要我们去深入发掘其内涵罢了。

---

　　①　葛瑞汉：《论道者：中国古代哲学论辩》，中国社会科学出版社 2003 年版，第 255 页。

历史上禅宗"大德"的某些言行范例，常用来判断道德是非迷悟以求开悟的。禅宗特借此而导人开悟。简洁而富有道德智慧正是《禅林宝训》的基本特色。我们来看其中一则：

> 雪堂曰："予在龙门时，灵源住太平，有司以非意扰之。灵源与先师书曰：'直可以行道，殆不可为。枉可以住持，诚非我志。不如放意于千岩万壑之间，日饱刍粟，以遂余生，复何倦倦乎？'不旬浃间，有黄龙之命，乃乘兴归江西。"①

这是一则非常有趣的道德训诫，之所以将其列于"导启式"叙事，乃因其以儒的名言来说禅，《论语》的"直道而行"，早已成为人所熟知的中国文化中的典故与成语。禅门引之，以导其知机识宜、不屈声势的直道精神。整个叙事寥寥几笔，却完整地呈现出对直道而行的道德信条的崇尚。雪堂和尚说，他以前住持龙门寺时，灵源和尚住持太平寺，地方官常常无事生非，不断骚扰他。灵源和尚就给先师佛眼和尚写信坦陈："直心直行是行道的根本，然而却常常行不通。违背良心行事我又不愿意。倒不如放意于千岩万壑之间，渴饮山泉，饥食野果，以乐残年，何必忧忧闷闷做此去就呢？"过了十天半个月，便有黄龙之命，邀请他去住持。灵源趁此机会，渡浔阳，赴江西。智祥在"笔说"的结尾中说道："道人心如直弦，委曲非所宜也，凡为丛林主，合当知此。"② 直道而行，不屈声势，归隐山林，是这则训条的主题。然根本精神则在儒家源头的"直道"二字，以儒导禅，可见禅悟之灵气无处不在。这也正是我们要将其列于"导启式"道德叙事的根本缘由。《禅林宝训》中的嘉言善理，早已超越了佛教修持的专门含义而具有普遍意义；故流传后即被誉之为"万世师法"。

二 直启式道德叙事

直启式道德叙事是以直接启发的方法进行道德叙事，儒、释、道三家都

---

① （宋）净善重集、（清）智祥笔说《禅林宝训》，华夏出版社2009年版，第311页。
② 同上书，第312页。

有直启式道德叙事。我们紧接着上面的话题谈"直道"的道德叙事。

对儒家而言,这种"直道"的道德叙事当为"直启式"道德叙事。《大戴礼记》、《小戴礼记》等儒家文献这种方式极多,《论语》中孔子与弟子们的对谈中也常见。如《论语》中有一段专谈柳下惠被"三黜"一事:

> 柳下惠为士师,三黜。人曰:"子未可以去乎?"曰:"直道而事人,焉往而不三黜?枉道而事人,何必去父母之邦?"(《论语·微子篇》)[1]

柳下惠担任法官,多次被免职。有人说:"您不可以离开鲁国吗?"柳下惠说:"按直道事奉君主,到哪里去能够不被多次地免职呢?而要照歪道事奉君主,为什么一定要离开这个国家呢?"的确,如世道不好的条件下,直道事人,到哪里都会受到排斥而受罢免;但要是枉道事人,在哪里也能混下去,何必背井离乡,到远方去谋职。柳下惠"直道事人",实质上是与人处于"和而不同"之状态,但却往往体现出不太和谐的表面状态;而事情就是这样:往往能保持表面上同一的,其实却是假的和谐。直道的悖论于是出现,坚持直道者所得结果往往适得其反。但在本文中,这则道德叙事则是典型的"直启式",因其相当直接而丝毫不隐瞒地传达出了柳下惠对这个世道用人准则的一种观点;而且是以斩钉截铁地的反问方式说出来的,可见其内心早有定见,其不欲枉道之意,确然有不可拔者。《论语》中这则直启式道德叙事,让儒家那种坚定的直道精神大显光辉。《大戴礼记·保傅第四十八》载有史鰌其人以尸谏魏灵公的惨烈故事,则更是一种直接而感人的道德叙事。这一故事描述的是卫灵公时,蘧伯玉贤能但未被任用,弥子瑕不肖而担当国家重职。史鰌为此忧虑,数次向灵公说明蘧伯玉贤能而未被接纳。等到史鰌病重将死之时,他对自己的儿子说:"我将死去,到时你就在北堂办理丧事。我活着的时候不能推荐蘧伯玉而赶走弥子瑕,这是未能匡正国君;死后就不应依礼治丧。你将我尸首设置在北堂,对我说来已经够满足啦。"后来,卫灵公前往吊祭史鰌时,询问是什么缘故,他儿子便如实将父亲的话一一作答。灵公听后大为吃惊,难过得变了脸色。但他随即说:"是我错了!"即刻召蘧伯玉,使他贵居重职,并撤退了弥子瑕。将这一事办好后他指使将

---

[1] 朱熹:《四书章句集注》,中华书局1983年版,第183页。

灵堂搬到正屋,直到完成祭礼才离开。此后卫国大治。《大戴礼记》评价说:"卫国以治,史鰌之力也。夫生进贤而退不肖,死且未止,又以尸谏,可谓忠不衰矣。"① 这则著名的尸谏故事,可视作极为典型的"直启式"道德叙事。

老子《道德经》中似乎很难看到那种直接以人、事来进行道德叙事的方式,但在那极为精辟的五千言,我们仍能发现这种叙事说理难解难分的交融叙述。《道德经》第二十章即为叙事说理融为一体的篇章:

> 唯之与阿,相去几何?美之与恶,相去若何?人之所畏,不可不畏。荒兮,其未央哉!众人熙熙,如享太牢,如春登台。我独泊兮,其未兆;沌沌兮,如婴儿之未孩;儽儽兮,若无所归。众人皆有余,而我独若遗。我愚人之心也哉!俗人昭昭,我独昏昏。俗人察察,我独闷闷。澹兮,其若海;飂兮,若无止。众人皆有以,而我独顽且鄙。我独异于人,而贵食母。②

老子在这里是借自身而说事寓理:平日处事,应诺和呵斥,相距有多远?平日生活,美好和丑恶,又相差多少?看来在这世道上,人们所畏惧的,不能不畏惧(长沙马王堆帛书本作"人之所畏,亦不可以不畏人")。这风气从远古以来就是如此,好像没有尽头的样子。你瞧:众人都熙熙攘攘、兴高采烈,如同去参加盛大的宴席,如同春天里登台眺望美景。而我却独自淡泊宁静,无动于衷。混混沌沌啊,如同婴儿还不会发出嬉笑声。疲倦闲散啊,好像浪子还没有归宿。众人都有所剩余,而我却像什么也不足。我真是只有一颗愚人的心啊!众人光辉自炫,唯独我迷迷糊糊;众人都那么严厉苛刻,唯独我这样淳厚宽宏。恍惚啊,像大海汹涌;恍惚啊,像漂泊无处停留。世人都精明灵巧有本领,唯独我愚昧而笨拙。我唯独与人不同的,是愿意过一种不断进于"道"的生活。显然,老子在用自己的活法就事说理,其核心内涵在以生活态度提示出自己不同于世俗的道德价值取向。这当然也是一种十分巧妙的、但却是直接诉诸内心的道德叙事的方式。其"直启式"意味亦显而

---

① 高明:《大戴礼记今注今译》,台北,台湾商务印书馆1975年版,第134页。
② 陈鼓应:《老子译注及评介》,中华书局1984年版,第140页。

易见。

  禅宗讲明心见性，自然悟道。其禅悟方式随机而立，但仍有大量的道德叙事是直启式的。《禅林宝训》中此类之例比比皆是。现仅举一例："湛堂谓妙喜曰：像季比丘，外多徇物，内不明心，纵有弘为，皆非究竟；盖所附卑猥而使然。"[①] 此为禅门中的典型道德叙事：湛堂文准对大慧宗杲说：像法、末法时代的修道者但知向外随顺境缘，追逐声色，不知向内究明心地。这种人尽管有时能轰轰烈烈干一番事业，然而都不究竟，因为他们所依附的人卑浅鄙猥而造成的。这种"直启式"叙事，一目了然。禅宗的境界是彻悟人生、彻悟心地，纵然外有作为甚至轰轰烈烈，若于心性不悟，终非究竟，而不为禅宗所许。

三　喻启式道德叙事

  "喻启式"道德叙事，在儒家的早期文献中，于《孟子》中最为显见；在道家的早期文献中，于《庄子》中最为显见；在禅宗的文献中，则于《景德传灯录》等公案叙事中最为常见。

  《孟子》好辩，其滔滔雄辩多借助于好用譬喻上：

> 孟子曰："鱼，我所欲也；熊掌，亦我所欲也，二者不可得兼，舍鱼而取熊掌者也。生，亦我所欲也；义，亦我所欲也，二者不可得兼，舍生而取义者也。生亦我所欲，所欲有甚于生者，故不为苟得也；死亦我所恶，所恶有甚于死者，故患有所不辟也。如使人之所欲莫甚于生，则凡可以得生者，何不用也？使人之所恶莫甚于死者，则凡可以辟患者，何不为也？由是则生而有不用也，由是则可以辟患而有不为也。是故所欲有甚于生者，所恶有甚于死者，非独贤者有是心也，人皆有之，贤者能勿丧耳。[②]

[①] （宋）净善重集、（清）智祥笔说《禅林宝训》，华夏出版社2009年版，第155页。
[②] 杨伯峻：《孟子译注》（下），中华书局1960年版，第265页。

孟子这里当然不是谈鱼、谈熊掌之类的事情，但生活当中这类事情却是最好的切入点。孟子之深意是以此譬喻而导出正义之说，是典型的喻启式道德叙事。这段道德喻启十分生动。孟子说："鱼是我喜欢吃的，熊掌也是我喜欢吃的；如果不能两样都吃，我就舍弃鱼而吃熊掌。生命是我想拥有的，正义也是我想拥有的；如果不能两样都拥有，我就舍弃生命而坚持正义。生命是我想拥有的，但是还有比生命更使我想拥有的，所以我不愿意苟且偷生；死亡是我厌恶的，但是还有比死亡更使我厌恶的，所以我不愿意因为厌恶死亡而逃避某些祸患。如果让人想拥有的没有超过生命的，那么，只要是可以活命，什么事情干不出来呢？如果让人厌恶的没有超过死亡的，那么，只要是可以逃避死亡的祸患，什么事情干不出来呢？但也有些人，照此做便可以得到生存，却不去做；照此做就可以避免祸害，却不去做。由此可知，的确有比生命更使人想拥有的东西，也的确有比死亡更使人厌恶的东西。这种心原本不只是贤人才有，而是人人都有，只不过贤人能够保持它罢了。"这种用譬，步步深入，具有强有力的说服力，震撼人心。

庄子的用譬，恰切而深入，臻入完美之境，不少用譬之语已成汉语成语，约定俗成，人口相诵。如"精诚之至"，便出自《庄子·渔父》，而《庄子·德充符》篇则全然是一上佳的道德叙事篇，传达出如何珍重人的内在德性，而忽略外在形式的基本理念。其中虚构的几位形残而德全的残者形象是颇有意味的。庄子不仅借此揭示了当时人们所处的生存困境，也通过与拘泥于形骸之见的形全而德亏者的对照，体现出两种不同的价值取向。《庄子·德充符》篇为截断人们常规的思维方式，引导人们跳过形貌直指人心，体现庄子哲学中道德叙事的喻启式特点。其叙人叙事极为传神，为了说明德的充实与证验，此篇想象出一系列外貌奇丑或形体残缺不全之人，其德则极为充实，如此而组成了全篇五个小故事；以孔子为王骀所折服这个故事开端；五个小故事之后又用庄子和惠子的对话作为结尾，即第六部分。在庄子的眼里惠子恰是德充符的反证，还赶不上那些貌丑形残的人。

> 鲁有兀者王骀，从之游者，与仲尼相若。常季问于仲尼曰："王骀，兀者也，从之游者，与夫子中分鲁。立不教，坐不议，虚而往，实而归。固有不言之教，无形而心成者邪？是何人也？"
> 仲尼曰："夫子，圣人也，丘也直后而未往耳！丘将以为师，而况

不若丘者乎！奚假鲁国！丘将引天下而与从之。"①

这里说的是鲁国有个被砍掉一只脚的人，名叫王骀，可是跟从他学习的人却跟孔子的门徒一样多。孔子的学生常季向孔子问道："王骀是个被砍去了一只脚的人，跟从他学习的人在鲁国却和先生的弟子相当。他站着不能给人教诲，坐着不能议论大事；弟子们却空怀而来，满载而归。难道确有不用言表的教导，身残体秽内心世界也能达到成熟的境界吗？这又是什么样的人呢？"孔子回答说："王骀先生是一位圣人，我的学识和品行都落后于他，只是还没有前去请教他罢了。我将把他当做老师，何况学识和品行都不如我孔丘的人呢！何止鲁国，我将引领天下的人跟从他学习。"

禅宗公案中的这类喻启式叙事则更为多见，马祖道一与南泉普愿的"平常心是道"的命题，就是在一系列"磨砖"、"牛车"公案中提炼而出，此不赘述。总之，都是些极为典型而又有感化力的喻启式道德叙事。

本文的最后要说的是，作为一个文明古国，中国是个最注重道德伦理的国度；因而，道德从来就不是儒家的专利，只是道家与禅宗对道德既有着与儒家伦理的相通之处，也有着宇宙论及生命哲学的不同维度的理解。《禅林宝训》在谈到灵源禅师那种深养道德、行解相应的品格时，确与儒家之德相通。"灵源道学行义，纯诚厚德，有古人之风；安重寡言，尤为士大夫尊敬。"② 这当然是对灵源禅师其人其事的直启式叙述。但禅家道德叙事与儒家的不同之处，则在有着更多的对生命轮回方面的理解。而对道家而言，道德二字则既有生命本真方面的理解，同时也有世界起源、宇宙规律方面的理解。长沙马王堆帛书《老子》，《德》经在前，《道》经在后，所谓"德道"，诚为"得道"之意。孔子亦谓："朝闻道，夕死可矣。"儒、释、道三家，其道德叙事，同乎？殊乎？解者自解，悟者自悟。妙哉。

作者简介：赖功欧（1954— ），男，江西省社会科学院哲学所研究员，南昌大学哲学系硕士生导师，研究方向为中国哲学与中西思想比较。

---

① 陈鼓应：《老子译注及评介》，中华书局1983年版，第144页。
② （宋）净善重集、（清）智祥笔说《禅林宝训》，华夏出版社2009年版，第199页。

真实的虚拟世界

——先秦文学中的移位叙述

□ 张 丽

移位叙述作为连接虚构世界与现实世界的叙述手法,在先秦叙事作品中表现得尤为出色。以《山海经》为代表的先秦神话文本是中国叙事文学发育的原始阶段,它反映了中国叙事文学的民族特点,主要包括创世神话的移位叙述、抵御自然灾害斗争的移位叙述两种。同时,这两种移位叙述周而复始地出现在中国文学中,深刻地影响了中国叙事文学的发展。

"移位"即位置的移动,或曰错位。作者居住在真实的世界,他的灵魂却终日嬉戏于"虚构的世界"中,两个世界免不了有相似相通之处,作者在叙述或生活中稍一"迷糊"(有时是故意"迷糊"),就为移位提供了机会。[①]"移位"的关键是叙述中的事件与既有事件发生了某种对应关系,当读者察觉到这种对应关系时,既有事件也就参与了叙述,远远地、隐隐地与叙述中的事件共振着。[②] 移位的叙述出现时虽不必有"信号"发出,但叙述中出现古怪的情感冲动,或是违背故事逻辑叙述不必要的事与细节,都是作者可能把持不住而出现"迷糊"的征兆。[③]

远古时期,先民们生活在自然条件恶劣的环境中,由于认识水平的低

---

① 傅修延:《叙事:意义与策略》,江西高校出版社1999年版,第233、232、235页。
② 同上书,第232页。
③ 同上书,第235页。

下，他们对周围的一切充满了好奇，便把一切存在物都看做受某种神秘力量支配、必须顶礼膜拜的偶像，于是神话便诞生了。然而，先民对现实世界与神话虚拟世界的界限不是很清楚，先民便通过"移位"这种独特的叙事方式，表达着自己对自然、社会生活等现象的美好憧憬。在移位的神话中，以创世神话与抵御自然灾害的神话最为常见。

一　移位的创世神话

在中国的创世神话中，最常见的原型是混沌意象和女娲原型，在神话叙事中，这两种意象探讨了宇宙与人类起源的问题。

首先是混沌意象。世界各地的创世神话都有"混沌"意象。关于创世神话的口头叙述在先秦叙事中被多次重复叙述：如《山海经》第二卷《西山经》云："又西三百五十里曰天山，多金玉，有青雄黄，英水出焉，而西南流注于汤谷。有神鸟，其状如黄囊，赤如丹火，六足四翼，浑敦无面目，是识歌舞，实惟帝江也。"浑敦即混沌，混沌的形象为识歌舞的神鸟，是黄帝的变形。《山海经》把"混沌"描绘成黄帝变的一只神鸟，突出了黄帝不仅是中华民族的祖先，而且是整个宇宙和世界的创造者。另外，黄帝还有很强大的审美能力，他不仅颜色美丽而且识歌舞。《山海经》中的《大荒南经》和《大荒西经》也记录了帝俊的妻子羲和与常和分别生育了十个太阳和十二个月亮等。这显然是先民们对时间概念的神化之后空间化的解释。《海外经》中的四方神同时又是四时神，所谓东、南、西、北四方实际上是对应着春、夏、秋、冬四季，又如《海外北经》有"钟山之神，名曰烛阴，视为昼，瞑为夜，吹为冬，呼为夏，不饮，不食，不息，息为风。身长千里"，即是用神话来表现昼夜交替和四季变换。

《老子》第二十五章曰："有物混成，先天地生。寂兮寥兮，独立而不改，周行而不殆，可以为天地母。"据老子的描述，此时的混沌是一种"先于宇宙生成阶段"的状态，"是一种完美无缺的，整体的或所有事物混合为一"的阶段。[①]

[①] 叶舒宪、萧兵：《老子的文化解读》，湖北人民出版社1994年版，第123页。

《淮南子·诠言》曰:"稽古太初,人生于无。"它把人类的来历说得真切而明白,但又稍嫌简单、笼统。到了《三五历记》中,此记载更加形象:"天地混沌如鸡子,盘古生其中,万八千岁,天地开辟,阳清为天,阴浊为地。盘古在其中,一日九变,神于天,圣于地。天日高一丈,地日厚一丈,盘古日长一丈,如此万八千岁。天数极高,地数极深,盘古极长。后乃有三皇。"(《艺文类聚》)人类的始祖盘古直接生于鸡蛋似的混沌状态。中国上古神话中的混沌意象在后人心目中,是"一种理想化的和谐完美状态",是"先于现存人类存在的至福极乐状态"。①

庄子所处的是诸侯混战、民不聊生的黑暗时代,人类已远离了那种"鸡犬相闻,老死不相往来"的美满状态。于是,庄子运用了创世神话和《山海经》中"混沌无面目"的意象创造出"混沌之死"的新神话,来阐述深刻的哲理和对往昔美好生活的回忆:"南海之帝为儵,北海之帝为忽,中央之帝为浑沌。儵与忽时相与遇于浑沌之地,浑沌待之甚善。儵与忽谋报浑沌之德,曰:'人皆有七窍以视听食息,此独无有,尝试凿之。'日凿一窍,七日而浑沌死。"(《庄子·内篇》)南海之帝名叫儵,北海之帝名叫忽,中央之帝叫浑沌。儵与忽经常相约到浑沌所居的中央之地去游玩,浑沌对他们俩招待得很周到。儵与忽私下商量,要报答浑沌的盛情。儵说:"别人都有七窍用来视听食息,偏偏这么好的人却没有。"忽说:"我们为他开开窍吧。"于是,他们俩每天为浑沌凿开一窍,花了七天凿出七窍,不料竟把浑沌害死了。袁珂对此解释说:"这个有点滑稽意味的寓言,包含着开天辟地神话的概念。混沌被儵忽——代表迅疾的时间——凿开了七窍,混沌本身虽然是死了,但是继混沌之后的整个宇宙、世界也因之而诞生了。"② 这就明确指出了"浑沌之死"的故事与创世神话的关系。

其次是女娲原型。除了混沌意象外,创世神话中另外一个创造万物的神圣女神女娲也是先秦文学中移位叙述最多的原型。女娲是中国原始神话中的一位重要人物,是创造万物的神圣女神,是创造万物的女始祖。《大荒西经》载:"有神十人,名曰女娲之肠,化为神,处栗广之野,横道而处。"晋郭璞注:"女娲,古神女而帝者。人面蛇身,一日中七十变。其腹化为此神。"

---

① 叶舒宪、萧兵:《老子的文化解读》,湖北人民出版社1994年版,第142页。
② 袁珂:《中国古代神话传说》(上册),中国民间文艺出版社1984年版,第66页。

《淮南子·说林篇》中"黄帝生阴阳,上骈生耳目,桑林生臂手,此女娲所以七十化也"的记载便是明证。东汉许慎《说文解字》卷一二明确地说:"娲,古之神圣女,化万物者也。"袁珂在《古神话选释》中,释"化"为"孕育"、"化生"之意,那么,女娲就是化生万物的造物主。女娲不仅创造了人类,而且还是神的创造者。造人,汉末应劭的《风俗通义》。《太平御览》卷七八引《风俗通义》曰:"俗说天地开辟,未有人民。女娲抟黄土作人,剧务,力不暇供,乃引绳泥中,举以为人。"补天是女娲又一大创举。《淮南子·览冥篇》曰:"往古之时,四极废,九州裂……于是女娲炼五色石以补苍天,断鳌足以立四极,杀黑龙以济冀州,积芦灰以止淫水……"总之,女娲是中国神话系统中一位智能高强的神性女英雄,人们赞美女娲"此有非人之形,而有大圣之德"(《列子·黄帝》),《淮南子·鉴冥训》在叙述她的勋业后,也赞颂道:"考其功烈,上际九天,下契黄垆,名声被后世,光辉熏万物。"

在创世和造人完成以后,人类的生存便成了最迫切需要解决的问题。S. H. 胡克说:"神话的创始者考虑的并非有关世界的一般问题,而是日常生活中某些实际的、迫切需要解决的问题。此类重大问题包括:确保物质生活……"① 在备受自然灾害的逼迫、物质生活极为低下和匮乏的原始初民的思想中,最实际、最迫切的问题就是解决生存问题,因此他们对影响生存的自然灾害当然感触颇多,抵御自然灾害的斗争便反复出现在先民的叙事中。

二 抵御自然灾害斗争的移位叙述

中华民族一直是一个多灾多难的民族。据《中国救荒史》统计,② 从商汤十八年(公元前1766年)到1910年的3676年间,共计发生水、旱、蝗、风、雹、霜雪、歉饥等农业灾害4215次,平均每年1次。殷商时期史载水灾5次,旱灾8次;西周时期867年间发生灾害79次;秦汉441年间,农

---

① [美]约翰·维克雷:《神话与文学》,上海文艺出版社1995年版,第167页。
② 邓云特:《中国救荒史》,生活·读书·新知三联书店1958年版,第40—41页。

业灾害264次；魏晋南北朝361年间，农业灾害492次；隋唐五代397年间，农业灾害493次；宋元408年间，农业灾害806次；明清时期543年，农业灾害1660次。灾害发生频次由秦汉时的每年0.6次上升到明清时的每年3次。农业灾害的内部灾种结构的变化也经历了一个向多杂化演进的过程。春秋以前水旱灾害为主，春秋以后水旱风雹蝗虫灾害横行肆虐，此外还有各种灾因不明的饥、荒歉灾等。[①] 有学者把古文献中关于"原始大水"的传说称为"人类对于末次冰河期所留的残余印象"，并据此认为"中国远古时代就有许多灾害，这是很自然的"。

中国神话中的第一次大洪水和"共工怒撞不周山"的神话有关，据《淮南子·天文篇》载：昔者共工与颛顼争为帝，怒而触不周之山。天柱折，地维绝。天倾西北故日月星辰移焉；地不满东南，故水潦尘埃归焉。共工与祝融的争斗记载在《史记》司马贞补《三皇本纪》中：诸侯有共工氏，任智刑以强，霸而补王，以水乘木，乃与祝融战，不胜而怒，乃以头触不周山崩，天柱折，地维缺。

后人记载这次水灾时犹存余悸，于是做出各种可能的推测，或以为当时人类生活环境多为沮洳之地；或以为土地未予治理之时，洪水漫流所致；或以为黄河泛滥为患。各家解说虽有歧异，但对灾情之严重并未置疑。马宗申研究古代洪水的性质时指出："洪水主要表现为内涝，积水，非为外水。"[②] 面对恐怖的自然灾害，弱小的人类对此有独特的解释与叙述。而人类为了生存所进行的斗争也以独特的叙事形式保存了下来，这其中最为著名的要数鲧禹治水与后羿射日。

（一）鲧禹治水

相传鲧是黄帝的孙子。《山海经·海内经》说："黄帝生骆明，骆明生白马，白马是为鲧。"鲧是一个聪明能干、毕生造福人群的英雄。他创造了沿用至今的基本农具耒耜（即犁铧，木柄叫耒，铁铧叫耜）；他驯服驾驭了耕牛，教导人民播种五谷，创建城郭，特别是竭尽全力，带领人民铺泥堵水，筑堤防洪。他办事果断，刚强正直，为人民所信服。然而，洪水太严重了，

[①] 邓云特：《中国救荒史》，生活·读书·新知三联书店1958年版，第40—41页。
[②] 马宗申：《关于我国古代洪水和大禹治水的探讨》，《农业考古》1982年第2期。

他东堵西防,填了九年,洪水仍然铺天盖地,还是"滔滔洪水,无所止极"。鲧真是忧心如焚。《楚辞·天问》中有一问是:"鸱龟曳衔,鲧何听焉?"袁珂在《中国神话传说》中认为这是指一只猫头鹰和一只乌龟告诉鲧,天廷中有一种生长不息的土壤,取一点投向大地就能积成山,堆成堤。息壤是古代人根据地壳变化而产生的一种幻想,中国古书中有很多地层突然增高的记载。

《海内经》云:"洪水滔天。鲧窃帝之息壤以湮洪水,不待帝命,帝令祝融杀鲧于羽郊。鲧复(腹)生禹,帝乃命禹卒布土以定九州。"鲧为了制服洪水,置个人安危于不顾,不待天帝允许,私自取了息壤去救黎民百姓的行为触怒了天帝。他终于壮志未酬,被天帝殛杀于羽山之野。鲧虽然被杀,但精魂不死,他的尸体三年不腐。天帝怕他复活,就令一位神人用"吴刀"把他的肚子剖开。这时,从鲧的肚子里跳出一条虬龙,即长着双角的龙。虬龙盘曲腾跃,升上天空,这就是鲧的儿子大禹。

大禹没有抛弃鲧的经验,而是在鲧已取得的基础上前进,《国语·鲁语》载禹"修鲧之功"就是此意。大禹治水的方法是一方面填堵筑堤,一方面疏通导引。神话传说中,说他"导川夷岩,黄龙曳尾于前,玄龟负青泥于后"。"青泥"就是鲧当年用过的"息壤",玄龟也是助鲧治水的老部下;黄龙又名应龙,它长着两只美丽的翅膀和非常强有力的尾巴,它帮助大禹勘察地形,用尾巴划开地面,引导洪水流向应当去的地方。除应龙和玄龟外,大禹还得到很多帮助,例如,白脸鱼身的黄河河精从翻腾的水波中呈给大禹一块水淋淋的大青石,石上还是一幅治水地图;人面蛇身的伏羲送给大禹一支一尺二寸长的玉简,使他能以之度量大地;马首龙身的汶川神曾帮助大禹推倒两座大山,让洪水流往荒远地区。

"神话乃是自然现象,对自然的斗争以及社会生活在广大的艺术概括中的反映。在本质上,神话也和别的艺术一样,是反映一定的社会生活的,是产生在一定的社会基础之上的上层建筑,是一种作为观念形态的艺术。"[①]神话是一种真实的叙事,至少在原始人的观念里是真实的。列维—布留尔认为:"对我们社会的即使是文化最低的成员说来,鬼神的故事乃是属于超自然领域中的东西:在以这些鬼、魔力作用为一方和以由于普通知觉和日常经

[①] 袁珂:《中国神话传说》,人民大学出版社1998年版,第6页。

验的结果而认识的事实为另一方之间，存在着明确的分界线。相反的，对于原始人来说，这条线是不存在的。对于原始人来说，对他来说是不存在两种不同的知觉和作用的形式。"①

《大荒北经》也载有禹杀相繇的故事："共工之臣名曰相繇，九首蛇身，自环，食于九土。其所乌欠所尼，即为源泽，不辛乃苦，百兽莫能处。禹湮洪水，杀相繇，其血腥臭，不可生谷，其地多水，不可居也。禹湮之，三仞三沮，乃以为池，群帝因是以为台，在昆仑之北。"远古洪水的故事多见于许多民族的历史传说，华夏民族也不例外。鲧、禹治水是华夏民族早期关于洪水记忆的叙事，鲧、禹的真实性的争论尚未休止，但古人治水是宏观的真实。在宏观真实的框架下，以现实语境为标准的一些虚构叙事出现了：九首的相柳氏；"相柳之所抵，厥为泽溪"的神法；"禹湮之，三仞三沮，乃以为池"的本领；"鲧复（腹）生禹"的奇异等。

（二）后羿射日

原始的旱灾也在人类的记忆中留下了"残余印象"。《淮南子》中记载："逮至尧之时，十日并出。焦禾稼，杀草木，而民无所食。猰貐、凿齿、九婴、大风、封豨、修蛇皆为民害。尧乃使羿诛凿齿于畴华之野，杀九婴于凶水之上，缴大风于青邱之泽，上射十日，而下杀猰貐，断修蛇于洞庭，擒封豨于桑林。万民皆喜，置尧以为天子。"这则后羿射日的传说，可以看做对中国古代大旱灾的一种文学性描述，有灾象、灾情，还有灾后补救措施，灾害的全程历历在目。对这次旱灾，《庄子·齐物论》曰："昔者十日并出，万物皆焦。"《楚辞·天问》云："羿焉彃日，乌焉解羽。"经年累月的干旱不雨，使人民备受灾难之苦，并转而认为灾害的根源在于炎炎烈日的烘烤，《山海经》云："羿射九日，落为沃焦。"后羿射日的神话，背后隐含的就是上古时期太阳酷热、人类试图战胜干旱的情结。"后羿射日"，其主题就是黄帝、尧统治时期的先民，对干旱所作的反应——把箭对着太阳，疯狂地进行"射日"。而且，本传说还说明先民们已经大功告成，射杀了九个太阳，只留下当今我们所看到的这一个。

---

① ［法］列维—布留尔：《原始思维》，商务印书馆1997年版，第60—61页。

三 对后世叙事文学的影响

梅列金斯基曾经指出:"综观文学领域的神话主义,居于首要地位的观念是确信:原初的神话原型以种种'面貌'周而复始、循环不已,文学和神话中的英雄人物以独特的方式更迭递嬗;作家试图将世俗生活神话化,文艺批评家则热衷于揭示现实主义的潜在神话基原。"[①] 鲧禹治水和后羿射日故事体现了中国先人在抵御洪灾和旱灾过程中的美好愿望与坚强斗志,也是先民艰苦卓绝的生存斗争的集体记忆,这种集体记忆沉淀在中华民族的文化基因中,以重述与重构的方式反复出现,对中国叙事文学的发展产生了深刻的影响。

作为创世女神的女娲原型早已深入人心,变成一种集体无意识沉淀在中华民族的文化基因里,并不断激发艺术家的创作灵感,他们便以女娲的神话为原型来进行艺术创作。发展到了汉代,女娲神话向历史化、民俗化发展。汉代画像石、画像砖多女娲伏羲合像,寓意女娲与伏羲结合繁衍人类。这既是女娲神话的历史化嬗变,也反映了男权思想的确立。唐人李冗所撰《独异记》曰:"昔宇宙初开之时,只有女娲兄妹二人在昆仑山,咒曰:'天若遣我兄妹二人为夫妻,而烟悉合;若不,使烟散。'于烟既合,其妹即来就兄,乃结草为扇,以鄣其面。今时人取妇执扇,象其事也。"则是民俗化的结果。

鲁迅《故事新编》[②]的首篇《补天》就是根据女娲神话创作的新编神话作品,《淮南子·览冥篇》中称:"往古之时,四极废,九州裂;天不兼覆,地不周载,火滥炎而不灭,水浩洋而不息,猛兽食颛民,鸷鸟攫老弱。于是女娲炼五色石以补苍天,断鳌足以立四极,杀黑龙以济冀州,积芦灰以止淫水。苍天补,四极正,淫水涸,冀州平,狡虫死,颛民生。"鲁迅对简约的神话故事进行了扩充和发展,使女娲形象更为生动和丰满,讲述的是一个人类始祖与其所创造的人类之间的故事。然而,鲁迅并"没有将古人写得更死",还进行了创新:文本一开始,就描写她创世造人的艰辛,她"伸手掬

[①] [俄]梅列金斯基:《神话的诗学》,商务印书馆1990年版,第2页。
[②] 本文引用鲁迅作品均来自鲁迅《故事新编》,人民文学出版社2006年版。

起带水的软泥来,同时又揉捏几回,便有一个和自己差不多的小东西在两手里"。并且,她为自己创造了人类而陶醉在"长久的欢喜中","以未曾有的勇往和愉快继续着伊的事业"。而"补天"也体现了她的创世精神,因为"仰面是歪斜开裂的天,低头是龌龊破烂的地",女娲却"打定了'修补起来再说'的主意"。

文本中的女娲抟泥土创造了人类,而人类却因战争撞断不周山,致使天崩地裂,洪水滔天。女娲又不辞劳苦,马不停蹄地用五色石补好苍天,自己却因过度劳累而死去。而且为人类献出了自己最后的"剩余价值"——人类便在其尸体的肚皮上安营扎寨,并以"女娲之嫡派"自居。故事情节离奇,历史与现实交错,神人相混,奇幻迷离。在《补天》中,鲁迅着力表现了女娲创世,补天的艰辛及其坚强意志和献身精神。女娲"几乎吹完了呼吸,流完了汗,而况又头昏……然而伊还是照旧的不歇手,不自觉地只是做"。后来,她"日日夜夜不停地辛苦工作,等到再把天补好了的时候",她也"以自己用尽了自己一切的躯壳,便在这中间躺倒,而且不再呼吸了"。

女娲虽创造了人类,但人类却并不买她的账。女娲赤身裸体,小东西却"累累坠坠的用什么布似的东西挂了一身",并且嘲笑女娲的赤身裸体,指责她"裸裎淫佚,失德蔑礼败度,禽兽行。国有常刑,惟禁"。人类掀起了战争,搞得天崩地裂,女娲炼五色以补苍天,累得"眼花耳响","上气不接下气",而人类不仅不领情,反而"冷笑,痛骂,或者抢回去,甚而至于还咬伊的手"。最后,女娲因补天劳累而死,人类却又在她尸体的肚皮上扎了寨,"因为这一处最膏腴"。

而中华民族历史上的另外一位文化英雄大禹则十三年"埋头苦干"治水,一心一意地为了人类奉献——这种精神是中华民族"固有英雄之精神",这里大禹被视为精神和行为的榜样。

《庄子·天下篇》说:"禹亲自操槀耜,而九杂天下之川,腓无胈,胫无毛,沐甚雨,栉疾风,置万国。"他的脚指甲磨光了,得了"偏枯"的毛病。走起路来十分艰难,后脚向前时跨不过前脚,他就迈着这样的"禹步"走遍了中国的山河大地,而且时常是"昼不暇食,夜不暇寝",总是忧虑着治水的事,四处奔忙。传说中,他"劳身焦思,七年闻乐不听,过门不入,冠挂不顾,履遗不蹑"。

为了发扬光大大禹伟大的奉献精神,《史记·夏本纪》记载,舜帝的重臣皋陶"令民皆则禹。不如言，刑从之"，他命令全国人民大力发扬大禹精神，以大禹为榜样。无论古代或现代，大禹仍然被视为民族英雄表现出最高的希望。

为衬托大禹的实干精神，鲁迅在《理水》中刻画了一群住在"文化山"上满口之乎者也的、"白须发的"、"花须发的"、"小白脸的"学者。他们的任务就是所谓"研究学问"。另外，鲁迅还刻画了一群"像铁铸的一样"，不动、不信、不笑，也许是因为他们是"善于吃苦"的百姓。而且，"就是洪水，也还不是他们弄出来的吗？水还没来的时候，他们懒着不肯填，洪水来了的时候，他们又懒着不肯戽"。在这样的反衬之下，大禹的形象就显得更加完美了。

鲁迅笔下的大禹是那么坚强、苦干、实事求是，他所做的"治水"仍然是中华民族历史上有决定性的业绩："洪水滔天"，禹说，"浩浩怀山襄陵，下民都浸在水里。我走旱路坐车，走水路坐船，走泥路坐橇，走山路坐轿。到一座山，砍一通树，和益俩给大家有饭吃，有肉吃。放田水入川，放川水入海，和稷俩给大家有难得的东西吃。东西不够，就调有余，补不足。搬家。大家才静下来了，各地方成了个样子"。

虽然有的学者"反对大禹"或"不相信世界上真有这个禹"，但他的确存在。他"面貌黑瘦"、"又不穿袜子"、"满脚底都是栗子一般的老茧"，禹到了以后，立即查问灾情，当他听到大员们汇报的都是一派谎言时，他心里忍不住想："放他妈的屁！"但他并没有怒形于色，而是坚定地说："我经过查考，知道先前的方法：'湮'，确是错误了。以后应该用'导'！"这几句话，干净利索，斩钉截铁，铿锵有声，力重千钧！尽管群丑们如何阻挠，但"禹一声也不响"。最后，禹"微微一笑"，然后以不可动摇的誓言宣告："有人说我的爸爸变了黄熊，也有人说他变了三足鳖，也有人说我在求名、图利。说就是了。我要说的是我查了山泽的情形，征了百姓的意见，已经看透实情，打定主意，无论如何，非'导'不可！"

作为中国古代神话中的英雄——女娲和大禹，在《故事新编》中的形象没有太多改变，女娲作为创世女神和人类创造者的伟大形象依然光彩夺目，然而，在鲁迅笔下，自诩甚高的人类对自己的创造者不但缺乏最起码的尊重，而且还冷嘲、讽刺，用虚伪的封建道德来谴责自己的"母亲"。同时，鲁迅笔下的大禹则是"中国的脊梁"，体现了鲁迅对中华民族精神的诠释：

追求牺牲奉献、艰苦奋斗、无私忘我的精神。

总之，从以《山海经》为代表的先秦神话文本到现当代中国文学文本，神话原型的重述与重构始终在讲着一个个"真实的故事"，读者通过这个虚拟的世界感受着真实世界中的喜怒哀乐。同时，这些"真实的故事"以神话原型为模型寄托着人们的追求、梦想与希望。

作者简介：张丽（1980—　），女，江西省社会科学院叙事学中心研究人员，研究方向为叙事学。

注：本文为江西省社会科学院2008年院级课题青年项目"深邃而广博的先秦叙事空间"（编号0818）的阶段性研究成果。

试析江西武功山地区民间故事的叙事特征

□ 刘荷香

叙事渗透于民间艺术的方方面面，表现形式多种多样。江西武功山地区的民间故事，不仅承袭了儒家的"诗教"传统，以儒家伦理道德为叙述主题，蕴涵了善恶二元对立思维，而且由于深受楚风的影响，具有独特的地方特色，想象丰富、浪漫神奇。另外，民间故事也是当地人民生活的这个"真实的世界"的虚幻反映，通过把握故事中的隐喻思维，我们往往可以发现隐藏在故事背后的历史真实。更难能可贵的是，这些故事体现了叙述者朴素的生态叙事意识，在今天对我们来说仍具有深远的意义。

武功山位于罗霄山脉北段，位于江西省西部，地跨萍乡市的芦溪县、吉安市安福县、宜春市袁州区三地，是集人文景观和自然景观为一体的山岳型风景区，同时也是国家级风景名胜区。武功山历史上曾与衡山、庐山并称江南三大名山，被冠以"衡首庐尾武功中"。

武功山历史悠久，文化积淀深厚，特别以道教文化内涵最为突出，也是著名的佛教圣地。正如安福县退休老教师彭竞华在诗歌《安福武功山》中所吟唱："仙道丹房，香烟里犹见大师司炉；云海佛光，水月中显现观音坐莲。"[1]

---

[1] 彭竞华：《安福武功山》，《黄河之声》2008年第22期。

世世代代居住在武功山地区的人民，也许正是从这美不胜收、神秘莫测的奇景中，获得了创作的灵感，讲述着美丽神奇的故事。因为资料采集的限制，本文采用的都是出自江西安福县境内流传的武功山民间故事。据考古发现，江西安福县的先民远在石器时代就用石斧伐木，斫木为耜，揉木为耒，开始了原始农业生产。商周时期就已掌握制造陶器和农具的手工技艺，陶片上刻绘的几何印纹表明了艺术审美意识的萌芽。战国时期曾先后隶属于吴和楚，楚亡之后并入秦国版图。这一片肥沃的土地不但养育了世代子孙，也孕育了丰富的民间文化，叙事艺术是一颗生命力顽强的种子，处处生根发芽。而武功山的民间故事叙事艺术，又是安福县民间艺术的一朵奇葩。

　　"民间故事以现实世界中形形色色的普通人的生活遭遇及其理想愿望为叙说中心，用巧妙的虚构方式编织而成，富于趣味性与教育性。它们有的贴近实际生活，有的饱含神奇幻想，有的诙谐幽默，有的寄寓哲理，构成一个多姿多彩的艺术世界。"[1] 就笔者掌握的资料来看，此地的民间故事虽然多姿多彩、各有特色，但总的来说，还是具有某些内在的共同叙事特征。概括起来，有以下几点。

一　永恒的二元对立：善恶两极

　　这些民间故事，就类型来说，大略可以分为两类，一类是有关自然景观的传说，一类是有关地方历史、风俗的传说。《金鸡石》、《看经岩》、《明月山》、《五雷击鼓》、《孝子剖鱼》等[2]属于第一类，而《孽龙》、《观音伏虎》、《盘箕晒谷》等[3]属于第二类。但就其叙事主题来说，绝大多数故事的创作意图都未脱儒家"诗言志"的诗教传统窠臼，几乎每一个故事都寓道德劝诫于其中，宣扬的都是儒家伦理道德观，而其中最常见的就是善恶美丑、惩恶扬善的观点。通俗地说，就是"善有善报，恶有恶报"，

---

[1] 刘守华主编《中国民间故事类型研究》，华中师范大学出版社2002年版，第30页。
[2] 《金鸡石》、《看经岩》、《明月山》由姚义兴采录；《五雷击鼓》、《孝子剖鱼》由马祝才采录。
[3] 《孽龙》、《观音伏虎》由本文作者采录；《盘箕晒谷》由姚义兴采录。

也体现了佛家的因果报应思想。善恶永远是不可调和的两极。善最终在超自然的力量的帮助下，战胜恶。事件组织的方式基本上都可以用俄国弗拉基米尔·普罗普总结的叙事"功能"来涵盖和表述为善的一方（"英雄"）在"帮助人"的帮助下与恶的一方（"对手"）展开"战斗"，结果取得"胜利"。如《五雷击鼓》，其故事就可以表述为"玉皇殿的大王爷"在"雷公"的帮助下与祸害百姓的"白蟒精"展开战斗，结果取得胜利，将巨大的"白蟒"变成五个山包。

罗钢先生在《叙事学导论》中提到，"在人类思想中，二元对立观念是根深蒂固……这些对立的范畴构成了人类思想的核心。……结构主义者认为，这种无处不在的二元对立是人类认知、交流的基础，也是语言的基础，所以在处理文化现象时，重要的是从多元关系中找出基本的二元对立，作为文化价值的构成或意义的来源"。[①] 意义就在这里，这种善恶思想的二元对立，是叙述者原始思维的集中体现，是这些民间叙事作品在传承中永远不会变的核心部分，是刘魁立先生在《民间叙事机理谫论》[②] 中将之比喻为"蛋黄"的"叙事核心层次"的部分，也是经过许多时代的薪火传承与发扬光大，化为弥漫在叙事领域内的集体无意识，融化在国人的血液中，渗透进记事的毛锥里的中国叙事传统的根本之一——作者根据思想道德原则对所述事物作不动声色的颂扬与挞伐。[③]

二 独特的叙述风格：巫道遗韵

在这些故事中，《孝子剖鱼》的叙述主题是尽孝，《田鸡石》、《五雷击鼓》、《孽龙》和《观音伏虎》宣扬的是除恶，《明月山》表现的是对美好爱情的追求。但民间儒释道思想经常是融合在一起的，尤其是佛道不分。虽然这些民间故事宣扬的都是儒家伦理道德观和佛家的因果报应思想，但也不乏道家精灵鬼怪的神秘色彩和浓郁的浪漫主义风格。反映在叙事作品中，观

[①] 罗刚：《叙事学导论》，云南人民出版社 1994 年版，第 7—8 页。
[②] 刘魁立：《民间叙事机理谫论》，《民俗研究》2004 年第 3 期。
[③] 傅修延：《先秦叙事研究——关于中国叙事传统的形成》，东方出版社 1999 年版，第 185 页。

音、道士、雷公鬼怪精灵齐齐出现，儒家伦理、神佛仙道并行不悖，喷冰吐火、作法求雨、化缘显灵，无所不能。守儒家伦理之道的孝子得到观音的相助，《田鸡石》既有海金蟾的修道炼丹，又有西天佛祖的大鹏金翅鸟巡山。这种丰富的想象力，和安福县曾属吴楚故地，深受楚风影响是分不开的，从而使故事形成了一种浪漫神奇的独特叙事风格和艺术魅力。学者王泗原先生《楚辞校释》认为屈原《离骚》中的语气词"羌"（羌内恕己以量人兮）和安福方言中的"qiang"（怎么，如何）实为一词。"羌字像屈赋中的意义，用法与读音至今还保存在故楚地的江西西部吉安、安福、永新、莲花一带，而且常用。"① 而楚文化的影响不仅体现在语言词汇方面，更重要的是，民间叙事继承了其天真狂放的浪漫主义精神和驰骋天地之间的想象力。就这样，这些民间故事在主题上虽属儒家"诗教"现实主义传统，风格上却是浪漫主义的，因而并没有道学家枯燥的说教而以民众喜闻乐见的形式出现，具有独特的叙事魅力。

例如，从《明月山》中"山哥"和"月亮仙子"的人神之恋的爱情故事中，我们不难窥见屈原《九歌》的影子，"风格清新，想象优美，形象逼真，爱情纯挚，人身一体，情景交融"。② 借助丰富的想象力，既反映了当地人民对月亮之神的敬爱，又反映了对幸福生活、美好爱情的祈愿。

三 自然的人格体现：隐喻思维

有诗题武功山曰：

> 武功之奇莫若峰：群峰俊秀，层峦叠嶂，绝壁千仞，突龙峥嵘，耸峙拱列，巍峨瑰绮。武功之奇莫若石：奇岩怪石，星罗棋布，峥嵘峻峭，鬼斧神工，惟妙惟肖，栩栩如生。武功之奇莫若木：古木参天，山色含黛，草甸凝绿，杉竹滴翠，山花烂漫，争奇斗艳。武功之奇莫若水：鸣潭幽泉，清凉甘甜，溪流蜿蜒，如琴如瑟，飞瀑似练，玉带空

---

① 王泗原：《楚辞校释》，人民教育出版社1990年版，第22—23页。
② 梁海明主编《楚辞》，山西古籍出版社1999年版，第40页。

悬。武功之奇莫若云：如丝如絮，若隐若现，云锁雾笼，神奇莫测，公卷海涌，浩瀚无际。

正是这奇峰、奇石、奇木、奇水、奇云，和奇妙无比的自然界的生灵，激发了当地人民创作的灵感。也正是当地的人民，赋予了这些生物以人的品格。在他们看来，动植物都和人一样是有生命和灵性的，因而在他们的叙事背后，蕴涵了丰富的现实内容。比如说，这些民间故事，多以动物为叙述对象，"以动物入生活，以动物入艺术成为一种最原始的艺术表现形式，其中渗透着人类对生活某种不可言状的祝福、祈祷。人与动物之间充满了不可言状的隐喻关系，人类的一切希望、爱、恨、幻想、抱怨均体现在动物的身上"。[1]

特别值得一提的是《观音伏虎》，在此则故事中，一个村子不小心建在了一只虎精的身上，因此每年村子里都有多个年轻人死去，因为虎精要吃人。结果观音相助，道破玄机：村中的两口古井是老虎的眼睛，老虎的肚子在村北的某处。村人将两大箩筐绣花针倒入古井，结果井水全部变成通红的血水，老虎的眼睛就瞎了。又在观音指点的老虎肚子处挖了一口池塘，开了膛剖了腹，虎患也就绝了。其实，隐含在这则故事后面的叙事是非常丰富而又价值的。这则故事反映了早期村人和自然作斗争、对村子的改造过程——填井挖塘的劳动。形象地把和改造自然的斗争比作和老虎的斗争。这里巧妙地利用了谐音"睛"来喻指井，用"膛"来喻指"塘"。为什么要比作老虎呢？因为村后就是高山密林，虎患猖獗。据村中老人讲述，几十年前他们这一辈晚上睡觉还会听见虎叫。也经常发生老虎进村吃猪，把尾巴伸进狗洞把狗卷走的事情。村民晚上早早关门，他们心里对虎患的恐惧便不自觉地进入了灶前火堆边漫漫长夜的故事中。这一现象也可以从村中的另一传说得到佐证。村中有一个祠堂，叫永祜堂。屋檐高翘，当时三门洞开，人称老虎口。传说这老虎也会吃人，凡是对着祠堂的所有人家均已"为老虎所食"，灭门绝户，用当地话来说，"一日倒多少灶口"。至今正对着祠堂的方向都留着大片的空地，没人敢建房子。你看，真正的"谈虎色变"。这老虎可谓屈矣，坏事儿都脱不了它的干系。其实据短时期内很多人死亡这一叙述推断，这应

---

[1] 金生翠：《图腾文化与文学中的动物叙事》，《社科纵横》2009年3月。

该是历史上的一次瘟疫,村民无法解释,只好嫁祸于老虎。以虎患之猖獗来喻指瘟疫之可怕,寄托了村民期望消灾去祸的愿望。与此相反爱屋及乌的例子也有,据新华网南昌9月14日电,江西安福县发现一座保存完整的明清蟹形古村落,"在古村落北面的一条护村古道旁,还有两眼圆形古井,分别取名为'左眼井'、'右眼井',恰似螃蟹的两只眼睛。井内泉水终年不竭,甘甜清冽。而在村子的东北角和西北角上,各建有一条古堤,弯曲着伸向村前300米外,并交叉于一口面积约10亩大的水塘中,又如螃蟹的两只大臂剪。……这个村落也视螃蟹为吉祥物,将'敢争天下风气之先','螃蟹无路、一横一步'奉为族训,倡导村民负重攀登,敢闯天下"。因为怕虎而塞井开塘,因为爱蟹将其视为吉祥物,这虎和螃蟹的命运可谓差矣。这也说明了《观音伏虎》背后隐含的叙事,寄托了叙事者摆脱生存困境的殷切愿望。作品中的"虚构的世界"是对真实世界的反映,我们今天可以通过把握叙述者的隐喻思维、借助文本中"虚构的世界"来认识当时的真实世界和人们的心理。

四　深沉的忧患意识:生态叙事

从叙事内容来看,创作者——人民群众这一集体,已经具有初步的生态叙事意识。《孽龙》中许逊与孽龙斗争,就是现实生活中治水防洪与水患作斗争的虚幻表现。《田鸡石》反映了农民保护青蛙、和害虫作斗争的生活现实。正如傅修延先生在《试论〈山海经〉中的"原生态叙事"》中所说,"那时的人把自己当成自然界的一部分,明白万物依存而共生,也知道众生各有其形,宇宙间没有什么值得大惊小怪的生灵。我们从书中读到了他们对自然的观察、理解与所见所闻,读出了他们的欲望、需求与所受的折磨,还读出了他们务实的宇宙观与开阔的生态心胸"。[①] 虽然这些民间故事的创作年代远不如《山海经》那么久远,但它们接续了其中的"生态记忆",将生态叙事的传统延续了下来。在生态问题日益突出的今天,其现实意义不言而喻。

[①] 傅修延:《试论〈山海经〉中的"原生态叙事"》,《江西社会科学》2009年第8期。

《状元靴与滚鼓岭》[①]叙述了安福历史上明朝宰相彭时游览月山寺的传说。彭时因为穿着麂皮朝靴而上不了佛殿，状元靴被狂风吹走，化作一块石头；见殿内皮大鼓而质问菩萨不公平，皮大鼓滚下山、化为岭。虽然其中有明显的佛教以杀生未戒、慈悲为本的思想，但对生态环境保护来说，却起到了很重要的作用。还有《田鸡石》中香姑对青蛙的保护，青蛙反过来对香姑的报答，反映了人和动物和谐相处的理想。《孽龙》中的水患，求雨故事中的旱灾，都体现了人们对生态环境的忧患意识。武功山很多珍稀动植物至今保存了下来，与人们的生态保护意识不无关系，尽管这种意识是朦胧的。但其中体现的生态叙事意识和《山海经》中体现的原生态叙事意识是一脉相承的。

五　历史的虚幻再现

从类型上来说，当地的民间故事中幻想故事所占的数量最多，也最受民众喜爱。以上所列的大都属于幻想故事的类型。但是，"所谓幻想故事并非构造纯粹的虚幻境界，而是驰骋想象，将神奇因素引入普通民众生活，编织闪耀奇光异彩的美妙故事"。[②]"民间故事在驰骋幻想时，总是遵循着自己面向社会人生的叙事逻辑，由此将口头文学家的褒贬爱憎情感蕴涵其中，才具有引人入胜并发人深思的魅力。"[③]由此，故事本身来源于民众生活，但乘上了想象的翅膀，加入了虚构的成分，叙事因此而成为更为自觉、更具创造性的行为。

因此，故事中所要表现的主要人物都是和民众生活息息相关的，甚至就是人们身边的"邻家子"，如《孝子剖鱼》中的孝子，我们可以在很多现实生活中孝子的身上看到故事中主要人物"孝子"的影子。《五雷击鼓》的白蟒精、《田鸡石》中海金蟾的和《观音伏虎》中的虎精，都是当时百姓生活中常见的动物——大蛇、青蛙和老虎。《孽龙》中的龙离得较远，但也和人

[①] 姚义兴采录。
[②] 刘守华主编《中国民间故事类型研究》，华中师范大学出版社2002年版，第30页。
[③] 同上书，第37页。

们的图腾信仰有关,且道士许逊历史上确有其人。

主要故事情节也能在生活和历史中找到其原型,《孝子剖鱼》自不用说,中华民族古来有孝敬老人的美德传统,生活中的例子俯拾皆是。《孽龙》讲述的是许道士斗孽龙除水患,许逊治水历史上也确有其事。《五雷击鼓》中的雷公劈蛇反映了山区人们蛇患为害的事实,《田鸡石》中的海金蟾和农家女香姑互相帮助,共同对付天上的"大鸟"、人间的"二流子"、地上的"害虫",也是人们和自然灾害、人间恶势力作斗争的真实写照。

虽然主要人物和情节来源于生活,但正如傅修延先生在《讲故事的奥秘——文学叙述论》中所表述,"叙述的本质是虚构,叙述的内容也是虚构","叙述之所以成为一门艺术,仍与虚构有很大关系"。[①] 正是因为加入了主观想象和神奇因素,普通民众的民间叙事才焕发出奇光异彩。《孝子剖鱼》中被剖为两半还能存活的鱼,《田鸡石》中修炼千年、口含金丹、吐冰喷火,还能变成"漂亮后生"的青蛙,《孽龙》中变化自如、神通广大的龙,还有为人间去害除难的神仙,正是这些虚构的成分成就了叙事的魅力,刺激了民众的想象,因而使故事具有极强的生命力,得以代代相承、经久不衰。

六　质朴的审美情趣

从审美的角度来看,这些民间故事都蕴涵了质朴的民间审美情趣。如高梓梅在《民间叙事文学的审美情趣》中就民间叙事文学审美情趣的形成所表述的三种情况:向善心理与叙事文学中人物的善行契合,知恩图报心理与叙事文学中人物报恩行为的契合,以义为美心理与叙事文学中人物义行为的契合。[②] 这些都是民间叙事审美情趣得以形成的表现。而武功山地区的民间故事中人物的行为则充分体现了叙述者和受述者对这种审美情趣的共同追求,不管叙述的人物是天上的雷公还是人间的孝子,或者只是一只微不足道的青蛙,也不管其具体的行为是对付大蟒蛇,还是剖鱼孝敬母亲,或者报答人类。

---

① 傅修延:《讲故事的奥秘——文学叙述论》,百花洲文艺出版社1993年版,第10—13页。
② 高梓梅:《民间叙事文学的审美情趣》,《南都学坛》2007年第11期。

另外,从叙事文本看来,这些民间故事都切合群众的创作和欣赏水平,风格淳朴,结构简单,情节集中,视角单一。叙述者基本都是采用追叙的手法,故事情节的叙述都是按故事发展的时间和因果顺序展开,体现了布雷蒙的基本序列:

情况形成──→采取行动──→达到目的

如《五雷击鼓》,其故事表层结构就可以表述为白蟒为害的情况形成,大王爷和雷公采取行动、战胜白蟒、获得成功。相对来说,《孽龙》的结构比较复杂一些,涉及基本序列连环、包容和二位一体三种方式的联接或归并。但就总的故事框架来说,仍不脱上述结构。这样的结构因其简单明了、条理清晰,更适合于叙述者的讲述、转述而口口相传、代代相传,因而受到青睐。其语言也如璞玉质朴无华,有的甚至可以用朱熹的话说"鄙陋不堪"。如《田鸡石》中所述"海金蟾却因吐出了千年修炼的金丹,化为一块巨石,倒伏在武功山。老表们将这块石头叫做'田鸡石'。为什么蛤蟆叫田鸡呢?因为田里的蛤蟆与鸡一样爱吃害虫,所以叫田鸡。"多么形象生动的民间话语。但正是这样的语言,才体现了民间叙事语言的本色,是真正属于下层劳动人民的语言,和生活实践息息相关的语言。

综上所述,安福民间故事的叙事艺术已经非常成熟,并且因融合了地方历史文化而独具特色。它们源于生活,又高于生活;它们既接续了儒家重教化的传统,又注入了神佛仙道的神奇因素,还具有浓厚的地方风格;它们结构、情节简单,意蕴却深远;语言质朴无华却生动形象;它们年代久远却具有顽强的生命力,因为它们深深地把根扎在民间这块肥沃的土地里。我们从叙事学的角度来研究地方民间故事的意义就在于,"用叙事学的视线扫描民间文化,能为逝去的历史场景的复原,开掘出新的资源和提供丰富的细节描述"。[①]

"传统的一个意义是它属于过去却不断作用于现在。"[②] 民间文化是一个

[①] 程蔷:《祭祀与民间行为叙事》,《民俗研究》2001年第1期。
[②] 傅修延:《先秦叙事研究——关于中国叙事传统的形成》,东方出版社1999年版,第315页。

资源宝库,叙事学只是发掘、研究的一个方面,我们需要不断努力,在学习西方的同时,也要从民族民间文化中汲取营养,将民族的传统叙事艺术发扬光大。

作者简介:刘荷香(1975—),女,江西师范大学文学院2008级比较文学与世界文学硕士研究生,主要研究方向为叙事学。

理论探讨

文学史：一种没有走出虚构的叙事文本

□乔国强

国外有不少文学史家，如曾撰写过《现代批评史》的雷内·韦勒克等人，都曾对文学史写作提出了质疑，即他们对通常所认为的文学史能够解释文学审美特点之看法持怀疑的态度。国内也有学者对文学史写作的合理性、可能性提出类似的疑问。毋庸置疑，上述思考对人们怎样认识、阐释文学史具有启发意义。然而，他们在思考、讨论中似乎并没有触及问题的另一方面，即作为一种叙事策略的文学史写作，从本质上说，是一种具有真实性和时代性，但与此同时却不能走出主观虚构性的叙事文本。本文所论述的核心内容是文学史写作中的"虚构性"问题，并认为"虚构性"主要是从文学史写作的性质和作家、作品以及文学事件入史的遴选标准等方面凸现出来的。本文运用叙事学中的一些基本理念和方法，以中国现代文学史和美国文学史写作中的某些倾向、特点为例，论证了文学史是一种没有走出"虚构"的叙事文本。

一 文学史中的叙事者

一些著名文学史家，如曾经撰写过《现代批评史》（*History of Modern Criticism*，1955—1965）和《文学理论》（*The Theory of Literature*，1948）的雷内·韦勒克（René Wellek）等人，对文学史写作提出了质疑。韦勒克在"文学史的衰落"一文中承认文学具有历史的特征，但对文学史的编撰却只字不提。他"怀疑文学史是否能够解释文学作品的审美特点",并进而"认为文学作品的价值不能通过历史的分析来把握,而只能通过审美判断来把握"。①

换句话说,在韦勒克看来,不管用何种方式撰写文学史,撰写者都会把文学作品的个性特征相对化,因为他们总是将作品降格为某个链条上的一个环节。② 美国学者阿明·保罗·弗兰克在为论文集《美国有共同的文学史吗?》(*Do the Americas Have a Common Literary History?*)一书所撰写的"序文"中,分别从哲学、语言、文学史的构成等几个方面对文学史写作的可能性也提出了质疑。他指出:"如果文学作品(它们是产品而非事件)是能够通过把一些关联、合并到在任何时间和任何地方写成的任何文本中的方式制造出来——它们就是这样制造出来的,那么,常识中的历史这个词语就不能在此使用。"③显然,在他看来,如果文学作品是一种产品而非事件,那么记录文学产品而非事件及与其相关的生产这些产品环境的著作是不能称其为文学史的。因此,"一部……占不到百分之三的已知文本,但同时又未能证明所选的这些为数极小的样本具有代表性"④ 的关于(美国)文学的书更不能自称为文学史。

不但外国学者对文学史的写作持怀疑的态度,即便是我国学者对文学史写作的合理性、可能性也持有类似的疑问。陈思和先生在为其主编的《中国当代文学史教程》所作的"前言"中,从另一个侧面表达了自己的力不从心。他指出:"我们今天并没有让这门学科完全脱离现实环境的影响,把它放在实验室里作远距离的超然的观察,对于这门学科的考察和研究,始终受到现实环境的制约。"⑤ 他为此提出了当代文学史教学的三种对象和三个层

---

① [德] 瑙曼:《作品与文学史》,载瑙曼等著《作品、文学与读者》,范达灿编,文化艺术出版社1997年版;第181页。
② 参见瑙曼《作品与文学史》,载瑙曼等著《作品、文学与读者》,范达灿编,第180—181页;另见韦勒克《文学史的衰落》,载《国际比较文学协会第二次大会会刊》,斯图加特,1975年,第27—35页。
③ Armin p. Frank, "Introduction: Towards a Model of an International History of American Literature" in Barbara Buchenau and Annette Paatz (eds.), *Do the Americas Have a Common Literary History?*, Frankfurt am Main: Peter Lang, 2002, p. 14.
④ Ibid.
⑤ 陈思和主编《中国当代文学史教程》,复旦大学出版社1999年版,第1页。

面，即在审美、文学史过程以及承载人文传统与使命三个层面上为不同阅读对象而作的文学史。① 应该说，这在很大程度上是一种不得已而为之的求其次的方法。不过，陈思和"三种对象"、"三个层面"的设想，也从另一个角度说明了文学史写作所具有的一些品质，即社会、时代的局限性和文学史作者的主观性。

类似上述的质疑和"求其次"的考虑虽然还有许多，但可大致归类为上面所提到的三种基本情况：韦勒克怀疑文学史能否解释文学作品的审美特点；弗兰克否认只选取作品总量百分之三的"文学史"具有存在的合理性；陈思和担心文学史写作会受到文学以外因素的干扰。然而，不管是韦勒克、弗兰克还是陈思和，他们似乎都没有触及问题的另一方面，即作为一种叙事，从本质上说，文学史实际上是一种具有真实性和时代性，但却没有走出主观虚构的叙事文本。

德国接受美学理论家瑙曼根据德语里对"文学史"一词的诠释，认为文学史有两种含义，即"指文学具有一种在历时性的范围内展开的内在联系"和"指我们的对这种联系的认识以及我们论述它的本文"，② 并据此将一般意义上的文学史形而上地分为"文学的历史"和"文学史"两个方面。在他看来，所谓"文学的历史"是指"对象"，即文学作品；而"文学史"则是指"表明研究和认识这一对象所遇到的问题"。③ 其实，这只是一般文学史写作要处理的两个基本问题，即一个对立统一体。文学史中所含有的这两个方面应该是有机地结合在一起的，而不是相分离的。几乎没有一部文学史只涉及"对象"而不探究"研究和认识这一对象所遇到的问题"。然而，在遴选涉及"对象"与探究"研究和认识这一对象所遇到的问题"时，文学史作者不可避免地会将历史与作品的"真实性"、时代的局限性以及自己的主观性结合在一起，并以主观臆断的方式叙说或论证它们之间的关联。因此，不同的学者或史学家会提出不同的文学史观。

以20世纪初期中国小说研究为例。④ 鲁迅、胡适、郑振铎三人深受五四运动的影响，先后将中国明清长篇章回小说的源头归结于民间文学，并

---

① 参见陈思和主编《中国当代文学史教程》，第2—6页。
② ［德］瑙曼：《作品与文学史》，见瑙曼等著《作品、文学与读者》，范大灿编，第180页。
③ 同上。
④ 此例参见浦安迪《中国叙事学》，北京大学出版社1996年版，第20—21页。

提出了"通俗文学"之说。鲁迅在 1923 年为中国小说作史称："宋之平话，元明之演义，自来盛行民间，其书故当甚夥，而史志皆不录。"① 郑振铎在他的《插图本中国文学史》中也提出了类似的看法。② 胡适则直接根据"通俗文学"的观点来评价《水浒传》和《西游记》。美国学者浦安迪则认为，中国明清长篇章回小说可以远溯到"先秦的史籍，亦即后来'四库'中的'史部'"，并借此提出了"'神话—史文—明清奇书文体'的发展途径"。③ 由此可见，因对同一民族的文学有着不同的理解、诠释而构成了不同的文学史观。这实际说明，写作一部文学史所依据的不仅是"对象"，而且还仰仗文学史作者对"研究和认识这一对象所遇到的问题"的主观认识。在某种意义上说，文学史作者对"对象"的遴选和对"研究和认识这一对象所遇到的问题"的主观认识便成就了一部民族文学史的写作。

当然，还有另外的一种现象，即如前文陈思和所提出的文学史写作中的"时代局限性"问题。这方面显而易见的例子很多，先以中国现代文学研究中所出现的"冠名"问题为例。19 世纪末 20 世纪初，中国文坛出现了一些新的文学现象。当时，不同的学人对此冠以不同的名称：庄存兴、刘逢禄、龚自珍、魏源等人将其视为"今文学"；梁启超称之为"新小说"；④ 鲁迅概之为"新文化"；⑤ 黄远生提出"新文学"⑥ 概念；胡适把这种"新生的文学"称作"今日之文学"。⑦ 20 世纪 50 年代以后，对中国现代文学的"冠名"又发生了几次变化。50 年代出版的几部较有代表性的文学史专著中，"除了丁易⑧以外，其他的文学史家都继承了把'文学革命'以来的文学称作'新文学'，把'文学革命'以来的文学历史称作

---

① 鲁迅：《中国小说史略》，见《鲁迅全集》第九卷，人民文学出版社 1998 年版，第 10 页。
② 参见郑振铎《插图本中国文学史》，上海世纪出版社 2005 年版，第 783—820 页。
③ 浦安迪：《中国叙事学》，第 28、30 页。
④ 梁启超：《小说与群治之关系》，见舒芜等编《近代文论选》（上），人民文学出版社 1959 年版，第 161 页。
⑤ 鲁迅：《摩罗诗力说》，《坟》，人民文学出版社 1980 年版，第 93 页。
⑥ 《甲寅》1 卷 10 号，1915 年 10 月出版。
⑦ 参见姜玉琴《关于"新文学"、"现代文学"概念的梳理与考察》，《文学评论·青年学者专号》，2003 年，第 141 页。
⑧ 丁易：《中国现代文学史略》，写于 20 世纪 50 年代初，作家出版社 1955 年版。

'新文学史'的传统。如王瑶的《中国新文学史稿》，蔡仪的《中国新文学史讲话》，张毕来的《新文学史纲》，刘绶松的《中国新文学史初稿》等，都继续沿用了'新文学'概念"。[1] 然而，在 50 年代中后期至 70 年代中后期，由于受到当时政治气候的影响，许多学者不再使用"新文学"这一概念，转而开始使用"现代文学"。不过，大概从 80 年代中期开始，随着国内改革开放的展开和深入，中国学者开始反省前一时期中国现代文学史研究所走过的路程，对"新文学"和"现代文学"两称谓的使用再次出现了分歧：一部分学者继续沿用"现代文学"这一称谓，[2] 另一部分学者则坚持恢复使用"新文学"这一称谓。[3] 毋庸置疑，不同称谓的使用，在一定程度上直接或间接地反映了这些文学史家的史学观点、审美趣味、文化立场以及道德价值取向。不过，这里面所包含的复杂情况需要特别地说明一下：尽管有些学者采用了同一个"现代文学"的称谓，然而，他们因时代的变迁或客观环境的变化而采用了不同的叙说方式，如同写《中国现代小说史》，田仲济、孙昌熙把叙说的重点放在"反映着时代脉搏的知识分子形象"和"在斗争中成长的工人形象"等，但却避而不谈被郭沫若点过名的那些作家；[4] 杨义则不然，他不仅从现代文学起源谈起，详细介绍和分析了如鲁迅、茅盾等重要作家及作品，还毫不避讳地畅谈了"在忧郁的人生中寻找美的河流"的萧乾和过去文学史中并不多提的"洋场社会的仕女画家"张爱玲。[5]

我们再以发生在文学中的一些个案为例。洪子诚在其主编的《中国当代文学史史料选》中选入两篇颇有代表性的史料：一是郭沫若在 1948 年撰写的"斥反动文艺"；二是毛泽东在 1964 年"对文学艺术的批示"。从我国文学史的编撰情况来看，他们两人的意见对文学史的写作起到了至关重要的作

---

[1] 姜玉琴：《关于"新文学"、"现代文学"概念的梳理与考察》，《文学评论·青年学者专号》，2003 年版，第 143 页。
[2] 如田仲济、孙昌熙主编《中国现代文学史》，山东人民出版社 1984 年版；钱理群、温儒敏、吴福辉：《中国现代文学三十年》，上海文艺出版社 1987 年版；叶子铭：《中国现代小说史》，南京大学出版社 1991 年版；杨义：《中国现代小说史》，人民文学出版社 2005 年版。
[3] 如陈思和的《新文学史研究中的整体观》，《复旦学报》1985 年第 3 期；冯光廉、刘增人：《中国新文学发展史》，人民文学出版社 1991 年版。
[4] 参见田仲济、孙昌熙主编《中国现代文学史》，山东人民出版社 1984 年版。
[5] 参见杨义《中国现代小说史》，人民文学出版社 2005 年版。

用。被周恩来誉为"新文化运动的主将"[①]的郭沫若对属于"桃红"色、"黄"色、"蓝"色、"白"色以及"黑"色的文学/学术界人士进行了"斥责",[②]被点名的几位作家,如"桃红"色的沈从文、"蓝"色的朱光潜、"黑"色的萧乾,在此后出版的文学史类书籍中,如20世纪50年代出版的《中国新文学史研究》(李何林,1951年)、《中国新文学史稿》(王瑶,1951年、1953年)、《中国新文学史讲话》(蔡仪,1953年)、《新文学史纲》(张毕来,1955年)、《中国现代文学史略》(丁易,1955年)、《中国新文学史初稿》(刘绶松,1956年),甚至在20世纪80年代后出版的一些文学史,如田仲济、孙昌熙主编的《中国现代小说史》(1984年)和叶子铭主编的《中国现代小说史》(1991年)中,都受到了特别的"关照":或干脆不提,或偶尔提及,也是一笔带过。

与中国学者热衷于写史不同,西方学者似乎对文学史写作不甚感兴趣。他们多热衷于编辑出版《文选》类书籍,而很少撰写文学史。因此,我们只能对现有为数不多的几本文学史进行考察。以美国文学史写作为例。首先让我们大致看一下罗伯特·E. 斯皮勒等人主编的《美国文学史》(*Literary History of the United States*,1973)和爱默瑞·埃里奥特等人主编的《哥伦比亚美国文学史》(*Columbia Literary History of the United States*,1988)两部文学史的编写体例。

斯皮勒等人主编的《美国文学史》分为十一个章节,"时间"和"内容"混编,但主要以"内容"为线索;埃里奥特等人主编的《哥伦比亚美国文学史》分为五大部分,全部以"时间"为线索。我们知道,文学史的编写应以"内容"还是以"时间"为线索,不仅表明了作者的叙事策略,而且还道出了作者的聚焦所在和价值取向。简单说,以"时间"为线索,埃里奥特等编撰者以"摆事实"为主,将自己的观点隐含在文中了;以"内容"为线索,斯皮勒等编撰者先入为主,事先将该时期的文学创作、流派或思潮等进行了圈定并对其性质进行了界定。从他们撰写的具体内容上来看,也凸显了这两种不同的聚焦和价值取向。例如,就"美国革命"而言,以"摆事实"为主

[①] 见http://www.hoodong.com/wiki/%E6%8A%97%E6%88%98%E6%97%B6%E6%9C%9F%E7%9A%84%E9%83%AD%E6%B2%AB%E8%8B%A5。

[②] 参见洪子诚《中国当代文学史史料选:1945—1999》,长江文艺出版社2002年版,第96—100页。

要叙事策略的埃里奥特等编撰者将其视为一个"文学事件",[①] 有意规避了历史事件与文学创作之间的内在联系。他们在书中考察和论述的是这一时期的"论战性写作",而绝不提及"美国革命"的来龙去脉;[②] 斯皮勒等编撰者则用了整整一节的篇幅,详细介绍了"美国革命"的起因和当时民众对此的反应。[③] 可见,斯皮勒等编撰者认识到并在文中努力揭示历史事件与文学创作之间的内在联系。

不过,即便是以"写内容"为专长的斯皮勒等编撰者,也并不是对所有的重要事件都感兴趣,而是根据自己的文化立场和价值取向做出相应的选择。一个有说服力的例子是,他们避而不谈第二次世界大战期间德国纳粹在欧洲屠杀犹太人对文学创作的影响,也未提及麦卡锡主义与20世纪50年代美国文学之间的关系,更拒绝从族裔或文化的角度介绍或分析此类事件对文学创作的影响。另外一个具有说服力的例子是,被著名美国文学批评家欧文·豪誉为"永久地改变"了"美国文化"[④] 的黑人作家理查德·赖特(Richard Wright,1908—1960),在斯皮勒等编撰的《美国文学史》中,只有4处提到他,且多为介绍其他作家时一并提到;[⑤] 而在埃里奥特等编撰的《哥伦比亚美国文学史》一书中则有多达24处提到赖特,且在多处对赖特的主要作品进行了专门的介绍和评价。[⑥]

由此可见,文学史写作并没有一个固定的模式,史学家们会根据各自不同的史学观来构建和谱写自己所理解的文学史——历史事件、文学思潮、文学创作之间的关系、作家作品的文化意义、审美价值等,在很大程度上都是由史学家们来决定的,并由史学家们按照各自的叙事策略谱写成书——这在

---

① Emory Elliott, et al., *Columbia Literary History of the United States*, New York: Columbia University Press, 1988, pp. 139—155.

② Emory Elliott, et al., *Columbia Literary History of the United States*, p. 139.

③ Cf. Robert E. Spiller, et al., *Literary History of the United States*, New York: Macmillan Publishing Co. Inc., 1973, pp. 115—121.

④ Irving Howe, *A World More Attractive: A View of Modern Literature and Politics*, New York: Horizon Press, 1963. p. 100.

⑤ Cf. Robert E. Spiller, et al., *Literary History of the United States*, pp. 1314, 1315, 1386, 1401.

⑥ Cf. Emory Elliott, et al., *Columbia Literary History of the United States*, pp. 513, 726, 750, 786, 787, 789—791, 797—798, 835, 838, 851—852, 859, 865, 866, 867—868, 921, 1139, etc.

一定程度上是带有虚构性的。换句话说,史学家们用看似同样的线形时序来叙说一个国家或民族的文学历史,其实,他们在叙述中无不通过自己独特的叙事策略,将有关材料组织、安排得能直接或间接地支持或符合自己的政治、文化、宗教、审美等的立场观点。

二 文学史与叙事

严格说来,文学史是以文学事件(主要指文学思潮、文学流派、作家、作品,以及文学评论的写作、出版以及接受过程等)为主线的一种叙事文本。海登·怀特也曾指出,"被写下来"和"供人阅读"这两大特点决定了"历史"与其他文字不再具有根本性区别的文本特性。[①] 也就是说,文学史与一般文学叙事文本有许多共同和相似之处,也是一种用文字建构起来且具有"情节设置"的叙事话语形式。

杰拉德·普林斯将"叙事"一词界定为:叙事是"由一个、两个或数个(或多或少公开的)叙事者对一个、两个或数个(或多或少公开的)的受叙者所进行的对一种或更多种真实或虚构事件的(作为产品与过程,物体与行为,结构与结构性)详细叙述"。[②] 也就是说,对一般叙事文本而言,叙事是由叙事者、受叙者、事件以及讲述这一行为过程构成的。这个定义存有若干可商榷之处,如对"受叙者"一词的指涉就容易引起歧义。不过,该定义中最主要的问题是既没有界定叙事的文类,更没有指出叙事的真实本质,即叙事的虚构性。我们知道,即便是对真实事件的叙述,叙事者也难以规避因主观原因而造成的某种"虚构性"。这主要是因其表达了叙事文本作者的独特视角或立场、叙述行为与真实事件的发生在时间、地点以及叙述过程与真实事件发展过程的差异性或不一致性而含有虚构的成分。

其实,许多学者早已发现并论及了叙事文本的虚构性。语言学学者托

[①] 参见盛宁《人文困惑与反思——西方后现代主义思潮批判》,生活·读书·新知三联书店1997年版,第165页。

[②] Gerald Prince, *A Dictionary of Narratology*, Aldershot: Scolar Press, 1988, p.58.

尼·特鲁（Tony Trew）曾从语言学的角度，指出新闻报道中所隐含的意识形态或利益集团的旨趣。他写道："经过数日后，人们常常会发现，从报纸的角度来看，报道某事件发生的过程是困难的，而且在接下来的数日内还要有一系列的报道和评论，或许最后还要发表一篇社论。等到所有这些程序结束时，原来的故事已经被极大地改变了，事件也显得与刚发生时迥然不同。"[①] 叙事学家麦克·J.图兰（Michael J. Toolan）援引特鲁所举的例子，进一步说明叙事因主观原因而造成的"虚构性"——政治倾向。他根据特鲁提出的英国《泰晤士报》和《卫报》两家报纸，对发生在津巴布韦首都索尔兹伯里郊区警察枪杀十一名参加抗议活动的黑人的报道事例[②]作结论说："我们不得不承认，尽管真实情况可能只有一个，但对这一真实情况的报道却总是多个的，相互间既不一致，也有偏颇。"[③] 再退一步说，即便"报道"在内容上没有任何差异的同一事件或展出同一件艺术作品，也会因出现在报纸中的版面、字体大小或展出的位置的不同而具有不同的或独特的含义。例如，普林斯举例说"金鱼死了"[④] 这个句子可以当做叙事来看待，即这个句子说的可能是一件实事。但是，如果把这个普通的句子用作某重要报纸的头版通栏标题，或放在地方小报的中缝里，显然具有不同的含义：强调或弱化了该句话本身所具有的含义。换句话说，无论是用作某重要报纸的头版通栏标题，还是放在地方小报的中缝里，实际上都虚构了原句所承载的实际意义指向。

再如，艾莉森·布思在《拉什莫尔山变化的脸庞：集体肖像与参与性的民族遗产》一文中，曾记述了印第安纳州共和党国会议员迈克·彭斯为禁止"部分堕胎法案"（partial birth abortion）所作的电视演讲这一事件对他的启发。彭斯在接受电视采访时，在一个空房间里对着镜头演讲有关"部分堕胎法案"的话题。随后，他偏离主题讲到个人生平轶事，让听众想象一下，

[①] Tony Trew, "Theory and ideology at work", in R. Fowler et al., *Language and Control*, London: Routledge & Kegan Paul, 1979, p. 98; also in M. J. Toolan, *Narrative: A Critical Linguistic Introduction*, London and New York: Routledge, 1988, p. 229.

[②] Cf. M. J. Toolan, *Narrative: A Critical Linguistic Introduction*, London and New York: Routledge, 1988, pp. 229-232.

[③] M. J. Toolan, *Narrative: A Critical Linguistic Introduction*, London and New York: Routledge, 1988, p. 232.

[④] Gerald Prince, *A Dictionary of Narratology*, p. 58.

他在担负国会职责期间做短暂散步,穿过国家雕像大厅,来到华盛顿国会大厦的圆形大厅,他在这里驻足赞赏一尊纪念美国历史上的三位杰出女性——卢克丽霞·莫特、伊丽莎白·卡迪·斯坦顿以及苏珊·B.安东尼的雕像。但是,在他简短地说了几句颂扬安东尼和斯坦顿之后,却并没有提到处于雕像前景的杰出人物莫特。[①] 一尊群体雕像就像一个讲述真实事件的句子一样摆放在那里,雕像中的人物具有同等的真实性的地位,但却"因为这位前辈领导人在今日已较少有人知道,还或许是因为莫特的废奴主义仍然让主要是南方的基督教右翼产生怨恨",彭斯就像荣誉名册的读者或参观万神殿的游客所经常做的那样,"不仅将一个人[莫特]从画面中排除,而且还增加了另外一个:他讲述了艾丽斯·保罗及其所领导的《平等权利修正案》的运动(彭斯承认,他会对此修正案投反对票)的故事"。[②]电视画面、雕像以及叙述者迈克·彭斯共同构成了一个新的语境。实事中的雕像被虚构了——莫特从叙述中消失了,另外一个人即艾丽斯·保罗取代了莫特的位置。艾莉森·布思在接下来的文章中,还举例说明了拉什莫尔山上"代表了一个集体的历史,并且成为一种在仪式上重构社会的纪念物"[③] 的伟人群雕,同样因语境的不同或叙述者/观众的不同而具有不同的含义,并在一定程度上被人们不断地重组或虚构,用"将这些挑选来的雕像一起放在这里的方式来组成的一种共同的历史"。[④]

　　如同上面所举的例子一样,文学作品、艺术作品、媒体报道等因叙事而虚构,文学史写作也是一种叙事,因而也会因叙事而虚构。说文学史是一种叙事,主要是因其与他种叙事有着共同或类似之处,即:(1)文学史中也具备一般叙事所必需的几个要素,如叙述者、人物、事件、场景等;(2)文学史叙事也要遵循一般的叙事原则进行叙事,即由叙述者(可能是文学史作者本人,也可能假托一个"第三者"来叙述,以求"客观性")按照一定的模

[①] Cf. Alison Booth, "The Changing Faces of Mount Rushmore: Collective Portraiture and Participatory National Heritage," in James Phelan and Peter J. Rabinowitz, *A Companion to Narrative Theory*, Oxford: Blackwell, 2005, pp. 337–339.

[②] Alison Booth, "The Changing Faces of Mount Rushmore: Collective Portraiture and Participatory National Heritage," in James Phelan and Peter J. Rabinowitz, *A Companion to Narrative Theory*, pp. 337–338.

[③] Ibid., p. 342.

[④] Ibid., p. 339.

式和一定的时序，由叙述者讲述和评价发生在某一特定时空，或者具体地说，某国家或民族文化框架内的文学事件，如文学思潮流派、作品的出版发行、作品的形式与内容、作品接受情况等；（3）文学史也要经历"接受"的过程，即文学史出版进入流通领域后，也要通过读者的阅读而被"接受"。而说文学史的虚构性主要是从以下两个方面凸显出来的，即文学史写作的性质和作家、作品以及其他文学事件入史的遴选标准问题。其实，这两个方面在很多情况下是密切关联的，或者说就是一个问题的两个方面。因篇幅的原因，权将两个问题在下文中统而论之。

三 文学史写作的虚构性

在进一步讨论文学史写作的虚构性之前，我们应该首先了解文学史写作的性质，也就是应该首先回答这样的两个问题：文学史应该是美学的还是意识形态的？还是二者的结合，即在某特定的体制下所采用的用美学的方法来为政治或道德主张服务？对这两个问题的回答，不管其答案如何，都有助于说明文学史写作的虚构性：文学史是纯美学的，这既与文学作品、文学事件等不相符，又在社会现实中行不通；文学史是意识形态的，这虽迎合了某一特定的社会现实，但在许多情况下却也与文学作品、文学事件等不尽相同；文学史是美学与意识形态的结合，这虽在一定程度上反映了文学发生、发展的真实情况，但是其结合的形式、方式或在多大程度上进行结合等，却又是一个仁者见仁、智者见智的问题，且不谈那些由文学史作者以外的力量所控制的因素。

具体地说，从现有的中、外文学史来看，采用美学与意识形态相结合的居多，如前文所提到的斯皮勒等人主编的《美国文学史》，而采用美学的方法来为一定社会的政治和道德主张服务的也不在少数，如前文所提到的田仲济、孙昌熙主编的《中国现代小说史》。一般说来，采用前一种方法的文学史作者是文学史文本的建构者和阐释的控制者。他们常常会在撰写其国家或民族在某一时期的文学史时，自以为是地将当时的社会背景放到作家、作品介绍和分析之前，给读者以两者间相互联系的印象。他们在阐释具体文学作品时，甚或用经过精挑细选出来的事件与作家或文本相联系的方式，或者邀请读者对文学现象、作品或作家本人做出多维度的,即审美的、情感的、概念的、伦理的、政治的认知和体悟,或者说服读者接受有关文本世界与真实世界的相互关系,并将文本世界所表述的某些明确或不明确的伦理道德主张或政治诉求等传达或强加给读者。采用后一种方法的文学史作者在很大程度上直接或间接地受到其所处语境的影响,在文学史写作中自觉或不自觉地与其所处语境"保持一致",以彰显自己或由自己所代表的特定力量在这一特定历史语境中的政治的和道德的价值取向。他们在写作中有意或无意地忽视文学发生和发展的真实规律,也有意或无意地曲解了作家及其作品的真实意义,从而成为(隐含在作品中的)其所皈依或依附力量的一个代言人。

试借用詹姆斯·费伦提出的"三维度"人物观——"模仿性"(人物像真人)、"主题性"(人物为表达主题服务)和"虚构性"(人物是人工建构物)[①]来看文学史写作的虚构性。其实,文学史写作也可以是"三维度"的:"模仿性",即将文学事件等原貌还原,如埃里奥特等人在其主编的《哥伦比亚美国文学史》中所作的努力;"主题性",即文学史作者表达自己对文学作品、事件及其历史语境的认识,如斯皮勒等人在其主编的《美国文学史》中所做的工作;"虚构性",即文学史是文学史作者的主观产物。

首先,文学史写作的"模仿性",即力图将文学事件等原貌还原。其实,这在很大程度上是无法做到的。一方面,从一般意义上来看,任何事件、作品等都不是"固定的"或一成不变的,而是"流动着"的,即在不断的解读或阐释中被重新组合并生成新的"版本"和意义而无法得到真正的还原;另一方面,不同的历史语境有不同的政治、文化、审美等诉求,常常会因为"审查"等原因而无法还原历史原貌。具体地说,就文学事件与其社会语境而言,一个文学事件的发生可能有一个或多个社会原因。有的文学史作者可能指出了其中的一个或数个关联,另有文学史作者可能隐去了其中的某个或某些关联,甚或还有文学史作者指鹿为马,颠倒历史黑白。这不仅在中国文学史写作中经常见到,而且在国外的文学史写作中也时有所见。[②] 以曾引起中国当代文坛,甚至政坛巨大震撼的《海瑞罢官》事件为例。明史专家吴晗

[①] 参见申丹、韩加明、王莉亚《英美小说叙事理论研究》,北京大学出版社 2005 年版,第 243 页。

[②] 参见本文第一部分中所提出的文学史写作的一些问题。

在 1960 年 8 月写成，1961 年年初开始公演的《海瑞罢官》剧本，因政治原因写成并受到了热捧。同样，又因政治原因而在"文化大革命"前和"文化大革命"中受到姚文元等当权者的猛烈批判。吴晗因此含冤衔恨而死。从目前已经出版的文学史本来看，多数文学史家对此事件只是简单地提及，当然也有根本不提的，而甚少有人试图来还原历史的真实情况。由此也不难看出，这种文学史写作中以"还原原貌"为其特点的"模仿性"在一定程度上是主观虚妄的。

其次，文学史写作的"主题性"，即文学史作者表达自己对文学作品、事件及其历史语境的认识。一般说来，文学史作者因受其所处时代、学养、文化立场、道德情操等诸因素的影响或制约，对文学作品、事件及其历史语境的认识具有一定的差异性。这种差异性又因时代、国别以及文学史写作的"内部交流"而得到扩大或变异。美国本土的第一位美国文学史作者 A. 欧文·奥尔德里奇为美国文学史的写作奠定了基础。但是，他撰写的《早期美国文学：一种比较的方法》（*Early American Literature: A Comparatist Approach*）与后来斯皮勒等人在 1973 年编辑出版的《美国文学史》（第 9 版）以及埃里奥特等人在 1988 年编辑出版的《哥伦比亚美国文学史》就有很大的差异。这种差异不仅体现在体例上，而且还体现在对文学的发轫及其历史语境的不同认识上，即他们不同的史学观。奥尔德里奇从美国第一位女诗人安娜·布莱德斯垂特写起，把美国文学的起点定格在一个具体的作家身上。[①] 斯皮勒等人从介绍欧洲文化、文学背景入手，认为美国文学肇始于殖民时期，是由欧洲移植而来的。[②] 他们虽然在书中提到了印第安人所创造的文学叙事形式，但是却主要是归纳、总结了 19 世纪学者们的研究成果。[③] 埃里奥特等人则在其文学史的开篇中畅叙了美国印第安人的"声音"，认为美国文学的源头来自于北美西南部本土印第安人的洞穴墙壁上的雕刻和绘画。[④] 可见，不同的文学史作者因其不同的史学观而虚构出不同的"主题

[①] Cf. A. Owen Aldridge, *Early American Literature, A Comparatist Approach*, Princeton: Princeton University Press, 1982, pp. 25—52.

[②] Cf. Robert E. Spiller, et al., *Literary History of the United States*, pp. 3—23.

[③] Ibid., pp. 694—702.

[④] Cf. Emory Elliott, et al., *Columbia Literary History of the United States*, Introduction, pp. XV5—15.

性",其可信度很容易受到质疑。

最后,文学写作的"虚构性",即文学史是文学史作者的主观产物。对于这个问题,我们可以结合着文本入史的遴选问题,从以下几个方面来进行探讨。(一)一部文学史是由文学史作者精心构建起来的一个文本世界。对这个文本世界历史疆域的确定、区域的划分、内在气质的界定等,是在材料选择的基础上做出的。因此,筛选材料和构建材料之间的关系的准确性,决定了文学史文本世界"虚构性"的程度。阿明·P.弗兰克指出:"一部……占不到百分之三的已知文本,但同时又未能证明所选的这些为数极小的样本具有代表性"① 的关于(美国)文学的书更不能自称为文学史。同样情况也发生在其他国家或民族文学史的写作中。或者退一步说,一部不能证明其所选作家、作品等具有代表性的文学史只能是文学史作者虚构的文学史,而非真实反映文学发生、发展或变异的历史。(二)从文学史写作的实际情况来看,文学史文本世界历史疆域的确定、区域的划分以及内在气质的界定并不完全取决于文学史编撰者,而是与其所处语境"共谋"的结果。陈思和在其主编的《中国当代文学史教程》的"前言"中将文学史写作分为三个层面,即第一层面的优秀作品,第二层面的文学史过程以及第三层面的文学史精神。② 陈思和这个三层面分法从另一个侧面说明了文学史写作,特别是中国现当代文学史写作与其所处语境的"共谋"情况。陈思和在文中说"中国20世纪文学史深刻反映了中国知识分子感应着时代变迁而激起的追求、奋斗和反思等精神需求,整个文学史的演变过程,除了美好的文学作品以外,还是一部可歌可泣的知识分子的梦想史、奋斗史和血泪史",③ 除进一步说明了文学史写作与文学史作者所处语境之间的关系外,还间接地透露出一些重要的信息,如不"美好的"文学作品不能入史和文学史作者的治学方式与生存状态。(三)由于无法制定某种可用于任何情况下的批评标准,因此也就无法对入选这个文本世界的作家、作品以及其他文学事件进行客观或科学的判断与评价。也就是说,任何评价都具有某种程度的主观性。文学史写

---

① Armin p. Frank, "Introduction: Towards a Model of an International History of American Literature" in Barbara Buchenau and Annette Paatz (eds.), *Do the Americas Have a Common Literary History*? p. 14.
② 参见陈思和主编《中国当代文学史教程》,复旦大学出版社2008年版,第2—4页。
③ 陈思和主编《中国当代文学史教程》,复旦大学出版社2008年版,第3页。

作，尤其是写作中对文学作品的阐释所凸现出的这种主观性，使文学史的写作过程成为文学史作者按照自己的审美情趣或政治、道德的价值取向记载"名著"或"经典化"的过程。(四)从现有的文学史来看，多数"像是一本按时间顺序记载的硬填塞在一个历史框框中的各种史实和单个分析的流水账"而缺乏一种"从历史的角度理解文学的进程"。[1] 或者至少可以说，多数文学史作者忽略了构建文学历史语境与进程中的一个重要方面——读者。他们在文学史中很少，甚至根本不讨论读者在文学史构建中的地位。这就使文学史的建构缺少了一个重要的支撑点，即使文学史成为一个脱离了产生文学史社会现实的虚构产品。

文学的历史不仅仅是一个审美生产的过程，而且还是一个审美接受的过程。没有读者的参与，这个过程就不完整，或者说，就无法解释清楚某些文学现象（如当前诗歌创作衰落）的嬗变。读者是构成"社会背景"的一个重要组成部分，但是无论如何却不能把读者笼统地归结为"社会背景"。他们是一种相对独立且直接与文学发生关系的力量。不过，需要做出界定的是，这里所说的读者不只是指那些作为消费者的读者，而且还指作为批评者的读者和作为作者的读者。后两者对文学史的写作产生直接影响。以往文学史的写作未能将他们包括进去，也是导致文学史成为虚构文本的一个重要方面。[2]

概而言之，文学史作为一种叙事文本，具有自己的写作范式和特点。但是，因其未能超出一般叙事的范畴，又不可避免地"分享"了一般叙事的一些具有共性的东西，如虚构性。诚如海登·怀特所指出的，"历史在本质上是一种语言的阐释，它不能不带有一切语言构成物所共有的虚构性"。[3] 不过，需要指出的是，认识到文学史写作的虚构性与新历史主义者在提出"文本的历史性和历史的文本性"之后不愿回归到历史不同，认识到文学史写作的虚构性是为理解文学史提供一种认知理念（即文学史的存在形式并不是

---

[1] 朔贝尔：《文学的历史性是文学史的难题》，载瑙瑞曼等著《作品、文学与读者》，范大灿编，文化艺术出版社1997年版，第194页。

[2] 一个需要注意的现象是，多数国内外文学史作者很少提及或把以往文学史文本写进自己的文学史。

[3] 转引自盛宁《人文困惑与反思——西方后现代主义思潮批判》，生活·读书·新知三联书店1997年版，第166页。

"先验"存在的,而是因人因时而异的),并希冀在此基础上追求最大限度的回归历史。

作者简介:乔国强(1957—),上海外国语大学英语学院教授、博士生导师,主要研究方向为叙事学。

叙事建构身份

——以《西游记》为例

□ 赵 苗

"身份概念成为理解中国古代叙事的一把钥匙。"笔者将身份与叙事学理论联系起来，从中国传统身份观念出发，指出中国古代身份观念具有泛血缘和尊卑等级观等特征，并以《西游记》为例，阐释中国传统身份观。论文从叙事建构身份角度探讨，具体分析文本中的象征符号、角色结构、神话和威权叙事来建构身份，进而从中国古代身份等级体系去探寻文本中的身份观，彰显中国古代文人身份叙事智慧。

身份常常是大众关注的对象，当走在大街上或其他公共场所，我们总喜欢把目光投向有身份的人物，找名人签名；当我们阅读小说或观看戏剧电影时，故事中那些带有特殊身份的人物常常成为关注的焦点。《荷马史诗》中的阿喀琉斯，《红楼梦》中的宝玉、黛玉，《封神演义》中的各大神奇战将，《西游记》中的几位取经人，这些有身份的人物都有高人之处。我们不禁要问：身份的意义是如何显现出来的呢？笔者认为身份可以通过叙事建构。叙事是用来阐述某种意义的，结构主义叙事学是在索绪尔语言学的基础上形成，然而这种强调表层结构分析与深层结构分析的叙事学掩盖了作品的个体意义。随着解构主义意义多元化趋向，意义与文化正成为叙事学关注的对象。身份是一种文化积淀，它在中国文明肇始之初就存在，开天辟地，女娲造人，神农尝百草等神话都为后世百姓生活和文学提供身份构建的想象空间，影响了华夏这片古老土地上的方方面面，成为了文学创作者们永不停息追逐的梦,它通过古老叙事作品得以表征。身份叙事必然成为我们研究中国古代文学的范畴。

身份叙事问题在很多叙事学著作和论文中也或多或少地涉及过,国内也有一些学者直接分析文本中的身份叙事,如张德明的《〈藻海无边〉的身份意识与叙事策略》。

中国经典文学作品中的身份问题也常常引发读者的思考,《红楼梦》中贾宝玉和甄宝玉长相、身世、性格都非常相似,但读者心里的天平大多是倾向贾宝玉的,很大程度上是因为贾宝玉有"神瑛侍者"这个非同寻常的前世身份。《三国演义》中刘备能坐拥蜀郡,很重要的一个原因是他有"皇叔"这重身份。[①] 在叙述故事时,作者常常预先给人物设定一个特殊的身份,以增强叙事动力和文本张力。因此,本论文对身份叙事进行探讨是非常有意义。

傅修延提出:"身份概念是理解中国古代叙事的一把钥匙。"[②] 本文试图通过分析《西游记》来说明身份是如何通过叙事得以建构,同时也为这部中国古典名著提供一种新的解读方式。

叙事学主张探究文本中各种可能的叙事方式,通过语言符号的拆解组合分析来探索文本中话语意义的建构规则。意义产生在叙事话语中,要使某种意义得以恰当表达,必须寻求最佳的叙事方式。那么,身份在叙事层面上如何通过具体因素表现出来呢?在五千年的文明进程中,华夏民族的身份意识根深蒂固,这种身份有血缘关系上的身份,还有更重要的是象征王权国家机器的身份等级制中的身份,皇帝具有至高无上的权力和荣誉,身份地位也成了中国古代人们的主体价值观,古代人们都向往获得崇高正统的身份。曹操的"山不厌高,海不厌深;周公吐哺,天下归心",直接向这个身份等级的最高位置发出冲击。所以,中国古代的身份包括血缘关系和王权关系的身份,这两重身份往往交织在一起。没有正统身份的人,无论你有多么高超的商业技巧或其他伎俩,都被视为社会的边缘人。

中国古代的这一系列身份观都渗透到作品中,《三国演义》中刘备仅仅凭借汉室皇叔的身份就能掌控蜀郡,而没有皇室血统的一代枭雄——曹操只

---

① 参见傅修延《试论青铜器上的"前叙事"》,《江西社会科学》2008 年第 5 期。
② 傅修延:《试论青铜器上的"前叙事"》,《江西社会科学》2008 年第 5 期。

能"挟天子以令诸侯",后来他强行打破这一游戏规则,引来的是自身家族身份失落。《红楼梦》中不乐衷于仕途经济的贾宝玉为了维护贾府的身份地位也不得不走进科举考场。

关于如何运用各种叙事方式表征身份,中国古代文学家精于此道,其中的内涵需要我们细细品味。

一 象征符号建构身份

符号由两部分组成,即能指和所指。为什么一个特定能指与一个特定所指有关,按照皮尔斯的说法,两者关系有三种可能:"一是标示(index),例如病症指示疾病,沙漠绿洲标示水源,二者有因果或邻近关系。二是图像(icon),对某伟人的塑像或画像致敬,是因为图像符号自然地代表了伟人本人。这两种关系都是'有根据的'(motivated)。绝大部分的符号属第三类,皮尔斯称作'象征'(symbol),它们的能指与所指之间的关系是习俗关系。"[1] 本文研究对象——身份是属于社会文化范畴之内,所以,必然要对象征着身份的符号进行考察。

人物可以通过各种符号进行建构,这些符号不一定都是建构人物身份的,还包括建构人物的其他方面:如人物的品格、修养等。本文将主要分析与人物身份相关的四种符号:名称、服饰、兵器和居住空间。

二 专有名称

文本中的名字是非常有意义的,常常能反映人的身份。托马舍夫斯基说"主人公的名字本身就是脸谱"。作者取名是非常有讲究的,人名往往是人物身份的表征,有时框定人物的命运。菲利普·阿蒙指出:"如果人们承认,语句中的符号意义受到在可能的几种理论中间选择和实现一种意义的一切前语境制约,人们也许会把语境这个概念扩大到一切历史和文化的文本。例如,

---

[1] 赵毅衡选编《符号学—文学论文集》,百花文艺出版社 2004 年版,第 10 页。

一个历史人物（拿破仑）或神话人物（菲德尔被规定为米诺斯和帕西法埃的女儿）的出现肯定会使他们在叙述中的角色完全不出人们的意料，因为这个角色的轮廓已经在此之前的书面的和固定的历史中得到了先决规定。作为热尔维兹和库波的女儿，作为马卡（因而先就得到了遗传的规定），娜娜的悲惨下场已经'程序化'了，她的'行动范围'从第一次提到她的名字和刻画她的肖像时就已经被牢牢地框定了。"[1] 在文学作品中，人物的名字不仅仅是普通意义上的指代，而是一个符号，一种象征，是作者苦心经营的产物。符号背后深藏着一个潜文本，预示了人物的特征，甚至人物命运的走向。作为人物不可或缺的属性，身份也必然成为作者为人物取名的一个动机。

在《西游记》中，作者将历史置入虚构的世界，取经队伍的领头羊以唐朝历史人物"唐三藏"为名，该名为唐太宗所赐，这就使读者在历史的视域中来解读故事。作者把历史上唐三藏的身份附着于人物之上，读者预先知道了他跋山涉水到西域去取经的命运。而"孙悟空"这个名字是菩提祖师取的，充满了深厚的寓意。为什么姓"孙"？"（作者）用古老的'拆字'法把'孙'剖拆成'子系'。当他进一步把这两个字与道家术语'婴儿'联系起来时，这一玩笑就意义深长了。接着，他再加以发挥，如让孙声称他无姓，这是双关语，与'无性'谐音，突出了他天地生成的观念。"[2] 名字中"空"是梵文的意译，音译是"舜若"，即世间万物均因缘而和合成，没有一成不变的独立实体。这是佛学的基本准则。佛教讲求"悟"，"悟"是一种境界，悟到了空，便是得到了道。所以，悟空就是佛教修行的一种高度。孙悟空还叫"孙行者"。行者是佛教的修行者。"行者"与"悟空"连起来看，就是修行者达到了悟空得道的境界。名字本身就预示着他具有佛界的身份。所以，姓名是一种浓缩，是人物身份的潜叙事。

三　服　饰

服饰可传达人物的内心状态，也可显示身份，透露人物的阶级地位、经

---

[1] 张寅德编《叙事学研究》，中国社会科学出版社 1989 年版，第 317 页。
[2] 浦安迪：《明代小说四大奇书》，沈亨寿译，生活·读书·新知三联书店 2006 年版，第 197 页。

济状况与职业等。在我们今天的日常生活中，职业装就是身份的一种标示。这看似简单，"但在实际的文本阅读中，我们对许多身份标示往往是囫囵吞枣，因为各种文化、各个时代的文化的人都有其难懂的服饰符号"。① 服饰同身份存在着密切的联系。

中国古代的服饰（包括头饰、脸谱）文化精深复杂，其中所蕴涵的身份文化确实值得我们探究。从皇袍来说，中国古代皇帝的皇袍也叫龙袍，为什么衣服要有龙呢，穿龙袍是为美观吗？显然不是。要知道它的原因必须要从龙的文化含义说起，首先，在中国传统文化中，龙无处不存，《易经》中有"见龙在田"、"或跃于渊"、"飞龙在天"。在李泽厚看来，龙是一种狰狞恐怖之物并以此达到一种统治功能："龙能幽能明，能细能巨，能短能长，春分则登天，秋分而潜渊。龙到处都在，可又变化莫测，难以捉摸，'神龙见首不见尾'。是在这隐藏着神秘和恐怖中，显出它巨大的全面统治功能和神圣威力。"② 它已是恐怖和权威的象征符号。远古时期，整个社会处于混乱和无序状态，人与人的关系更似狼与狼的关系，"统治秩序日益需要系统化、体制化的暴力权威来维系。这种暴力权威的统治秩序也就是所谓黄帝尧舜垂衣裳而治天下"。③ 正因为此，古代帝王无不把自己说成龙的化身。闻一多在《神话与诗》一书中提出黄帝即龙，中国古代很多经典作品中都提到过龙：

轩辕之国……人面蛇身，尾交首上。（《海外西经》）
中央土也，其帝黄帝，其佐后土，……其兽黄龙。（《淮南子·天文篇》）④

其次，龙在中国古代是"人神通天的助手或坐骑"。《龙与中国文化》一书借助四川广汉三星堆遗址出土的大型青铜立人像解释"以龙纹为主纹的祭祀服装，服装上的龙纹很明显不是在表现水，而是具有巫师通天助手的含义"。⑤ 而在古代是"巫君合一，王为首巫"。龙袍也自然成为是后世帝王所

---

① 傅修延：《讲故事的奥秘——文学叙述论》，百花洲文艺出版社 1993 年版，第 178 页。
② 李泽厚：《中国古代思想史》，天津社会科学院出版社 2008 年版，第 267 页。
③ 同上。
④ 闻一多：《神话与诗》，华东师范大学出版社 1997 年版，第 45 页。
⑤ 刘志雄、杨静荣：《龙与中国文化》，人民出版社 1992 年版。

专有的最高权威符号,成为皇帝的身份符号(见图1)。

图1 乾隆皇帝朝服像

服饰不仅可以建构某种身份,也是身份等级的表征。如清朝的官服上绣有各种鸟兽图案,代表了官阶的高低(见图2)。

一品文官仙鹤补服　　二品文官锦鸡补服　　三品文官孔雀补服

图2

在《西游记》中,作者吴承恩对人物的服饰也进行了精心设计。首先,我们关注是作者对袈裟的安排。为使读者判别唐僧师徒四人是和尚,作者让他们穿僧衣戴僧帽,但孙悟空、八戒、沙僧等弟子只能穿普通的僧服,唐玄奘却有着宝贵的袈裟。袈裟是佛界最重要的服饰。"《大乘本生心地观经》卷五举袈裟十利。又据《释氏要览》卷上载,释迦如来昔为大悲菩萨时,曾于宝藏佛前,誓愿于己成佛时,袈裟能成就五种功德。袈裟也称为莲花衣、莲花服,称为'西方三圣'之首的阿弥陀佛和大慈大悲观世音菩萨,都是坐在莲花之上。其余的菩萨,有的手执莲花,有的脚踏莲花……"[①]

小说中对唐僧锦囊袈裟做了非常详细的叙述:"菩萨道,这袈裟,龙披一缕,免大鹏蚕噬之灾;鹤挂一丝,得超凡入圣之妙。但坐处,有万神朝礼;凡举动,有七佛随身。……自从佛制袈裟后,万劫谁能敢断僧?"这袈裟是佛界的宝物,是佛界非凡身份的象征,如来选择玄奘作为袈裟的拥有者,正是要突出唐僧作为取经队伍的领导身份。

值得我们关注的还有紧箍咒。紧箍咒是故事主人公之一孙悟空的头上所戴之物。小说中孙悟空是自由、权力、欲望的化身,他凭借一根金箍棒和一身的本领敢于同天王、阎王、佛祖叫板,可以说这些描写为孙悟空争得无穷的荣誉。为什么又安排他戴上一个约束自己的紧箍咒呢?在笔者看来,这是作者的传统忠孝身份观念在起作用。对于作者来说,天王、阎王、佛祖是神,属于身份体系的最高一级,人要忠孝于家父,也要忠孝于国君和更高一级的神的身份。孙悟空大闹天宫,不仅威胁到了天帝统治,而且也违背忠孝伦理纲常,于是遭来天兵天将和佛界的抵抗与惩罚。但作者是珍爱孙悟空的,不想让他成为强盗。要让他成为身份等级体系中的显要身份者,只能忍痛给他戴上紧箍咒,等到实现佛界身份时,紧箍咒也自然脱落。相对于猪八戒、沙和尚来说,他们根本没有反叛心理。他们有在天宫为人臣的生活,受到忠孝思想的熏陶,虽一时为妖,但猪八戒和沙和尚心灵深处念念不忘的,还是身份等级体系中为人臣子的身份。所以,他们不需要用紧箍咒来进行生理上的控制,以达到忠孝思想的目的。

身份地位也不是一成不变的,它有静态的一面,也有动态的一面。当身

[①] 转引自常辉《〈西游记〉中佛现象在师徒四人身上的体现》,《时代教育》2008年第9期。

份变化时,作者会巧妙地让人物的服饰也发生变化。《西游记》中,当孙悟空的身份发生变化时,他的服饰也在发生变化:天生猴皮(石猴)——向龙王索要的金箍棒、藕丝步云履、锁子黄金甲、凤翅紫金冠(美猴王、弼马温、齐天大圣)——僧衣、僧帽、紧箍咒(取经和尚)——解除紧箍咒(斗战胜佛)。可见服饰是身份叙述非常重要的标志。

四 兵 器

除了衣物之外,孙悟空、猪八戒和沙和尚每个人身上都带有兵器。对于兵器,古人认为战争是神在指使,战前他们常常需要祭神和占卜,以便能够依靠神,领会神的旨意,从而取得胜利。兵器是战争不可缺少的一部分,许多战将都对兵器充满了崇拜和敬慕,视之如生命,甚至将其神化,催化了后世文学中有关兵器的想象空间。程蔷先生在民俗故事领域中对古代兵器精神进行研究。"她首先关注远古宝物幻想的性质和特征,认为这是原始社会人类意识形态的一个方面,大体说来它也具有与神话相似的性质。"(这里的宝物指神奇兵器)[①] 因此,兵器成了文学中充满幻想的符号,《干将莫邪》中的雌雄剑,《封神演义》中姜子牙的打神鞭、哪吒的乾坤圈、惧留孙的捆仙索、广成子的翻天印等,都极有想象力。

兵器不仅因神奇而充满想象,也常常是某种身份的象征符号,极具文化意义。刘卫英在《新时期以来明清小说宝物描写研究综述》一文中指出,兵器和人物不是随意配合,而是有历史因缘和文化意义的,青龙刀与关羽、蛇矛与张飞、双斧与李逵,都是长期形成的,这些已不是他们可有可无的兵器而是他们身份的象征。

《西游记》中唐僧三徒弟——孙悟空、八戒、沙僧的兵器分别是:如意金箍棒、九齿钉钯和降妖宝杖。这些兵器都有不同寻常的来历,他们与主人公的匹配也是独一无二的,是他们身份的标志。我们从三个方面说明金箍棒是悟空身份的标志。其一,孙悟空的金箍棒源于大禹治水的传说。《西游记》

[①] 转引自刘卫英《新时期以来明清小说宝物描写研究综述》,《贵州社会科学》2007年第11期。

第三回"四海千山皆拱伏,九幽十类尽除名"中写孙悟空学本领回到花果山,到东海龙王那里讨找称手兵器,三千六百斤重的大捍刀和七千二百斤重和方天戟都嫌太轻,龙王无奈,把当年大禹治水定江海浅深的神珍铁让孙悟空拿,这神珍铁果然是逢知音就显灵,"这几日霞光艳艳,瑞气腾腾",所以金箍棒虽由于时间和距离未得与孙悟空见面,其实天定就是归属孙悟空,等待着与孙悟空的结合,孙悟空一旦得之,从此金箍棒就成了他的贴身武器。其二,作者在文中塑造的孙悟空是自由和欲望的化身,而金箍棒物随人意,按照人的意愿能大能小,变化自如,可见金箍棒正如孙悟空本人追寻着自由,而不是一根硬铁。其三,作者把它与大禹治水的神话传说结合起来,有其内在的隐义。大禹治水三过家门而不入,其行为是为维护天下太平,同时,也表现着古代人们消除灾祸、安居乐业的理想愿望,而拿着金箍棒的孙悟空也是一路不遗余力除妖伏魔,促使一方平安。这不是简单的巧合,而是说明孙悟空和金箍棒的因缘关系。第七十五回"心猿钻透阴阳窍,魔王还归大道真",孙悟空对金箍棒的述说,更使人认为猴、棒合一,不可分割;同样,八戒和沙僧对九齿钉耙和降妖宝杖的述说:"勅封元帅号天蓬,钦赐钉钯为御节"、"只因官拜大将军,玉皇赐我随身带",这些话语不如说是他们对自己皇权体系中正统身份的追述。缺少如意金箍棒的孙悟空就不是真正的孙悟空,同样,缺少九齿钉耙和降妖宝杖也不是真正的八戒和沙僧。三人分别叙述这些兵器的神奇来历和非同寻常的功能,以此大大提高了拥有者的身份和地位,无论身处任何险境,他们从不舍弃自己的兵器。从另一个角度说,他们在灵魂深处恪守了伟大的自我。

五 居住空间

居住空间从设计目的角度,有实用、美观的居住空间,还有的为了突出身份。实用美观的居住空间描写往往是把环境的美感、舒适程度、便利等作为描写对象;作为身份象征的居住空间描写则突出气派度、威严程度和其他高身份者特有的图案标示。当然,有时候这些空间又会重合,如晚唐词人李煜身份从王者转为阶下囚,他在《虞美人》中发出的感慨——"雕阑玉砌应犹在,只是朱颜改",就是这种情况。居住空间,在具有五千年文明史的中国显示了深厚的文化底蕴。"学成文武艺,货与帝王家",不同等级的官员其住所建筑、装饰都很有讲究,包括面积、建筑材料、雕刻文案、色彩、模式、称呼等,这些不同都显示着身份的不同。比如《春秋穀梁传》提到宫室柱子的颜色等级,明确规定天子用朱色,诸侯用黑色,大夫用青色,士则只能用黄色。《唐会要·舆服志》和《营缮令》都规定,王公以下屋舍不得施重拱藻井。三品以上堂舍不可过五间九架,四至五品不过五间七架,歇山门屋均不可过三间四架,而且不得随意装饰。这些营缮规定,反映了在房屋间数和梁之架数上存在的上下尊卑的居住等级。可见居住空间的制造不仅仅为了自身的舒适、美观,更重要的是时时刻刻显现出身份的印迹来。《西游记》故事中叙述了天庭、地上、佛界、地狱几大空间环境,玉皇大帝也称玉帝,是诸神之王,书中用以下这段文字来描写他居住的物质空间:

金光万道滚红霓,瑞气千条喷紫雾。只见那南天门,碧沉沉,琉璃造就;明晃晃,宝玉妆成。两边摆数十员镇天元帅,一员员顶梁靠柱,持铣拥旄;四下列十数个金甲神人,一个个执戟悬鞭,持刀仗剑。处厢犹可,入内惊人:里壁厢有几根大柱,柱上缠绕着金麟耀日赤须龙;又有几座长桥,桥上盘旋着彩羽凌空丹顶凤。明霞晃晃映天光,碧雾蒙蒙遮斗口。这天上有三十三座天宫,乃遣云宫、毗沙宫、五明宫、太阳宫、化乐宫……一宫宫脊吞金稳兽;又有七十二重宝殿,乃朝会殿、凌虚殿、宝光殿、天王殿、灵官殿……一殿殿柱列玉麒麟。寿星台上,有千千年不谢的名花;炼药炉边,有万万载常青的瑞草。又至那朝圣楼前,绛纱衣,星辰灿烂;芙蓉冠,金碧辉煌。玉簪珠履,紫绶金章。金钟撞动,三曹神表进丹墀;天鼓鸣时,万圣朝王参玉帝。又至那灵霄宝殿……

这些叙述满足了读者对天庭的想象,对天皇的敬畏。正如道教称天界最高主宰之神为玉皇大帝,犹如人间的皇帝,上掌三十六天,下握七十二地,掌管一切神、佛、仙、圣和人间、地府之事,也称为天公、天公祖、玉帝、玉天大帝、玉皇、玉皇上帝。文中还描述了阎王世界、龙王世界以及各个妖洞,这些空间的并置,其意义指称不仅是展示情绪上的喜厌,更主要的是使我们看到他们身份地位的高低,处在天宫的玉皇大帝对于某些自然神来说是高不可攀的,黑水河河神的一句简单的话就很好地反映出来:"我欲启奏上帝,奈何神威职小,不能见玉帝。"

以上是静态身份,居住空间的改变也预示着身份的动态变化。孙悟空在天宫做了两次官,一次是养马的"弼马温",一次是不管事的"齐天大圣"。虽然是名誉上的身份,但为了突出这两个官位的大小,作者也采用了身份居住空间叙事。芝麻官"弼马温"天天和马生活在一块,风餐露宿。而"官品极矣"的大官"齐天大圣"就有了专门的"齐天大圣府":府内设二司:一名安静司,一名宁神司。司俱有仙吏,左右扶持。八戒和沙僧,原是天蓬元帅和卷帘大将,降凡成妖后,居住空间从光彩夺目的天宫,沦落到破落的云栈洞和汹涌的流沙河。身份的改变带来境遇的天壤之别,我们禁不住为两位神仙感慨。古代许多作家关注物质空间与身份关系。《红楼梦》中贾宝玉从清清静静的太虚幻境中走来,为了突出他脱俗的神界身份,于是让他生活在"女儿国"——大观园中,"女人是水做的,男人是泥捏的",这里相对清净,远离仕途经济,但后来这个空间不复存在,他就不具备这重身份了。因此居住空间不仅关系身份高低,而且关系着这种身份的存亡。居住空间对人来说不只是外在客体的存在,更是天人合一般的有机的存在。

六　角色结构建构身份

法国著名叙事学家格雷马斯提出:民间故事结构为契约型。契约是诸种人文现象的基本形态,几乎每一个人文现象都可以归结到契约论上,如中国封建时代的纲常伦理、现代社会法律等都可以理解为一种契约,甚至一些古老的习俗、传统都以或有形或无形的契约形式深入到整个社会文化结构的底层。契约的建立、完成和奖罚传递出社会内涵,体现了深层的文化结构。依据叙事作品中人物在主要事件的不同功能,格雷马斯分出了六种角色:(1)主角和对象;(2)支使者与承受者;(3)助手和对头。这就是"角色结构"。角色结构实际也映照出契约形态。

罗钢在《叙事学导论》中分析了这六种角色:追求某种目的角色称为"主角",所追求的目的称为"对象",对象不一定指人,也可能是期望达到的某种状态;主角既然要追求某种目标,那么就可能存在着某种引发他行动或为他提供目标和对象的力量,这种力量格雷马斯称为"支使者",支使者在很多情况下可能并不是一个人,而是某种抽象的力量;获得的对象称为"承受者",承受者与主角常常是一个人。主角在追求对象的过程中可能受到来自敌对势力的种种阻扰,也可能得到来自朋友的种种帮助,前者便是对头,后者便是助手。六种角色关系用图可表示为(见图3[①]):

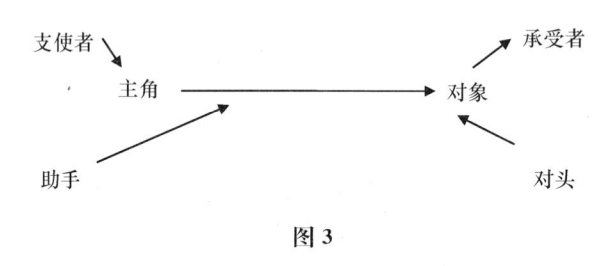

```
          支使者↘           ↗承受者
                 主角 ——————→ 对象
          助手↗             ↖对头
```

图 3

这些角色结构有主有次。叙事学中的这种角色结构不仅展示了叙述语法,而且也建构出身份。角色间的复杂关系刻上了身份挣扎的痕迹。

什么促使《西游记》人物角色结构的生成与稳定?《西游记》取经者一行都曾与神佛违约,被贬凡间后,为了恢复自由真身,又与神佛订立新约,西天取经,由此构建出角色结构。在《西游记》中谁是第一主人公呢?从取经角度来讲,唐僧当然是主角。所以当孙悟空提出自己上西天去取经时,八戒回答说:"自古有唐玄奘取经,没有孙行者取经一说。"一方面,观音菩萨作为佛祖的使者,选择了唐僧作为取经人,唐僧获得合法的取经人身份。唐僧身负重任,重返佛身的信念也是最坚定的。在取经队伍中,唯有他一人是凡人肉身,但当他面对财富、权力、女色和外来的侵害时,虽有战战兢兢之状,但取经的信念从未动摇。正是他的愿望促使了西天取经的顺利成行。所以,作为取经人的主角或领导者,唐僧是当之无愧的。

作为助手,三位徒弟助唐僧战胜妖魔,寻得西天经书。虽然孙悟空、猪八戒和沙和尚都曾经违背了与神佛的契约,但他们不是真正的反叛者。如果玉帝能让孙悟空有官有禄,也可以参加蟠桃大会,他可能不会大闹天宫。他只是想用自己的力量实现自我价值,即在等级制度中拥有荣耀的身份,而不是一个子虚乌有的"齐天大圣"称呼。

助手有时候并不能完全融入自己的角色。孙悟空身上猴妖的身份意味着

[①] 参见罗钢《叙事学导论》,云南人民出版社1994年版,第102—106页。

自由自在，在取经途中受佛规、师父的管束，必然与主角产生摩擦、冲突。这种冲突首先表现在对待"杀生"上。在唐僧看来，出家人"扫地恐伤蝼蚁命，爱惜飞蛾纱罩灯"，更何况是活生生的人呢？孙悟空坚持认为不管是妖魔还是人畜，只要他做了坏事，都要给予惩戒，对于妖魔更要除恶务尽。于是常常导致孙悟空自动出走或被赶走。孙悟空出走的第一愿望就是重返花果山水帘洞做美猴王。这种出走可以看做美猴王身份与取经人身份之间的冲突。

　　既然存在着这么大的冲突，为什么后来还会继续保护唐僧取经？难道只是那个紧箍咒吗？当然不是，后来唐僧主动赶走孙悟空时，并没有用紧箍咒强逼他回来。有些评论家认为这是自由与不自由之间的冲突，如果仅仅是为了自由而返回花果山，那文中的前九回就显得没有任何意义，孙悟空也不必到天庭去做官，到花果山称一洞之王，逍遥自在何必去天庭臣服玉皇大帝，要知道天庭如尘世，也有自己的礼纪纲法。笔者认为孙悟空要求回归正统的原因有以下两点：一是对荣誉和崇高身份的向往，这导致孙悟空重返取经之路，就像他自己说的借门路修功，幸成了正果。履行与神佛之间新的契约就带来了荣耀身份。二是与唐僧的师徒关系。自加入取经队伍后，孙悟空作为助手，其身份发生改变，唐僧成了他的师父，所谓"师徒如父子"，这也反映了儒家伦理希望通过血亲"拟制"获得伦理上的认可，这种师生伦理关系并非法权关系，而是以一种道德伦理理念作为界定二者关系的凭据。"一日为师，终身为父"的身份忠孝观念稳固地维系了取经队伍。

　　作者在小说中反复强调通过这种关系维持取经队伍的稳定。第七十二回写唐僧出于对晚辈的慈爱，准备亲自去化斋，孙悟空立马说："你要吃斋，我自去化。俗语云：'一日为师，终身为父。'岂有为弟子者高坐，教师父去化斋之理。"第八十一回，当唐僧生病有难时，徒弟们都积极地照顾师父渡过病难，孙悟空的一番话真诚而坦率地表达了他们的行动初衷："师父说哪里话！常言道：'一日为师，终身为父。'我等与你做徒弟，就是儿子一般。"……猪八戒虽然好吃懒做，动不动就想回高老庄，但他同样也遵守孝道，第三十一回写到花果山请被唐僧逐走的美猴王，他哀求道："万望哥哥念'一日为师，终身为父'之情，千万救他一救！"取经队伍不仅构建了角色结构，由于它建立在以"孝道"为核心的家庭伦理基础之上，也构建出人物的身份。

妖魔是取经人的对头，但在取经路上，正统的取经人对妖魔有时候也会拉拢亲缘关系。如当听说是红孩儿抓走唐僧，孙悟空并不紧张，笑说道："兄弟们放心，再不须思念，师父绝不伤生，妖精与老孙有亲。""这妖精是牛魔王的儿子，我与他父亲相识，若论将起来，还是他老叔哩，他怎敢害我师父？我们趁早去来。"沙和尚也很是知晓人情世故，笑道："哥啊，常言道：三年不上门，当亲也不亲哩。你与他相别五六百年，又不曾往还杯酒，又没有个节礼相邀，他哪里与你认甚么亲耶？"人物一切行动言语都被纳入世俗礼仪中，契合人世间血缘身份等级结构。

所以，角色结构既规范了人物的行动，又显现出对身份的固守和追寻。《西游记》中封建伦理道德中的等级观念深深植根于取经人的思想深处，内化为他们的一种心理结构。可以说，以血缘为基础的儒家身份伦理关系之影响渗透到每一个角落。

七 威权叙事建构身份

（一）威权叙事界定

本文所论述的身份含义是社会地位，具有等级性。从权力行使的角度来说，它是支配和被支配的关系，支配方社会地位处于高点，受支配方的身份低。因此，权力行使过程也是身份叙事的过程，权力是种身份的象征。如果承认这一点，我们现在就对权力形成过程展开论述，权力不是平白无故产生，没有谁情愿轻易被他者支配，尼采提出"权力意志"，西方学者福柯在《知识考古学》提出"权力话语"，前者是依靠某种观念形成权力，后者是依靠知识形成权力，但本人认为，权力的行使还必须以威权作保障。从这个意义来说，只有在威权下，身份地位才得以保持并提高。中国古代就大量存在威权叙事，傅修延教授在《试论青铜器上的前叙事》中第一次提出"威权叙事"。他首先分析了季子白盘上的铭文：

佳十又二年，正月初吉丁亥，虢季子白作宝盘。
丕显子白，壮武于戎工，经维四方。
博伐玁狁，于洛之阳，

折首五百，执讯五十，是以先行。
　　趩趩子白，献馘于王。
　　王孔嘉子义，王格周庙，宣榭爰飨。
　　王曰伯父，孔显有光。
　　王锡乘马，是用佐王。
　　锡用弓，彤矢其央，
　　锡用钺，用征蛮方。
　　子子孙孙，万寿无疆。①

　　其中的'馘'指的是割取敌人左耳以计数报功，它叙事了季子在战争中砍下500颗首级，缚绑50个战俘，并割下一大堆敌人左耳献于王前。季子白盘上的带血叙事就是"威权叙事"，它反映出古代生活的野蛮一面。"铭文中那些令人生畏的内容，我认为可以称之为'威权叙事'——这类叙事不一定都涉及杀戮，但贯穿其中的必有咄咄逼人的'强力意志'。"② 青铜材质上传来的训诰之声同样也是威严、气势汹汹的，话语中包含教训、呵斥乃至威胁的意味。古人血淋淋的厮杀最初并不是为了树立自己的身份，而只是为了生存争夺食物和地盘。然而当胜利者把带血的故事用青铜铭文把它记录下来时，其行为意义已经上升到更高的层次，目的明显是警示敌人，让人们敬畏他们的战功和能力。确实，无论是当时的民众还是今天的读者看到这些威权叙事，都仿佛听到古战场上那震天的厮杀声、哭喊声、呻吟声，会对手握屠刀的获胜首领产生深深的畏惧，这个首领的至高无上的身份也因此被制造出来。从以上叙述中可以发现，青铜上的震慑力文字叙事构建威权身份。威权叙事不仅可以通过文字带来，还可以通过面具、话语、行动产生并制造出身份。

（二）面具

　　相对于青铜铭文，面具符号给观者造成的威权身份感更为直接。远古面具的一个重大特征就是狰狞和恐惧。它的功能就是要使人害怕，使鬼怪害

---

① 转引自傅修延《试论青铜器上的"前叙事"》，《江西社会科学》2008年第5期。
② 傅修延：《试论青铜器上的"前叙事"》，《江西社会科学》2008年第5期。

图 4

怕。古代战争频繁，当战士们带上青铜面具时，一方面它可以抵挡对方箭和其他利器的攻击，另一方面就是利用面具狰狞的外表使敌人害怕，战场上的面具可以说成了力量的象征，戴上之后，战士不再是以前那个"本我"，而是面具上所体现的这个"超我"，以此获得无穷力量，与敌征战。图 4 是战争中使用的青铜面具。

现在我们见到的古代面具更多的是傩面具。在远古时代，人类除了要征战，由于当时科学技术落后生产力低下，还需面对瘟疫、疾病、天灾、死亡。他们无法理解，不能克服，总相信有魑魅魍魉的鬼怪存在，这也是最令人恐惧的。于是，傩戏中就有各种神的面具，他们想通过面具上的神来驱赶和消灭这些鬼怪。面具上的神或是相貌凶恶、獠牙齿嘴的兽面，或是历史传说人物。如食鬼神开山面具（见图 5）样子相当恐怖，具有威慑力，这是"因为开山像钟馗一样，平时喜欢啖鬼，为了使鬼怪感到害怕，开山就被雕刻成凶猛的神灵。……相传开山原来是蚩尤手下的一员大将，因勇猛善战而深得蚩尤的喜爱……因为他英勇善战，人们就想借助他的威力以震慑鬼怪"。[①] 有了这样一段传说，面具就不再是我们化装舞会或狂欢节中的娱乐面具，而是非常严肃的，带上面具之后人的身份就已经转换为面具上的神，他怀着部族成员的心愿要驱除鬼怪。"傩堂戏的演出虽然带有娱乐的色彩，而傩堂戏开演前的这些法事，却是森严肃穆，使所有参加这种仪式的人，不管是法师还是演员或者是观众，都会在一种超自然的诡秘境界中，仿佛和傩师一起进入神灵的世界，以达到祈求、驱魔、镇宅的目的。"[②] 傩戏表演可以说是威权叙事技巧的展出，对于当时相信神魔鬼怪的人们，自然敬畏这位能驱鬼的傩师，他的身份也在演出中树立起来。《西游记》中的面具虽然使用较少，但唐僧三个徒弟的脸孔常使众人畏惧万分，取经人因此轻松获得支配者的身份，可以顺利得到他者帮助。

[①] 陈莺、陈逸民：《神秘的面具》，百花文艺出版社 2004 年版，第 125 页。

[②] 同上书，第 69 页。

图 5 开山面具

（三）行动

行动是构成和推动故事情节的关键因素。当然行动也是身份叙事不可缺少的要素。这里的行动主要是动武或用威。《西游记》取经人马在普通读者心目中地位最高的要数孙悟空，相对于唐僧的其他两个徒弟来说，除了在智慧和本领方面孙悟空要更胜一筹，笔者认为更重要的是文本采用了威权叙事。

且看孙悟空在取经过程中的经历。孙悟空在取经途中经常有求于土神、山神，向他们探听妖精的信息。然而即使在这种情况下，与这些自然神之间体现的也是一种威权关系。孙悟空对他们常常用威，重则打骂，轻则恐吓、命令。第十五回"蛇盘山诸神暗佑，鹰愁涧意马收缰"中，"念了一声'唵'字咒语，即唤出当坊土地、本处山神，一齐来跪下道：'山神、土地来见。'行者道：'伸过孤拐来，各打五棍见面，与老孙散散心！'二神叩头哀告道：'望大圣方便，容小神诉告。'行者道：'你说什么？'二神道：'大圣一向久困，小神不知几时出来，所以不曾接待，万望恕罪。'"从这见面场合，可以看到孙悟空是高高在上，土神、山神二神却显得猥琐。土神、山神毕竟具有神的身份，但他们对孙悟空却敬畏得五体投地。由此，孙悟空在读者心中的身份地位陡然高升。

不仅在这一回中，在其他领域都显现出威权叙事的痕迹。到龙宫，龙王须好生招待；到地狱，阎王也是有求必应；到天宫各神也是恭恭敬敬，不敢怠慢。在取经途中，在高老庄潇洒的猪八戒听说来了五百年前大闹天宫的齐天大圣吓得抽身就走，为什么孙悟空能获得如此高的身份待遇？原因还在于孙悟空敢于用威。大闹天宫时孙悟空只身打退十万天兵天将,十八层天罗地网,经太上老君炉炼 49 天后仍毫发未损。在龙宫强索金箍棒和披挂,四海龙王未敢抵抗,扰乱地府秩序,恐吓阎王,自行删除生死簿上的名字。孙悟空利用自己的暴力威震四方。最后,就连玉皇大帝也让其三分,竟然把天借给他以保天宫无事。这是其他人不能办到的,所以,孙悟空后来被封为斗战胜佛是无可厚非的。如来佛祖给人的印象法力无边,一个筋斗十万八千里的行者竟然逃不出他的手掌,被压在五行山下,饥餐铁丸,渴饮铜汁。乌鸡国王因对普贤不礼,结果被罚在琉璃井中整整泡了三年,倒说为他消灾。诸神仙往往通过用威获取令人敬畏的身份。

(四) 话语

动武或用威固然可以引起威权身份的产生,有时不必通过此类行动,光动口就可以建构威权身份。话语即建构威权身份的一种方式。孙悟空面对妖精,在动武前,常常先上前发布一大串威权话语:

> 自小神通手段高,随风变化逞英豪。养性修真熬日月,跳出轮回把命逃。一点诚心曾访道,灵台山上采药苗。那山有个老仙长,寿年十万八千高。老孙拜他为师父,指我长生路一条。他说身内有丹药,外边采取枉徒劳。得传大品天仙诀,若无根本实难熬。回光内照宁心坐,身中日月坎离交。万事不思全寡欲,六根清净体坚牢。返老还童容易得,超凡入圣路非遥。三年无漏成仙体,不同俗辈受煎熬。十洲三岛还游戏,海角天涯转一遭。活该三百多余岁,不得飞升上九霄。下海降龙真宝贝,才有金箍棒一条。花果山前为帅首,水帘洞里聚群妖。玉皇大帝传宣诏,封我齐天极品高。几番大闹灵霄殿,数次曾偷王母桃。天兵十万来降我,层层密密布枪刀。战退天王归上界,哪吒负痛领兵逃。显圣真君能变化,老孙硬赌跌平交。道祖观音同玉帝,南天门上看降妖。却被老君助一阵,二郎擒我到天曹。将身绑在降妖柱,即命神兵把首枭。刀砍锤敲不得坏,又教雷打火来烧。老孙其实有手段,全然不怕半分毫。送在老君炉里炼,六丁神火慢煎熬。日满开炉我跳出,手持铁棒绕天跑。纵横到处无遮挡,三十三天闹一遭。我佛如来施法力,五行山压老孙腰。整整压该五百载,幸逢三藏出唐朝。吾今皈正西方去,转上雷音

见玉毫。你去乾坤四海问一问,我是历代驰名第一妖!①

作者似乎对孙悟空特别关爱,给予他足够的机会进行类似此类叙述,(五十二回,第671页;六十三回,第804—805页;七十回,第889页;七十一回,第907—908页;八十六回,第1095—1096页;九十四回,第1183—1184页)。文中多次进行威权话语叙事,这不是一种多余重复,而是在叙述中建构孙悟空的身份,让一路的众妖都听到孙悟空震慑的声音。在取经中为使唐僧不说他行凶,他不伤及性命,却变相示威。"观音院僧谋宝贝,黑风山怪窃袈裟"一回,孙悟空为保证僧人看好师父,说道:

> 汝等莫顺口儿答应,等我去了,你就不来奉承。看师父的要怡颜悦色;养白马的,要水草调匀;假有一毫儿差了,照依这个棍,与你们看看!"他掣出棍子,照那火烧的砖墙扑的一下,把那墙打得粉碎,又震倒了有七八层墙。众僧见了,个个骨软身麻,跪着磕头滴泪道:"爷爷宽心前去,我等竭力虔心,供奉老爷,绝不一毫怠慢!"

孙悟空与这些人之间命令与服从的契约关系就是通过威权话语叙事生成。其实,八戒、沙僧降妖途中也往往采用威权话语叙事希望妖精诚服,在第八十五回"心猿妒木母,魔主计吞禅"八戒就使了威权叙事话语:

> 巨口獠牙神力大,玉皇升我天蓬帅。
> 掌管天河八万兵,天宫快乐多自在。
> 只因酒醉戏宫娥,那时就把英雄卖。
> 一嘴拱倒斗牛宫,吃了王母灵芝菜。
> ……
> 铁脚天蓬本姓猪,法名改作猪八戒。

他们在降妖的过程中,不厌其烦进行自我口头威权叙事,并同实际斗威相结合,炫耀自己的身份。

---

① 吴承恩:《西游记》,人民文学出版社1985年版,第216—217页。

威权叙事不仅出现在神魔小说中，生活中也是如此。古代帝王是国父，地位高于一切，所有的国人都是他的子民，前面提到的龙就是一种具有威权的动物，黄帝利用龙的威权来统治疆土，在那个如狼似虎的社会，威权在稳定社会上起到重要作用，所以，就远古时期整个统治系统而言，某种程度上也可称之为威权叙事。

八　神话叙事建构身份

（一）神的崇高身份之历史性生成

斯图亚特·霍尔则认为："文化身份反映共同的历史经验和共有的文化符码……它总是由记忆、幻想、叙事和神话建构的。"① 谈及神话自然离不开神，忽来忽往，变化无常，法力无边。在人与动物尚未完全分野的人类文明之初，生产力不发达，远古先民认为事情的成功与失败都由神主宰。大禹治水是由于禹采用了正确疏导的办法，但古人却将其功劳归于天。"箕子乃言曰：'我闻在昔，鲧堙洪水，汩陈其五行。帝乃震怒，不畀"洪范"九畴，彝伦攸斁。鲧则殛死，禹乃嗣兴，天乃锡禹"洪范"九畴，彝伦攸叙。'"（《尚书·洪范》）由于上天赐予禹九种方法，禹才成功。《尚书》是我国最早的一部史书，然而在这样一部经典史书中，类似大禹治水的神话频频出现。史传记事的目的是用来"保存历史"的，神也成了历史中的人物。"神话是先民叙述的历史，会聚了人类最早的观察与体验，但由于认识水平低下和经验不足，这种观察与体验远远不能反映客观事实的本来面目。"② 为什么原始人对显见事实的客观解释并不感兴趣？荣格认为原始人对于日出和日落的解释并不感兴趣，太阳运行的过程必须同时也是心理活动，它存在于人的灵魂之中，代表一位神或英雄的命运。所以，神话不是历史，它有事实依据，就像维柯界定的神话是一种"真实的叙述"。③ 神话是原始人所认同的史实，神的崇高身份在远古人眼里是真实存在的。

---

①　王先霈等主编《文学理论批评术语汇释》，高等教育出版社2006年版，第746页。
②　傅修延：《先秦叙事研究》，东方出版社1999年版，第138页。
③　参见傅修延《先秦叙事研究》，东方出版社1999年版，第138—139页。

中国古代文学中神是一个美丽话题，从《山海经》、《诗经》到《列仙传》、《搜神记》、《封神演义》，再到《西游记》，处处都洋溢着神的身影。干宝"尝感于其父婢死而再生，及其兄气绝复苏，自言见天神事，乃撰《搜神记》二十卷，以发明神道之不诬（自序中语）"。[①] 神的概念是古人思想文化的重要部分，时时刻刻牵引着古人的叙事思维。甚至可以说，"神"是我们分析中古作品时一个不可绕过的点。从先秦文学《诗经》开始，《大雅·生民》中周祖先神奇的后稷，屈原《离骚》中的仙境，一直延续至明清神魔小说，神都出现在作者笔端，文本中的世界也因此更加丰富多彩。《封神演义》中商周双方交战不仅是人在战斗，也是神在战斗；《三国演义》中诸葛亮和刘备被描写得如仙者一般，"诸葛亮的智近如妖"，刘备的外貌形象是"两耳垂肩、双手过膝"，这是佛界大法师的外貌特征；《水浒传》中宋江的神界身份是星主，曾与九天玄女相遇。为什么神让作家们如此倾心，那是由于神具有不可替代的最高身份。

（二）神的崇高身份之文本性生成

我们从《西游记》的神界出发，打开神怪小说的身份叙事之门。列维—施特劳斯认为"神话是人类童年的梦"。作者把这种梦移进了《西游记》，"《西游记》代表了我国神话文化的大器晚成。自然，这里的神怪还有一种占山为王、霸洞为怪的习气，还带有《山海经》那种山川地域因缘，以至可以在某种意义上说，这是一部借唐僧取经为由头而写成的史诗式的新《山海经》"。[②]《西游记》中虽然有天宫、西方极乐世界，它们具有不同文化背景，但本文关注他们共通的神的身份属性。宇宙有无限多的世界，"莱布尼茨认为一个世界如与逻辑规律不相矛盾，就叫'可能的世界'，'可能的世界'有无限多个，神从中挑出最好的一个予以实现，于是我们就有这个世界"。[③]《西游记》中作者如混沌之初的创世者，为我们设置了两重世界，这两重世界是相通的：天界与人间。远古时期传说天界和人间也可以相通。据《山海经》记载，"其一是山，著名的昆仑山、登葆山、灵山和华山青水之东的肇

[①] 鲁迅：《中国小说史略》，齐鲁书社1997年版，第41页。
[②] 杨义：《中国叙事学》，人民出版社1997年版，第344页。
[③] 转引自傅修延《讲故事的奥秘——文学叙述论》，百花洲文艺出版社1993年版，第23页。

山；其二是树，有生长在都广之野的建木。人们能凭借山和树做天梯而登天"。① 只不过登天的人现在变成了神，唯神有特权能往返于两重世界，体现了神的身份的优越性。所以，《山海经》对后世叙事思维的影响非常大。

当两重世界并置时，神与人互相映照，神的优越感油然而生。首先，神可以逃避生死轮回。神的世界中物品极其神奇，吃一个仙桃可以与"天地齐寿"，人参果闻一闻可以活三百六十岁，吃一个，就活四万七千年，太上老君的九转还魂丹可以使人起死回生，龙王的定颜珠可以使人死而不僵，神的寿命极长，玉帝据计算已活了一亿多年。其次，神可以打破空间概念，孙悟空一个筋斗能达十万八千里，然而不能翻过如来的手掌心。到达西方极乐世界，凡夫肉身的唐僧的旅程，孙悟空则一个筋斗就到。特别是，神会法术，神通广大，力大无比，具有凡人不可想象的能耐。虽然神界和人间一个天上、一个地上，但神却可以腾云驾雾往返于天地之间，玉帝可派天兵天将下凡捉拿孙悟空，观音等神界人士又能下凡帮助唐僧渡过一个个磨难。凡人却是一条河也不能越过。为了突出这一点，作者巧妙地将凡夫肉身的唐僧和神通广大的孙悟空、八戒、沙僧组合进取经团队。遇到困难，唐僧就哭哭啼啼，在孙悟空等人眼里自然就成了"脓包"。作者正是通过神与人对比、并置的叙事方式让神的优越身份得以表现出来。在古代小说中为了突出某个人物身份，也常常采用两种世界并置的叙事方式，如《水浒传》中宋江是星主下凡，能与九天玄女交流。《红楼梦》在现实世界中又放置了一个太虚幻境，所以，生活中宝玉、黛玉的身份显得格外迷人，这一切都出于我们对神的敬慕。就像奥运圣火必须从雅典的奥林匹克山采集，这是世界人民对奥林匹克之神的敬慕。

《西游记》中有人们向往的皇宫，但皇宫的主人唐王面对观世音却要跪拜烧香，磕头祈福，唐王要解救现世的劳苦大众也只能派僧人去西天取经。所以，王虽是人间身份最高者，但王也必须依靠神灵（这里指阎王）的旨意指导行动，神是超越于人间王的。原始社会掌官巫术活动往往就是氏族部落首领或政治上的最高统治者。巫通天人，王为首巫。人们敬畏天子，那是因为天子是神所拣选的。正如孔子曰："一畏天命，二畏大人，三畏圣人之言。"天命是人所第一畏。

---

① 袁珂：《神话论文集》，上海古籍出版社1982年版，第38页。

虽然莱布尼茨认为我们实现的现实世界是最后一个世界，是最好的一个世界，但现实中人们却遭受着众多的苦难：天灾、疾病、死亡。神却可以躲避这些。唐僧过两界山，被吃掉的是两个普通随从，而唐僧自己得以存活，那是因为唐僧"本性元明所以吃不得"，这一切不得不让我们崇拜神的力量。

通过对中国古代身份观念的阐述和《西游记》文本分析，我们可以发现，阅读古代作品必须从中国传统思想出发，才能参透作者在构思上的匠心。本文分别从象征符号、角色结构、神话空间叙事和威权叙事阐述了身份的建构过程，并从中国身份等级观念去体验《西游记》的身份叙事思维，这让我们获得一种认识：对中国古代作品来说，叙事技巧并不只是一种华丽的包装，它是一种"有意味的形式"，与具有几千年历史的文化观念相呼应。它反映出古代人民关于身份的"集体无意识"。正因为如此，身份叙事才魅力无穷。

身份在作品的叙述世界中构建。"身份概念是理解中国古代叙事说的一把钥匙。"当然，由于中西方叙事思维和身份观念不同，中西方文学作品中的身份如何设定，又将如何置入叙事结构的棋局中，使棋局变得迷幻多彩、独具特色，这反映了特定的民族文化特征，也是今后需要进一步研究探讨的问题。

作者简介：赵苗（1977—   ），男，江西师范大学瑶湖校区基建处实习研究员，研究方向为叙事学。

试论叙述者的不可靠性

——以《押沙龙,押沙龙!》为例

□肖惠荣

"叙述者的不可靠性"是叙事学中的一个重要话题。最先讨论这个话题的是韦恩·布斯、詹姆斯·费伦和玛丽·帕特里夏·玛汀,他们把叙述者的不可靠性细分为以下六种类型:误报、误读、误评、不充分报道、不充分读解和不充分评价。它们分别发生在事实/事件轴、价值/判断轴和知识/感知轴上。由于没有掌握关键的信息,《押沙龙,押沙龙!》中四位叙述者的叙述都是不可靠的,费伦和玛汀的研究成果为我们探索这些叙述者的不可靠性提供了精密的武器,在对《押沙龙,押沙龙!》的解读过程中,我们也能学会如何辨别叙述者的不可靠性。

一 "叙述者不可靠性"范畴的提出及其类型细分

《威茅斯经验:同故事叙述、不可靠性、伦理与〈人约黄昏时〉》是詹姆斯·费伦和玛丽·帕特里夏·玛汀合写的一篇论文,他们的论文完善了经典叙事学的一个概念:不可靠性。有评论家指出"如果说卡法勒诺斯是在俄国形式主义与法国结构主义的基础上推进了叙事学研究,那么詹姆斯·费伦与玛丽·帕特里夏·玛汀则是对英美学者留下的叙事难题作了理论上的完善"。①

第一个讨论了"不可靠叙述"的是韦恩·布斯,他说:"当叙述者为作品的思想规范(亦即隐含作者的思想规范)辩护或接近这一准则行动时,我把这样的叙述者称为可信的,反之,我称为不可信的。"② 布斯的阐述给我们出了一个难题:不可靠叙述后隐藏的是隐含作者的价值观,而读者只有读完整部作品后才能确定隐含作者的价值观,从而确定叙述者的可靠程度。在布斯看来,不可靠叙述大多源于叙述者道德上的不足,他大致列举了发生不可靠叙述的六种原因:叙述者的痴呆(《喧哗与骚动》中的班吉)、叙述者的贪心(《喧哗与骚动》中的杰生)、叙述者的轻信(《好大兵》中的马切)、叙述者的天真(《哈克贝里·芬历险记》中的哈克)、叙述者道德的迟钝(《吉姆大爷》中的马洛)。从这些例子可以看出,布斯把不可靠性发生的原因大多归结为同故事叙述者性格或智力上的缺陷。

费伦和玛汀则认为人物的功能和叙述者的功能并不是完全一致的,读者不能总是根据叙述者的人物角色来推断叙述者的可靠性。与布斯一样,他们认为不可靠叙述后隐藏的是隐含作者和隐含读者达成的一种共识,因此不可靠叙述的前提条件是叙述者与隐含作者或是隐含读者的价值发生了偏离。同时,费伦和玛汀还认为,从读者的角度来说,叙述者的角色可能是"报道者"、"评价者"或"阐述者"。他们分析了《人约黄昏时》中的威茅斯情景,在布斯的基础上进一步把不可靠叙述细分成以下六种类型:误报(misreporting)、误读(misreading)、误评(misevaluating)、不充分报道(underreporting)、不充分读解(underreading)和不充分评价(underevaluting)。它们分别发生在事实/事件轴、价值/判断轴和知识/感知轴上。

在费伦和玛汀看来,误报和不充分报道的不可靠性至少涉及事实/事件轴,"说'至少'是因为错误报道典型地是叙述者不知情或价值错误的结果,他往往与误读或误评同时出现"。③ 误报的原因是叙述者不知道事实的真相或是价值系统有误,如《人约黄昏时》中的男主人公史蒂文斯认为自己听到

---

① 傅修延:《继承与创新——新叙事学对文本研究的贡献》(上),《创作评谭》2004年第2期。
② [美]韦恩·布斯:《小说修辞学》,北京大学出版社1987年版,第178页。
③ [美]詹姆斯·费伦、玛丽·帕特里夏·玛汀:《威茅斯经验:同故事叙述、不可靠性、伦理与〈人约黄昏时〉》,载《新叙事学》,北京大学出版社2002年版,第42—43页。

了肯顿小姐的哭声,这属于误报,源于他的价值系统有误,不充分报道相当于热奈特所说的少叙述,即叙述者说出的少于他们所知道的,但并不是所有的不充分报道都是不可靠的,从某种角度来说,叙述是一种有选择性的回顾行为;误读/不充分读解的不可靠性至少发生在知识/感知轴上,由于叙述者对外在世界、他人或自己了解不足,他们在叙述时可能会产生误读或不充分读解的现象,费伦和玛汀认为史蒂文斯所说的"任何一个客观的观察者都会发现英国有全世界最怡人的风光"就属于误读;误评/不充分评价至少涉及伦理/评价轴,如史蒂文斯给了达令屯勋爵很高的评价,认为他是一位道德高尚的绅士,这其实是误评,而不充分评价则源于"叙述者的伦理判断没有沿着正确的方向一直下去"。[①]

这六种类型之间的界线并不是绝对的,在许多情况下,几种类型特别是同一序列的两种类型之间的界限并不十分明显,有时是同时出现的。如上文所说的"任何一个客观的观察者都会发现英国有全世界最怡人的风光"既属于误读又属于误评。这样细分不可靠叙述的类型是为了便于读者更好地理解作品,因为它打破了可靠和不可靠的二元对立,有些叙述在此轴上是不可靠的,而在其他轴上却是可靠的,这样就消除了读者"只要发现不可靠性,所有的叙述就成了可疑对象"的心理。布斯、费伦和玛汀的研究成果为我们探索叙述者的不可靠性提供了精密的武器,本文将借助他们的理论来透视《押沙龙,押沙龙!》中几位叙述者的可靠程度。

二 四位叙述者的"不可靠叙述"

罗沙是四位叙述者中唯一一个亲眼见过萨德本的人,但是由于当时年龄太小,加上两家很早就断绝了来往,因此除了她亲身经历的事情之外,罗沙也就成了最不了解萨德本的一位叙述者。她在叙述过程中逐步暴露出了她自身的一些问题。

首先是她的叙述语调激烈,在叙述萨德本的故事时,罗沙的言语夸张、

---

① [美]詹姆斯·费伦、玛丽·帕特里夏·玛汀:《威茅斯经验:同故事叙述、不可靠性、伦理与〈人约黄昏时〉》,见《新叙事学》,北京大学出版社2002年版,第42—43页。

充满了主观情绪。这就使得读者像她的听众昆丁一样,从一开始就对她的叙述充满了疑问:"在一位老太太的冷酷无情的毫不宽恕的心态和一个二十岁青年的被动的焦躁情绪之间,即使在这阵话声中他(昆丁)也在暗自嘀咕。"①

其次是她的叙述动机不明,即她为什么要把萨德本的故事讲给昆丁听,这也是昆丁迷惑不解的事情。罗沙对此的解释是因为昆丁马上要去哈佛上大学,她想通过昆丁把萨德本的故事传送出去:"这样一来那些她永远见不着并且他们的名字她永远不知道的人还有那些从未听说过她名字或是见过她脸的人,就会读到这故事终于明白何以上帝让我们输掉这场战争:明白只有依靠我们男子的鲜血和我们女子的眼泪他才能制住这恶魔并把其名字及后裔从地面上抹掉。"② 但是这种说法是经不起推敲的,因为早在康普生先生年轻时,罗沙就已经是县里非常有名的女诗人,她自己完全有能力使萨德本的故事变得世人皆知。

康普生先生认为罗沙这样做的原因有二:一是罗沙需要一个年轻的、能听任摆布的男人(比如昆丁)来充当她倾诉的对象;二是昆丁的爷爷康普生将军是萨德本在杰弗生镇上唯一的朋友,正是在他的帮助下,萨德本才在杰弗生镇上站稳了脚跟,罗沙认为康普生一家对应她所遭受的不幸负有责任。昆丁接受了他父亲的部分看法,认为罗沙的叙述实质上是在宣泄自己郁积了四十三年的怨恨。

在昆丁看来,罗沙自小就接受了她姑姑的观点,认为萨德本给全家带来了羞辱。然而对于她来说,更为可恨的是萨德本不体面的求婚方式,这种求婚方式伤害了这位南方淑女的自尊心,她一气之下便把自己幽禁起来。罗沙总觉得自己一生孤苦伶仃,这都是萨德本一手造成的,于是就在昆丁面前发出了尖厉的复仇声。

最后是她的思想深受世俗观念的束缚,我们可以从她的叙述中看出这一点。第五章是罗沙的个人独白。尽管与世隔绝多年,但是在她的言语中,我们总能听到公众的声音。罗沙的独白以"那么说他们肯定已经告诉过你"开头的,在她心中,"他们"(杰弗生镇上的公众)就像一双无形的眼睛每时每

---

① [美]福克纳:《押沙龙,押沙龙!》,上海译文出版社 2000 年版,第 9 页。
② 同上书,第 5 页。

刻都在盯着她。像其他南方地区的人一样，杰弗生镇上的人有着强烈的等级制度观念。对于这些人来说，萨德本是一个行为粗野、缺乏教养的穷白人，他们不能接受这样一个来自下等社会的人竟然超过了自己，并拥有了当地最大的种植园，他们只能既鄙视又畏惧萨德本。

罗沙在这种观念教导下长大，深受这种观念的影响。她一再强调萨德本没有一个高贵的姓氏，"他不是个绅士，他甚至都不是绅士。他来这里，骑着一匹马，带来两把枪以及一个姓氏，这个姓氏以前谁也没有听说过，也不知道是不是他的真姓氏，同样也不知道那匹马甚至那两把手枪是否真是他的，他要找个地方把自己藏起来，而约克纳帕塔法县正好给他提供了藏身之所"。①

出于以上几个原因，罗沙对萨德本魔鬼化的评价只能是片面或者是错误的，她不愿意也不可能真正的走近萨德本，只能在叙述中把萨德本魔鬼化以泄心头之恨。

当罗沙竭力想把萨德本固定成魔鬼的形象时，我们却在罗沙的叙述中发现了她并没有完全报道出实情。尽管开始时她有些恨萨德本，但是她却接受了萨德本的求婚；她曾竭力为此做了许多解释，却发现所有的解释连她自己都说服不了。"那么要是她没有与他订婚她就不必夜晚躺着问自己为什么为什么和为什么一直问了四十三年"，② 罗沙混乱的思绪充分地暴露了她对萨德本既恨又爱的矛盾心理。尽管她从小就恨萨德本，但是萨德本在美国内战中的表现让她的观点有了很大的转变。罗沙认为他是个英雄，值得自己钦佩，赞扬他赤手空拳为南方的未来而战，并且从未拱手交出自己的剑。她甚至在内战归来的萨德本脸上看到了一丝人性的光芒，"那不是爱；我不认为那是爱，也不是温柔或是怜悯：仅仅是一次突如其来的领悟"。③ 在这之后，她第一次公开承认萨德本不是个妖魔，而是一个容易出错、让人不怎么畏惧的活人。

萨德本的求婚让事事失意的罗沙看到了一丝生活的希望，但是萨德本赤裸裸的求婚宣言（先生男孩后结婚）粉碎了罗沙的梦想，并且使得她一生都

---

① ［美］福克纳：《押沙龙，押沙龙！》，上海译文出版社2000年版，第9页。
② 同上书，第170页。
③ 同上书，第162—163页。

活在仇恨之中。她不停地问自己"为什么答应萨德本的求婚",从这可以看出,仇恨没有使罗沙漠视自己内心深处的情感,罗沙已经意识到了自己对萨德本的钦佩。只是她不愿意也不想告诉别人,因为这与她从小所受的教育相抵触,她心中那双"公众"的眼睛使她不敢承认自己的感情。世俗的力量使她的伦理价值出现了巨大的偏差。然而纸是包不住火的,我们还可以从下面这段独白中看出罗沙并没有告诉我们实情:

> 而坐在我旁边的就是那个粗人,埃伦在世时连从前面挨近宅子都不容许他干的——这畜生生下一代代的小畜生,他的外孙女后来还要取代我,如果说并未占据我姐姐的房子但至少是占据了我姐姐的床榻,而(他们定会这样告诉你)这正是我想要得到的——这畜生他(又是正义的野蛮工具,这正义主管人类的各种事务,它潜入个体,运转得很顺溜,比天鹅绒还柔软;可是一旦受到男人或女人的蔑视更像炽热的钢水那样朝前涌流,全然不管谁是有理的弱者谁是无理的强者,谁是强横的征服者谁是无辜的受害者,对强行排定的正义与真理更是铁面无情)这畜生他不仅要主管托马斯·萨德本的魔鬼命运的各种形态和化身,而且还要在最后提供女性的肉体让他的姓氏与谱系得以埋葬其中——这畜生似乎相信他在我房子前的街上嚷叫流血了开枪了便是尽到与完成了指定的任务,似乎相信他可能给我的任何进一步的信息都太单薄太乏味而且不可能腾出足够的时间保证他吐掉嘴里的烟草渣滓,因为在随后的全部十二英里路程中他甚至都不能告诉我到底出了什么事。①

需要说明的是,尽管罗沙是用现在时在叙述,但是这时的她已经知道沃许杀死了萨德本。一方面,罗沙赞扬沃许是正义的工具;另一方面,她又不停地咒骂他,在这一段中连用了五个"畜生"来称呼沃许。这是因为她对萨德本一直怀有真情。据此,我们得出的结论:罗沙的报道是不充分的,她隐瞒了自己对萨德本的感情。如果说查尔斯·邦只是她的一个梦想,那么萨德本才是她的现实。只有理解了罗沙内心的这份情感,我们才能理解她在听到萨德本已死时的震惊和痛苦:"'死了?'我喊道,'死了?你?你胡说;你没有

---

① [美]福克纳:《押沙龙,押沙龙!》,上海译文出版社 2000 年版,第 129—130 页。

死;上天不容,地狱也不敢,你胡说了吧!'"①

从以上分析可以看出,罗沙部分隐瞒了自己意识到的事情,因此她对萨德本所做的魔鬼化阐述既属于误读和误评,又属于不充分报道。

在罗沙叙述时,不仅读者感受到了她的言不由衷,她周围的人也感受到了她的偏执。正是出于对罗沙的不满意,康普生先生才开始了自己的阐释。与罗沙咄咄逼人的语气相比,康普生先生的叙述显得宁静、客观,这很能赢得读者的信任,使得读者以为他的叙述会不带任何偏见。

康普生先生是个高明的叙述者。他知道要使别人相信自己,就必须建立起自己的叙述权威。康普生先生先是以一种旁观者的视角描述了萨德本初到杰弗生镇的情景以及埃伦与萨德本那场令人难忘的婚礼,接着又暗示出他的父亲康普生将军是萨德本唯一的朋友,也就是说只有康普生将军的后人才知道事实真相。由于首位影响的重要性,读者可能会对萨德本产生敌视,康普生先生的叙事一度缓和了这种敌视。当读者放松警惕时,康普生先生开始把矛头对准罗沙。他告诉昆丁,罗沙的姑姑自小就向罗沙灌输对所有男人特别是对萨德本的恨。由于罗沙被萨德本伤害过,所以他顺理成章地指出罗沙对萨德本的看法很偏激,并把罗沙描述成一个睚眦必报的卡桑德拉。康普生先生同时也指出了杰弗生镇上居民的世俗,认为他们歧视萨德本是不公正的。在他的描述中,萨德本的求婚出现了一个滑稽的场面,当萨德本手捧鲜花走向埃伦家时,差不多半个镇上的人跟在他的后面,这些人不是去祝贺,而是去逮捕萨德本的;然而最后却是那些人自动离去,萨德本求婚成功。在这场斗争中,萨德本的冷静反衬出了镇上居民的怯懦、猥琐。

有评论家认为"不可靠叙述"的标记之一是"叙述者与其他主体意识发生冲突",② 在这种情况下,我们可以对比不同叙述者的叙述来确定它们的可靠程度。通过对比,我们发现在:与罗沙的较量中,康普生先生的叙述在可靠程度上占有明显的优势。听着他的详细讲解,读者会感到他似乎触摸到了事实的真相,这是因为康普生先生在叙述时保持了一种置身事外的超然态度。

---

① [美]福克纳:《押沙龙,押沙龙!》,上海译文出版社2000年版,第173页。
② 赵毅衡:《当说者被说的时候——比较叙述学导论》,中国人民大学出版社1998年版,第45页。

在成功地瓦解了罗沙的观点后,康普生先生把自己的注意力集中到了查尔斯·邦—亨利—朱迪思的三角关系上。当他把自己叙述的焦点对准萨德本的后代特别是对准查尔斯·邦时,他的叙述节奏明显加快,条理也不如前面清晰,这是因为"邦恩(查尔斯·邦)这个人物既使他眷恋,又使他的叙述意图更加难以实现"。①

尽管康普生先生出身贵族,但是面对日益没落的家族,他没有勇气和毅力来改变现状;他的职业是律师,却整天无所事事,靠给儿子讲述过去来打发时间;他的高超的文学修养非但没有使他视野更宽广,反而增强了他的宿命论观点。他染上了世纪末的颓废,厌倦现世,只有往事才能激起他的兴趣。其实他与罗沙一样并不十分清楚事情的真相,只是一相情愿地把自己的观点强加在被叙述的人物身上,在他叙述查尔斯·邦的故事时,这一点表现得特别明显。在康普生先生的叙述中,查尔斯·邦仿佛成了另一个自我,他像康普生先生一样沉迷于声色,听任命运的安排,最后也死于自己的听天由命。

康普生先生也意识到了自己的叙述不能使人信服,他解释道:

> 是的,朱迪思、邦、亨利、萨德本:他们全体。一个个在那儿,可是却少了点什么;他们像一个化学分子式跟那些书简一起从那个被遗忘的柜子里给发掘出来,可得轻拿轻放,纸张变黄变脆,裂成碎片了,字迹暗淡,几乎辨认不出了,然而意味深长,外形和内涵都令人感到熟悉,是变化多端与有感觉意识的诸种力量的名与实;你按所需要的比例把他们放在一起,可是什么也没有发生;你重新再读,很厌烦也很关切,细细研读,确保自己没有忘掉任何东西,没有做任何错误的判断;你又一次把他们放在一起,可是仍然什么也没有发生;仅仅是一些词语,一些符号,再就是那些形象自身,影子般神秘与安谧,映衬在一桩可怕、血腥的人事纷争之前。②

---

① 任爱军:《南方鬼魅——评福克纳小说〈押沙龙,押沙龙!〉》,《解放军艺术学院学报》1999年第4期。

② [美]福克纳:《押沙龙,押沙龙!》,上海译文出版社2000年版,第95—96页。

总的来说，虽然康普生先生的叙述貌似客观，但是他的致命弱点在于缺乏有力的证据，这就使得他的推论过于肤浅。听天由命的宿命论调使得他既误读又误报了查尔斯·邦—朱迪思—亨利三者的关系。不仅如此，他在叙述萨德本的故事时也作了不充分报道，他一直都没有提到萨德本的梦想（建立一个纯白人血统的种植园王朝），因为萨德本的梦想是建立在奴隶制和种族制之上，是以否定人的本性特别是以女性的幸福为代价的。康普生先生深知这一点，他曾一针见血地指出，在南方，虽然女人的类型有三种：妻子、娼妓、奴隶，但她们的本质是一样的，都是男人的附庸。他在理智上对此作了批判，但他对南方的感情阻止了他作进一步的报道，这样一来，他的可信程度就遭到了更大的破坏，与罗沙的叙述一样，他的叙述也没有走出误解的怪圈。

在罗沙和康普生先生叙述时，昆丁还只是个被动的听众。从他对罗沙的阳奉阴违可以看出他对罗沙的叙述极度不满，他对康普生先生的叙述也不是很满意，他父亲叙述时，他总是心不在焉。作为一个局外人，施里夫对南方充满了好奇，他想了解南方，但罗沙和康普生先生的叙述不但没有解除他的迷惑，反而增加了他的迷惑。这使得昆丁和施里夫认为有必要修正他们的叙述。确切地说，昆丁一开始并不想坐上叙述者的位置。作为一个土生土长的南方人，昆丁非常佩服萨德本身上所体现出来的南方创业者精神，同时他也清醒地认识到萨德本所代表的旧南方的残忍和罪恶。因此他不愿意叙述，只是复述罗沙和康普生先生的观点。但是他有一位好奇的听众：他的室友施里夫。

从叙述结构上来说，施里夫的存在是至关重要的，"这时我们会发现自己和施里夫处于同一地位"，[1] 施里夫想从昆丁那里知道的，也是读者最想得到的答案。他的好奇推动了叙事的发展，"谈谈南方的事吧。那儿是怎么样的。人们在那儿干些什么。他们干吗生活在那儿。他们活着究竟为了什么"。[2] 不仅如此，施里夫的嘲讽、大胆而又丰富的想象使得昆丁摆脱了思想上的顾虑，昆丁成了一个独立的叙述者而不是复述者。作为一个听众，施

---

[1] Brooks, Peter. "Incredulous Narration: *Absalom, Absalom*!" in Harold Bloom's *William Faulkner*, New York: Chelsea House Publishers, 1986, p. 249.

[2] ［美］福克纳：《押沙龙，押沙龙！》，上海译文出版社 2000 年版，第 176 页。

里夫也比昆丁主动积极,他不但听故事,而且与昆丁一起虚构故事。

值得注意的是,施里夫不但积极地参与叙事,而且一直控制着叙事的节奏和方向。他知道,前两位叙述者旁观式的叙述已经宣告失败,要建立自己在读者心中的可信度,就必须让萨德本自己出来叙述,我们只有知道他的过去,才能更清楚地了解他的本性。

在施里夫的授意下,昆丁让萨德本开口了。萨德本向昆丁的爷爷——康普生将军叙述了自己童年的不幸遭遇和他的第一次婚姻。萨德本认为自己失败的原因是自己过于"天真",他不认为自己抛妻弃子有何不对,因为他把属于自己的财产都留给了妻儿;况且他的岳父对他有所隐瞒;至于他岳父向他隐瞒了什么,他没有说,但我们可以推断出它最终导致了萨德本宏伟计划的失败。这两个年轻人发现只有揭开这个谜底才能完成自己的叙述任务。要揭开这个谜底,他们就必须先理顺亨利—朱迪思—查尔斯·邦的三角关系,而这正是他们最乐意做的事。

作为一个年轻的外来者,施里夫肩上没有历史的重负,他对南方的历史充满了好奇。但是最让他感兴趣的还是爱情,他对此充满了期待:"我们马上就要讲到爱情方面的事了。"① 而此时的昆丁正陷于乱伦中不能自拔,因而他也就特别关注亨利—朱迪思—查尔斯·邦的关系,想与施里夫一道来解答前两位叙述者想解答而没有回答好的问题。他们把叙述的焦点对准了查尔斯·邦。

出于对同龄人的理解,施里夫和昆丁对康普生先生塑造的查尔斯·邦的形象大为不满。针对康普生先生的叙述,他们把查尔斯·邦描绘成一个渴望得到父亲认可的儿子。在昆丁和施里夫看来,查尔斯·邦的最大理想是得到父亲萨德本的承认,只要父亲稍微给他一个暗示,哪怕只是一个眼神,他就会放弃与朱迪思的乱伦爱情,远走他乡,但是在他没有得到父亲认可前,他绝对不会轻言放弃。查尔斯·邦不但执著,而且有情有义。他们认为:在南北战争中的不是亨利救了查尔斯·邦,而是查尔斯·邦救了亨利;查尔斯·邦临死前换掉了随身带的朱迪思的相片,不是出于玩世不恭,而是出于对朱迪思的爱护,他不想朱迪思为自己的死伤心。

至于亨利为什么要杀死查尔斯·邦,昆丁最初认为是因为乱伦,但不

---

① [美]福克纳:《押沙龙,押沙龙!》,上海译文出版社2000年版,第317页。

久,他就发现乱伦还不足以让亨利杀掉邦。作为自己的镜像人物,昆丁猜想亨利可能开始会反对,但最终还是会同意自己崇拜的兄长和自己喜爱的妹妹结婚。在他的想象中,亨利表示:"是的。我已经决定了。是兄弟或者不是,我已经决定了。我会的。我会的。"① 昆丁意识到:要揭开亨利枪杀查尔斯·邦之谜,还必须从查尔斯·邦的血统上找原因。他们再次大胆地推测查尔斯·邦的身世,想象着:在一个寒冷的夜晚,萨德本告诉亨利,查尔斯·邦的母亲有黑人血统,于是亨利找到查尔斯·邦,让他离开朱迪思,而此时的查尔斯·邦对萨德本彻底失望,他毫不退缩。亨利只好打死了这个将要和他妹妹睡觉的黑鬼。"混血"解决了昆丁和施里夫的叙事困境,因为在南方,只有血统的混乱才能让一个家族灭亡。

真相似乎已经大白于天下,但是我们仔细推敲,会发现在这两个叙述者身上,叙述者功能和人物功能很多时候是不一致的,如果说罗沙和康普生先生在不同的轴上作了不充分报道,即叙述的东西少于他们所知道的事实,那么施里夫和昆丁则是叙述了他们作为人物不可能知道的事实,如关于查尔斯·邦的母亲和她的律师的情况,热奈特称之为"多叙述",这就使得施里夫和昆丁从同故事叙述者转变为了全知叙述者。如果他们近似全知的叙述被证明是合理的,那么我们也许可以推断他们的叙述是可靠的。

我们可以做这样的假设:他们只是功能性的叙述者,隐含作者通过这个面具表达自己的看法,在这种情况下他们是可靠的。正如费伦和玛汀所指出的那样:我们不能总是从人物功能来推断叙述者的可靠性。但是福克纳总是试图提供施里夫和昆丁认识的来源,如,邦是个混血儿就是康普生将军告诉昆丁的,这就完全削弱了他们的权威性,把他们固定在了同故事叙述者的位置上。反过来说,昆丁和施里夫近乎全知的叙述也破坏了福克纳想从故事内部叙述的前提条件。"人物的施里夫和昆丁"和"全知的施里夫和昆丁"之间的分裂造成了前后不一致的结果,这时我们发现他们的叙述是不可靠的。他们的出现不仅没有解决福克纳的叙述困境,反而增加了读者阅读时的困扰。从这个角度来说,这两人的叙述看上去似乎最符合逻辑,但是依旧是雾里看花,水中望月,同样不具有真实性,因为他们是远离"真实故事"最远的人。

---

① [美]福克纳:《押沙龙,押沙龙!》,上海译文出版社 2000 年版,第 355 页。

福克纳曾借用华莱士·斯蒂文斯的一首诗《看乌鸦的十三种方式》来说明他对叙述者可靠性的理解："没有人能够看穿真相，它明亮得让你睁不开眼睛。我审视它，只看到它的部分，别人观察，看见的是它略有不同的侧面。虽然没有人能够看见完整无缺的全部，但把所有的看法综合起来，真相就是他们所看见的东西，这是观看乌鸦的十三种方式。我倾向于认为，当读者用了看乌鸦的十三种方式，真理由此出现，读者就得出了自己的第十四种看乌鸦的方式。"[1] 由此可以得出：罗沙、康普生先生、昆丁和施里夫为我们提供了看萨德本家族的三种方式，但他们都只提供了部分事实。读者只有积极的参与文本，才能得出自己的观点，从而获得真相。这正是福克纳的高明之处——他天才地意识到了叙事技巧的重要性。随着生活水平的提高，受教育程度的不断上升，读者的阅读水平也在不断地提高。作家只有在技巧上勇于创新，才能满足这部分读者的阅读需求。而福克纳就是这样一位专注于小说技巧创新的试验家，他的小说也为我们研究不可靠叙述提供了范例。

三　如何辨别叙述者的不可靠性

正如费伦和玛汀所言：在进行文本分析时，不可靠性的六种类型并不是绝对分离的，有时重合在一起，如罗沙的叙述，既属于误读和误评，又属于不充分报道。费伦和玛汀对叙述者的不可靠性作了"迄今为止最为系统和有用的分类"。[2] 但他们并没有完全解决的一个问题是："读者在实际中如何辨识出一个不可靠叙述者的（以报道者、评价者和/或阐释者或读者等不同角色出现的叙述者）。"[3] 如前所述，费伦和玛汀是沿着三条轴线划分不可靠性的类型，它们分别是事实/事件轴、价值/判断轴和知识/感知轴。

在事实/事件轴上，读者可以依据的原则是：叙述者对故事的了解程度。对叙述者的可靠性做出判断的是读者，这个命题成立的前提条件为读者对故

---

[1] Gwynn, Frederick L. and Bloner, Jonseph L. eds. *Faulkner in the University*. New York: Vintage Books, 1995, p. 273.

[2] ［美］安斯加·F. 纽宁：《重构"不可靠叙述"概念：认知方法与修辞方法的综合》，见《当代叙事理论指南》，北京大学出版社 2007 年版，第 87 页。

[3] 同上书，第 88 页。

事的充分了解。"读者没有人物知道得多"是现代主义和后现代主义小说的一个特征。因此，从这个角度去辨别现代主义和后现代主义小说中叙述者的可靠性，是非常困难的。幸运的是，在《押沙龙，押沙龙！》中，福克纳为其附了一张年表，记录了萨德本家族历年中发生的主要事件，这即为萨德本故事的雏形。昆丁和施里夫与萨德本并没有直接的接触，只是道听途说了萨德本家族的故事，但他们却以全知全能的叙述口吻，讲述着萨德本家族的故事。从事实/事件轴上看，他们讲述的不是事实，是自己的一种猜测。另一个叙述者康普生先生的叙述看似客观、冷静，但由于缺乏确凿的证据，再加上性格自大，他的叙述也只能是一种肤浅的推论。

在价值/判断轴上，读者可以依据的原则是：叙述者与隐含作者的价值观是否一致。隐含作者是叙事学的一个重要范畴，自布斯提出以来，它引发了叙事学界很多争论。争论的焦点在于它是由文本生成的还是真实作者的一部分。一方面，隐含作者是读者通过阅读文本建构出来的；另一方面，它也是真实作者在创作时的所思所想。如果只看到前者，那么隐含作者就变成了推测作者；如果只承认后者，那么隐含作者和真实作者就毫无区别，我们就无法解释同一个作家的作品为何风格迥异。只有把两者结合起来，读者才能揭开隐含作者的全貌。因此，在辨别叙述者的可靠性时，我们既要了解真实作者的创作主旨，也要结合具体的文本。福克纳心中的理想女性是宽容、有忍耐力的南方淑女，性格偏执的罗沙不可能讨得作者的欢心。罗沙的所作所为几乎和隐含作者的价值观背道而驰，她自私、瞧不起黑人，甚至连穷白人也不放在眼里。读者几乎不用过多的思考，就能辨别罗沙的不可靠性。

在知识/感知轴上，读者可以依据的原则是：叙述语气。这时的叙述者身份是一个阐释者。阐释的基本要求是尽量地客观，但由于种种原因，阐释不可避免地带上了主观的色彩。在叙述时，这种主观性表现得最为明显的是叙述语调。在四个叙述者中，罗沙讲故事的语调最为激烈，用词夸张，观点片面，用恶毒的语言咒骂萨德本，连她的听众——昆丁都忍不住在心里暗暗地反驳她的观点。在四个叙述者中，罗沙的不可靠性也是最先被读者感知的。但如果我们仅从语调去考察叙述者的不可靠性，也是不全面的。文中另一位叙述者康普生先生的叙述语调非常平静，但他的叙述同样是不可靠的。

仅从作者、隐含作者和文本这三个方面来考察叙述的不可靠性还是远远不够的，因为对叙述的不可靠性做出评判的是读者，这就必然带上读者的感情色彩。"一千个读者有一千个哈姆雷特",一个激进的女权主义读者绝不会认为罗沙有任何的不妥,在她们看来,这是合理的反父权行为。如何从真实读者入手,辨别叙述者的可靠程度,这是我们需要继续思考的话题。

　　作者简介:肖惠荣(1980—),女,江西省社科院中国叙事学中心研究人员,主要研究方向为叙事学。

影视广告叙事分析

□ 齐 婕

在叙事学中,文学叙事长期占据着叙事学研究的主流地位。电视广告作为现代消费主义社会的一种重要的文化产品和社会文本,逐渐地进入了叙事理论研究的范围;而随着电子媒介的不断发展,叙事学也成了广告研究的一条新的路径。叙事理论在广告中的应用,可以促进广告主体——商品的销售;叙事成分的应用,使商品在受众的头脑中不知不觉地建立起了影像,并由此而产生了购买欲,达到广告销售的目的。本文通过对叙事理论和广告概念的简单叙述,以及二者的相互融合,引出对电视广告中的叙事成分的分析与总结。

叙事,简单地说,即是生活。我们日常生活中的点点滴滴、方方面面,可以说叙事无处不在,"世界上叙事作品之多不计其数,种类浩繁,题材各异。对人类来说,似乎任何材料都适宜于叙事……叙事是与人类历史本身共同产生的"。[①] 自有人类以来,"人—事"的构成一直都是社会最基本的生存状态,从原始先民们的结绳记事,到文字发明之后留存在竹简、丝帛上的历史,再到如今多媒体共存的信息高速传递时代,都反映了这样一种事实。

叙事是人们对于一切经验进行表述的最基本的言语活动。人类历史需要

---

① 〔法〕罗兰·巴特:《叙事作品结构分析导论》,载张寅德编《叙事学研究》,中国社会科学出版社1989年版,第2页。

被记载下来,传播给后代,反映社会历史文化传统,这就主要依靠信息的交流与传播,依靠文字与音像的留存。人类社会中的交际,所依靠的也是交流和传播的方式以实现和传承的;人类社会的生生不息,也只能是在交流和传播的方式中得以生存。然而,这种"记载"、"传播"、"交流"、"留存"、"实现"、"传承",都必须要依托叙事这样一种最基本的方法,依托叙事所特别持有的讲述功能。"叙事是与人类历史本身共同产生的;任何地方都不存在、也从来不曾存在过没有叙事的民族;所有阶级、所有人类集团,都有自己的叙事作品,而且这些叙事作品经常为具有不同的,乃至对立的文化素养的人所共同享受。所以,叙事作品不分高尚和低劣文学,它超越国度、超越历史、超越文化,犹如生命那样永存着。"①

现代意义的"叙事学"概念由文艺理论家托多罗夫1969年在他的《〈十日谈〉语法》中正式提出:"这部著作属于一门尚未存在的科学,我们暂且将这门科学取名为叙述(事)学,即关于叙述作品的科学。"② 这一概念的提出,是有着其自身深刻的理论背景和现实基础的。1955年,列维—斯特劳斯就已站在结构主义立场上对现代叙事结构进行了分析,见他发表的论文《神话的结构研究》。1966年,罗兰·巴特的《叙事作品结构分析导论》和克洛德·布雷蒙的《叙事可能之逻辑》发表在巴黎《交际》杂志第8期上的"符号学研究:叙事作品结构分析"专栏里,它们已经涉及了后来叙事理论中的一些重要原则。这两篇论文与格雷马斯的《结构主义语义学》,可视为是叙事学的奠基之作。

到了20世纪90年代,后经典叙事学兴起,扩展了叙事学的研究范围,"后经典叙事学实际上将其范围延伸至文化意义上的叙事作品,无论这种叙事作品是以什么样的媒介形式出现的。这就意味着,众多具有叙述性的文化产品均可进入研究的视野之内。除了以语言为媒介的叙事作品,如小说、戏剧、叙事诗、神话、史诗、童话、民间故事等,还可以包括诸如音乐、绘画、建筑、电影、电视剧、民歌、舞蹈等文化产品,只要在这些作品中包含有'讲述故事'的意义"。③ 这样的拓延,使叙事学从单纯集中于文学叙事

---

① [法]罗兰·巴特:《叙事作品结构分析导论》,载张寅德编《叙事学研究》,中国社会科学出版社1989年版,第2页。
② 张寅德:《叙事学研究·序》,中国社会科学出版社1989年版,第2页。
③ 谭君强:《发展与共存——经典叙事学与后经典叙事学》,《江西社会科学》2007年第2期。

扩展至一切类型的叙事作品研究。

在这样的背景下,电视广告作为现代消费主义社会的一种重要的文化产品和社会文本,进入了叙事理论研究的范围,或者说,叙事学成了广告研究的一种新的路径。

广告,从字面去理解是广而告之和广而劝告的意思。广告的原意还有"大喊大叫"、"吸引人心"、"注意"和"诱导"之意。"广告是信息中所明示的广告主,将商品、劳务或特定的观念,为了使其对广告主采取有利的行为,所进行的非个人有费的传播。"[①] 广告的本质被理解为一种叙事,因为广告传播的过程即是一种叙述,广告主通过某种媒介告诉受众某件事、某样东西或某个人,这也就是广告的内容,以期望在受众群体中产生某种效果。这一过程类似于传统叙事作品中的叙事过程,作者或讲述者叙述一系列事件,期望引起读者心理上的变化,从而产生共鸣。现代的广告叙事,一般是指商业广告叙事,即指商品生产者为了推销商品在媒体上发布以赢利为目的的叙事。

随着人类社会的发展,广告日渐成熟,到了电子媒介时代,广告开始出现在电视中,将声音、影像、文字和画面色彩等各种符号的组合同时展现给受众。波斯特在分析"作为社会事件的电视广告"时指出,"电视广告是一种行事性的符号学现象:它利用词语与图像来改变音信接受者的行为。其美学效果并不崇高;它所传输的信息几乎没有真理价值;它所传达的道德态度不具榜样性;它所唤起的种种欲望也不是力比多动力学所能解释的……然而我坚持认为,它们是一种呼之欲出的新文化的重要的符号学标记"。[②] 电视广告除了具有其他叙事形式所拥有的优势外,还很容易将图像、声音以及文字结合起来,展示日常现实中的叙事,具有很高的似真性;因为电视广告控制着语境、背景及叙事的文本,它们具有特别的权利,它们所表征的"现实"是"超现实的",可以把通常在"现实"中找不到的内容编辑进来,此时的叙事已不像文字那样虚幻,而是转换成了一种视听方式。观众对广告画面的不信任并不会影响到广告的宣传目的,因为广告虽然不能真正的保证这个品牌的质量是好的,也不能保证这种商品

[①] 樊志育:《广告学原理》,上海人民出版社1994年版,第2页。

[②] [美] 波斯特:《第二媒介时代》,南京大学出版社2000年版,第66—67页。

对于任何一个消费者都是最合适的,但广告最大的功能是满足消费者的各种心理愿望。

在一个完整的故事中,在"'虚构的世界'里有人物和人物所处的环境,还有因人物的行动而产生的事件",[①] 而"事件是叙事作品的生命,叙述在叙述学中的定义即为对带有虚构成分的事件的通讯传递;事件又可归并为序列和故事(无故事即无叙述),同时它又串联着人物体现着人物"。[②]

一 广告叙事中人物的选择

叙事理论把人物视为情节的产物,是行动的执行者。在大多数的叙事作品中,人物被看做故事的核心要素。文学作品中的人物,是在文字的描写下呈现在读者面前的,具有很大的想象空间,而影视中的人物,是通过镜头画面,直接展现在观者眼前的生动活泼的人物影像。就接受者而言,视觉画面接受最省力,其变化也最能保持感官的兴奋状态。广告的最终目的就是为了促成消费者消费行为的完成。詹姆逊认为:"人物的典型化本质上是一种寓言现象,叙事是以获得寓言意义或层次的过程。"[③] "寓言现象"意味着周遭人物性格特征的集中,而叙事就是逐渐展示这种性格的过程。

既然广告的最终目的是为了促成消费者消费行为的完成,那么电视广告中的人物与传统的叙事性作品中的人物就有着较大的不同。在文学作品中,人物是为故事情节服务的,人物在故事情节中一点一点地展现在读者的眼前,故事情节借助生动活泼的人物,以此吸引观者关注故事的发展,关注故事中人物的命运。而广告中,一切的叙事手段都是为了宣传商品的功能、功效、用途等,并告诉消费者广告商品卓越的使用价值。广告中人物的塑造是为商品的塑造服务的,人物的性格、行动是以商品的性能阐释为转移的。在电视广告的叙事中人物不是主线,主线是要展示的商品。所以,广告中的核

[①] 傅修延:《讲故事的奥秘:文学叙述论》,百花洲文艺出版社1993年版,第28页。
[②] 同上书,第34页。
[③] [美]詹姆逊:《詹姆逊文集第二卷·批评理论和叙事阐释》,王逢振主编,中国人民大学出版社2004年版,第245页。

心人物应当是被拟人化了的"商品",而演绎电视广告中的各类人物则实为广告中的附属人物,这些人物行动的产生目的是为了实现商品的销售。当然,这并不是说以商品为主的电视广告不需要在人物塑造上丰满,有血有肉有灵魂的丰富的人物形象可以更准确、更形象的衬托出商品的文化底蕴与内涵,可以更好的销售产品。

如玉兰油的系列广告,以女性为诉求对象,广告中的人物也以女性为主。广告中的女主人公,使用过玉兰油产品后,所散发出的迷人光彩,令人惊艳。一则"玉兰油维他营养霜"电视广告拍得尤为吸引人。其中的广告词是:"肌肤不够健康就需要像樱桃的丰富营养,玉兰油维他营养霜,六重维他命组合,给肌肤六重营养,让肌肤红润健康有光泽……红润润的健康,让你收获更多美丽。"而广告画面更加具有诱惑力,广告中女主人公是一位充满活力的年轻人,在明媚的阳光下兴奋地采摘樱桃,镜头对红艳艳、水灵灵饱满的樱桃的特写,配搭上女主人公白里透红健康的面部肤色。当电视前的女性观众看到这则广告时,怎么能够不心动呢?广告精准地抓住了女性"爱美、追求美"的心理,运用"先兆性模拟"[①]的标示,告诉广大女性受众,"如果你也使用了玉兰油的产品,你将会跟广告中的漂亮女孩一样——拥有毫无瑕疵的美白肌肤"。

在诸如此类的电视广告中,广告的人物选择具有复制性。如舒蕾的一则广告:滑的感觉从丝中来。广告中的女主角青春、靓丽,拥有着黑亮、柔美的长发,坐在轻盈、浪漫、丝质的秋千上。秋千荡漾起来,美丽的秀发飘拂在身后。优美的画面配上温柔的广告语,"怎能不爱上这丝一般的柔韧、顺滑?舒蕾蚕丝柔滑提取天然蚕丝精华,深入滋养,令秀发尽显真丝般顺滑,真实美丽,舒蕾蚕丝柔滑洗护系列"。随着广告语的接近尾声,广告片中的女性人物已然从丝质的秋千上面飘了下来,手中托着一个白色的蚕茧,微笑地看着手中的蚕茧。这样的画面告诉观众:你想拥有像她一样柔美且具有韧性蚕丝般的秀发吗?那么就赶快来使用"舒蕾蚕丝柔滑洗护系列"吧。对于女性受众来说,这样的画面很准确地抓住了女性受众的心理,女性受众会幻想着自己也能够拥有如此美丽且具有吸引力的秀发,因此,女性受众经常性的由感性来完成消费。

---

① 傅修延:《讲故事的奥秘:文学叙述论》,百花洲文艺出版社 1993 年版,第 103 页。

在虚构的世界中，人物占了相当大的比重，而在电视广告的虚构的世界中，"商品"占了相当大的比重。在电视广告中，人物是为商品的销售服务的，有任务出现时必定会伴有商品的闪亮登场。人物（商品）沟通了虚构的世界与真实的世界：不管两个世界如何的大相径庭，虚构人物与真实人物总还有千丝万缕的联系。这也就是广告中对人物—商品的诉求，来达到广告商品销售的目的。

二　广告叙事中声音的构成

詹姆斯·费伦将声音看成叙事"为达到特殊效果而采取的（修辞）手段"。[1] 声音，是文本叙事所不具备的；声音，是对画面的补充和延伸，使画面显得更为生动、形象和逼真，使观赏者更易领悟其中的内容。一则好的电视广告，除了通过画面呈现叙述外，还需要采用声音，让观众在不知不觉中认可广告的内容，并在潜移默化中已然接受了广告中的商品。电视广告中的声音主要有画外音、人物语言、音乐和音响组成。

（一）画外音

声音能够给画面增加预定的气氛和制造预定的情绪，因为画面常常很难表达一些非直观、抽象的信息，这时声音的出现就可以帮助画面完成创意者的既定想法。同时，画外音还可以扩大画面的信息量，给予画面深层次地诠释，使广告创意的表达与商品更加匹配。

如一则"佳雪花蜜净白"的电视广告。在这则广告中，片头以佳雪的品牌标志占满了整个画面，画外音——甜甜的女声随之而出，"新鲜佳雪花蜜净白"，这时，画面中出现女主角，她微笑着在开满了白色、淡粉色的荷花上翩翩起舞，伴随着的画外音依然是甜美的女声，"好看的皮肤就是白，佳雪花蜜净白含天然荷花蜜，全面净白肤质，白一点，再白一点，28天，皮肤如荷花般净白，一天比一天白，好看的皮肤就是白，佳雪花蜜净白，净白

---

[1]　[美] 詹姆斯·费伦：《作为修辞的叙事：技巧、读者、伦理、意识形态》，陈永国译，北京大学出版社2002年版，第20页。

如荷花"。在短短的 30 秒广告中，人物在画面中展现出优美的姿势与笑容，搭配上画外音的诠释，对"佳雪净白"所具有的美白效果的强调，将广告的主旨毫无保留地揭示出来，观众看完广告之后立刻明白原来"此款产品能够使使用过的人拥有荷花般的美丽肌肤"。另外一则白大夫广告，在广告中，画外音使用的是男声，"白大夫细胞美白天天抹，一白，再白，白，白，白，你白、我白、大家白"，而广告人物则是女性，这样对产品的接受者来说就会具有更强的诱惑力。画外音的使用往往是为了延续广告中的叙事情节，运用好画外音，能够使产品在观众的头脑中留下深刻的印象，观众才有可能产生购买行动，从而达到广告的目的。

（二）人物语言

随着电视的大众化、娱乐化倾向的加强，具有人物、情节的生活片段式的广告越来越受到人们的青睐。温馨、诙谐、欢快、华丽、舒适、浪漫等，此类广告将商品作为现代家庭中高品质生活的标志或组成部分，迎合了人们对富裕、和睦、美满、幸福的追求。诉求对象对产品的感觉应是"我一定要买来试一试"，并希望可以增添日常生活中的情趣。

人物语言具有通俗化和口语化的特点，使广告更贴近生活，产品更加深入生活中，缩短了广告与观众之间的心理距离，容易引起观众的认可与情感上的共鸣。如大宝新旧产品的电视广告，都采用了相同的叙事手法，突出日常生活中人物的语言。1995 年，在央视一套播出的大宝广告，选取原生态声音，平常生活中的人物，为人妻的三位女性聊着日常生活的话题："哎，你老公最近脸色不错啊。""他呀，天天都用我的 SOD 蜜。"另外镜头切换到几位男士，"哎，又用我的呀！你那瓶儿呢？""都让我老爸用了。"2008 年，大宝推出新产品时的电视广告，同样采用了平常生活中的人物语言，广告中的"爸爸"手里托着大宝对全家人说，"还是那么实惠"，全家人点头示意，"是的"；大女儿说，"还是这个味道"；小女儿说，"还是那么体贴"；大女婿说，"吸收特别快"；"妈妈"坐在饭桌前对"爸爸"说，"好产品，新包装，这大宝没变"。当观众接收到这两则广告时，不禁会被在温馨的"家"中随意聊天的气氛所打动。广告中看似随意的人物日常语言也将产品的功效清晰地诠释了出来，加强了观众对产品的记忆和尝试欲，实现了商品的品牌作用。

(三) 音乐和音响

音乐和音响在电视广告片中的使用，可以营造、烘托环境氛围，渲染各种波折，帮助画面叙事；可以衬托出人物的情绪、描写人物内心世界和刻画人物的形象，配合画面完成广告内容的传达；可以设置悬念，以引起观众的注意力，强化产品在观众头脑中的印象。

如步步高音乐手机广告，广告时长33秒，在这33秒之中，贯穿着一首轻快的音乐，伴随着广告中的女主角，穿梭于大街小巷，享受着美好的阳光，最后，在接近傍晚时分来到海边，在松软的沙滩上，在轻柔的音乐之中翩然起舞。完美的音质，优美的画面，打动着观众，让观众自然而然地接受广告的内容，变被动接受为主动接受。另外，在这则广告中的第一个画面是"手机"，在看到"手机"的同时音乐响起，观众一边聆听着优美音乐，一边与广告中的人物走过了一天，正当疑惑之时，广告片尾出现，告知人们：这是一款步步高音乐手机的广告。这首广告曲已被设置成了铃声，且被不少用户青睐。这样的广告具有深入生活的渗透力和广泛流传的辐射力。

越来越多的歌曲进入电视广告中，歌曲正在逐渐取代语言传播信息的重要地位。在这类广告中，音乐被当做产品的传导带，这种音乐往往空灵并透着诗意，更易引起受众的认同感且不易被遗忘。如玉兰油系列广告之天然果粹系列广告唱歌篇。广告片开头加入画外音读白"全新玉兰油 nature science"，紧接着以歌曲的形式渲释，女主角优美的歌声配上欢快的音乐，"女孩谁都爱美，偏爱天然滋味，新鲜健康的美，满足肌肤不是谁都能给，柚子、草莓，科学家高智慧，小小的瓶子，满满的甜美，嫩白柔润，更美丽的改变！"一曲结束，音乐在广告中引领整个叙事线索的走向，广告在娱乐中将产品推销了出去。歌曲的曲调轻快、简单，便于观者记忆，生活中哼唱起广告歌曲，自然地会想起音乐中的"主角"，即产品"全新玉兰油 nature science"。

"一段真实的音响，常常胜过数十字的解说。"[①] 音响，在电视广告中生动真切，极其富于表现力与感染力。这一特性在乐事薯片的电视广告中体现

[①] 高晓虹、宋平：《电视广告谋划》，北京广播学院出版社1992年版，第48页。

得淋漓尽致,如孙燕姿的乐事薯片广告游泳池篇。广告中的两位女主人公跑向游泳池边的休息座,其中一位拿出一包原味乐事薯片,孙燕姿看到薯片很惊喜,拿出一片放在嘴里,食物破碎时发出的"喀吱、喀吱"声,而吃薯片的人闭上眼睛在细细地品味。这只是一个简单的音响效果,但是,却将商品极具诱惑力的特性准确地揭示了出来,激发了人们对商品的品尝欲,达到了商家品牌宣传的用心。

三 广告叙事中的场景元素

场景,是电影、戏剧作品中的各种场面或泛指生活中特定的情境。场景是人物活动的环境,是叙事所必不可少的重要元素。在任何的叙事文本中,场景与人物的关系都是极为密切的。离开了场景,人物性格的形成就失去了依据;离开了人物,各种场景的创造也失去了凭借。典型场景产生情境作用,要与主要人物的心境、行为相呼应,推动情节向前发展。在电视广告中,广告的时间有限且短暂,因此,广告中故事的叙述强调人物与情境的相互依存关系,强调创造典型的情境来弥补人物在故事表述中的不足,这样才可以更加全面的诠释商品的功用。

如雪碧广告沙漠篇。电视广告中整个的大场景是在沙漠中,没有任何的绿色植物,没有任何遮挡太阳的东西,四周都在烈日的照射下,没有一丝活力。一辆在沙漠中奔驰的敞篷车载着三个年轻人和一条狗,三个人的衣服与头发都已经被汗水浸透了,耷拉着脑袋,毫无生气。其中一个人站了起来,从车上的冷藏器里拿出雪碧,分别扔给另外两个人。他们接过雪碧各自痛饮着,倏地便恢复了活力。有一个人猛地站了起来,从车上跳下去,着地的一刹那,沙漠变作了一汪清泉,他在里面尽情地享受着水的浸润。广告中,两个场景鲜明的对比,在突出商品特性的同时,加强了观众对广告及其商品的记忆,使广告的叙事功能更加完善。再如雕牌洗衣粉的"妈妈篇"和"董事篇"两则电视广告,场景都设在日常生活的情景中。场景的设定,帮助观众在观看广告时,了解广告叙事的发生、发展,使广告具有很强地说服力,使产品更加具有针对性,目标群体更为集中。

在戏剧中,场景具有艺术的假定性,而在电视广告中,场景的选取尽可能使用真实的生活场景的再现，力求逼真。当观众进入"虚构的真实场景"时已无法区分广告中的"真实"与现实的场景了，在观看广告的同时，观众恍若切身体验到了广告中的产品。在电视广告片的创作中，好的场景不仅是人物活动的场地，且可以成为一个特定的角色，与片中的主要人物或冲突或融合，直接参与到情节的创造中，对叙事起着重大的作用。因此，如果电视广告片中只抓住了瞬间，而没有场景的衬托，观众就看不到任何事件发生的顺序，那么，那个瞬间也就自然没有包含叙事的内容。生活是流动的过程，是正在进行着的动态的过程，具有全方位的信息记录，这样，才能够将生活本身所具有的情节、细节、心态、氛围表现出来，才能够释放出全部信息以此满足观众的体验感。

如五粮液的电视广告片之"爱到春潮滚滚来"。在广告片中，首先映入眼帘的是满屏幕的绿，清新自然的颜色。音乐伴随着镜头的转换，在山林中，水也被染成了绿色。小溪上，有人乘竹筏，望向山上。镜头切换为远景，山间的道上有五个人，撑着伞，背着竹筐。这时歌声响起，"五粮春光灿烂，香醉人间三千年"，此时的画面变成了黑白色调，时间回到了古代，古代的人在山间酿酒的场景。房子是竹子制成的，房前放了一排酿酒用的瓷制的白色大坛子，坛子前有一个平台，一位花白头发的老者品尝了一口酒之后，微笑着满意地点着头。镜头进入竹房子，房子里整齐地排列着一个个圆形的竹簸箕，里面盛满了粮食，有人在整理着，不断地往酿酒的容器里面添加。亲近着自然，酿酒的容器中散发出缕缕白烟，白色的烟气衬托着山中的绿色，一种烟雾蒙蒙的美妙感立刻呈现在眼前。将五粮液的醇正自然通过广告尽显出来。在康美药业的电视广告——康美之恋中，也运用了类似的场景，不仅阐释了一个爱情故事，更说明了康美的药类产品是来自天然的绿色产品。

作者简介：齐婕（1984— ），女，江西师范大学2008级文艺学专业研究生，主要研究方向为叙事学。

文本解析

《最后的常春藤叶》的叙事策略

□ 万　芳

　　美国著名短篇小说家欧·亨利以其独特的写作手法享誉世界文坛，他的小说题材丰富，构思巧妙，叙述技巧高超。《最后的常春藤叶》是欧·亨利的代表作之一，本文借助叙事学的相关理论，从动力的形成、视角的转换以及悬念的建构三方面对《最后的常春藤叶》的叙事策略进行分析。欧·亨利独具匠心的叙事手法，使其作品至今都具有巨大的艺术魅力。

欧·亨利（O. Henry），原名威廉·西德尼·波特（William Sydney Porter），与莫泊桑、契诃夫并称"世界三大短篇小说王"，曾被评论界誉为曼哈顿桂冠散文作家和美国现代短篇小说之父。他一生创作了300多个优秀短篇，其作品题材广泛，语言诙谐，构思巧妙，尤其以出人意料的结局著称。《最后的常春藤叶》是欧·亨利的代表作之一，小说讲述的是一个平凡的故事，但却成功地塑造了具有无私奉献精神的贝尔曼这一形象，这得益于作家独具匠心的叙事策略。欧·亨利利用故事本身的强大动力，灵活地选择不同的叙述视角，故意压制部分事件信息，造成悬念，让整篇小说拥有了巨大的艺术魅力。

一　动力的形成

　　《最后的常春藤叶》写的是三位穷画家相濡以沫的故事。苏艾和琼珊因共同的爱好而住在一起并成了好朋友。然而在半年之后,琼珊不幸染上肺炎,而且病情越来越重。更糟的是,琼珊丧失了生存下去的勇气,她只是无力地看着窗外的那株常春藤,数着一片片被风吹下的落叶。在她的意识里,只要常春藤上的最后一片树叶落下,她也将离开人世。当老画家贝尔曼得知琼珊这一可怕的想法后,在一个风雨交加的夜晚,不顾自己的身体,在琼珊病房窗口外的常春藤上画下了他的杰作——一片永不凋零的常春藤叶,正是这片常春藤叶让琼珊有了生存下去的勇气。琼珊因此活了下来,但是贝尔曼却患上肺炎离开了人世。故事的结局令人震撼,让读者看到了人性的崇高。那这部作品的叙述动力来源于哪里呢?

"表面看来,叙事作品的作者是唯一的动力源泉。"但实际上,作者是处于叙述流程之外的,他只是"给叙述提供了一个局外的、初始的动力"。真正的动力源泉只能来自故事,"没有故事的支撑与推动,叙述随时可能停止"。[①] 当然,故事不会一开始就形成强大的驱动力。《最后的常春藤叶》中,刚开始苏艾、琼珊和贝尔曼均无事,后来由于肺炎的"打扰",琼珊患病,于是产生动力,使小说具有一种张力。可以说,琼珊患病在小说中是"触媒"事件,该事件将动力传递给后续事件,并一步步地向高潮发展。随着琼珊的患病,身为朋友的苏艾当然不会无所事事,她会积极想办法。于是她把琼珊的想法告诉了贝尔曼。当贝尔曼得知这一消息后,他可能会采取行动。这是推动小说发展的又一大动力。老画家贝尔曼希望琼珊好好地活着,他这一强大的愿望使得故事继续向前发展。再后来,琼珊看到了窗口的那片永不凋零的常春藤叶,有了生存下来的勇气,并活了下来。故事发展到这里不禁让读者猜想:那片叶子究竟是怎么回事?于是又有了后面的故事,苏艾告诉琼珊那片叶子是贝尔曼冒着风雨画上去的,贝尔曼还因此失去了自己的生命。故事到这里人物的愿望已经获得满足,主人公贝尔曼也以死亡的方式退出了故事,叙述动力跟着消失,于是叙述不得不停止,整部小说到此结束。

由此可见,叙述动力是推动故事向前发展的力量,动力一旦消失,故事也就随之停止。叙述动力主要来自故事本身,故事胚芽一经产生便开始具备动力。只要叙述一开始,故事便受着这种动力的连续推动,自发地由开端向结局发展。正如《最后的常春藤叶》中由于琼珊的患病,自发地引出了贝尔

---

① 傅修延:《讲故事的奥秘:文学叙述论》,百花洲文艺出版社1993年版,第95页。

曼画藤叶的举动。只要叙述动力存在,事件便会不断地产生,叙述者只是顺其自然地把故事记录下来。随着故事动力的逐渐减弱,叙述也越来越接近尾声。

二 视角的转换

"视角指叙述者或人物与叙事文中的事件相对应的位置或状态,或者说,叙述者或人物从什么角度观察故事。"[1] 叙述视角是一种叙述技巧,是叙事策略中的一个重要方面。它的选择是否恰当直接影响小说的成败。不同的叙述视角,会让同样的故事在相同的读者身上产生不同的阅读感受。在《最后的常春藤叶》中,叙述者采用上帝般无所不知的眼光和故事内人物的眼光来叙述。从这点出发,本文选取了热奈特在《叙事话语》中对叙述视角的分类来分析《最后的常春藤叶》的叙述视角。热奈特选用了"聚焦"一词,将叙述视角分为三大类型:"零聚焦"(或"无聚焦")、"内聚焦"和"外聚焦"。[2] 所谓零聚焦是指叙述者可以从所有的角度观察被叙述的故事,即无固定视角的全知叙述,在这种情况下,叙述者比任何一个人物知道的都多,可用"叙述者>人物"这一公式来表示。内聚焦是指叙述者和人物知道的同样多,叙述者只借助某个或几个人物的感官,从人物感知的角度去传达一切。因此在这种视角下,叙述者不能"全知全觉",只限于转述这个人物从外部获得的信息和可能产生的内心活动。而外聚焦型视角,叙述者比任何一个人物知道的都少,他只是严格地从外部呈现每件事,只提供人物的行动、外表等,而不能进入人物的意识。

在《最后的常春藤叶》中,叙述者采用了零聚焦、内聚焦和外聚焦多种视角来观察事件。叙述者运用零聚焦型视角叙述了苏艾和琼珊的患难与共,进而透视她们的内心世界,同时也叙述了故事发生的背景。对于故事中最主要的人物——贝尔曼,叙述者采取了外聚焦型视角,采用了"叙述者<人物"的方式进行叙述,小说中对于贝尔曼仅仅只是进行了极为有限的外察,

---

[1] 胡亚敏:《叙事学》,华中师范大学出版社 2004 年版,第 19 页。
[2] 参见申丹《视角》,《外国文学》2004 年第 3 期。

完全没有进入他的意识,没有叙述贝尔曼的内心。而对于"藤叶"这一故事焦点,叙述者则采用了零聚焦型与内聚焦型两种视角,不仅叙述了苏艾、琼珊、贝尔曼这些人物眼中的藤叶,也站在"全知全觉"的基础上对藤叶进行了描述。

小说对"藤叶"的叙述始于琼珊开始数藤叶,这是一段典型的内聚焦型视角叙述,此时读者根本看不到窗外的常春藤,仅仅是从琼珊的话语中知道藤叶不断地被风吹落:

> "十二,"她说,过了一会儿又说"十一",接着是"十"、"九",再接着是几乎连在一起的"八"和"七"。①

随着琼珊数数的越来越少,读者的好奇心也越来越大:琼珊到底数的是什么?为了解开这个悬念,叙述者将聚焦者从琼珊转向苏艾,读者跟随苏艾的视角看到了"一株极老极老的常春藤上的叶子差不多全吹落了,只剩下几根几乎是光秃秃的藤枝,依附在那堵松动残缺的砖墙上"。② 这是对常春藤的一种客观描述。叙述者借助苏艾的眼睛向读者传达了关于藤叶的信息,而此时的藤叶在读者的眼中还只是一个客观存在物体,并不具有什么特别的意义。紧接着叙述者再次将琼珊作为聚焦者,她在继续数着落叶,并说:"叶子。常春藤上的叶子。等最后一片掉落下来,我也得去了。三天前我就知道了。难道大夫没有告诉你吗?"③ "又掉了一片。不,我不要喝汤。只剩四片了。""……我要看那最后的藤叶掉下来。我等得不耐烦了。也想得不耐烦了。我想摆脱一切,像一片可怜的、厌倦的藤叶,悠悠地往下飘,往下飘。"④ 在这几段话中,叙述者叙述了琼珊的内心感受,让读者知道琼珊已把藤叶看成生命的象征,认为自己将随着藤叶的落光而死去。而这些叙述用的都是内聚焦型视角。

藤叶再次出现是在苏艾和贝尔曼的视野中:"他们在那儿担心地瞥着窗

---

① [美]欧·亨利:《欧·亨利小说全集》(第四卷),王永年译,人民文学出版社 2005 年版,第 329 页。
② 同上。
③ 同上。
④ 同上书,第 330 页。

外的常春藤。"① 只用了一句话，但我们发现此时叙述视角已从内聚焦型转向了零聚焦型。尽管在这里苏艾和贝尔曼是藤叶的观察者，但叙述者却是用全知视角进行叙述的，这可以从"担心"一词看出，该词表现出了苏艾和贝尔曼两人的心境，进而表达出他们俩在观察藤叶时复杂的心理状态，他们明白藤叶的掉光意味着琼珊生命的结束。

紧接着，故事的叙述视角再次发生转变，叙述者让读者通过苏艾与琼珊的眼睛看到了最后一片藤叶的存在。

> 可是，看哪！经过了漫漫长夜的风吹雨打，仍旧有一片常春藤的叶子贴在墙上。它是藤上最后的一叶了。靠近叶柄的颜色还是深绿的，但是锯齿形的边缘已染上了枯败的黄色，它傲然挂在离地面二十来英尺的一根藤枝上面。②

在这段文字中，藤叶是通过内聚焦型视角来描述的，这时苏艾完全理解琼珊为什么会把生命与藤叶联系在一起。"靠近叶柄的颜色还是深绿的"，这不仅仅是描述苏艾和琼珊视觉中的藤叶，同时也是她们的内心反应，此时苏艾对于藤叶的观察已然站在琼珊的位置上了。再接着，叙述者再次将视角限制在琼珊的眼光上。

> "那是最后的一片叶子，"琼珊说："我以为昨夜它一定会掉落的。我听到刮风的声音。它今天会脱落的，同时我也要死了。"③
> 那片常春藤叶仍在墙上。④

叙述者借助琼珊的眼光来聚焦，描述了她的感受：为什么最后一片常春藤叶历经风吹雨打却始终不会凋零。此时的读者因为受到了琼珊观察视角的限制而和她一样，不知道个中原委。也正是由于叙述者使用了这种内聚焦型视角

---

① [美] 欧·亨利：《欧·亨利小说全集》（第四卷），王永年译，人民文学出版社 2005 年版，第 332 页。
② 同上。
③ 同上。
④ 同上书，第 333 页。

来进行叙述,限制了读者对故事情节脉络走向的预测,而使得小说充满悬念。[1] 故事的最后,当琼珊看到那片常春藤叶始终没有掉落时,马上想到了生的暗示,最终战胜了病魔活了下来。

总之,《最后的常春藤叶》综合运用了多种叙述视角,在零聚焦型视角下叙述了故事发生的背景,而对于藤叶的叙述则是在零聚焦型视角和内聚焦型视角的交替中进行的,对于贝尔曼的叙述则是使用外聚焦型视角。在整篇小说中,视角在几个故事人物中不断转换,使得小说结构更为紧凑,也为读者提供了更多的观察角度,让读者对故事中的人物有了更深入的认识,让故事更吸引读者。正是因为叙述者在叙述过程中采用了多种不同的视角,才营造出了一种悬念感。叙述者不动声色地把这种悬念感一直维持到故事的结局,最后在读者没有任何心理准备之时重笔一戳,以苏艾之口转述最后一片藤叶之谜,令读者大感意外,增强了作品的可读性。

三 悬念的建构

欧·亨利的短篇小说最大的特色就是幽默和出人意料的结局,作者往往出其不意地将令人惊愕的结局在读者完全不留意的状态下呈现出来。这种意外的结局总是能扣住读者的心扉,具有强烈的震撼人心的效果。但与此同时,小说结尾虽然在意料之外,读者只要经过细细思考,回顾前文就能体会出这结局皆在情理之中,是情节发展的必然结果。在笔者看来,欧·亨利的小说之所以让读者有出乎意料的紧张,完全得益于叙述者对重要信息的压制或暂时压制。《最后的常春藤叶》也正是叙述者有意地压制和延宕了一些重要事件才使得小说充满悬念感,让读者被故事本身深深地吸引,而最后又将那出人意料的结局摆在读者面前,极大地增强了故事的可读性。

在《最后的常春藤叶》的叙事进程中,叙述者在提供信息的同时,有意将一些重要的信息压制,或者暂时压制,从而形成断点。[2]

---

[1] 参见唐伟清《叙事视角下〈最后一片叶子〉的及物性分析》,《文教资料》2007 年第 22 期。
[2] 参见爱玛·卡法勒诺斯《似知未知:叙事里的信息延宕和压制的认识论效果》,载戴卫·赫尔曼主编《新叙事学》,马海良译,北京大学出版社 2002 年版,第 6 页。

当叙述至老画家贝尔曼看窗外的藤叶时,叙述者没有进行过多的解释,只是写了一句话:"他们在那儿担心地瞥着窗外的常春藤。"① 此时对藤叶的叙述是从苏艾和贝尔曼两人的视角出发的。读者虽然看到了"担心"两字,可以联想到贝尔曼当时的心情,但是叙述者并没有对贝尔曼眼中的藤叶进行详细的叙述,没有进入贝尔曼的个人意识中,在这里叙述者故意隐瞒了一些必要的信息——贝尔曼的内心感受,从而在读者的阅读中造成空白。正是由于这一断点的存在,影响着读者对后续事件的阐释,使得读者猜测不出后来贝尔曼画藤叶一事。

除此之外,叙述者还压制了情节发展中最重要的环节,在情节关键处留下了大量的艺术空白,为读者留下了巨大的想象和联想空间。在小说的叙述过程中,叙述者故意把老画家贝尔曼如何决定去画那片常春藤叶,以及他是怎样画出那片常春藤叶的一系列关键环节遗漏、掩盖起来,绝口不提,留下了悬念。叙述者只是在小说结尾处通过苏艾的述说从侧面将这一事件反映了出来:

"我有些话要告诉你,小东西。"她说:"贝尔曼先生今天在医院去世了。他害肺炎,只病了两天。头天早上,看门人在楼下的房间里发现他痛苦要命。他的鞋子和衣服都湿透了,冰凉冰凉的。他们想不出,在那种凄风苦雨的夜里,他究竟是到什么地方去了。后来,他们找到了一盏还燃着的灯笼,一把从原来的地方挪动过的梯子,还有几支散落的画笔,一块调色板,上面剩有绿色和黄色的颜料,末了——看看窗外,亲爱的,看看墙上最后的一片叶子。你不是觉得纳闷,它为什么在风中不飘不动吗?啊,亲爱的,那是贝尔曼的杰作——那晚最后的一片叶子掉落时,他画在墙上的。"②

叙述者通过对"还燃着的灯笼"、"散落的画笔"、"一块调色板"、"绿色和黄色的颜料"等一串实物的描述,让读者在自己的心中去构建贝尔曼画最后那

---

① [美]欧·亨利:《欧·亨利小说全集》(第四卷),王永年译,人民文学出版社 2005 年版,第 332 页。

② 同上书,第 334 页。

片藤叶时的情境：老画家贝尔曼在一个风雨交加的夜晚，提着一盏灯笼，爬上梯子，用自己精心调配好的颜料开始了他的杰作，在光秃秃的常春藤枝上为琼珊画出那片"靠近叶柄的颜色还是深绿的，但是锯齿形的边缘已染上了枯败的黄色"[①] 的"生命之叶"。正是这片"生命之叶"让琼珊战胜了病魔并活了下来，相反的，贝尔曼却因此孤寂地死去。叙述者在前文中没有叙述老画家救人的任何端倪，结尾却揭示出了这样一个人生奇迹，这种结尾方式让小说在平静中起波澜，让读者在惊愕之余赞叹叙述者巧妙地叙述。[②]

小说虽然在结尾处通过苏艾的话语告诉了我们最后的那一片藤叶是贝尔曼画上去的，但是对于贝尔曼如何去画这片藤叶以及贝尔曼如何去世等事件，叙述者还是没有进行叙述，而是完全压制。正是由于这些重要信息被压制所形成的断点，造成了小说的事件呈现出一种多功能的叙事状态，这给读者带来了更大的思考和想象的空间。

可见，叙事作品中的断点造成部分关键信息的缺失与延宕，使小说产生了一种张力，制造了悬念。在《最后的常春藤叶》的结尾处叙述者从侧面将悬念解开之后，由于之前对贝尔曼画藤叶这一事件的压制，使得故事更扣人心弦。这也是欧·亨利小说引人入胜之处。

总之，欧·亨利《最后的常春藤叶》以"藤叶"为叙述焦点，同时选择多种叙述视角，并在叙述过程中对一些重要信息进行压制，造成有关信息的缺失而建构起悬念，使整个故事难以预料，体现出欧·亨利作品的独特风格。也正是他的这种独特风格，使其短篇小说在文学史上具有重要的艺术价值。

作者简介：万芳（1985— ），女，江西师范大学 2008 级文艺学专业硕士研究生，主要研究方向为叙事学。

---

① ［美］欧·亨利：《欧·亨利小说全集》（第四卷），王永年译，人民文学出版社 2005 年版，第 332 页。

② 参见石磊《浅释〈最后一片叶子〉中的"空白"技法》，《黑龙江科技信息》2008 年第 16 期。

试析《记忆碎片》中的不可靠叙述

□ 徐 亮

不可靠叙述首先在现代、后现代小说中广泛运用,如今正逐步成为较为普遍的叙事现象,也逐渐成为电影的一种重要的叙事策略,这种叙述手法对在电影故事情节的勾勒、烘托方面都有着不同的重要作用。影片《记忆碎片》是一部获得多项大奖的经典巨片,表现手法的独特、内涵的深刻,其中运用了大量的不可靠叙述元素,本文试从不可靠叙述的作用及影响等方面对该影片做一个简要的分析。

克里斯托弗·诺兰(Christopher Nolan)导演的影片《记忆碎片》(Memento)无疑是一部经典之作。无论是从影片的叙事手法还是影片的内涵来看都有许多值得称道的地方,更有意义的是该片中运用了大量的不可靠叙述元素,下面笔者将对影片中表现的不可靠叙述做一个简要的分析。

说到不可靠叙述,从字面上理解也许很多人会说,就是说话不靠谱不可信。那么究竟不可靠叙述是什么?如何推断呢?韦恩·布斯在《小说修辞学》一书中,第一次提出了他的不可靠叙述理论:"当叙述者为作品的思想规范(亦即隐含的作者的思想规范)辩护或接近这一准则行动时,我把这样的叙述称为可信的,反之,我称为不可信的。"[1] 詹姆斯·费伦等对用经典叙事学的方法处理不可靠叙述进行了补充和完善,认为推断不可靠叙述的过程分四个步骤:(1)根据某段或更大叙事语境中的证据,确定不可靠性的存

---

[1] [美]韦恩·C. 布斯:《小说修辞学》,华明等译,北京大学出版社1987年版,第178页。

在；(2) 确定不可靠性的具体类型。把叙述者与读者的活动结合起来可得到不可靠叙述的六个类型：误报、误读、误评、不充分报道、不充分读解、不充分评价。而其中误报与不充分报道、误读与不充分读解、误评与不充分评价分别属于事实/事件轴、知识/感知轴和伦理/评价轴上。(3) 把不可靠性与对作为人物的叙述者连接起来。(4) 对隐含作者、叙述者和作者的读者之间建立的交流类型进行思考。[①] 那么这些方法能否用来处理电影中的不可靠叙述呢？下面就用《记忆碎片》来做一个说明吧。

一 不可靠叙述在影片中的主要表现
——人物叙述的不可靠性

在分析人物叙述的不可靠性之前有必要简要对该片的叙事手法做一个简单的介绍。从叙事手法上看，《记忆碎片》值得称道之处是拥有两条平行的故事线索。我们都知道，一个故事需要一系列的故事线索组成，故事线索由序列组成，而序列又由各种事件组成，事件由不同的动作组成。那么在一部电影中，通过演员在一定环境中发出的各种动作形成了各种不同的事件，各种事件按不同的序列发展，进而拼凑成了各种故事线索而生成了一个故事。这两条平行的故事线索以不同的叙述顺序进行穿插，罗钢在《叙事学导论》中分出两种时序，一是叙事时序，一是故事时序，叙事时序是文本展开叙事的先后次序，从开端到结尾的排列顺序，是叙述者讲述故事的时序，而故事时序是被讲述故事的自然时间顺序，是故事从开始发生到结束的自然排列顺序，故事时序是固定不变的，叙事时序则可以变化不定。[②] 如将此概念移至影片中来，剧本中按正常进程发展的时序也就是故事时序是正叙的，而电影中表现出来的主线索的时序也就是叙事时序实际上是逆向的，倒叙的。主线索以彩色镜头的倒叙呈现，支线索以黑白镜头的正叙呈现。独特的叙事手法为最大限度发挥不可靠叙述的功能提供了良好的平台。

---

① [美]戴卫·赫尔曼：《新叙事学》，马海良译，北京大学出版社 2002 年版，第 38 页。
② 罗钢：《叙事学导论》，云南人民出版社 1994 年版，第 133 页。

《记忆碎片》中的主人公莱昂纳多作为一个叙述者，其本身是有缺陷的。回顾影片莱昂纳多夫妇遭遇两名歹徒，莱昂纳多击毙其中一个，却被另一个击晕，从影片初期以及闪回部分的画面可以判断莱昂纳多的妻子可能被歹徒杀害，莱昂纳多自己虽然从死亡线上挣扎了回来，却因为脑部的严重损伤而得了一种奇怪的"短期记忆丧失症"，从此他只能记住几分钟前发生的事情。莱昂纳多发誓要追查到凶手，替惨死的爱妻报仇。可是，支离破碎的记忆却令莱昂纳多举步维艰，他只能凭借一些零碎的小东西诸如文身、宝丽来快照等才能回忆起过去的点点滴滴，而且，每当他找到一些有价值的线索时，他必须要使用一切方法立即将之记录下来，如果没有记录的很可能十几分钟后，他就根本无法记得自己在什么地方、来做什么，如莱昂纳多在路上奔跑的一幕，开始的瞬间以为自己在追人，但之后发现是在被别人追杀（影片49分30秒）。叙述的不可靠性在主人公身上主要体现在支线索的黑白闪回中，支线索大部分是回忆是第一人称叙述与第三人称叙述交替进行的，主要叙述的是主人公负责保险理赔的调查业务。在工作中，他接到一个理赔案件，发现车祸受害者萨米属于心理失忆而不是生理失忆，无法获得保险，而萨米的妻子不接受事实，认为萨米仍然有记忆，不停地让萨米替自己注射胰岛素，结果死亡。直接看这些情节也许无法看出不可靠叙述成分，但当我们把不可靠性与作为人物的叙述者连接起来时便能够看出许多不可靠元素的存在。影片支线索中有一个短小的细节：萨米坐在医院中看着来往的人，忽然一瞬间萨米变成了莱昂纳多（影片1小时30分），此处可以看出莱昂纳多大部分关于萨米的叙述实际上都是间接地叙述自己，不是萨米替妻子注射导致妻子死亡，而是莱昂纳多自己所做的，只是因为不愿意接受这个事实才将自己关于这件事的记忆转嫁到另一个虚构的人物身上，因为其本身有丧失短期记忆的缺陷，因而事实上支线索中关于主人公自己的第一人称叙述以及关于萨米的第三人称叙述大部分都存在不可靠叙述。同时，因为主人公身上明显的缺陷，使得周边与主人公产生联系的一系列人的叙述因为各自的目的也充满了不可靠元素。

那么影片中人物的不可靠叙述属于何种类型呢？首先，从事实/事件轴上看，莱昂纳多的叙述是存在着"误报"和"不充分报道"的。错误的报道往往是因为叙述者不了解情况而导致的结果，从整部影片角度来说，莱昂纳多报道说妻子是被歹徒所杀，而通过支线索的映射实际上是莱昂纳多杀死了妻子，这里可以认为是叙述者的误报，因为叙述者的有缺陷，并不知道自己的这部分记忆是不可靠的，因此莱昂纳多对妻子的这部分回忆应属于误报。影片中的不充分报道在其他角色身上表现得尤为明显。"不充分报道"——热奈特称之为"少叙法"——是指叙述者讲述的内容少于他所知道的东西。[①] 前文中也提到过，因为主人公的缺陷，许多人为了自己的目的都想利用他，如泰迪在地下室只对莱昂纳多说出了部分真相，有意误导他；娜塔莉亚看见莱昂纳多穿着吉米的衣服走进酒吧，暗示知道他的衣服不是自己的，但一直没有讲衣服是谁的……这些都是不充分报道。从知识/感知轴上看，由于莱昂纳多本身只有短时记忆，因此他过于依赖身上的纸片、照片以及文身，相比之下，不充分读解在他身上的表现比误读要明显得多。不充分读解发生的原因是叙述者的了解和感知不足，也可能是不够世故导致了叙述者对事件、人物或情境做出不充分的阐述。[②] 莱昂纳多对现状的判断很大一部分都属于不充分读解，只能凭借只言片语以及临时的反应来对当时的事件、人物或情境做出相对于有记忆的人来说并不充分的阐述。如莱昂纳多在废弃小屋等待吉米、和吉米发生对话并最终杀死吉米的一幕（影片1小时37分）就属于不充分读解而导致的结果。再从伦理/评价轴上看，影片中几乎没有出现太多对主人公的评价，而主人公对其他人物的不充分评价却恰恰反映出了不可靠性，而不充分评价的发生是由于叙述者的伦理判断没有沿着正确的方向一直走下去。[③] 如在娜塔莉亚家里发生的几幕情节（影片1小时14分），娜塔莉亚让莱昂纳多去杀达德，被拒绝，于是娜塔莉亚开始辱骂莱昂纳多并羞辱他死去的妻子，盛怒之下莱昂纳多打了娜塔莉亚并想找笔记录下娜塔莉亚的话，但没找到（影片1小时10分）；被打伤的娜塔莉亚根本没有走远，又随后返回家中，莱昂纳多记不起刚才娜塔莉亚的辱骂，并自愿帮助她解决掉达德。解决了达德的麻烦后莱昂纳多回去找娜塔莉亚，并在看到娜塔莉亚和吉米的照片后在自己备份的娜塔莉亚的相片上写上"她也失去了爱人；她会同情你、帮助你"，主人公完全走入了一个误区，被人利用了却浑然不觉。

[①] ［美］戴卫·赫尔曼：《新叙事学》，马海良译，北京大学出版社2002年版，第43页。
[②] 同上。
[③] 同上。

通过从三个轴不同角度可以看出，在影片叙述过程中人物的不可靠性可以表现为多种形方式，也可以出现在影片的不同时刻，并且三个轴能够构成一系列因果关系，影片中常常因为泰迪或娜塔莉亚在事实/事件轴上的不可靠叙述直接导致莱昂纳多知识/感知轴和伦理/评价轴上的不可靠叙述。叙述者可以在一个轴上可靠而在另一个轴上不可靠，如主人公对妻子死亡的叙述在事实/事件轴上是可靠的，但关于其妻子真正的死因的叙述在伦理/评价轴上是不可靠的。[①]

二 不可靠叙述对影片中叙述动力的刺激作用

叙述作为一种传递的运动必然也有其运动的动力，而往往动力都有一个产生的根源。傅修延先生在《讲故事的奥秘：文学叙述论》中曾有过关于叙述动力的阐述——"我们认为，动力源泉只能来自故事。有故事方有叙述，叙述只是故事的载体"。电影作为一种独特的故事展现形式，同样也少不了用叙述作为故事的载体，而其中不可靠叙述在其中更能激发叙述动力的延续。我们都知道，叙述动力在遇到以下几种情况时可能减弱或消失：第一，人物的愿望得到满足。第二，人物的愿望彻底破灭。第三，人物退出故事。第四，人物故事里几个事件同时发生，其动力互相冲突乃至抵消，导致故事骤然间失去动力，叙述也不得不止。但如果加入适当的不可靠叙述有时却能够延缓叙述动力的减弱或消失。就以《记忆碎片》为例，影片的情节原本很简单，主人公妻子被杀—主人公幸存—主人公复仇—仇人被杀—复仇结束—动力消失影片结束，实际上在影片中主人公最后杀死泰迪之前就已经杀死过所谓的凶手，莱昂纳多执著于找到叫John G.的凶手，而泰迪为了利用他就帮助他寻找凶手，顺便也利用他杀死和自己贩毒的同伙，当最后莱昂纳多找到这个所谓的凶手（实际上是泰迪的同伙）并将其杀死时，故事动力实际上抵消了，泰迪达到了自己的目的，莱昂纳多的愿望也得到满足，故事也濒于结束，而此时不可靠叙述再一次发挥了奇妙的作用，主人公本身的缺陷使得主人公本身不可能记住自己做

[①] 傅修延：《讲故事的奥秘：文学叙述论》，百花洲文艺出版社1993年版，第99页。

过什么，无法记住自己是否报仇，使得故事的叙述动力原本在完成了就消失的时候又一次次地开始延续，此外其他人物的不间断地不可靠叙述也为故事的继续发展提供了新的动力方向，叙述者因为叙述的不可靠性而使得复仇的执著成了一个循环，影片的最后主人公愿望再一次得到满足，且并未退出故事，而是留下了新的动力——主人公活着的意义就是不断寻找"凶手"，而这一切都源自不可靠叙述的运用。

三　不可靠叙述在影片中折射出的隐含叙述

当人们在看一个故事的时候，除了了解到整个故事情节外，往往会对一些细节进行思考，这些思考很多时候带给读者的恰恰正是作者想要传达给读者的隐含叙述，对于电影也是如此。在看一部电影时，时常会出现一些镜头、图片、文字、言语或是场景，在这些东西背后隐藏着不同于表面的意义。而往往其中穿插的不可靠叙述在给人造成悬念的同时更能折射出大量的隐含叙述。如《记忆碎片》中主人公莱昂纳多的文身，全是断裂的记忆留下的痕迹，从事实/事件轴上看并不完全可靠，但观众看了后都能够推测到，这个人是因为要复仇才留下的文身，这便是隐藏在不可靠叙述后的隐含叙述。又如影片1小时24分开始莱昂纳多与娜塔莉亚的对话：

莱：来杯啤酒，麻烦你。
娜：你穿成这样不仅仅是进来喝杯啤酒吧？
莱：你们有服装规定？

从知识/感知轴上判断此处莱昂纳多的叙述很明显为不可靠叙述，隐含叙述是莱昂纳多根本不知道衣服不是自己的。影片6分30秒开始的黑白镜头，主人公的独白："字条对失忆者的重要性，萨米没有条理，而我有条理。"前面已经提到过萨米实际上是主人公虚构出来的自己的一个替代品，因此此处的叙述在事实/事件轴是不可靠的，而在这句话中却另外含有模糊的隐含叙述：1.主人公虽然失忆但仍能继续生活。2.萨米是谁，萨米是否确实存在？3.字条的作用真的有如此之大吗？主人公真的有条理吗？每一种观点都有着可能性，这便是隐含的叙述所表现出的强大作用，将作者要传递的种种信息含蓄地隐藏在一段段文字、人物的对白或是独白中，通过观众自发地思考而达到特殊的效果并给人以深刻的感觉，而在这里又通过不可靠叙述来传达更容易引导观众找到隐含的内容，这不得不说是一种高超的技巧。

四　不可靠叙述在影片中的反讽效果

电影中常常通过人物的个性、行为的反差来营造反讽的效果，而《记忆碎片》从不可靠叙述的角度营造出了许多耐人寻味的反讽效果。从导演在主人公（主要叙述者）身上加上了丧失短时记忆这个缺陷的同时，也就注定了整部影片的故事将在一系列环绕立体的不可靠叙述中穿插发展。莱昂纳多说"我会凭真相去判断，不是靠别人告诉……记忆也不可靠……"（影片23分43秒）"记忆可能被歪曲，记忆只是一种描述，不能当做记录，掌握了真相就不用再靠记忆"（影片24分14秒）。从事实/事件轴上判断这些话无疑都具有极大的不可靠性，莱昂纳多所说的真相不过就是身上的文身以及周边记录的纸片，而这些实际都是某些短时记忆留下的痕迹，至于这些记忆原本是否被歪曲、是否是别人告诉的他自己也无从考证，口口声声说凭真相判断而所谓的真相只不过是一些错误的感觉和残破的记忆拼凑的成品，莱昂纳多对种种事件的怀疑以及对人物的不信任使周围的环境都笼罩在不可靠的氛围中，而他自己所相信的真相却是在自己的怀疑和别人的误导下逐渐成形的，这不得不说是一个讽刺。导演也通过这种巧妙的不可靠叙述手法将反讽的效果充分发挥出来。不光是主人公叙述的不可靠性表现出了反讽，其他人物的叙述也有类似的效果。如泰迪和娜塔莉亚都欺骗和误导了莱昂纳多，甚至连旅馆管理员为了多赚钱也欺骗了莱昂纳多，这些人物的不可靠叙述都不同程度地折射了现实的残酷以及人性的软弱和虚伪。而最后泰迪被杀，莱昂纳多又踏上新一轮寻找 John G. 的路程，这也成了他的人生目标与活着的意义，对他来说，这是结束还是开始呢？是不幸还是幸运呢？这种深层次的意犹未尽的效果是一般的叙事手法很难表现的。影片中充斥着各种时间空间上的不可靠叙述，不但增加了众多的悬念，也使得影片的逻辑性和延续性变得更加出色。相信不可靠叙述的手法将会被越来越多地运用到各种电影中，为电影增添更多的色彩。

作者简介：徐亮（1982— ），男，江西师范大学2008级文艺学专业硕士研究生，主要研究方向为叙事学。

试析电影《回到未来》的叙事策略

□ 刘　燕

  作为一部经久不衰的时空类电影《回到未来》，不管是电影的故事情节的安排还是特效的拍摄上，都是一部很好的电影。本文将从电影叙事学的角度来阐释这部电影的在空间和时间上的叙事技巧，以此来简单概述一些时空穿越类影片所共有的特点。

  科幻电影（科幻片）是电影的一种类型，是"以科学幻想为内容的故事片，其基本特点是从今天已知的科学原理和科学成就出发，对未来的世界或遥远的过去的情景作幻想式的描述"。[①] 时空穿越类电影，是科幻电影中的一个小分类，它的范围相对来说会更窄，但对现实的描述却更贴近生活，主人公的行为更具真实性，它借助某种手段穿越时空。美国的时空穿越类电影与中国的时空穿越电影有着很大的不同，前者是借助科技发明的成果进行穿越，而后者往往是借助某种历史遗留下来的具有神秘色彩的物品进行穿越，大多数是从现在的时光穿梭至古代的某个时期。如影片《神话》中那柄秦始皇时代遗留下的宝剑，成龙饰演的杰克通过这柄宝剑回到了秦朝进行了一场时光之旅。又如《大话西游之月光宝盒》中那段经典情节，周星驰饰演的至尊宝（即孙悟空）利用月光宝盒进行时空倒流。这在我们中国电影上是比较多见的。美国的穿越类电影是借助科技的成果在过去、现在、未来来回穿梭。类似影片有《时光机器》是通过科学家进行试验成功，乘坐时光机进行时空穿梭。它们的空间的转换性就大许多，给观众带来的视觉效果会更刺

---

① 许南山主编：《电影艺术词典》，中国电影出版社 1995 年版，第 18 页。

激。本文仅以《回到未来》系列电影作为考察对象,以此透视时空穿越类影片的时空叙事特征。

在洛特曼[①]看来,电影的本质就是讲述故事,即电影具有叙事性,而它的叙事则不同于文学叙事。文学叙事是用语言或文字来讲述故事,而电影叙事则是用画面和声音讲故事。电影实则是一种双重叙事,它既要用声音来叙事,也要借助画面来叙事,从而达到一种双重叙事效果,需要补充的是,这里所说的是有声电影。而画面的传达其实就是一种空间的表现,电影空间的表现是由电影镜头来进行切换。电影叙事是否到达一种好的效果,与镜头切换有着密切相关的联系。可以说它是一部电影成功与否的关键所在。当然电影能否继续下去也需要一种动力,即要有叙事动机。就像一部小说要有情节要有故事发生的驱动力,也就是要有前后的因果关系。

一 "改造"现实

时空穿越类电影的叙事结构是对现实不满——➤改造现实(经过时空回到未来或是过去)——➤重获现实满足感。影片《回到未来》就是因为马丁对他家境的不满意和现实的不满足感,才会想到在回到 30 年前时会努力鼓励他父亲的每一次行动。现实中他父亲是一个懦弱的人,凡事不愿与人争论,因而他总是被他的上级毕夫欺负。马丁不愿意看到这样的境况。由于他父亲是出了名的懦弱,因而马丁在他父亲的中学上学也由此遭到老师的歧视。马丁想拥有一辆跑车可以载着心爱的女友去约会,而现实是他家的那辆小车被毕夫借去给撞坏了。所有的这一切,让马丁感到现实对于他来说是多么的不幸,因此当布朗博士提出要马丁陪他一起去进行时间机器的穿越行动时,他虽有一点推辞,可还是满怀着好奇去参与。随着故事的发展,布朗博士却遭遇不幸,马丁也面临着生命危险,情急之下他驾着那辆可以穿越时空的汽车回到了 30 年前的山谷镇。进入另一个时空所带来的恐惧感远比他可以在这个时空创造未来的新奇感更少得多。因此当他遇到年轻时的父亲再遭到他的未来上司毕夫欺负时,他愤恨地鼓励他的父

---

① 尤利·米哈依洛维奇·洛特曼(1922—1993 年)是 20 世纪苏联著名文艺理论家、符号学家。

亲与毕夫一决高下,并一路帮助他父亲惩治了毕夫。由于他的努力和帮助,他父亲的形象从一个原本懦弱的男人变成了一个充满勇气的男人。他父亲的改变使得他家的生活现状也发生了翻天覆地的变化,这就像多米诺骨牌效应。马丁在1955年的布朗博士的帮助下,回到了原来的时空(1985年)。当他驻足于自家庭院时,发现他父亲的上司毕夫如今变成了给他家擦洗汽车的卑微的洗车工。现实的一切以新的面貌展现给马丁,让他有种恍若隔世的感觉,而对于其他人而言这原本就存在,这一切都是顺理成章的事情。然而对于马丁而言他则是两个现实的见证人。经过对过去的改造他赢得了一个全新的境况,当他真实的置身于这一切时,他内心无疑是欢快异常的。所以当他见到女友詹妮弗时,他对女友说:"看到你真是太好了,让我好好看看你。"不明其中缘由的女友当然感到奇怪,因此她说:"马丁,你表现的好像我们有一个礼拜没见面了。"这是马丁重获现实的喜悦,以及这个改善的现实让他无比满足。可又想真实地确定这变化的一切是不是真实可靠,故出此言。

  这也是这类电影能够赢得广泛的观众的原因之一,当人们不满足于现实时总想换一种生活的状态,因为这种可能世界的发生是有可能的。"一越过'正常的虚构世界',我们就看到了'神奇的世界'。"[①]《回到未来》这部电影作为此类影片的杰作,是毫无疑问的,虽然它历时20多年,但依旧有众多的观众喜欢它。

  《回到未来Ⅱ》的电影叙事结构模式也是这样一条线路:现实生活预先知道未来的状况──→回到未来改造不好的未来──→在当前的现实感到对未来的满足。这种对"现实"的改造存在更多未知性和可能性。在第二部中,马丁所处的现实生活的状态已经达到他的目标,可是他未来的子女又遭受到不幸,因此他又匆忙地跟随布朗博士乘坐时光汽车来到30年后的时空。而此行目的便是阻止他的儿子去做一件冒险而违法的事情。我们再一次跟随着影片的英雄在各个时空进行穿梭,看着他改变世界。在这样的电影叙事的表达下,我们一次又一次的经受时空的冲击和影片人物的冒险经历。

---

  ① 傅修延:《讲故事的奥秘:文学叙述论》,百花洲文艺出版社1993年版,第40页。

二 空间叙事——镜头

以往我们在观看电影时,往往只关注电影叙事的时间,而常常忽视了叙事空间所呈现出来的内在结构关系,这可能与我们的一种视觉习惯有关。安德烈·戈德罗和弗朗索瓦·若斯特在《什么是电影叙事学》一书中提到影片空间时这样说道:"在影片的叙事中,空间其实始终在,始终被表现。结果是,有关空间坐标的叙事信息被大量地提供出来,无论选择何种取景方式。"[1] 这无疑说明电影的空间叙事在影片是占有极为重要的地位。穿越时空类影片的空间叙事会给观众带来更多的叙事空间,现在拍摄的许多关于时空穿越电影从《回到未来》这部电影中得到许多养分和借鉴。接下来我们以《回来未来》为例来分析时空穿越类影片的空间叙事效果。

每部电影都有它的故事主题,这也是一部电影得以继续的生命所在。时空穿越类电影相对于科幻电影它与现实世界更为接近,因为它是从现实出发而后在过去或是未来穿梭,以此揭示人类的一种生存状态。当然这种时空穿越电影也就具有某种科幻色彩。它对空间的一种转换需要技巧,以此达到天衣无缝之效。在《回到未来》里,马丁常常在过去、现在、未来之间穿梭,因此影片对人物生存的空间需要进行切换,而这个时候便会展示一个与先前空间不一样的空间。空间的衔接是否合理以及空间展示的画面是否符合现实(非真实现实),这都关系到一部影片是否能够成功。《回到未来》总共有三部,是一个电影系列,彼此前后的连接紧凑合理。影片的主角凭借时光机器在过去、现在和未来三个时空之间来回穿梭,同时影片给我们的主题便是:未来不是一成不变的,每个人都可以创造自己的未来,即便你能看到那既定的未来却也是可以通过自己的奋斗重新改变它。正如片中 Dr. Emmett Brown 所说 "Your future is whatever you make it, So make it a good one, both of you(每一个人的未来全靠自己去奋斗,这才能创造出一个美

---

[1] [加]安德烈·戈德罗、[法]佛朗索瓦·若斯特:《什么是电影叙事学》,商务印书馆。

好的未来，人人如此）"。① 在这部电影里故事发展是围绕着时空穿越进行，但这也是凭借影片内部的动力因素一步步发展而来。观看过电影《回到未来》的观众会发现在三部电影中第一部是最为精彩的。在《回到未来Ⅰ》中，马丁原本所处的时代是 1985 年，由于和博士做时光机器的试验时，博士被一群利比亚分子所枪杀。慌乱之中，马丁驾着被博士改装过的汽车（即时光机器）瞬间来到 30 年前（1955 年）的山谷镇。这时我们会发现，前后两个场景都有山谷镇的标志性建筑就是那座钟塔，以及那条公路的标志。影片通过这样具有相似场景来表达时空穿越后的真实性，为理解影片已经通过时间机器穿越到另一个时空而所做的提示。镜头通过拍摄类似景物来进行传达。镜头的推移意味着空间的移动，为了证实时空的转换，镜头随着马丁的脚步移动。镜头对钟塔的定位慢慢靠近，完整清晰地出现在大屏幕前，而不是先前那隐约的模糊影像。

不管是空间的展现还是语言的表达，这一切要达到一种效果，无疑都要借助电影的镜头功能。"电影的叙事媒介主要是镜头，镜头呈现在银幕上的画面直接作用于人的视觉，所以电影叙事是由具体、生动、可视可感的人物的行为/行动或事物的变化/迁移所构成的。"② 时空穿越电影中的镜头所带来的视觉效果，无疑给人带来更多的惊奇和冲击感。空间的转换需要严密，而不是随意，也即是切换镜头的连贯性。时空穿越的空间转换需要一个瞬间的转换，并且能够前后有逻辑上的连接。这不同于普通生活影片空间转换只是场景的变化或是人物由此及彼。

三　时间流变

在 1989 年，《回到未来》又有了续片。影片推出后，再次获得了广泛的欢迎。同时，《回到未来》第二部在情节安排上也为第三部的拍摄做了准备，从而使三部影片能够成为一个完整的整体，使整个故事的连接能够有序。第一部我们看成是拯救父辈，第二部则是马丁为了拯救未来儿女，而去穿越时

---

① 电影《回到未来Ⅲ》。
② 焦勇勤：《试论电影的空间叙事》，《当代电影》2009 年第 1 期。

空,以致时空发生混乱,影片还提到平行空间这个概念。观众的心会跟着马丁的行动不停地运转,其间不乏惊险,因为他的每一次小小行动在这个大宇宙中可能就会变成毁灭宇宙的大动作。

第二部的故事紧接前一部的结尾而展开,只是换了一个角度来加以展现,但这种安排却为故事的发展埋下了伏笔,使影片的剧情更加合理。而这一部的故事情节由未来、被改动了的"现在"和过去三段组成。各部分情节之间的相互联系也使剧情更富魅力。而对同一事件的不同视角的展示也使影片更具吸引力。在过去的这一段情节中,观众又见到了前一部的熟悉情节,但却是从另一角度来看的,联系起前一部中的场景,使观众倍感亲切和新鲜。这种变换视角所产生的新奇感无疑是这部影片的最吸引人之处。

在电影叙事中,时间和空间是一对相互关联的重要范畴。"时间的流变和空间的转换,在电影中有着无穷的潜力,而这正是电影叙事的重要条件和基本特征。"[①]

在《回到未来》中,随着故事的发展和时间的跳跃,影片中的特技也变得更为精彩。在这一部中有一段发生在未来的故事,特技的要求自然更高。精彩的特技场面使影片具有更加吸引人的魅力。同其他许多优秀的科幻电影一样,对未来生活情景的假设和未来科技的展现是这部影片的一个极为吸引人的重要亮点。再加上对时间旅行结果的表现和新奇视角的展示,使影片十分引人入胜。

科幻片的叙事结构外部松散,而内在的故事逻辑严密。[②] 时空穿越影片虽然是一种科幻的不真实的电影,但影片运用逼真的特效,以及本身对生活的临摹,来表达人类对生活现状的一种反思和对未来的一种期待。在《回到未来》中,马丁的在时光穿梭之旅虽对于我们的现实有些不着边际,但故事的情节发生的逻辑还是真实可信。在第一部中,马丁回到了他父母亲认识的那个年代,他遇到了年轻时的母亲洛莲,原本该喜欢马丁的父亲,却阴错阳差般地让洛莲对马丁渐生情意,马丁的出现已经开始扰乱了时空的秩序,因此他又想尽办法让他的父母重新相恋,否则他就要消失。因为没有他父母的结合,就意味着他就从来不存在于这个世界上了。主题的明显突出,让故事

---

① 郦苏元:《中国早期电影的叙事模式》,《当代电影》1993 年第 6 期。
② 王留:《科幻电影叙事手法探析》,《东南传播》2008 年第 3 期。

走向的逻辑也就慢慢地清晰起来。

　　时空穿越影片是充满想象的电影，即使它的逻辑是多么严密紧凑，有些事依旧是不可能如实地表达的。在《回到未来Ⅱ》中，马丁乘坐改装的更为先进的时光汽车来到未来 2015 年，在那家餐厅的移动电视画面出现了流行歌王迈克·杰克逊，很不幸的是这个音乐巨人在 2009 年 6 月 25 日便已去世，这是拍摄这部电影始料未及的吧。探讨电影叙事中的时间，也就是要探寻电影叙事时间与叙事性的关系及功能，而时空穿越类电影的叙事时间给观众带来了更多的时间交错。在《回到未来Ⅱ》中，我们会发现马丁再次通过时间机器回到 30 年前的山谷镇，这时他看到了在第一部中来到这里的马丁，此时我们会遇到时间的交错所导致的人物交置于同一个时间年代里。在这部系列电影中，它的故事时间就一个时间即 1985 年，而影片给我们展示了 30 年前、现在（1985 年）和 30 年后。时间的这种交错和流变给穿越带来了更多的空间表达。电影的叙述者（大影像师）运用镜头的切换来表达时空的转换。时间在镜头的转换中，在时空置换中，演绎出一种时间变动性。在《回到未来》中主要道具便是那辆小汽车，片中的汽车为德龙尼的 DMC，为量产车型，产量较少。它所起的作用就是带着主人公来回自由地在过去、现在、未来穿梭。这个道具在影片的叙事上占有极为重要的作用，在这部影片中，主人公总是依托它的正常启动而进行时空穿越。

　　在时空穿越类影片，我们看不到大笔墨的对人物性格的塑造，它一般是在讲述故事的发展性，也就是对故事的逻辑的强调要比对人物内心的分析多得多。电影叙事空间的展开依赖电影叙事的动力，没有动力就没有故事的发展，电影的叙事空间就无法一步步地推移，电影镜头就没有切换的动力源泉。而电影《回到未来》的逻辑性是很紧密的。

　　由斯皮尔伯格担任制作、罗伯特泽米斯基执导的《回到未来》三部曲让人看到了科幻电影作为娱乐电影的高峰，同时它也让这种穿越时空的电影达到了极高的票房收入。它属于科幻，但又有自己的特点，至少这种时空穿越是可以让人感觉真实的，它给人带来了想象的空间，却又不是毫无根据。这种惊险和离奇的故事，充满了严密的逻辑性和观赏的趣味性。这部系列电影虽然已经很久远了，但是对于今天它仍旧有着广泛的影响，提到时空穿越类影片是无法绕过它的。我们中国的电影事业目前还需要不断地探寻，不管是在影片的特效还是影片的故事的内在逻辑性都是需要向美国电影学习的。

作者简介：刘燕（1985— ），女，江西师范大学2008级比较文学与世界文学硕士研究生，研究方向为比较叙事学。

对话

感受作家的叙事体验

——与著名作家陈世旭谈叙事

□肖惠荣　张泽兵

2009年1月21日，应江西省社会科学院中国叙事学中心之请，江西省作家陈世旭先生来到省社会科学院，畅谈自己的叙事体验。出席会议的有傅修延教授、夏汉宁研究员、吴海研究员、叶青研究员、龙迪勇研究员及文化研究部的相关人员，会议由胡颖峰研究员主持。

会议的主题是"与著名作家陈世旭谈叙事"，陈世旭先生认真回答了与会人员提出的各种问题，就文学叙事中的一些基本问题，发表了自己的看法。讨论交流的焦点主要集中在以下几个方面：一、文学与叙事的关系，陈世旭先生认为，文学与叙事有相通之处，终极目标是一致的；二、对简洁叙事的认识，陈世旭先生认为，叙事的简洁不是简单，而是精当；三、对叙事节奏的把握，陈世旭先生表示，在讲述故事时，只有高和低、动和静反反复复不停地转换，才能吸引住读者，有时不妨有点闲笔；四、议论及小说中各类词语的使用，陈世旭先生认为，是否使用议论主要取决于叙事效果，他觉得作家最好不要在作品中大发议论。结合自己的创作经验，陈世旭先生体会到小说家在创作逐渐走向成熟时，会尽量少用或者不用形容词，多用动词和名词。

以下为会议纪要。

一　文学与叙事

陈世旭：

　　最早听到"叙事学"这个词，是在 20 世纪 80 年代，那时我在中国作协文讲所进修，听了许多讲座，其中有位加拿大华人学者，介绍了叙事学。当时我们很觉新鲜。因为我们大部分是知青出身，没受过高等教育。没有人是了解了叙事学，再去写作的。今天让我与在座的专家学者来谈叙事，完全是班门弄斧。

　　大家从研究的角度谈什么是叙事，什么是好的叙事，什么是不好的叙事，我从文学写作的角度来谈一些可能有关联的问题，也许可以给各位的研究提供一点资料。

傅修延：

　　我们今天会议的主题是：与陈世旭谈叙事。希望大家都来提问题，请他把自己讲故事的体会告诉我们。我和陈世旭多次交流，我觉得他对叙事学的理解比我们多得多，他是一个真正懂得讲故事的人，我们搞研究的缺少这方面的实践与体会。对于从事叙事研究的人来说，从作家那里得到的，可能远比从理论和书本那儿得到的更多，也更深入、更有意义。

　　海明威提出的"冰山理论"绝对是叙事学里非常重要的一个命题。作家只把少量的信息讲述出来，绝大部分信息都隐藏在水面之下，让读者去揣摩，给读者以巨大的想象空间。菲兹杰拉德在《了不起的盖茨比》中能够用颜色来叙事，这是一个多么了不起的本领，仅仅使用几种不同的颜色，就传递了作者对人物的评价。卡尔维诺的小说观念也是妙不可言，他把小说跟诗歌比较，说诗歌靠韵脚的重复，唤起读者的期待，他说小说中的事件就像诗歌中的押韵："一个孩子听故事的乐趣，有一部分在于等待发生他期望的重复：重复的情景、重复的措辞、重复的套语。就像在诗中和歌中，押韵帮助形成节奏一样，在散文故事中，事件也起到押韵的作用。"还有，我们对文字的把握比作家差得多，卡尔维诺说：一场瘟疫已经传染了人类最特殊的天赋——对文字的使用。因此，我们在这方面要向作家多多学习。

　　我在给研究生讲叙事学理论时，经常会提到陈世旭的一篇小说——《圣人余自悦正传》。余自悦这个人物非常有意思。他的行动与正常的逻辑正好相反:境况越顺,越要急流勇退;人家越是喜欢他,他就越是拒绝。这里面包含了作家对事件逻辑与因果关系的独特理解。陈世旭的叙事作品总能引起我的思考。

我想先提一个问题。昨天晚上发生了一个事件,那就是美国的奥巴马宣誓就任总统,发表了就职演说。值得注意的是,他所有的演讲稿都是自己写的。昨晚整个美国似乎都沉浸在喜悦之中,仅在华盛顿的就职仪式现场,就有数十万人聚集。一方面,奥巴马的就职给美国带来了希望,但是我知道事情的另一方面,这就是美国股市却在当天大跌。这样的事件总是使我们困扰,我们不知道怎样来理解这种与我们的逻辑思维相悖的事件。我想请陈世旭来谈谈叙事学中最根本的问题——对事件的理解,也就是说,在讲述了这么多故事后,您是怎么来看待事件的?

陈世旭:

文学和叙事学是密切联系的,应该说,它们的终极目标是一致的。叙事学的本质意义在于研究人。人生活在世界上,作为物种存在于自然界,主要活动就是两件事:言和行,这也是人的两种基本能力。言是叙事的部分,行就是动作部分。就叙事而言,文学主要是用艺术形象说话。

傅修延:

奥巴马是一位使用语言文字的高手,他不断地在演说中提到林肯,仿佛他就是林肯的化身。就职仪式期间放映了许多关于林肯的电影,电视上不断出现林肯的照片,当天的餐具模仿了林肯时代的样式,白宫中有些碟子就是当年林肯用过的。总而言之,这些给美国民众产生了一种印象,奥巴马的当选意味着林肯的复活。这当然也是一种叙事,人们在聆听奥巴马的演说时,感觉到林肯的影子隐隐出现在台后,他在为奥巴马登台亮相作背书。因为林肯当年解放了黑奴,而今天,黑奴的后代——奥巴马登上了美国政治的最高峰。奥巴马以自己为例,证明在美国一切皆有可能,美国梦没有过时,每个美国人都应当对自己的未来抱有憧憬之情。不管事实如何,他的手法是很高明的。

陈世旭:

奥巴马的演讲有三句话我印象很深:"如果有人怀疑美国是个一切皆有可能的地方,怀疑美国奠基者的梦想在我们这个时代依然燃烧,怀疑我们民主的力量，那么，今晚这些疑问都有了答案。"开始是放射性的迸发，一下就极其有力地收束回来，一锤定音，一掷地作金石声。奥巴马是位很出色的演说家。

傅修延：

是的，听完了奥巴马的演讲后，我今天早上也正好想到了毛泽东的文风，想到了他发表过的一系列演讲。《毛泽东选集》中的语言具有很强的张力，有很强的感染力。《别了，司徒雷登》与奥巴马的演讲也有形式上的相似性。

二 简略叙事

陈世旭：

优秀叙事常常是偏激的。最优秀的艺术家肯定不是四平八稳的。儒家强调持中秉正，而优秀的艺术家常常是非常极端的。最直接反对儒家中庸之道的是庄子，因为道家强调的是表达自己的内心。从叙事学的角度看，我觉得叙事方式没有正确错误之分，只有高明不高明之分。只要言之成理都可以成为叙事的范本。小说也是一样的，很多教授专家都在呼吁重写文学史，为什么要重写文学史呢？是因为以前的文学史写作带有太多的政治色彩，20世纪30年代有些在艺术表现上完全堪称优秀的作家，没有得到相应的肯定。现在我们的评价标准重新回到叙事的本质上来，很多30年代的作家被重新提及，最早被肯定的是钱钟书、沈从文，后来又有张爱玲等。如果文学要发展，叙事要发展，我觉得前人的经验都需要学习。不管其内容如何，作品本身的叙事技巧是不应该被忽略的。前几天我读《作家文摘》，陈平原介绍了一个周作人日本研究者的观点，这位日本学者认为：因为日本对中国的入侵，使人们把周作人排除在文学之外了，谈起周作人，首先想到的是他的汉奸身份，他为此感到难过。这是日本的悲哀，也是周作人和中国文学的悲哀。汉奸，民族败类，当然是极可耻的，但并不因此就一定要全盘否定他在写作上所取得的成绩和所提供的经验。我也许说得不对，叙事学本身应该是中性的，这是包括叙事学在内的所有学术的核心价值所在。

我曾经和修延聊过当代的一些作家作品。我认为，在他们身上体现出了现代的叙事风格。傅修延刚刚提到了海明威的"冰山理论"：八分之一告诉读者,八分之七让读者去想。这里说的是显叙事和潜叙事。实际上,正是因为作家没有把话说完,才有了读者参与的可能。前年,《北京文学》邀请一些作家选出自己喜欢的作家作品,进行点评。我选的是海明威,他的叙述方式很简洁,电报式的语言。有的作家的语言很华丽,过量的修饰,我总觉得是一种语言暴力,但是在海明威笔下,一切都很简洁,就像打电报一样,多一个字都删掉。海明威在创作时有个习惯,就是站着写,这样就容易累,也迫使他要很快地表达出来。我当时选择了海明威的《杀人者》来点评,我觉得它典型地体现了海明威叙事的基本特征。

故事发生在美国的一个小镇,有个小孩在餐馆听见两个人商议杀主人公,就跑去告诉他,他听后望着墙壁,很淡然地说:"这种事情,叫我有什么办法,我不想知道他们是谁,谢谢你来告诉我。"海明威没有接着往下写。我觉得雅文学和通俗文学的不同之处就在这里。作家要表现的是主人公对生命的冷漠和绝望,到此他的目的已经达到,再写下去有什么必要?海明威杰出的地方就在这里,把平庸的作家不知道节制的话都吞下去了。

孔子说"辞达而已矣",还更进一步说"巧言令色,鲜矣仁"。言辞能够把意思表达清楚就可以了,多了,巧了,就有点没安好心的意思了,把语言问题同道德作了联系。

曾经看到一个外国商人做广告的故事,我觉得是这个观点的很生动的演绎。

那商人开鲜花店,最初在门口立了一块大广告牌:"这里卖最鲜艳最美丽的花。"

此后不断有顾客对他的广告提出简化意见。他从善如流,逐一采纳。那广告也就由最初的内容简化为"这里卖花";又简化为"卖花";又简化为"花"。最后一个提建议的干脆让他把"花"字也去掉,说"让您的花卉用自己艳丽的色彩和绰约的风姿为自己做广告吧"。

的确,事实已经说明了一切,"辞"在这里完全是多余的。正所谓"不著一字,尽得风流"。花店因为它的主人的毫无矫饰的诚实赢得了信誉。

然而,故事作者在结尾写到,多少年后,那位商人攻修经营管理专业的儿子大学毕业,继承父业。父亲问他打算为花店做的头一件事是什么,他回答:现代商业经营的重要方法之一是做广告。他要做一块大广告牌立在花店屋顶上:"这里卖最鲜艳最美丽的花。"真有点黑色幽默。

只要卖的真是鲜花，仅仅凭做广告这一点，我们当然不能说这位商人的儿子比他父亲缺少商业道德，他顶多是不够成熟而已。不过，当时下许多人为广告宣传而挖空心思，以至不惜糟蹋民族语言的时候，是不是可以从上面的故事得到一些启发：商业道德中最重要的是什么？又该怎样让它得到恰当的表达？

简洁是一种美。中国古代作家就深知这个道理。《三国演义》中关羽斩华雄，三通鼓响就完成了一场惊心动魄的厮杀，"酒尚温"三个字，有千钧之力。

当然也有相反的情况。在法国作家雨果的《巴黎圣母院》中，则是语言的汪洋恣肆，包括对建筑的不厌其详的描绘，作家几乎是以宣泄表达自己对宗教的认识。这样一种叙事方式也能强烈地打动读者。还比如列夫·托尔斯泰，他的作品常常用整个一章来描写景物。

一个是多说，一个是少说，这二者有没有优劣之分呢？我认为，在作家的写作达到了一定高度后，是没有区别的。关键是精彩。

修延刚才还提到我的《圣人余自悦正传》，这小说也是我自己比较重视的一篇，有点遗憾它没有产生我期待的影响。之前有陆文夫写的《美食家》，有人就觉得我只不过是想换个名头写个厨师；《中篇小说选刊》转载的时候，编辑在我的创作谈上强行加了一句话，原文我现在记不起来，意思是说我揭露特权。其实都没有说准。主人公余自悦大半生的故事想说的其实只有两个字：规避。规避什么？规避人生险恶。写这小说之前，在庐山偶尔与一位厨师聊天得到故事的基本素材，但小说的主题发端于读老庄的感悟。记得当时我在省社科院的刊物还发过一篇谈庄子的论文。老庄思想不是凭空产生的，表现在余自悦这个极普通的老百姓身上，是一种民间智慧。"祸兮福所倚，福兮祸所伏"，有多少人不知道？又有多少人真懂？我也不懂，所以写这小说教诫自己。我以为这个作品是小说的显叙事和潜叙事的又一种方式：显的部分是一个世俗故事，潜的部分是作者的意图。一个作品，读者当然可以作多种解读，但作者的意图只有一种。

傅修延：

陈世旭刚才谈的内容，涉及三个非常重要的命题。

第一，他谈到了海明威的简略叙事，也谈到托尔斯泰、雨果在叙述中插入了很多评论，发出了许多附加的信息。在叙事学中，这种现象叫做介入叙述（intrusive narration），即叙述者突然跳出来大谈特谈。在中国古代作品中，如《左传》，我们经常能看到"君子曰"、"君子谓"之类的东西，这也是介入叙述。也就是说，当作者觉得需要对事件加以评论时，就得假托一个人（孔子或君子之类）的名义。雨果《巴黎圣母院》中的大段景物描写，现在成了后人研究巴黎风景的一个重要材料，这是非常有意思的事情。赫尔曼·沃克的《战争与风云》中，作者为了反映不同立场的意见，虚构了几位不同身份的评论员，并多次插入紧扣第二次世界大战史的回忆与评述材料，使不同观点的言论形成碰撞，这样读者看到的是一个对事件的多方位描述。

第二，他谈到了多余的叙事。叙事信息发送完毕之后，为什么还要喋喋不休呢？所谓多余的叙事，是为了传递作者认为有必要的额外信息。海明威的电报式语言，与他为报纸写稿有关。报纸读者与小说的"暗含的读者"不同，为了满足报纸读者的期待视野，必须要去掉繁文缛节。这个问题说来话长。英语与汉语不同，由于汉字具有强大的组词功能，我们的高中生能读懂许多古典小说，尽管其中许多词语是第一次见到，但他们能猜出其中的意义。而英语世界的读者却没有这样的幸运，一般来说，他们无法理解没见过的词。像狄更斯这样的作家，所使用的词汇达到三五万，其中有大量复杂偏僻的形容词，普通文化水平的读者是读不懂的。所以西方有人提出要把形容词去掉，只有名词才能直达事物的本质。我觉得陈世旭总能用作家的敏感抓住很多重要的问题，我们是不是应当"拥护"名词、"打倒"形容词呢？

第三，他谈到了对单个作家的研究。学界过去有个口号是"重写文学史"，现在一个新的潮流是"不写文学史"。为什么不写，没有新材料怎么写？现在的文学史教材太多，有许多是重复，炒现饭。所以有人提出别写文学史了，应当深入进行单个作家的研究，写出他们的传记来。这也是当前传记文学盛行的一个原因。只有这样做，才能有所超越。叙述作家的故事，也是非常有意义的事情。我很高兴自己最近完成了《济慈评传》，完整地讲述一位作家或诗人的生平，对于从事文学研究的人来说是一种非常重要的体验。

陈世旭：

关于文学史，我是绝对的外行。在座的老师主编了《江西文学史》，对江西文学做了一个大功德。从个案入手来描述文学的历程，我想应该会让严谨的叙述有了生动活泼的空间。迄今最好看的历史书莫过司马迁的《史记》了。

修延刚刚说的"打倒形容词",对这一点我感触很深。好的小说就是要让读者在从容动人的叙事中,经由人物自己的行动让读者感到深刻的内涵。有位作家说,写小说最好只用两种词,名词和动词。一个小说家高明与否,就看他是不是把自己想要达到的目的通过名词和动词自然地表述出来。写"勇敢"就直接写勇敢的言行,根本无须"奋不顾身"之类的形容词。

叙事其实是有局限性的,不可能传达完全的真实。我们说这酒好喝,很香,很醇厚,香是嗅觉,醇厚是味觉,究竟怎么个香法,怎么个醇厚法,别人只能凭经验去想象,文字和语言是没法表达的。小说更是。比如说董存瑞炸碉堡,黄继光用血肉之躯堵枪眼,最好最有力量的表达我以为是新闻,是叙述事件本身。如果用小说来叙述,恐怕说得越多反而越苍白,因为小说是虚构的艺术。过去说艺术高于生活,不见得,小说、作家的想象有时候远远低于生活的真实。发生在汶川地震中的许多催人泪下的故事和细节任何天才都难以想象出来。反面事例也一样,媒体上看到的罪犯和贪官的行为,许多都让人匪夷所思。

傅修延:

卡尔维诺说一场瘟疫正在传染西方的文字,现在一些报刊上的劣质文章正在糟蹋我们美丽的汉字。我最反对将写作说成"码字",这是在轻慢、侮辱中国的语言文学。陈世旭刚刚讲了中国叙事传统中的简要之美,古代刘知幾说叙事以简要为工,这个问题要认真研究。如果当时提出来是因为载体问题,而后来已经有了便宜的纸张,为什么还要如此强调?罗兰·巴特在《写作的零度》中提出"零度写作",即用最少的文字传达出最丰富的意义。就像高仓健的面无表情,却让人浮想联翩。西方形式主义文论有个观点,说画家应当向人展示自己如何使用颜色与线条,作家应当向人展示如何遣词用句,作家生产的是"写作"而不是"写作"之外的东西。这当然是形式至上论,但其中也有值得我们反思的东西。

陈世旭所说的问题,还使我想到现在国际上比较关注的不可靠叙事。这是很值得研究的对象,好的作家都会使用这种叙事技巧。《红楼梦》故事刚开始时,贾宝玉头上戴的帽子是"混世魔王",《坦泰尼克号》中的男主角,刚开始给人的感觉是一个拼命吐口水的流氓。随着这两个故事的发展,读者发现事实并非如此。陈世旭能不能谈谈这方面的感受?

陈世旭：

从小说的角度说，这是一种叙事技术，先把自己想要说的伪装起来或隐藏起来，借以达到先抑后扬的叙事效果。

龙迪勇：

刚刚您谈到了少用议论，或者不用议论的问题。但在西方现代小说中，像《项狄传》中就用了大量的议论，这往往能造成某种特殊的叙事效果，如反讽。叙事学和创作是相通的，只是缺少对话。西方的很多现代作家其实就是理论家。今天我们的交流就是一种对话，这是很好的。选择事件就是从某个角度切入、安排一系列的事件。评断一个作家创作水平的高低标准之一在于：他是否能通过有创意的形式把它串讲出来。现代很多作家总是给出一个开放性的结局。诗人写的小说往往是多个事件的并置，安德烈·别雷的《彼得堡》、詹姆斯·乔伊斯的《追忆似水年华》通过一个内在的事件并置把故事讲出来。诗人和纯粹的小说家在安排事件上是有差别的。这是一种诗性的创作方式，这种多线条、多声部的小说，您的看法是什么？

陈世旭：

王蒙写过一篇文章论述"复调"的意义，并在小说中尝试了这种手法。我认为对探索小说形式是有意义的，但我还是喜欢简洁。有一篇外国小说就写账单，通过账单的罗列直接呈现主人公的生活，形象栩栩如生。这部小说对我影响的直接结果就是《北京面的1818》的写作。我在小说中直接让司机喋喋不休地说话，让他自己去呈现皇城根儿人的骄傲和下层社会的谦卑。

龙迪勇：

好的小说应该是一件艺术品。您是否偏重于内容，对形式不太重视？

陈世旭：

这可能和我的审美观有关，就像修延刚刚提到的那样，我比较认可中国传统的叙事观。孔子说的"辞达而已矣"，西晋文学家陆机在他的《文赋》中不折不扣地重复了这个观点："要辞达而理举，故无取乎冗长。"千百年来，简朴、凝练，一直是中国文学作品最为重要的审美特征之一。

文体革命新潮迭起的那些年，文坛上流行一种意识流小说：一个上百字的自然段里，可以只有三个名词在连续不断地重复；在一个名词前面，可以不加标点地连续使用二十个以上的形容词作定语。那时我们在中国作协文讲所学习的许多人，包括我本人，很不以为然。

据说，意识流小说就是直接将意识的流动诉诸文字，这意识包括了潜意识、梦幻等。但在实际操作上这有多大的可行性呢？不要说传达人的潜意识、描摹梦境，就是人的清醒意识，也是无法做到绝对准确、绝对完整地加以传达的。作家果真如愿以偿，那"小说"还会是小说吗？

当然，语言之于文学，是一种艺术创造的工具，无须那么拘谨。但不拘谨是否就等于可以把语言变成"泥石流"呢？南美作家马尔克斯在语言风格上"有意避开浮夸而明显的幻想"，"语言也相当节制"，"风格清晰直率得出奇，句子简短而直截了当，没有曲里拐弯的成分，也没有浮华辞藻"。较之他先前的超现实主义，此举是得是失，孰优孰劣，我们不必断言。如同我们当初不必盲目模仿他的"魔幻"一样，他如今的不魔幻也未必就值得效法。但这做法至少可以使我们想起：一些历经千锤百炼的传统是怎样的有力量。在马尔克斯做出让自己的文风回到简朴状态的选择的时候，我相信，那选择背后是充满信心的。

这固然不足以用来说明与他做法相反的人就没有信心。但马尔克斯的简朴是以丰富为基础的恐怕是一种无可否认的事实。而我们有的作家却往往正是在用语言的炫目奔放来显示自己才气横溢的地方，同时显示了那才气的限度。

龙迪勇：

中国当代文学对西方意识流手法的模仿是不太成功的。艾特玛托夫的小说《一日长于一百年》中的意识流就运用得很好。他把一天中发生在不同空间中的事情都写出来了。既涉及了古老的传说，又涉及科幻故事；既有传统，又有未来。

陈世旭：

有人也批评过，语言就是用来使用的，越丰富越好。我想补充一点：语言在使用过程中，要精当，而不只是简洁。孔子的时代，除了传说中由他主编的《诗经》，所谓的小说，不过是"稗官"们收集的"街谈巷语"，"道听途说"，"君子弗为"的玩意儿。很难说有什么我们后来意义上的认真的文学作品。孔子提出的"辞达"说，只是就语言的一般意义而言的。然而文学却不是一般意义的人际交流。文学是艺术的一种，在对语言的使用上，应该享有某种特权。常有些语言学家用一般的语言规范来臧否文学作品的遣词造句，难免显出冬烘气。

从文学的角度来谈论"辞达而已矣",当然可以找到许多有力的证据。契诃夫就认为,写作的真正才能不表现在知道写什么,而表现在知道不写什么。鲁迅则是在作品"写完后至少看两遍,竭力将可有可无的字、句、段删去,毫不可惜"。但据此就把简约当做文学创作的唯一要旨,那也肯定是一种误解。文学作品作为一种语言的艺术,仅仅从文字的角度看,就还有排列上的建筑美和声调上的韵律美。

清代纪晓岚的《阅微草堂笔记》里写到了这样一件事:有人觉得可以将杜牧的《清明》诗由七言删为五言,原诗"清明时节雨纷纷,路上行人欲断魂。借问酒家何处有,牧童遥指杏花村",每句的前面两个字都可以去掉。果真经了这样的"斧正",句是短了,"辞"也"达"了,诗味却也所剩无几了。没有了"清明",也就没有了春意;没有了"借问",也就没有了诗人的文雅;没有了"牧童",也就没有了对这首诗来说不可或缺的一个艺术形象,设若遥指者不是一个"牧童"而是一位屠夫,并且手上还操着一把沾了肉屑的屠刀,那杜牧留给我们的这么一幅古典中国清明风俗画会是怎样的图景?

以为可以将王勃的"落霞与孤鹜齐飞,秋水共长天一色"中的"与"和"共"去掉,这是另一个众所周知的自作聪明的例子。少了两个连词,形象之间也就失去了必要的疏离,也就失去了必要的节奏感亦即音乐感。原作与修改稿的区别在于,王勃是语言的天才,而自以为比天才更高明的人顶多是一个批改小学生作文的劣等教师。

诗、赋是这样,小说也不例外。优美地组合起来的文字本身就是可以动人的。许多作家文风细腻缠绵,却又清新明丽。即便偶有描写逸出情节发展之外,读来却仍可以让人得到审美的愉悦。倘都按"辞达而已矣"的原则来加以处理,也就没有小说的语言艺术可言了。

总之,从艺术上说,文学遵从的律令只有一个,那就是美。简洁是一种美,繁富也可以是一种美。问题在于必须是美,而不是言不及义的刻意炫耀,语言肆虐,故弄玄虚。

傅修延:

"牧童"是不能删除的,那样就不能说明故事是发生在乡村,那就确实是屠夫或别的什么了。"牧童"能唤起某种艺术情境,给人以一种画面感。有人说这首诗是一部电影文学剧本,当然是微型的。时间:清明时节；天气：雨纷纷；地点：路上；人物：行人；状态：欲断魂；画外音：借问酒家何处有？特写：牧童；镜头推移：遥指；定格：杏花村。中国的语言太丰富了。

三　叙述节奏

黎清：

刚刚陈老师讲到诗歌中的音律问题，中国古代诗歌很注重音律和节奏，如，《诗经》和白居易的《琵琶行》。我想向陈老师请教的是在创作小说时，如何把握小说的叙述节奏？

陈世旭：

说到小说的节奏，我想到"闲笔"。有时候"闲笔"其实是不闲的。

举一个我自己的例子：大家都很熟悉《小镇上的将军》，作品的第一章节从"在我们这个偏远的小镇上，任何一点极细微的变化，都会引起人们莫大的关注"开始，接着写了小镇上诸多景物，街道、河、路、门面等，然后是小镇的各色人等，三教九流；到第二个章节，主要人物将军才千呼万唤始出来。当时我那样写并不是一个很自觉的状态，更多的是出于我对小镇的喜爱。投稿后有个杂志的编辑觉得将军的出场太慢了，希望把第一章节拿掉。我没有同意，一字不改寄给了别的刊物。一个事件要发生，你先要创造一个空间，就像中国的戏剧，开场前营造一种氛围。

张泽兵：

这个叙述的节奏可不可以这样来理解，就是行动的节奏，小说里的事件构成的一种节奏？比如《水浒传》里，三打祝家庄，一次/两次/三次形成一种行动上的节奏感。

陈世旭：

这也是一种叙述节奏。

龙迪勇：

节奏感在诗歌中也有体现。诗歌经常使用反复来增强韵律美。我打算在小说研究中尤其是诗人的小说中进入诗性研究。刚刚提到重复和简洁的问题。简洁是基本的原则，但有时还故意重复，希利斯·米勒曾写过《小说与重复》一书，故意重复一些场景，造成一种节奏效果。有些表面上看不能用的东西，反而有意想不到的效果。

陈世旭：

从叙事角度来说，中国很多观念都非常好，西方有文字可载的历史要比中国晚很多，中国在叙事上自有优势，最重要的是阴阳相生相克，对立统一。看过一个戏，从头到尾都是大喊大叫，实在让人疲劳。事实上处处是高潮也就没有高潮了。《琵琶行》，先是"大珠小珠落玉盘"，之后"此处无声胜有声"，没有声音，沉默也是叙事。一个表达着的人，突然沉默了，怎么不是叙事呢？有高有低，有动有静，有强有弱，有起有伏，协调统一，才能形成叙事的魅力。

龙迪勇：

其实俄罗斯的小说传统就是两个诗人奠定的，一个是普希金，一个是莱蒙托夫。

四 议论与各类词语的运用

肖惠荣：

听完陈老师的发言很有启发，我想向您请教的是关于议论在小说中的作用。比如米兰·昆德拉在小说中就频繁使用议论。昆德拉曾说过："人类一思考，上帝就发笑。"从这个角度说，文中的议论带有反讽的意味。在他的理论性著作《背叛的遗嘱》中，昆德拉把这种反讽称为幽默，他认为幽默是小说必要的因素之一。就像您刚刚说的那样，叙事没有对错，只有高明和不高明之分。

傅修延：

小说中的议论，也无法界定是该有还是不该有，只有高明与不高明之分。我举一个例子，苏联的肖洛霍夫一直想写一部长篇小说来反映第二次世界大战，因为在第二次世界大战中，几乎每个苏联家庭都有一个人死在战场上。但他一直写不出来。1946年他偶遇一位带小孩儿的司机，听了他的故事后，经过10年时间的构思酝酿，终于写出了中篇小说《一个人的遭遇》。小说破例发表在1956年12月31日与1957年元月1日的《真理报》上，一时洛阳纸贵，报纸为人们争购一空。莫斯科电台广播这部小说时，人们冒着凛冽的寒风在街头驻足聆听，许多人流下悲伤的眼泪。故事中的司机是一条硬汉，曾经在战俘营中亲手掐死叛徒，后来又驾车闯过枪林弹雨回到自己的营垒。他后来和孤儿凡尼亚相依为命，两人成天形影不离。小说的结尾是"我"与司机告别，凡尼亚在司机肩头回过头来，向"我"挥动一只嫩红的小手，这时作者发出议论："刹那间，仿佛有一只柔软而尖利的爪子抓住了我的心，我慌忙转过脸去。不，在战争几年中白了头发、上了年纪的男人，不仅仅在梦中流泪；他们在清醒的时候也会流泪。这时重要的是能及时转过脸去。这时最重要的是不要伤害孩子的心，不要让他看到，在你的脸颊上怎样滚动着吝啬而伤心的男人的眼泪。"这样的议论可谓画龙点睛，产生了非常好的叙述效果。可见叙事中，好的议论是多么可贵。我们的《左传》中，"君子曰"经常起到一锤定音的作用。

陈世旭：

修延说得很对，议论是否使用，要看效果如何，也就是在叙事上要追求效果的最大化。

肖惠荣：

您是否在刚从事创作时喜欢用形容词，后来逐渐改用名词和动词？因为形容词是描述性的，而名词和动词是展示性的。

陈世旭：

肯定是这样的，我在正式发表作品之前，曾投过也被退过很多稿件。这是值得庆幸的。那时的稿子里有大量的形容词，很幼稚。

傅修延：

说到退稿信，建议大家读一下安伯托·艾柯的《误读》，那里面有篇文章叫做《很遗憾，退还你的……》。艾柯在文中虚拟了出版商对《圣经》、《神曲》与《荷马史诗》的审读报告，报告否定了这些作品的出版价值，说它们或者不能适应市场需要，或者不能解决版权问题，甚至建议将《圣经》更名为《亡命死海》。

陈世旭：

谢谢修延，谢谢各位，这样的交流对我来说是一次学习的机会。回顾此生，我很满足，特感激我所从事的写作，文字里面有一个非常瑰丽的世界，它使我的内心极为充实。有人不理解作家的快乐在哪里，作家其实不需要太多，仅仅是能够待在一个没人打搅的地方，独自琢磨古今中外其他作家遣词造句的高明，反思自己的不高明，就是一种快乐。

  作者简介：肖惠荣（1980— ），女，江西省社会科学院中国叙事学中心研究人员，研究方向为叙事学；张泽兵（1981— ），男，江西省社会科学院中国叙事学中心研究人员，研究方向为叙事学。

主办：中国中外文艺理论学会叙事学分会
　　　江西省社会科学院中国叙事学研究中心
编辑部地址：南昌市洪都北大道 649 号
　　　　　　江西省社会科学院《叙事》丛刊编辑部
电子邮箱：xsckbjb@gmail.com